한국 신소설선

이해조 외 지음

惠園出版社

일러두기

1. 이 책은, 원문은 현대적 감각에 맞게 의역한 곳도 있으나, 국문본을 참조하여 가능한 원문에 가깝도록 노력하였다.

2. 뜻은 같되 음이 다른 한자는 〔 〕로 묶어 표시했다.

3. 원문에 충실하였으며, 명백한 오자는 현행 맞춤법에 따랐고, 방언이나 속언은 그대로 살렸다.

4. 대화체의 부호는 " "으로, 속말·인용 등은 ' '의 문장 부호로 통일하였다.

5. 각주(脚註)는 독자의 편의를 위하여 한자어, 인명, 지명, 고사 등 어려운 낱말을 장마다 일련 번호로 표시하여, 즉시 찾아볼 수 있도록 본문 하단에 자세하게 뜻풀이하여 제시했다.

Hye Won World Best
Hye Won World Best

Hye Won World Best
Hye Won World Best

차 례

자유종
(自由鐘)

작자 : 이해조(李海朝)

1869~1927. 경기도 포천 출생. 호는 동농(東濃)·열재(悅齋). 어려서 한문 공부를 하여 진사 시험에도 합격했으나 신문학에도 관심을 두어 고향인 포천에 청성제일학교(靑城第一學校)를 설립하기도 하였다.

1906년 11월부터 잡지 「소년한반도(少年韓半島)」에 소설 ≪잠상태(岑上苔)≫를 연재하면서 본격적인 문학활동을 시작한 그는 주로 양반 가정 여인들의 구속적인 생활을 해방시키려는 의도로 실화(實話)에 근거하여 소설을 썼다. 1907년 '대한협회'와 1908년 '기호흥학회(畿湖興學會)' 등의 언론기관에도 관계하면서 ≪빈상설≫, ≪화의 혈≫, ≪탄금대≫ 등의 30여 편 이상의 작품을 발표하였고, 고대소설 ≪춘향전≫을 ≪옥중화≫로 ≪심청전≫을 ≪강상련≫으로 개작하였다. 그의 문학사적 업적은 작품을 통하여 이룩한 소설적 성과와 번안·번역을 통한 외국작품의 소개, 그리고 단편적으로 드러난 근대적인 문학관의 측면으로 나누어 살펴볼 수 있다.

자유종(自由鐘)

천지간 만물 중에 동물 되기 희한(稀罕)하고, 천만 가지 동물 중에 사람되기 극난(極難)하다[1] 그같이 희한하고 그같이 극난한 동물 중 사람이 되어 압제(壓制)를 받아 자유를 잃게 되면 하늘이 주신 사람의 직분(職分)을 지키지 못함이어늘, 하물며 사람 사이에 여자 되어 남자의 압제를 받아 자유를 빼앗기면 어찌 희한코 극난한 동물 중 사람의 권리를 스스로 버림이 아니라 하리요.

여보, 여러분, 나는 옛날 태평시대에 숙부인(淑夫人)[2]까지 바쳤더니 지금은 가련한 민족 중의 한 몸이 된 신설헌이올시다. 오늘이 이매경 씨 생신(生辰)에 청첩을 인하여 왔더니 마침 홍국란 씨와 강금운 씨와 그외 여러 귀중하신 부인들이 만좌(滿座)하셨으니 두어 말씀 하오리다.

이전 같으면 오늘 이러한 잔치에 취하고 배부르면 무슨 걱정 있으리까마는, 지금 시대가 어떠한 시대며 우리 민족은 어떠한 민족이오? 내 말이 연설 체격과 흡사하나 우리 규중(閨中)[3] 여자도 결코 모를 일이 아니올시다.

일본도 삼십 년 전 형편이 우리나라보다 우심(尤甚)[4]하여 혹 천

---

1) 극난(極難)하다─극히 어렵다.
2) 숙부인(淑夫人)─이조때 정3품 당상관의 아내의 봉작.
3) 규중(閨中)─부녀가 거처하는 안방. 규합(閨閤).

하대세(天下大勢)5)라 혹 자국전도(自國前導)6)라 말하는 자는, 미친 자라 괴악한 사람이라 지목하고 인류로 치지 않더니, 점점 연설이 크게 열리매 전도하는 교인같이 거리거리 떠드나니 국가 형편이요, 부르나니 민족사세라, 이삼 인 못거지7)라도 술잔을 대하기 전에 소회(所懷)8)를 말하고 마시니, 전국 남녀들이 십여 년을 한담도 끊고 잡담도 끊고 언필칭 국가라 민족이라 하더니, 지금 동양에 제일 제이 되는 일대 강국이 되었습니다.

오늘 우리나라는 어떠한 비참지경(悲慘之境)이오? 세월은 물같이 흘러가고 풍조는 날로 닥치는데, 우리 비록 아홉 폭 치마는 둘렀으나 오늘만도 더 못한 지경을 또 당하면 상전벽해(桑田碧海)9)가 눈결에 될 지라. 하늘을 부르면 대답이 있나, 부모를 부르면 능력이 있나, 가장을 부르면 무슨 방책이 있나, 고대광실(高臺廣室) 뉘가 들며 금의옥식(錦衣玉食)10) 내 것인가? 이 지경이 이마에 당도했소. 우리 삼사 인이 모였든지 오륙 인이 모였든지 어찌 심상한 말로 좋은 음식을 먹으리까? 승평무사(昇平無事)11)할 때에도 유의유식(遊衣遊食)12)은 금법(禁法)이어든 이 시대에 두 눈과 두 귀가 남과 같이 총명한 사람이 어찌 국가 의식만 축내리까? 우리 재미있게 학리상(學理上)으로 토론하여 이 날을 보냅시다.

---

4) 우심(尤甚)-더욱 심하다.
5) 천하대세(天下大勢)-세상이 돌아가는 추세(趨勢).
6) 자국전도(自國前導)-나라의 앞길을 인도함.
7) 못거지-모꼬지, 놀이나 잔치 등으로 여러 사람이 모임.
8) 소회(所懷)-마음에 품고 있는 회포.
9) 상전벽해(桑田碧海)-뽕나무 밭이 변하여 푸른 바다가 됨. 곧, 세상의 변천이 심함을 비유하는 말.
10) 금의옥식(錦衣玉食)-호화롭고 사치스런 의식(衣食).
11) 승평무사(昇平無事)-나라가 태평하고 아무탈 없음.
12) 유의유식(遊衣遊食)-하는 일 없이 놀면서 먹음.

"절당(切當)13), 절당하오이다. 오늘이 참 어떠한 시대요? 이 같은 수참(愁慘)하고14) 통곡(痛哭)할 시대에 나 같은 요만한 여자의 생일 잔치가 왜 있겠소마는 변변치 못한 술잔으로 여러분을 청하기는 심히 부끄럽고 죄송하나 본의인즉 첫째는 여러분 만나 뵈옵기를 위하고, 둘째는 좋은 말씀을 듣고자 함이올시다.

남자들을 자주 상종(相從)하여 지식을 교환하지마는 우리 여자는 한 번 만나기 졸연(猝然)하오니이까15). ≪예기(禮記)≫16)에 가로되, 여자는 안에 있어 밖의 일을 말하지 말라 하였고, ≪시전(詩傳)≫17)에 가로되, 오직 술과 밥을 마땅히 할 뿐이라 하였기로 층애절벽(層崖絶壁)18) 같은 네 기둥 안에서 나고 자라고 늙었으니, 비록 사마자장19)의 재주 있을지라도 보고 듣는 것이 있어야 아는 것이 있지요.

이러므로 신체 연약하고 지각이 몽매하여 쌀이 무슨 나무에 열리는지, 도미를 어느 산에서 잡는지 모르고, 다만 가장의 비위만 맞춰, 앉으라면 앉고 서라면 서니, 진소위(眞所謂)20) 밥 먹는 안석(案席)21)이요, 옷 입은 퇴침(退枕)22)이라, 어찌 인류라 칭하리까? 그러나 그는 오히려 현철(賢哲)23)한 부인이라, 행검(行檢)24)있는 부인이라 하겠지마

---

13) 절당(切當) — 사리에 꼭 들어맞음.
14) 수참(愁慘)하다 — 매우 처참하고 슬프다.
15) 졸연(猝然)하다 — 갑작스럽다.
16) 예기(禮記) — 오경(五經)의 하나 주말(週末)부터 진한(秦漢) 시대의 유자(儒者)의 고례(古禮)에 관한 설을 수록한 책.
17) 시전(詩傳) — 시경(詩經)의 주해서(註解書).
18) 층애절벽(層崖絶壁) — 바위와 겹겹이 쌓인 낭떠러지.
19) 사마자장 — 본명은 사마천. 중국 전한(前漢)의 역사학자. 사기(史記)를 지음.
20) 진소위(眞所謂) — 그야말로.
21) 안석(案席) — 앉을 때에 몸을 기대는 방석.
22) 퇴침(退枕) — 서랍이 있는 목침.
23) 현철(賢哲) — 어질고 밝음.
24) 행검(行檢) — 품행이 방정(方正)함.

는, 성품이 괴악하고 행실이 불미하여 시앗〔妾〕에 투기(妬忌)하기, 친척에 이간(離間)하기, 무당 불러 굿하기, 절에 가서 불공하기, 제반악징(諸般惡徵)25)은 소위 대가집 부인이 더합디다. 가도(家道)가 무너지고 수욕(羞辱)26)이 자심하니 이것이 제 한 집안 일인 듯하나 그 영향이 실로 전국에 미치니 어찌 한심치 않으리까?

그런 부인이 생산(生産)도 잘 못하고 혹 생산하더라도 어찌 쓸 자식을 낳으리오? 태내(胎內) 교육부터 가정 교육까지 없으니 제가 생지(生知)27)의 바탕이 아닌 바에 맹모(孟母)의 삼천(三遷)하시던 교육이 없이 무슨 사람이 되리오? 그러나 재상도 그 자제이요, 관찰·군수도 그 자제니 국가의 정치가 무엇인지, 법률이 무엇인지 어찌 알겠소? 우리 비록 여자나 무식(無識)을 면치 못함을 항상 한탄하더니, 다행히 오늘 여러분 고명하신 부인께서 왕림하여 좋은 말씀을 들려주시니 대단히 기꺼운 일이올시다."

"변변치 못한 구변이나 내 먼저 말씀하오리다. 우리 대한의 정계가 부패함도 학문 없는 연고요, 민족의 부패함도 학문 없는 연고요, 우리 여자도 학문 없는 연고로 기천년(幾千年) 금수 대우를 받았으니 우리 나라에도 제일 급한 것이 학문이요, 우리 여자 사회도 제일 급한 것이 학문인즉 학문 말씀을 먼저 하겠소. 우리 이천만 민족 중에 일천만 남자들은 응당 고명한 학교를 졸업하여 정치·법률·군제·농·상·공 등 만 가지 사업이 족하겠지마는, 우리 일천만 여자들은 학문이 무엇인지 도무지 모르고 유의유식으로 남자만 의뢰하여 먹고 입으려 하니 국세가 어찌 빈약지 아니하겠소? 옛말에, 백지장도 맞들어야 가볍다 하였으니 우리 일천만 여자도 일천만 남자의 사업을 백지장과 같이

---

25) 제반악징(諸般惡徵)―여러 가지 불길한 징조.
26) 수욕(羞辱)―부끄럽고 욕되는 일.
27) 생지(生知)―나면서부터 도를 앎.

거들었으면 백 년에 할 일을 오십 년에 할 것이요, 십 년에 할 일을 다섯 해면 할 것이니 그 이익이 어떠하오, 나라의 독립도 거기 있고 인민의 자유도 거기 있소.

세계 문명국 사람들은 남녀의 학문과 기예가 차등이 없고, 여자가 남자보다 해산하는 재주 한 가지가 더하다 하며, 혹 전쟁이 있어 남자가 다 죽어도 겨우 반구비(半具備)라 하니, 그 여자의 창법 검술까지 통투(通透)[28]함을 가히 알겠도다.

사람마다 대성인 공부자(孔夫子)[29] 아니거든 어찌 생이지지(生而之知)[30]하리요. 법국〔佛蘭西〕 파리대학교에서 토론회를 열매, 가편(可便)[31]은, 사람을 가르치지 못하면 금수와 같다하고, 부편(否便)[32]은 사람이 천생 한 성질이니 비록 가르치지 아니할지라도 어찌 금수와 같으리요 하여 경쟁이 대단하되 귀결치 못하였더니, 학도들이 실지를 시험코자 하여 무부모(無父母)한 아이들을 사다가 심산궁곡(深山窮谷)[33]에 집 둘을 짓되 네 벽을 다 막고 문 하나만 뚫어 음식과 대소변을 통하게 하고 그 아이를 각각 그 속에서 기를 새, 칠팔 년이 된 후 그 아이를 학교로 데려오니 제가 평생에 사람 많은 것을 보지 못하다가 육칠 층 양옥에 인산인해(人山人海) 됨을 보고 크게 놀라 서로 돌아보며 하나는 꼬꼬댁 꼬꼬댁하고 하나는 끼익끼익하니, 이는 다름 아니라 제 집에 아무것도 없고, 다만 닭과 돼지만 있는데, 닭이 놀라면 꼬꼬댁하고 돼지가 놀라면 끼익끼익하는 고로 그 아이가 지금 놀라운 일을 보고, 그 소리가 각각 본 대로 난 것이니 그것도 닭과 돼지

---

28) 통투(通透)—사리를 뚫어지게 깨달아 환함.
29) 공부자(孔夫子)—'공자'의 높임말.
30) 생이지지(生而之知)—배우지 않아도 스스로 통하여 앎.
31) 가편(可便)—의안을 표결할 때 찬성하는 편.
32) 부편(否便)—토의에서 옳지 않다고 주장하는 편.
33) 심산궁곡(深山窮谷)—깊은 산 속의 험한 골짜기.

의 교육을 받음이라. 학생들이 이것을 본 후에 사람을 가르치지 아니하면 금수와 다름없음을 깨달아 가편이 득승(得勝)34)하였다 하니, 이로 보건대 우리 여자가 그와 다름이 무엇이오? 일용 범절에 여간 안다는 것이 저 아이의 꼬꼬댁·끼익보다 얼마나 낫소이까? 우리 여자가 기천 년을 암매(暗昧)35)하고 비참한 경우에 빠져 있었으니 이렇고야 자유권(自由權)이니 자강력(自强力)이니 세상에 있는 줄이나 알겠소? 일생에 생사고락(生死苦樂)이 다 남자 압제 아래 있어, 말하는 제웅36)과 숨쉬는 송장을 면치 못하니 옛 성인의 법제가 어찌 이러하겠소. 예기(禮記)에도 여인 스승이 있고 유모를 택한다 하였고 ≪소학(小學)≫37)에도 여자 교육이 첫편이니 어찌 우리나라 여자 같은 자고송(自枯松)38)이 있단 말이오?

우리나라 남자들이 아무리 정치가 밝다 하나 여자에게는 대단히 적악(積惡)하였고, 법률이 밝다 하나 여자에게는 대단히 득죄(得罪)하였습니다. 우리는 기왕이라 말할 것 없거니와 후생이나 불가불 교육을 잘 하여야 할 터인데 권리 있는 남자들은 꿈도 깨지 못하니 답답하오. 남자들 마음에는 아들만 귀하고 딸은 귀치 아니한지 일 분자라도 귀한 생각이 있으면 사지오관(四肢五官)을 구비한 자식을 어찌 차마 금수와 같이 길러 이 같은 고해에 빠지게 하는고? 그 아들 가르치는 법도 별수는 없습니다. 사략통감(史略通鑑)으로 제일등 교과서를 삼으니 자국 정신은 간 데 없고 중국혼(中國魂)만 길러서 언필칭39) 좌전(左

---

34) 득승(得勝)—싸움이나 경쟁에서 이김.
35) 암매(暗昧)—못나고 어리석어 생각이 어두움.
36) 제웅—짚으로 사람의 형상을 만든 것. 정월 열나흗날 저녁에 길가에 버리면 그 해의 액을 막는다 함. 아무 분수를 모르는 사람의 별명.
37) 소학(小學)—중국 송(宋)나라의 유자징(劉子澄)이 주희(朱熹)의 가르침을 받아 지은 책.
38) 자고송(自枯松)—저절로 말라 죽은 소나무.

傳)40)이라 강목(綱目)41)이라 하여 남의 나라 기천 년 흥망성쇠(興亡盛衰)만 의논하고 내 나라 빈부강약은 꿈도 아니 꾸다가 오늘 이 지경을 하였소.

이태리국 역비다산에 올차학이라는 구멍이 있어 해수로 통하였더니 홀연 산이 무너져 구멍 어구가 막힌지라, 그 속이 칠야(漆夜)같이 캄캄한데 본래 있던 고기들이 나오지 못하고 수백 년을 생장하여 눈이 있으나 쓸 곳이 없더니, 어구의 막혔던 흙이 해마다 바닷물에 패어 가며 일조에 구멍이 도로 열리매, 밖의 고기가 들어와 수없이 잡아먹되, 그 안에 있던 고기는 눈을 멀뚱멀뚱 뜨고도 저해(沮害)42)하려는 것을 전혀 모르고 절로 밀려 어구 밖에 혹 나왔으나 못 보던 눈이 졸지에 태양을 당하매 현기(眩氣)가 나며 정신이 없어 어릿어릿하더라 하니, 그와 같이 대문·중문 꽉꽉 닫고 밖에 눈이 오는지 비가 오는지 도무지 알지 못하고 살던 우리나라 이왕 교육은 올차학 교육이라 할 만하니 그 교육 받은 남자들이 무슨 정신으로 우리 정치를 생각하겠소? 우리 여자의 말이 쓸데없을 듯하나 자국의 정신으로 하는 말이니, 오히려 만국 공사의 헛담판보다 낫습니다. 여러분 부인들은 대한 여자 교육계의 별방침을 연구하시오."

"여보, 설헌 씨는 학문 설명을 자세히 하셨으나 그 성질과 형편이 그래도 미진한 곳이 있습니다. 우리나라 지식을 보통케 하려면 그 소위 무슨 변에 무슨 자, 무슨 아래 무슨 자라는, 옛날 상전(上典)으로 알던 중국 글을 폐지하여야 필요하겠소. 대저 글이라 하는 것은 말과

---

39) 언필칭―말을 할 때마다 반드시.
40) 좌전(左傳)―춘추 좌씨전(左氏傳). 춘추의 해석서로서 모두 30권. 좌구명(左丘明)의 작품이라고 전하여짐.
41) 강목(綱目)―통감강목(痛鑑綱目). 주희(朱熹)가 지은 중국의 역사 책.
42) 저해(沮害)―막아서 못 하게 해침.

소와 같아서 그 나라의 범백정신(凡帆精神)43)을 실어 두나니, 우리나라 소위 한문은 곧 지나(支郡)44)의 말과 소리라. 다만 지나의 정신만 실었으니 우리나라 사람이야 평생을 끌고 당긴들 무슨 이익이 있겠소? 그런 중에 그 말과 소가 대단히 사나워 좀체 사람은 끌지 못하오.

그 글은 졸업 기한이 없고 일평생을 읽을지라도 이태백·한퇴지는 못 되며, 혹 상등으로 총명한 자가 물 쥐어 먹고 십 년 이십 년을 읽어서 실재(實才)라, 거벽(巨擘)45)이라 하여 눈앞에 영웅이 없고, 세상이 돈짝만 하여 내가 내노라고 돌이질치더라도 그 사람더러 정치를 물으면 모른다, 법률을 물으면 모른다, 철학·화학·이학을 물으면 모르노라, 농학·상학·공학을 물으면 모르노라. 그러면 우리 대종교 공부자(孔夫子) 도학의 성질은 어떠하냐 묻게 되면, 그 신성하신 진리는 모르고 다만 아노라 하는 것은 공자님은 꿇어 앉으셨지, 공자님은 광수의(廣袖衣)46) 입으셨지 하여 가장 도통을 이은 듯이 여기니, 다만 광수의만 입고 꿇어만 앉았으면 사람마다 천만 년 종교 부자가 되오리까?

공자님은 춤도 추시고 노래도 하시고 풍류도 하시고 선비도 되시고 문장도 되시고 장수가 되셔도 가하고 정승이 되셔도 가하고 천자도 가히 되실 신성하신 우리 공부자님을, 어찌하여 속은 컴컴하고 외양만 번주그레한 위인들이 광수의만 입고 꿇어만 앉아 공자님 도학이 이뿐이라 하여 고담준론(高談峻論)47)을 하면서 이렇게 하여야 집을 보존하고 인군[임금]을 섬긴다 하여 자기 자손뿐 아니라 남의 자제까지 연골(軟骨)48)에 버려 골생원님이 되게 하니, 그런 자들은 종교에 난적

---

43) 범백정신(凡帆精神) - 온갖 정신.
44) 지나(支郡) - 중국의 딴 이름, 차이나.
45) 거벽(巨擘) - 학식이 뛰어난 사람.
46) 광수의(廣袖衣) - 폭이 넓은 소매옷.
47) 고담준론(高談峻論) - 고상하고 준엄한 이론.
48) 연골(軟骨) - 나이가 어려 채 뼈가 굳지 않은 체질.

(亂賊)이요, 교육에 공적(公敵)이라 공자님께서 대단히 욕보셨소. 설사 공자님이 생존하셨을지라도 오히려 북을 울려 그자들을 벌하셨으리라.

그만도 못한, 승부꾼이라 일차꾼이라 하는 자는 천시도 모르고, 지리도 모르고, 다만 의취(意趣)[49] 없는 강남풍월(江南風月)한 다년(多年)이라. 뜻도 모르는 것은 원코 형코라 하여 국가의 수용하는 인재 노릇을 하였으니 그렇고야 어찌 나라가 이 지경이 아니 되겠소?

대체 글을 무엇에 쓰자고 읽소? 사리를 통하려고 읽는 것인데 내 나라 지리와 역사를 모르고서 ≪제갈량[50]전≫과 ≪비사맥[51]전≫을 천만 번이나 읽은들 현금 비참한 지경을 면하겠소? 일본 학교 교과서를 보시오. 소학교 교과라는 것은 당초에 대한이라 청국이라는 말도 없이 다만 자국 인물이 어떠하고 자국 지리가 어떠하다 하여 자국 정신이 굳은 후에 비로소 만국 역사와 만국 지지를 가르치니, 그런고로 무론 남녀하고 자국의 보통 지식 없는 자가 없어 오늘날 저러한 큰 세력을 얻어 나라의 영광을 내었소.

우리나라 남자들은 거룩하고 고명한 학문이 있는 듯하나 우리 여자 사회에야 그 썩고 냄새 나는 천지현황(天地玄黃)[52] 글자나 아는 사람이 몇이나 되오? 남자들도 응당 귀도 있고 눈도 있으리니, 타국 남자와 같이 학문을 힘쓰려니와 우리 여자도 타국 여자와 같이 지식이 있어야 우리 대한 삼천리 강토도 보전하고, 우리 여자 누백 년 금수(禽獸)도 면하리니, 지식을 넓히려면 하필 어렵고 어려운 십 년 이십 년 배워도 천치를 면치 못할 학문이 쓸데 있소? 불가불 자국 교과를 힘

---

49) 의취(意趣) – 의지와 취향(趣向).
50) 제갈량 – 중국 삼국 시대 촉한(蜀漢)의 정치가.
51) 비사맥 – 비스마르크(1815~1898). 독일의 근세 정치가.
52) 천지현황(天地玄黃) – 천자문(千字文)의 첫번째 귀절. 하늘의 검은 색과 땅의 누 런 색. 하늘과 땅의 빛깔.

써야 되겠다 합니다.”

“아니오, 우리나라가 가뜩 무식한데 그나마 한문도 없어지면 수모 (水母)53) 세계를 만들려오? 수모란 것은 눈이 없이 새우를 따라다니 면서 새우 눈을 제 눈같이 아나니 수모 세계가 되면 새우는 어디 있 나? 아니 될 말이오. 졸지에 한문을 없이하고 국문만 힘쓰면 무슨 별 지식이 나리까? 나도 한문을 좋다 하는 것은 아니나 형편으로 말하면 요순(堯舜) 이래 치국평천하(治國平天下)하는 법과 수신제가(修身齊家) 하는 천사 만사가 모두 한문에 있으니 졸지에 한문을 없애고 국문만 쓰면, 비유컨대 유리창을 떼어 버리고 흙벽 치는 셈이오. 국문은 우리 나라 세종대왕께서 만드실 때 적공(積功)54)이 대단하셨소. 사신을 여 러 번 중국에 보내어 그 성음 이치(理致)를 알아다가 자모음(字母音)을 만드시니, 반절(反切)55)이 그것이요.

우리 세종대왕 근로하신 성덕은 다 말씀할 수 없거니와 반절 몇 줄 에 나라 돈도 많이 들었소. 그렇건마는 백성들은 죽도록 한문자만 숭 상하고 국문은 버려두어서 암글56)이라 지목하여 부인이나 천인이 배 우되 반절만 깨치면 다시 읽을 것이 없으니 보는 것은 다만 ≪춘향전≫ ·≪심청전≫·≪홍길동전≫ 등 뿐이라. ≪춘향전≫을 보면 정치(政 治)를 알겠소? ≪심청전≫을 보고 법률(法律)을 알겠소? ≪홍길동전≫ 을 보아 도덕(道德)을 알겠소? 말할진대 ≪춘향전≫은 음탕 교과서요, ≪심청전≫은 처량 교과서요, ≪홍길동전≫은 허황 교과서라 할 것이 니, 국민을 음탕 교과서로 가르치면 어찌 풍속이 아름다우며, 처량 교

---

53) 수모(水母) – 해파리.
54) 적공(積功) – 많은 공을 들임.
55) 반절(反切) – 한문 글자에서 두 자의 음을 반씩 따서 합쳐 한 소리로 만드는 법.
56) 암글 – 배워 알기는 하나 실제로 쓸 줄 모르는 글의 지식. 지난날, 여자의 글이라 고 낮추어 일컫던 말.

과서로 가르치면 어찌 장진지망(長進之望)57)이 있으며, 허황 교과서로 가르치면 어찌 정대한 기상이 있으리까?

우리나라 난봉 남자와 음탕한 여자의 제반(諸般) 악징(惡徵)이 다 이에서 나니 그 영향이 어떠하오?

혹 발명하려면 《춘향전》을 누가 가르쳤나, 《심청전》을 누가 배우라나, 《홍길동전》을 누가 읽으라나, 비록 읽으라 할지라도 다 제게 달렸지 할 터이나, 이것이 가르친 것보다 더하지, 휘문의숙 같은 수층 양옥과 보성학교 같은 너른 교정에 칠판·괘종·책상·걸상을 벌여 놓고 고명한 교사를 월급 주어 가르치는 것보다 더 심하오. 그것은 구역과 시간이나 있거니와 이것은 구역도 없고 시간도 없이 전국 남녀들이 자유권으로 틈틈이 보고 곳곳이 읽으니 그 좋은 몇 백만 청년을 음탕하고 처량하고 허황한 구멍에 쓸어 묻는단 말이요.

그나 그뿐이오? 혹 기도하면 아이를 낳는다, 혹 산신이 강림(降臨)하여 복을 준다, 혹 면례(緬禮)58)를 잘하여 부귀를 얻는다, 혹 불공하여 재액을 막았다, 혹 돌구멍에서 용마가 났다, 혹 신선이 학을 타고 논다, 혹 최판관이 붓을 들고 앉았다 하는 제반 악징의 괴괴망측한 말을 다 국문으로 기록하여 출판한 판책도 많고 등출(謄出)59)한 세책(貰冊)60)도 많아 경향 각처에 불똥 튀어 박히듯 없는 집이 없으니 그것도 오거서(五車書)61)라 평생을 보아도 못 다 보오.

그 책을 나도 여간 보았거니와 좋은 종이에 주옥 같은 글씨로 세세 성문하여 혹 이삼 권 혹 수십여 권 되는 것이 많고 백 권 내외 되는

---

57) 장진지망(長進之望)―장래에 크게 진출할 희망.
58) 면례(緬禮)―무덤을 옮겨서 장사를 다시 지냄.
59) 등출(謄出)―원본에서 옮겨 베낌.
60) 세책(貰冊)―세를 받고 빌려주는 책.
61) 오거서(五車書)―다섯 수레에 실을 만한 많은 책. 곧, 많은 장서.

것도 있으니, 그 자본은 적으며 그 세월은 얼마나 허비하였겠소? 백해무익(百害無益)한 그 책을 값을 주고 사며 세를 주고 얻어 보니 그 돈은 헛돈이 아니오? 국문 폐단은 그러하지마는 지금 금운 씨의 말과 같이 한문을 전폐하고 국문만 쓸진대 ≪춘향전≫·≪심청전≫·≪홍길동전≫이 되겠소? 괴악망측한 소설이 제자백가(諸子百家)62)가 되겠소? 그는 다 나의 분격한 말이라, 나도 항상 말하기를, 자국 정신을 보존하려면 국문을 써야 되겠다 하지마는 그 방법은 졸지에 계획할 수 없습니다.

　가령 남의 큰 집에 들었다가 그 집이 본래 남의 집이라 믿음성이 없다 하고 떠나려면, 한편으로 차차 재목을 준비하고 목수·석수를 불러 시역할 새, 먼저 배산임수(背山臨水)63) 좋은 곳에 터를 닦아 모월 모일 모시에 입주하고, 일대 문장에게 상량문(上樑文)64)을 받아 아랑위아랑위하는 소리에 수십 척 들보를 높이 얹고 정당(正堂) 몇 간, 침실 몇 간, 행랑 몇 간을 예산대로 세워 놓으니, 차방·다락 조밀(稠密)하고 도배·장판 정쇄(精灑)한데, 우리나라 효자·열녀의 좋은 말씀을 문장·명필의 고명한 솜씨로 기록하여 부벽주련(付壁柱聯)65)으로 여기저기 붙이고 나도 내 집 사랑한다는 대자 현판을 정당에 높이 단 연후에 그제야 세간 집물(什物)을 옮겨다가 쌓을 데 쌓고 놓을 데 놓아 질자배기 부지깽이 한 개라도 서실(閪失)66)이 없어야 이사한 해가 없나니, 만일 옛집을 남의 집이라 하여 졸지에 몸만 나오든지 세간 집물(什物)67)을 한데 내어놓든지 하고 그 집을 비어 주인을 맡기면 어디

---

62) 제자백가(諸子百家)－춘추 전국 시대의 여러 학파.
63) 배산임수(背山臨水)－지세가 산을 등지고 물에 면함.
64) 상량문(上樑文)－상량할 때에 축복하는 글.
65) 부벽주련(付壁柱聯)－기둥이나 벽에 장식으로 그림이나 글씨를 써 넣어 걸치는 물건.
66) 서실(閪失)－물건을 흐지부지 잃어버림.

로 가자는 말이오?

우리나라 국문은 미상불(未嘗不)68) 좋은 글이나 닦달 아니한 재목과 같으니, 만일 한문을 버리고 국문만 쓰려면 한문에 있는 천만사와 천만법을 국문으로 번역하여 유루(遺漏)69)한 것이 없은 연후에 서서히 한문을 폐하여 지나 사람을 되주든지 우리가 휴지로 쓰든지 하고, 그제야 국문을 가위 글이라 할 것이니, 이 일을 예산한즉 오십 년 가량이라야 성공하겠소.

만일 졸지에 한문을 없이 하려면 남의 집이라고 몸만 나오는 것과 무엇이 다르오? 남의 집은 주인이 있어 혹 내어놓으라고 독촉도 하려니와 한문이야 누가 내어놓으라 하는 말이 있소? 서서히 형편을 보아 폐지함이 가할 것이요. 국문만 쓸지라도 옛날 보던 ≪춘향전≫이니 ≪홍길동전≫이니 ≪심청전≫이니 그 외에 여러 가지 음담패설(淫談悖說)을 다 엄금(嚴禁)하여야 국문에 영향이 정대하고 광명하지, 그렇지 못하면 수천 년 숭상하던 한문만 잃어버리리니 정대한 국문만 쓸진대 누가 편리치 않다 하오리까?

가령 한문의 부자·군신이 국문의 부자·군신과 경중이 있소? 국문의 백 냥·천 냥이 한문의 백 냥·천 냥과 다소가 있소? 국문으로 패독산(敗毒散)70) 방문(方文)을 내어도 발산되기는 일반이요, 국문으로 삼해주(三亥酒)71) 방법을 빙거(憑據)72)하여도 취하기는 한 모양이

---

67) 집물(什物) — 살림에 쓰이는 기구.
68) 미상불(未嘗不) — 아닌게 아니라.
69) 유루(遺漏) — 빠지거나 새어 나가는 것.
70) 패독산(敗毒散) — 감기와 몸살을 푸는 한방약.
71) 삼해주(三亥酒) — 술의 한 가지. 정월 상해일(上亥日)에 참쌀 가루로 죽을 쑤어 식힌 다음 누룩 가루와 밀가루를 섞어서 독에 넣고, 중해일(中亥日)에 또 참쌀 가루와 멥쌀 가루를 쪄서 식힌 다음 독에 넣고, 하해일(下亥日)에 또 흰 쌀을 쪄서 식혀서 독에 넣고 익힌 술.

요. 국문으로 욕설하면 탄하지 않겠소? 한문으로 칭찬하면 더 좋아하
겠소? 국문의 호랑이도 무섭고, 국문의 원앙새도 어여쁘리다.

국문과 한문이 다름없으나 어찌 우리 여자 권리로 연혁(沿革)을 확
정하리오. 문부(文部) 관리들 참 딱한 것이 국문은 쓰든지 아니 쓰든
지 그 잡담 소설이나 금하였으면 좋겠소. 그것 발매(發賣)하는 자들이
투전 장사나 다름없나니 투전은 재물이나 상하려니와 음담 소설은 정
신조차 버리오. 문부 관리들 그 아니 답답하오? 청년 남녀의 정신 잃
는 것을 어찌 차마 앉아 보기만 하오?

학무국은 무슨 일들 하며, 편집국은 무슨 일들 하는지 저러한 관리
를 믿다가는 배꼽에 노송나무가 나겠소. 우리 여자 사회가 단체하여
문부 관리에게 질문 한 번 하여 보옵시다.

여보, 사회 단체가 그리 용이하오? 우리나라 백 년 이하 각항 단체
를 내 대강 말하오리다. 관인 사회는 말할 것이 없거니와 종교 사회로
말할지라도 물론 어느 나라고 종교 없이 어찌 사오? 야만 부락의 코
끼리에게 절하는 것과, 태양에게 비는 것과, 불과 물을 위하는 것을
웃기는 웃거니와 그 진리를 연구하면 용혹무괴(容或無怪)요. 만일 다
수한 국민이 겁내는 것도 없고 의귀할 곳도 없고 존칭할 것도 없으면
어찌 국민의 질서가 있겠소? 약육강식하는 금수 세계만도 못하리다.

그런고로 태서(泰西)73) 정치가(政治家)에서 남의 나라의 강약허실을
살피려면 먼저 그 나라 종교 성질을 본다 하니 그 말이 유리하오. 만
일 종교에 의귀할 바 없으면 비록 인물이 번성하고 토지가 강대한 나
라로 군부에 대포가 가득하고 탁지(度支)에 금전이 가득하고 공부(工
部)에 기재가 가득할지라도 수백 년 전 남미 인종과 다름없으리라.

---

72) 빙거(憑據)—어떤 사실을 입증할 만한 근거.
73) 태서(泰西)—서양.

동·서양 종교 수효와 범위를 말씀하건대 회회교·희랍교·토숙탄교·천주교·기독교·불교와 그 외에 여러 교가 각각 범위를 넓혀 세계에 세력을 확장하되 저 교는 그르다, 이 교는 옳다 하여 경쟁하는 세력이 대포·장창보다 맹렬하니, 그 중에 망하는 나라도 많고 흥하는 사람도 많소.

우리 동양 제일 종교는 세계의 독일무이(獨一無二)하신, 대성지성(大聖至聖)하신 공부자 아니시오? 그 말씀에 정대한 부자·군신·부부·형제·붕우에 일용상행(日用常行)하는 일을 의논하사 사람으로 하여금 사람 되는 도리를 가르치시니, 그 성덕이 거룩하시고 융성하시며 향념(向念)하시는 마음이 일광과 같으사 귀천 남녀 없이 다 비추이건마는 우리나라는 범위를 좁혀서 남자만 종교를 알지 여자는 모를 게라, 귀인만 종교를 알지 천인은 모를 게라 하여 대성전(大成殿)74)에 제관 싸움이나 하고 시골 향교에 재임(齋任)75)이나 팔아먹고 소민(小民)76)들은 향교 추렴이나 물리니 공자님의 도하는 것이 무엇이오?

도포나 입고 쌍상투나 틀고 혁대와 중영이나 달고 꿇어앉아서 마음이 어떠한 것이라, 성품이 어떠한 것이라 하며 진리는 모르고 줏들은 풍월같이 지껄이면서 이만하면 수신제가도 자족하지, 치국평천하도 자족하지, 세상도 한심하지, 나 같은 도학 군자를 아니 쓰기로 이렇다 하여 백 가지로 개탄하다가 혹 세도 재상에게 소개하여 좨주찬선(祭酒贊先)77)으로 초선(抄選)이나 되면 공자님이 당시의 자기로만 알고 도태(淘汰)78)를 뽑아 내며 괴팍한 위인에 야매한 언론으로 천하 대세

---

74) 대성전(大成殿) — 문묘(文廟) 안에 공자의 위패를 모셔 놓은 전각.
75) 재임(齋任) — 거재하면서 학업을 닦던 선비 중의 임원.
76) 소민(小民) — 상사람.
77) 좨주찬선(祭酒贊先) — 고려와 조선시대 때의 관직 이름.
78) 도태(淘汰) — 여럿 중에서 불필요한 부분이 줄어 없어짐.

도 모르고 척양(斥洋)79)합시다, 척외(斥外)합시다, 상소나 요명(要名)80)
차로 눈치 보아 가며 상소나 한두 번 하여 시골 선비의 칭찬이나 듣
는 것이 대욕소관(大慾所關)81)이지.

　옛적 정자산의 외교 수단을 공자님도 칭찬하셨으니 공자님은 척화
(斥和)82)를 모르시오. 척화도 형편대로 하는 것이지 붓끝으로만 척화,
척화하면 척화가 되오? 또 고상하다 자칭하는 자는 당초 사직(辭職)으
로 장기(長技)를 삼아 나라가 내게 무슨 상관 있나? 백성이 내게 무슨
이해 있나? 독선기신(獨善其身)83)이 제일이지, 자질(子姪)도 이렇게 가
르치고 문인도 이렇게 어거84)하여 혹 총명재자(總名才子)가 있어 각국
문명을 흠선(欽羨)85)하여 정치가 어떠하다, 법률이 어떠하다, 교육이
어떠하다, 언론을 하게 되면 자세히 듣지는 아니하고 돌려 세우고 고
담준론(高談峻論)으로 아무 집 자식도 버렸다, 그 조상도 불쌍하다 하
여 문인자제를 엄하게 신칙(申飭)86)하되 아무개와 상종을 말라, 그 말
을 듣다가는 너희가 내 눈앞에 보이지 말라 하니, 우리 이천만 인이
다 그 사람의 제자 되면 나라 꼴은 잘 되겠지요.

　그만도 못한 시골고라리 사회는 더구나 장관이지. 공자님 성씨가
누구신지요, 휘(諱)87)자가 무엇인지 알지도 못하는 인류들이 향교와
서원(書院)은 자기들의 밥자리로 알고, 사돈 여보게, 출표하러 가세.
생질 너도 술 먹으러 오너라. 돼지나 잡았는지. 개장국도 꽤 먹겠네.

---

79) 척양(斥洋)—서양을 배척함.
80) 요명(要名)—명예를 구함.
81) 대욕소관(大慾所關)—큰 욕망에 관계되는 바.
82) 척화(斥和)—화의를 물리침.
83) 독선기신(獨善其身)—자기 한몸만을 잘 보존하여 나감.
84) 어거—거느려서 바른길로 나아가게 함.
85) 흠선(欽羨)—우러러 흠앙(欽仰)해 부러워함.
86) 신칙(申飭)—단단히 타일러 경계함.
87) 휘(諱)—돌아간 높은 어른의 이름.

수복아, 추렴(出斂)88) 통문 놓아라. 고직아, 별하기 닦아라. 아무가 문필은 똑똑하지마는 지체가 나빠 봉향 가음 못 되어, 아무는 무식하지마는 세력을 생각하면 대축(大祝)89)이야 갈 데 있나. 명륜당(明倫堂)90)이 견고하여 술주정 좀 하여도 무너질 바 없지.

교궁(校宮)91)은 이렇게 위하여야 종교를 밝히지. 아무 골 향교(鄕校)에는 학교를 설시하였다 하고, 아무 골 향교 전답을 학교에 붙였다 하니, 그 골에는 사람의 새끼 같은 것이 하나 없어 그러한 변이 어디 또 있나? 아무 골 향족이 명륜당에 앉았다니 그 마룻장은 대패질을 하여라. 아무 집 일명(逸名)92)이 색장(色掌)93)을 붙였다니 그 재판94)을 수세미질이나 하여라 하여, 송교라는 종자는 무슨 종자며, 교자는 무슨 교자인지 착착 접어 먼지 속에 파묻고 싸우나니 양반이요, 다투나니 재물이라. 이것이 우리 신성하신 대종교라 하오. 한심하고 통곡할 만도 하오. 종교가 이렇듯 부패하니 국세가 어찌 강성하겠소?

향교와 서원 성질을 말하리다. 서원은 소학교 자격이요, 향교는 중학교 자격이요, 태학은 대학교 자격이라.

서원은 선현화상(先賢畵像)을 봉안하여 소학 동자로 하여금 자국 인물을 기념케 함이요, 향교에는 대성인 위패를 봉안하여 중학 학생으로 하여금 종교를 경양케 함이요, 태학에는 예악 문물을 더 융성히 하여 태학 학생으로 하여금 종교 사상이 더욱 견고케 함이니, 어찌 다만 제사만 소중이라 하여 사당집과 일반으로 돌려 보내리오? 교육을 주

---

88) 추렴(出斂)—모임이나 놀이의 비용 등으로 각자가 금품을 얼마씩 내어 거둠.
89) 대축(大祝)—종묘나 문묘 제향에 축문을 읽는 사람.
90) 명륜당(明倫堂)—인륜을 가르치는 전당. 성균관·향교 안의 유학을 강학(講學)하던 곳.
91) 교궁(校宮)—각 고을에 있는 문묘.
92) 일명(逸名)—서얼.
93) 색장(色掌)—성균관·향교·사학 등에 기거하는 유생의 임원의 버금.
94) 재판—사랑방 안에 깔아놓은 두꺼운 종이.

장하는 고로 향교와 서원을 당초에 설시하였고, 종교를 귀중히 하는 고로 대성인과 명현을 뫼셨고, 성현을 뫼신 고로 제례를 행하나니 교육과 종교는 주체가 되고 제사는 객체가 되거늘, 근래는 주체는 없어지고 객체만 숭상하니 어찌 열성조(列聖朝)95)의 설시하신 본의라 하리오?

제사만 위한다 할진대 태묘도 한 곳 뿐이어늘 아무리 성인을 존봉할지라도 어찌 삼백 육십여 군의 골골마다 향화를 받드리까?

저 무식한 자들이 교육과 종교는 버리고 제사만 위중한다한들 성현의 마음이 어찌 편안하시리까?

종교에야 어찌 귀천과 남녀가 다르겠소? 지금이라도 종교를 위하려면 성현경전(聖賢經典)을 알아보기 쉽도록 국문으로 번역하여 거리거리 연설하고, 성묘와 서원에 무애희 농용(農用)하며, 가령 제사로 말할지라도 귀인은 귀인 예복으로 참사(參祀)96)하고, 천인은 천인 의관으로 참사하고, 여자는 여자 의복으로 참사하여, 너도 공자님 제자, 나도 공자님 제자 되기 일반이라 하면 종교 범위도 넓고, 사회 단체도 굳으리다.

또 사회의 폐습을 말할진대 확실한 단체는 못 보겠습디다. 상업 사회는 에누리 사회요 공장 사회는 날림 사회요, 농업 사회는 야매 사회라, 하나도 진실하고 기묘하여 외국 문명을 당할 것은 없으니 무슨 단체가 되겠소? 근래 신교육 사회는 구교육 사회보다는 낫다 하나 불심상원(不甚相遠)97)이오.

관·공립은 화욕 학교라 실상은 없고 문구뿐이요, 각처 사립은 단명(短命)학교라 기본이 없어 번차례로 폐지할 뿐 아니라, 무론 아무

---

95) 열성조(列聖朝)―여러 대 임금의 시대.
96) 참사(參祀)―제사에 참여함.
97) 불심상원(不甚相遠)―그다지 틀리지 않음.

학교든지 그 중에 열심한다는 교장이니 찬성장이니 하는 임원더러 묻되, 이 학교에 제갈량과 이순신과 비사맥과 격란사돈 같은 인재를 교육하여 일후의 국가 대사를 경륜하려오 하면 열에 한둘도 없고, 또 묻되 이 학교에 인재 성취는 이 다음 일이요, 교육 사회에 명예나 취하려오 하면 열에 칠팔이 더 되니 그 성의가 그러하고야 어찌 장구히 유지하겠소? 교원·강사도 한만(閑漫)한98) 출입을 아니하고 시간을 지키어 왕래한다니 그 열심은 거룩하오. 공익을 위함인지, 명예를 위함인지, 월급을 위함인지, 명예도 아니요, 월급도 아니요, 실로 공익만 위한다 하는 자, 몇이나 되겠소?

무론 공·사·관립하고 여러 학생들에게 묻되, 학문을 힘써 일후에 사환(仕宦)99)을 하든지 일신 쾌락을 희망하느냐, 국가에 몸을 바치는 정신 얻기를 주의하느냐 하게 되면, 대·중·소학교 몇만 명 학도 중에 국가 정신이라고 대답하는 자 몇몇이나 되겠소?

또 여자 교육회니 여학교니 하는 것도 권리 없고 자본 없는 부인에게만 맡겨 두니 어찌 흥왕하리오? 무론 아무 사회하고 이익만 위하고 좀 낫다는 자는 명예만 위하고, 진실한 성심으로 나라를 위하여 이것을 한다든지, 백성을 위하여 이것을 한다는 자 역시 몇이나 되겠소?

이렇게 교육, 교육 할지라도 십 년 이십 년에 영향을 알리니 그 중에도 몇 사람이야 열심 있고 성의 있어 시사(時事)를 통곡할 자가 있겠지요마는 단체 효력을 오히려 못 보거든 하물며 우리 여자에 무슨 단체가 조직되겠소? 아직 가정 여러 자녀를 잘 가르치고 정분 있는 여자들에게 서로 권고하여 십 인이 모이고 이십 인이 모여 차차 단정히 설립하여야 사회든지 교육이든지 하여 보지, 졸지에 몇백 명 몇천

---

98) 한만(閑漫)하다―아주 한가하고 느긋한 데가 있다.
99) 사환(仕宦)―벼슬. 또, 그 벼슬을 함.

명을 모아도 실효가 없어 일상 남자 사회만 못하리다."

"그러하오마는 세상 일이 어찌 아무것도 아니하고 앉아서 기다리기만 하리까? 여보, 우리 여자 몇몇이 지껄이는 것이 풀벌레 같을지라도 몇 사람이 주창하고 몇 사람이 권고하면 아니 될 일이 어디 있소? 석 달 장마에 한 점 볕은 개일 장본(張本)이요, 몇 달 가물에 한 조각 구름은 비 올 장본이니, 우리 몇 사람의 말로 천만 인 사회가 되지 아니할지 뉘 알겠소?

청국 명사 양계초(梁啓超)100) 씨 말씀에 하였으되, 대저 사람이 일을 하려면 이기려다가 패함도 있거니와, 패할까 염려하여 당초에 하지 아니하면 이는 당초에 패한 사람이라 하니 오늘 시작하여 내일 성공할 일이 우리 팔자에 왜 있겠소? 그러나 우리가 우쭐거려야 우리 자식 손자들이나 행복을 누리지, 일향 우리나라 사람을 부패하다, 무식하다 조롱만 하면 똑똑하고 요요한 남의 나라 사람이 우리에게 소용 있소?

우리나라 삼백 년 이전이야 어떠한 정치며 어떠한 문물이오? 일본이 지금 아무리 문명하다 하여도 범백101) 제도를 우리나라에서 많이 배워 갔소. 그 나라 국문도 우리나라 왕인(王仁) 씨가 지은 것이니, 근일 우리나라가 부패치 아니한 것은 아니나 단군(檀君)·기자(箕子)102) 이후로 수천 년 이래에 어떠한 민족이오?

철학가 말에, 편안한 것이 위태한 근본이라 하니, 우리나라 사람이 기백 년 편안하였은즉 한 번 위태한 일이 어찌 없겠소? 또 말하였으

---

100) 양계초(梁啓超)―중국의 사상가, 민족 혁명을 고취하고 공화제를 선전함.
101) 범백―여러 가지의 사물.
102) 기자(箕子)―전설상의 기자 조선(箕子朝鮮)의 시조. 중국 은(殷)나라 주(紂)의 친척. 사기(史記)와 한서(漢書)에 의하면 나라가 망하여 조선에 들어와 예의·전잠(田蠶)·방적(紡績)과 팔조(八條)의 교(教)를 가르쳤다 함.

되, 무식은 유식의 근원이라 하였으니 우리나라 사람이 오래 무식하였으니 한 번 유식하지 아니할 이유가 있겠소?

가령 남의 집에 가서 보고, 그 집 사람들은 음식도 잘 하더라, 의복도 잘 하더라, 내 집에서는 의복·음식 솜씨가 저러하지 못하니 무엇에 쓸꼬 하고 가속을 박대하면 남의 좋은 의복·음식이 내게 무슨 상관 있소? 차라리 저 음식은 어떠하니 좋지 아니하다, 이 의복은 어떠하니 좋지 아니하다 하여 제도를 자세히 가르쳐서 남의 것과 같이하는 것만 못하니, 부질없이 내 집안 사람만 불만히 여기면 가도(家道)가 바로잡힐 리가 있으리까?

《소학》에 가로되, 좋은 사람이 없다 함은 덕 있는 말이 아니라 하였으니, 내 나라 사람을 무식하다고 능멸(凌蔑)하여 권고 한 마디 없으면 유식하신 매경 씨만 홀로 살으시려오? 여보 여보, 열심을 잃지 말고 어서어서 잡지도 발간, 교과서도 지어서 우리 일천만 여자 동포에게 돌립시다.

우리 여자의 마음이 이러하면 남자도 응당 귀가 있겠지. 십 년 이십 년을 멀다 마오. 살림 어른이 연설꾼 아니 될지 뉘 알며, 향교 재임이 체조 교사 아니 될지 뉘 알겠소? 속담에 이른 말에 뜬쇠103)가 달면 더 뜨겁다 하였소. 지금은 범백 권리가 다 남자에게 있다 하나 영원한 권리는 우리 여자가 차지하옵시다.

매경 씨 말씀에, 자녀를 교육하자 함이 진리를 알으시는 일이오. 우리 여자만 합심하고 자녀를 잘 교육하면 제 2세의 문명은 우리 사업이라 할 수 있소.

자식 기르는 방법을 대강 말하오리다. 자식을 낳은 후에 가르칠 뿐 아니라 태 속에서부터 가르친다 하였으니, 그런 고로 《예기(禮記)》

---

103) 뜬쇠─불에 잘 달지 않는 쇠.

에 태육법을 자세히 말하였으되, 부인이 잉태하매 돗자리가 바르지 아니하거든 앉지 아니하며, 벤 것이 바르지 아니하거든 먹지 말라 하였으니, 그 앉는 돗, 먹는 음식이 탯덩이에 무슨 상관이 있겠소마는 바른 도리로만 행하여 마음에 잊지 말라 함이오. 의원의 말에도 자식 밴 부인은 잡것을 먹지 말라 하고, 음식의 차고 더운 것을 평균케 하고, 배를 항상 더웁게 하고, 당삭(當朔)104)하거든 약간 노동하여야 순산한다 하였소.

배 속에서도 이렇게 조심하거든 나온 후에 어찌 범연히 양육하오리까? 제가 비록 지각이 없을 때라도 어찌 그 앞에서 터럭만치 그른 일을 행하겠소? 밥 먹는 법, 잠자는 법, 말하는 법, 걸음 걷는 법, 일동일정(一動一淨)을 가르치되, 속이지 아니함을 주장하여 정대한 성품을 양육한즉 대인군자(大人君子)가 어찌하여 되지 못하리까?

맹자님 모친께서 맹자님 기르실 때에 마침 동편 이웃집에서 돼지를 잡거늘 맹자께서 물으시되, 저 돼지는 어찌하야 잡나니이까? 맹모 희롱으로, 너를 먹이려고 잡는다 하셨는데, 즉시 후회하시되, '어린아이를 속이는 법을 가르쳤다'하고 그 고기를 사다가 먹이신 일이 있고, 맹자 점점 자라실 새 장난이 심하사 산밑에서 살 때에 상두꾼105) 흉내를 내시거늘 맹모 가라사대, 이곳이 아이 기를 곳이 못 된다 하시고, 저자(시장) 근처로 이사하였더니, 맹자께서 또 물건 매매(賣買)하는 형용을 지으시니 맹모 또 집을 떠나 학궁(學宮)106) 곁에 거하시매 그제야 맹자 예절 있는 희롱을 하시는지라 맹모 말씀이, 이는 참 자식 기를 곳이라 하시고 가르쳐 만세 아성(亞聖)107)이 되셨소. 한 아들을

---

104) 당삭(當朔)—산월을 당함.
105) 상두꾼—상여꾼.
106) 학궁(學宮)—성균관의 별칭.
107) 아성(亞聖)—대성에 대해 그 다음가는 현인.

가르쳐 억조창생(億兆蒼生)에게 무궁한 도학이 맞게 하시니 교육이란 것이 어떠하오? 만일 맹자께서 상두나 메시고 물건이나 팔러 다니셨다면 오늘날 맹자님을 누가 알겠소?

≪비유요지≫라 하는 책에 말하였으되, 서양에 한 부인이 그 아들을 잘 교육할 새 그 아들이 장성하여 장사치로 나가거늘 그 부인이 부탁하되, 너는 어디 가든지 남 속이지 아니하기로 공부하라. 그 아들이 대답하고 지화 몇 백 원을 옷깃 속에 넣고 행하다가 중로에서 도적을 만나니 그 도적이 묻되, 너는 무슨 업을 하며 무슨 물건을 몸에 지녔느냐 하되, 그 아이 대답하되, 나는 장사하는 사람이니 지화 몇 백 원이 옷깃 속에 있노라 하니, 도적이 그 정직함을 괴이 여겨 뒤져 본즉 과연 있는지라, 당초에 깊이 감추고 당장에 은휘(隱諱)108)치 아니하는 이유를 물은즉 그 사람이 대답하되, 내 모친이 남을 속이지 말라 경계하셨으니 어찌 재물을 위하여 친교(親敎)를 어기리오. 도적이 각각 탄복하여 말하되, 너는 효성 있는 사람이라. 우리 같은 자를 어찌 인류라 하리오. 그 지화를 다시 옷깃에 넣어 주고 그후로는 다시 도적질도 아니하였다 하였소.

그 부인이 자기 아들을 잘 교육하여 남의 자식까지 도적의 행위를 끊게 하니 교육이라는 것이 어떠하오? 송나라 구양수(歐陽修)109) 씨도 과부의 아들로 자라매, 집이 심히 간난(艱難)110)하여 서책과 필묵이 없거늘, 그 모친이 갈대로 땅을 그어 글을 가르쳐 만고 문장이 되었고, 우리나라 퇴계 이황 선생도 어릴 때 그 모친이 말씀하되, 내 일찍 과부 되어 너희 형제만 있으니 공부를 잘하라, 세상 사람이 과부의 자식은 사귀지 아니한다니 너희는 그 근심을 면하게 하라 하고, 평상시

---

108) 은휘(隱諱) — 꺼리어 숨기고 피함.
109) 구양수(歐陽修) — 중국 송나라 시대의 문인. 당송 팔대가의 한 사람.
110) 간난(艱難) — 힘들고 고행이 됨. → 가난.

에 무슨 물건을 보면 이치를 가르치며 아무 일이고 당하면 사리를 분석하여 순순히 교훈하사 동방공자(東邦孔子)111)가 되셨으니 교육이라는 것이 어떠하오?

예로부터 교육은 어머니께 받는 일이 많으니 우리도 자식을 그런 성력(誠力)과 그런 방법으로 교육하였으면 그 영향이 어떠하겠소? 우리 여자 사회에 큰 사업이 이에서 더한 일이 있겠소? 여러분 여자들, 지금 남자와 지금 여자를 조롱 말고 이 다음 남자와 이 다음 여자나 교육 좀 잘하여 봅시다."

"그 말씀 대단히 좋소. 자식 기르는 법과 가르치는 공효(功效)112)를 많이 말씀하셨으나 자식 사랑하는 이유가 미진한 고로 여러분 들으시기 위하여 그 진리를 말씀하오리다.

세상 사람들이 자식을 사랑한다 하나 실상은 자기 일신을 사랑함이니, 자식이 나매 좋아하고 기꺼하는 마음을 궁구(窮究)113)하면, 필경은 저 자식이 있으니 내 몸이 의탁할 곳이 있으며, 내 자식이 자라니 내 몸 봉양할 자가 있도다 하고, 혹 자식이 병이 들면 근심하고, 혹 자식이 불행하면 설워하니, 근심하고 설워하는 마음을 궁구하면 필경은 내 자식이 병들었으니 누가 나를 봉양하며, 내 자식이 없으니 내가 누구를 의탁하리오 하니, 그 마음이 하나도 자식을 위한다는 자도 없고 국가를 위한다는 자도 없으니 사람마다 자식 자식하여도 진리는 실상 모릅디다.

자식의 효도를 받는 것이 어찌 내 몸만 잘 봉양하면 효도라 하리오? 증자(曾子)114) 말씀에 인군을 잘못 섬겨도 효가 아니오, 전장에

---

111) 동방공자(東邦孔子)-우리나라의 공자.
112) 공효(功效)-보람. 효험.
113) 궁구(窮究)-속속들이 깊이 연구함.
114) 증자(曾子)-증삼(曾參)을 높이어 일컫는 말. 중국 춘추 시대 노(魯)나라의 사상

용맹이 없어도 효가 아니라 하셨으니, 이 말씀을 생각하면 자식이라는 것이 내 몸만 위하여 난 것이 아니요, 실로 나라를 위하여 생긴 것이니 자식을 공물(公物)이라 하여도 합당하오.

혹 모르는 사람은 이 말을 들으면 필경 대경소괴(大驚小怪)115)하여 말하되, 실로 그러할진대 누가 자식 있다고 좋아하며 자식 없다고 설워하리오? 청국 강남해 말에, 대동 세계에는 자식 못 낳은 여자는 벌이 있다 하더니, 과연 벌하기 전에야 생산하려는 자가 있겠소? 혹 생산하더라도 내 몸은 봉양하여 주지 아니하고 국가만 위하여 교육을 받으라 하겠소? 이러한 말이 널리 들리면 윤리상에 대단 불행하겠다 하여 중언부언(重言復言)할 터이지마는, 지금 내 말이 윤리상의 불행함이 아니라 매우 다행하오이다.

자식을 공물로 인정하더라도 그렇지 아니한 소이연(所以然)116)이 있으니, 가령 우마(牛馬)를 공물이라 하면 농업가와 상업가에서 우마를 부리지 아니하리까? 저 집에 우마가 있으면 내 집에 없어도 관계가 없다 하여 사람마다 마음이 그러하면 우마가 이미 절종되었을 터이나, 비록 공물이라도 우마가 있어야 농업과 상업에 낭패가 없은즉 자식은 공물이라고, 있는 것을 귀히 여기지 아니하리오? 기왕 자식이 있은 이상에는 공물이라고 교육 아니 하다가는 참말 윤리에 불행한 일이오. 가령 어부가 동무를 연합하여 고기를 잡되 남의 그물에 걸린 것이 내 그물에 걸린 것만 못하다 하니, 국가 대사업을 바라는 마음은 같으나 어찌 남의 자식 성취한 것이 내 자식 성취한 것만 하오리까? 그러한즉 불가불 자식을 교육할 것이요, 자식이 나서 나라의 사업을 성취하고 국민에 이익을 끼치면 그 부모는 어찌 영광이 없으리까?

가·유학자(儒學者). 자는 자여(子輿)로 공자의 제자임.
115) 대경소괴(大驚小怪)—몹시 놀라서 좀 이상하게 여김.
116) 소이연(所以然)—그렇게 된 까닭.

옛날 사파달이라 하는 땅에 한 노파가 여덟 아들을 낳아서 교육을 잘하여 여덟이 다 전장에 갔다가 죽은지라, 그 살아 돌아오는 사람더러 묻되, 이번 전장에 승부가 어떠한고? 그 사람이 대답하되, 전쟁은 이기었으나 노인의 여러 아들은 다 불행하였나이다 하거늘 노구(老嫗) 즉시 일어나 춤을 추며 노래를 불러 가로되, 사파달아, 사파달아, 내 너를 위하여 아들 여덟을 낳았다 하고 슬퍼하는 빛이 없으니, 그 노구가 참 자식을 공물로 인정하는 사람이니, 그는 생산도 잘하고 교육도 잘하고 영광도 대단하오이다.

우리나라 사람들이 자식의 진리를 몇이나 알겠소? 제일 가관의 일이, 정처(正妻)에 자식이 없으면 첩의 소생이 비록 여룡여호(如龍如虎)하여 문장은 이태백117)이요, 풍채는 두목지(杜牧之)118)요, 사업은 비사맥이라도 서자(庶子)라, 얼자(孽子)라 하여 버려 두고, 정도 없고 눈에도 서투른 남의 자식을 솔양(率養)119)하여 아들이라 하는 것이 무슨 일이오?

성인의 법제가 어찌 그같이 효박(淆薄)120)할 이유가 있으리까? 적서(嫡庶)121)라는 말씀은 있으나 근래 적서와는 대단히 다르오. 정처의 소생이라도 장자 다음에는 다 서자라 하거늘, 우리나라는 남의 정처 소생을 서자라 하면 대단히 뛰겠소. 양자법으로 말할지라도 적서에 자녀가 하나도 없어야 양자를 하거늘, 서자라 버리고 남의 자식을 솔양하니 하나도 성인의 법제는 아니오. 자식을 부모가 이같이 대우하니 어찌 세상에서 대우를 받겠소?

---

117) 이태백―이백을 자로 일컫는 이름. 중국 당나라 때의 시인.
118) 두목지(杜牧之)―중국 당나라 말기의 시인. 본명은 목, 목지는 그의 자. 작품으로 '아방궁부', '강남훈' 등이 있음.
119) 솔양(率養)―양자로 삼음.
120) 효박(淆薄)―인정이나 풍습이 경박함.
121) 적서(嫡庶)―적자와 서자.

그 서자이니 얼자이니 하는 총중(叢中)에 영웅이 몇몇이며, 문장이 몇몇이며, 도덕군자(道德君子)가 몇몇인지 누가 알겠소? 그 삶도 원통하거니와 나랏일이야 더구나 말할 것이 있소? 남의 나라 사람도 고문(顧問)이니 보좌(補佐)니 쓰는 법도 있거든, 우리나라 사람에 무엇을 그리 많이 고르는지 이성호(李星湖)122)는 적서 등분을 혁파(革罷)하자, 서북 사람을 통용하자 하여 열심으로 의논하였고, 조은당의 부인 김씨는 자제를 경계하되, 너희가 서모를 경대(敬待)123)하지 아니하니 어찌 인사(人士)라 하리오?

아비의 계집은 다 어미라 하셨나니 이 두 말씀이 몇백 년 전에 주장하였으니 그 아니 고명하오?

또 남의 후취로 들어가서 전취 소생에게 험히 구는 자 있으니 그것은 무슨 지각이오? 아무리 나의 소생은 아니나 남편의 자식은 분명하니 양자보다는 매우 긴절(緊切)하오. 사람의 전조모와 후조모라 하여 자손의 마음에 후박(厚薄)이 있으리까? 그렇건마는 몰지각한 후취 부인들은 내 속으로 낳지 아니하였으니 내 자식이 아니라 하여 동네 아이만도 못하고 종의 자식만도 못하게 대우하니 어찌 그리 박정하오 무식하오? 아무리 원수같은 자식이라도 내 몸이 늙어지면 소생 자식 열보다 나으며, 그 손자로 말할지라도 큰 자식의 손자가 소생 손자 열보다 낫지 아니하오?

원수같이 알고 도척(도적)같이 알던 그 자식 그 손자가 일후에 만반진수(滿盤珍羞)124)를 차려 놓고, '유세차 효자모·효손모는 감소고우 현비·현조비 모봉모 씨'라 하면 아마 혼령이라도 무안하겠지. 또 자

---

122) 이성호(李星湖) — 이조 영조때의 학자. 경학의 대가이며 실학파(實學派). 문집에 '성호사설'이 있음.
123) 경대(敬待) — 공경하여 접대함.
124) 만반진수(滿盤珍羞) — 소반에 가득한 맛있는 음식.

식을 기왕 공물로 인정할진대 내 소생만 공물이오 전취 소생은 공물이 아니겠소. 아무리 전취 자식이라도 잘 교육하여 국가의 대사업을 성취하면 그 영광이 아마 못생긴 소생 자식보다 얼마쯤이 유조(有助)125)하리니, 이 말씀을 우리 여자 사회에 공포하여 그 소위 서자이니, 전취 자식이니 하는 악습을 다 개량하여 윤리상 영원한 행복을 누리게 합시다."

"자식의 진리를 자세히 말씀하였으나 그 범위는 대단히 넓다고는 못 하겠소. 기왕 자식을 공물이라 말씀하셨으면 공물이 많아야 좋겠소, 공물이 적어야 좋겠소? 공물이 많아야 좋다 할진대 어찌 서자이니 전취 소생이니 그것만 공물이라 하여도 역시 사정(私情)126)이올시다. 비록 종의 자식이나 거지의 자식이라도 우리나라 공물은 일반이어늘, 소위 양반이니 중인이니 상한(常漢)127)이니 서울이니 시골이니 하여 서로 보기를 타국 사람같이 하니 단체가 성립할 날이 어찌 있겠소? 또 서북으로 말할지라도 몇백 년을 나라 땅에 생장하기는 일반이어늘, 그 사람 중에 재상이 있겠소, 도학 군자가 있겠소. 천향이라 하여도 가하니 그 사람 중에 진개(眞開) 재상 재목과 도학 군자 자격이 없는 것이 아니라, 재상의 교육과 군자의 학문이 없음인지 몇백 년 좋은 공물을 다 버리고 쓰지 아니하였으니 어찌 나라가 왕성하오리까?

이성호 말씀에, 반상을 타파하자, 서북을 통용하자 하여 수천 마디 말을 반복 의논하였으나 인하여 무효하였으니 어찌 한심치 아니하겠소? 평안도의 심의 도사 오세양 씨는 그 학문이 우리 동방에 드문 군자라. 그 학설과 이설이 대단히 발표하였건마는 서원도 없고 문집도

---

125) 유조(有助) ─ 도움이 있음.
126) 사정(私情) ─ 사사로운 정.
127) 상한(常漢) ─ 상인.

없이 초목과 같이 썩어진 일이 그 아니 원통한가?

그 정책은 다름 아니라 서북은 인재가 배출하니 기호(畿湖)128)와 같이 교육하면 사환(仕宦) 권리를 다 빼앗긴다 하니 그러한 좁은 말이 어디 있겠소? 사환이라는 것은 백성을 대표한 자인즉 백성의 지식이 고등한 자라야 참례하나니 아무쪼록 내 지식을 넓혀서 할 것이지, 남의 지식을 막고 나만 못하도록 하면 어찌 천도(天道)가 무심하오리까?

철학 박사의 말에, 차라리 제 나라 민족의 노예가 세세로 될지언정 타국 정부의 보호는 아니 받는다 하였으되, 그 말을 생각하면 이왕 일이 대단히 잘못되었소.

또 반상으로 말할지라도 그렇게 심한 일이 어디 있겠소? 어찌하다가 한 번 상놈이라 패호(牌號)129)하면 비록 영웅·열사가 있을지라도 자자손손이 상놈이라 하대하니 그 같은 악한 풍속이 어디 있으리까? 그러나 한 번 상사람 된 자는 도저히 인재 나기가 어려우니, 가령 서울 사람이라 해도 그 실상은 태반이나 시골 생장인즉 시골 풍속으로 잠깐 말하리다.

그 부모 된 자들이 자식의 나이 칠팔 세만 되면 나무를 하여라, 꼴을 베어라 하여, 초등 교과가 꼬부랑 호미와 낫이요, 중등 교과가 가래와 쇠스랑이요, 대학 교과가 밭갈기·논갈기요, 외교 수단이 소장사·등짐꾼이니, 그 총중에 비록 금옥 같은 바탕이 있을지라도 어찌 저절로 영웅이 되겠소? 결단코 그 중에 주정꾼과 노름꾼의 무수한 협잡배(挾雜輩)들이 당초에 교육을 받았으면 영웅도 되고 호걸도 되었으리라 하오.

혹 그 부모가 소견이 바늘 구멍만치 뚫려 자식을 동네 생원님 학

---

128) 기호(畿湖)—경기도·황해도 남부와 충청 남도 북부 지역.
129) 패호(牌號)—남들이 패 채워서 부르는 별명.

구(學究)방에 보내면 그 선생이 처지를 따라 가르치되, 너는 큰 글하여 무엇하느냐, 계통문(系統文)이나 보고 취대(取貸)130)하기나 하면 족하지. 너는 시(詩)·부(賦)·표(表)·책(策)하여 무엇하느냐, ≪전등신화≫131)나 읽어서 아전(衙前)질이나 하여라 하니, 그런 참혹한 일이 어디 있겠소? 입학하던 날부터 장래 목적이 이뿐이요, 선생의 교수가 이러하니 제갈량·비사맥 같은 바탕이 몇백만 명이라도 속절없이 전진할 여망이 없겠으니 이는 소위 양반의 죄뿐 아니라 자기가 공부를 우습게 보아서 그 지경에 빠진 것이요, 옛날 유명한 송귀봉과 서거정은 남의 집 종의 아들로 일대 도학가가 되었고, 정금남은 광주 관비의 아들로 크게 사업을 이루었은즉, 남의 집 종과 외읍 관비보다 더 천한 상놈이 어디 있겠소마는 이 어른들을 누가 감히 존중치 아니하겠소?

그러나 무식한 자들이야 어찌 그러한 사적을 알겠소? 도무지 선지(先知)라 선각(先覺)이라 하는 양반이 교육 아니한 죄가 대단하오. 물론 아무 나라라고 상·중·하등 사회가 없는 것은 아니나 그러나 국가 질서를 유지하려면 불가불 등급(等級)이 있어야 문란한 일이 없거늘, 우리나라 경장(更張)132) 대신(大臣)들이 양반의 폐(幣)만 생각하고 양반의 공효는 생각지 못하여 졸지에 반상 등급을 벽파(劈破)133)하라 하니 누가 상쾌치 아니하겠소마는, 국가 질서의 문란은 양반보다 더 심한 자 많으니 어찌 정치가(政治家)의 수단이라고 인정하겠소?

지금 형편으로 보면 양반들은 명분 없는 세상에 무슨 일을 조심하

---

130) 취대(取貸) ― 돈을 빌려 쓰기도 하고 빌려 주기도 함.
131) 전등신화 ― 중국 명대(明代)의 전기체(傳奇體) 단편 소설집. 4권으로 구우(瞿右)가 지음.
132) 경장(更張) ― 사회적·정치적으로 부패한 모든 제도를 개혁함.
133) 벽파(劈破) ― 찢어발김.

리오?

그 행세가 전일 양반만도 못하고 상인들은 요사이 양반이 어디 있어, 비록 문장이 된들 무엇하며 도학이 있은들 무엇하나 하여, 혹 목불식정(目不識丁)134)하고 준준무식(蠢蠢無識)135)한 금수같은 류들이 제 집에서 제 형을 욕하며, 제 부모에게 불효한대도 동네 양반들이 말하면 팔뚝을 뽐내며 하는 말이, 시방 무슨 양반이 따로 있나? 내 자유권을 왜 상관이 있나? 내 자유권을 무슨 걱정이야? 그러다가는 뺨을 칠라, 복장을 지를라 하면서 무수질욕(無數叱辱)136)하나 누가 감히 옳다 그르다 말하겠소? 속담에 상두꾼에게도 수번이 있고, 초라니137) 탈에도 차례가 있다 하니, 하물며 전국 사회가 이렇게 문란하고야 무슨 질서가 있겠소?

갑오년 경장 대신의 정책이 웬 까닭이오? 양반은 양반대로 두고, 학교하는 임원도 양반이며, 학도의 부형도 양반이며, 학도도 양반이라고 울긋불긋한 고추장 빛으로 학부인이라, 내부인이라 반포하면 전국이 다 양반이 될 일이 어찌하여 양반 없이 한다 하니, 사천 년 전래하던 습관이 졸지에 잘 변하겠소? 지금 형편은 어떠하냐 하면 어기어차 슬슬 다리어라, 네가 못 다리면 내가 다리겠다, 어기어차 슬슬 다리어라 하는 이 지경에 한 번 큰 승부가 달렸은즉, 노인도 다리고, 소년도 다리고, 새아기씨도 다리어도 이길는지 말는지 할 일이오.

나도 양반으로 말하면 친정이나 시집이나 삼한갑족(三韓甲族)138)이로되, 그것이 다 쓸데 있소? 우리도 자식을 공물이라 하면 그 소위 서

---

134) 목불식정(目不識丁)―일자무식(一字無識).
135) 준준무식(蠢蠢無識)―굼뜨고 어리석어 아주 무식함.
136) 무수질욕(無數叱辱)―이루 다 말할 수 없이 꾸짖고 욕함.
137) 초라니―나자의 하나. 기괴한 여자 형상의 탈을 쓰고, 붉은 저고리에 푸른 치마를 입고, 긴 대의 깃발을 가졌음.
138) 삼한갑족(三韓甲族)―우리나라의 옛적부터 문벌이 높은 집안.

북이니 반상이니 썩고 썩은 말을 다 그만두고 내 나라 청년이면 아무쪼록 교육하여 우리 어렵고 설운 일을 그 어깨에 맡깁시다.”

“작일은 융희(隆熙)139) 이년 제일 상원(上元)140)이니, 달도 그전과 같이 밝고, 오곡밥도 그전과 같이 달고, 각색 채소도 그전과 같이 맛나건마는 우리 심사는 왜 이리 불평하오?

어젯밤이 참 유명한 밤이오.

우리나라 풍속에 상원일 밤에 꿈을 잘 꾸면 그해 일 년에, 벼슬하는 이는 벼슬을 잘하고, 농사하는 이는 농사를 잘하고, 장사하는 이는 장사를 잘한다 하니, 꿈이라는 것은 제 욕심대로 꾸어서 혹 일 년, 혹 십 년, 혹 수십 년이라도 필경은 아니 맞는 이유가 없소. 우리 한 노래로 긴 밤 새우지 말고, 대한 융희 이년 상원일에 크나 작으나 꿈꾼 것을 하나 유루(遺漏)141)없이 이야기합시다.”

“그 말씀이 매우 좋소. 나는 어젯밤에 대한 제국 자주 독립할 꿈을 꾸었소. 활멸사라 하는 사회가 있는데 그 사회 중에 두 당파가 있으니, 하나는 ‘자활당(自活黨)’이라 하여 그 주의인즉, 교육을 확장하고 상공(商工)을 연구하여 신공기를 흡수하며 부패(腐敗) 사상을 타파하여 대포도 무섭지 아니하고 장창(長槍)도 두렵지 아니하여 국가에 몸을 바치는 사업을 이루고자 할 새, 그 말에 외국 의뢰(依賴)도 쓸데없고, 한두 개 영웅이 혹 국권을 만회(挽回)하여도 쓸데없고, 오직 전국 남녀 청년이 보통 지식이 있어서 자주권을 회복하여야 확실히 완전하다 하여 학교도 설시하며 신서적도 발간하여, 남이 미쳤다 하든지 못생겼다 하든지 자주권 회복하기에 골몰무가(汨沒無暇)142)하나, 그 당

---

139) 융희(隆熙)―조선 왕조 말 순종 때의 연호로 대한 제국의 마지막이 됨. 1907~
   1910까지 사용됨.
140) 상원(上元)―음력 정월 보름날.
141) 유루(遺漏)―비거나 빠짐.

파의 수효는 전 사회의 십분지 삼이오.

하나는 '자멸당(自滅黨)'이라 하니 그 주의인즉, 우리나라가 이왕 이 지경에 빠졌으니 제갈공명이 있으면 어찌하며, 격란사돈이 있으면 무엇하나? 십승지지(十勝之地)[143] 어디 있노, 피난이나 갈까 보다, 필경은 세상이 바로 잡히면 그때에야 한림직각(寒林職閣)을 나 내놓고 누가 하나? 학교는 무엇이야, 우리 마음에는 십대 생원님으로 죽는대도 자식을 학교에야 보내고 싶지 않다. 소위 신학문이라는 것은 모두 천주학(天主學)인데 우리네 자식이야 혈마(설마) 그것이야 배우겠나?

또 물리학이니 화학이니 정치학이니 법률학이니, 다 무엇에 쓰는 것인가? 그것을 모를 때에는 세상이 태평하였네. 요사이 같은 세상일수록 어디 좋은 명당 자리나 얻어서 부모의 백골을 잘 면례하였으면 자손에 발음(發蔭)[144]이나 내릴는지, 우선 기도나 잘하여야 망하기 전에 집안이나 평안하지, 전곡(錢穀)이 썩어지더라도 학교에 보조는 아니 할 터이야. 바로 도적놈을 주면 매나 아니 맞지, 아무개는 제 집이 어렵다 하면서 학교에 명예 교사를 다닌다지. 남의 자식 가르치기에 어찌 그리 미쳤을까? 글을 읽어라, 수를 놓아라 하는 소리 참 가소롭데. 유식하면 검정 콩알[145]이 아니 들어가나? 운수를 어찌하여? 아무것도 없지. 요대로 앉았다가 죽으면 죽고 살면 사는 것이 제일이라 하니, 그 당파의 수효는 십분지 칠이요, 그 회장은 국참정이라는 사람이니, 아무 학회 회장과 흡사하여 얼굴이 풍후(豊厚)하고 수염이 많고 성품이 순실하여 이 당파도 좋아, 저 당파도 좋아 하여 반박(反駁)이 없이 가부취결(可否取結)[146]만 물어서 흥하자 하면 흥하고, 망하자 하

---

142) 골몰무가(汨沒無暇)—골몰하여 틈이 조금도 없음.
143) 십승지지(十勝之地)—국내의 피난하기 좋다는 열 군데 명승지.
144) 발음(發蔭)—산음이나 선음 같은 것이 내려 운수가 터짐.
145) 콩알—총알.

면 망하여 회원의 다수만 점검하는데, 그 소수한 자활당이 자멸당을 이기지 못하여 혹 권고도 하며, 혹 욕질도 하며, 혹 통곡도 하면서 분주 왕래하되, 몇 번 통상 회의니 특별 회의니 번번이 동의하다가 부결을 당한지라, 또 국회장에게 무수 애걸하여 마지막 가부회를 독립관에 개설하고 수만 명이 몰려가더니 소위 자멸당도 목석(木石)과 금수(禽獸)는 아니라, 자활당의 정대한 언론과 비창한 형용을 보고 서로 기뻐하며 자활주의로 전수 가결되매, 그 여러 회원들이 독립가를 부르고 춤을 추며 돌아오는 거동을 보았소.”

매경 깔깔 웃으며,

“나는 어젯밤에 대한 제국의 개명할 꿈을 꾸었소. 전국 사람들이 모두 병이 들었다는데, 혹 반신불수(半身不遂)도 있고 혹 수중다리147) 도 있고 혹 내종(內腫)148)병도 들고 혹 정충증(怔忡症)149)도 있고 혹 체증·횟배와 귀먹고 눈멀고 벙어리까지 되어 여러 가지 병으로 집집이 앓는 소리요, 곳곳이 넘어지는 빛이라, 남녀노소를 물론하고 성한 사람은 하나도 없더니 마침 한 명의가 하는 말이, 이 병들을 급히 고치지 아니하면 우리 삼천리 강산이 빈 터만 남으리니 그 아니 통곡할 일이오?

내가 화제(和劑)150) 한 장을 낼 것이니 제발 믿으시오 하더니 방문을 써서 돌리니, 그 방문 이름은 청심환 골산이니 성경으로 위군하고, 정치·법률·경제·산술·물리·화학·농학·공학·상학·지리·역사, 각 등분하여 극히 정묘(精妙)하게 국문으로 법제하여 병세 쾌차하

---

146) 가부취결(可否取結)―회의에서 의안의 가부를 결정함.
147) 수중다리―수종(水腫)다리. 병으로 퉁퉁 부은 다리.
148) 내종(內腫)―내장에 난 종기.
149) 정충증(怔忡症)―공연히 가슴이 울렁거리며 불안해하는 증세.
150) 화제(和劑)―약방문.

도록 무시복(無時服)151)하되, 병자의 증세를 보아 임시 가감도 하며 대기(大忌)하기는 주색(酒色)·잡기(雜技)·경박(輕薄)·퇴보(退步)·태타(怠惰) 등이라.

이 방문을 사람마다 베껴다가 시험할새 그 약을 방문대로 잘 먹고 나면 병 낫기는 더할 말이 없고 또 마음이 청상(淸爽)해지며 환골탈태(換骨奪胎)152)가 되는데 매미와 뱀과 같이 묵은 허물을 일제히 벗어 버립디다.

오륙 세 전 아이들은 당초에 벗을 것이 없으나 팔 세 이상 아이들은 가뭇가뭇한 종잇장 두께만 하고, 십오 세 이상 사람들은 검고 푸르러서 장판 두께만 하고, 삼십·사십씩 된 사람들은 각색 빛이 얼룩얼룩하여 멍석 두께만 하고, 오십·육십 된 사람들은 어룩어룩 두틀두틀하며 또 각색 악취가 촉비(觸鼻)153)하여 보료 두께만 하여, 노소남녀가 각각 벗을 때 참 대단히 장관입디다. 아이들과 젊은이와, 당초에 무식한 사람들은 벗기가 오히려 쉽고, 조금 유식하다는 사람들과 늙은이들은 벗기가 극히 어려워서, 혹 남이 붙잡아도 주고 혹 가르쳐도 주되, 반쯤 벗다가 기진한 사람도 있고 인하여 아니 벗으려고 앙탈하다가 그대로 죽는 사람도 왕왕 있습디다.

필경은 그 허물을 다 벗어 옥골선풍(玉骨仙風)154)이 된 후에 그 허물을 주체할 데가 없어 공론이 불일(不一)한데, 혹은 이것을 집에 두면 그 냄새에 병이 복발(復發)하기 쉽다 하며, 혹은 그 냄새는 고사하고 그것을 집에 두면 철모르는 아이들이 장난으로 다시 입어 보면 이것이 큰 탈이라 하며, 혹은 이것을 모두 한곳에 모아 쌓고 그 근처에

---

151) 무시복(無時服)－때를 정하지 않고 수시로 복약함.
152) 환골탈태(換骨奪胎)－용모가 환하게 트이고 아름다워져 전혀 딴사람이 되는 것.
153) 촉비(觸鼻)－냄새가 코를 찌름.
154) 옥골선풍(玉骨仙風)－살빛이 희고 고결하여 신선과 같은 풍채.

사람 다니는 것을 금하면 다시 물들 염려도 없을 터이나 그것을 한곳
에 모아 쌓은즉 백두산보다도 클 것이니, 이러한 조그마한 나라에 백
두산이 둘이면 집은 어디 짓고 농사는 어디서 하나? 그것도 못 될 말
이지 하며 혹은 매미 허물은 선퇴(蟬退)라는 것이니 혹 간기증(肝氣
症)155)에도 쓰고, 뱀의 허물은 사퇴(蛇退)라는 것이니, 혹 인후증(咽喉
症)156)에도 쓰거니와 이 허물은 말하려면 인퇴(人退)라 하겠으나 백
가지에 한 군데 쓸데가 없으며 그 성질이 육기(肉氣)가 많고 와사(瓦
斯)157) 냄새가 많아서 동해 바다의 멸치 썩는 것과 방불한즉, 우리나
라 척박(瘠薄)한 천지에 거름으로 썼으면 각각 주체하기도 경편하고
또 농사에도 심히 유익하겠다 하니, 그제야 여러 사람들이 그 말을 시
행하여 혹 지게에도 져내고 혹 구루마에 실어 내어 낙역부절(絡繹不
絶)158)하는 것을 보았소.”

　“나는 어젯밤에 대한 제국의 독립할 꿈을 꾸었소. 오뚝이라는 것은
조그마하게 아이를 만들어 집어 던지며 드러눕지 아니하고 오뚝오뚝
일어서는 고로 이름을 오뚝이라 지었으니, 한문으로 쓰려면 나 오자,
홀로 독자, 설 립자 세 글자를 모아 부르면 오독립(吳獨立)이니, 내가
독립하겠다는 의미가 있고 또 오뚝이의 사적(事蹟)159)을 들으니, 옛날
조그마한 동자로 정신이 돌올(突兀)160)하여 일찍 일어선 아이라. 그런
고로 후세 사람들이 아이를 낳아서 혹 더디 일어설까 염려하여 오뚝
이 모양을 만들어 희롱감으로 아이들을 주니 그 정신이 오뚝이와 같

---

155) 간기증(肝氣症)—어린아이가 소화 불량으로 식욕이 떨어지고 얼굴이 해쓱해져,
　　　푸른 젖을 토하고 푸른 대변을 누며 자꾸 우는 증세.
156) 인후증(咽喉症)—목구멍이 아프고 붓는 병의 통칭.
157) 와사(瓦斯)—가스.
158) 낙역부절(絡繹不絶)—연락 부절.
159) 사적(事蹟)—사건의 자취. 일의 형적.
160) 돌올(突兀)—높이 솟아 우뚝하다.

이 오뚝오뚝 일어서라는 의사라. 우리나라 사람들이 오뚝이 정신이 있는 이는 하나도 없은즉, 아이들뿐 아니라 장정 어른들도 오뚝이 정신을 길러서 오뚝이와 같이 오뚝오뚝 일어서기를 배워야 하겠다 하여, 우리 영감 평양서윤(平壤庶尹)161)으로 있을 때에 장만한 수백 석지기 좋은 땅을 방매(放賣)하여 오뚝이 상점을 설시하고 각 신문에 영업 광고를 발표하였더니 과연 오뚝이를 몇 달이 못 되어 다 팔고 큰 이익을 얻어 보았소."

"나는 어젯밤에 대한 제국이 천만 년 영구히 안녕할 꿈을 꾸었소. 석가여래(釋迦如來)라 하는 양반이 전신이 황금과 같이 윤택하고 양미간에 큰 섬이 박히고 한 손은 감중련(坎中連)162)하고 한 손에는 석장(錫杖)163)을 들고 빛나는 옥탁자 위에 앉았거늘, 내가 합장 배례하고 황공(惶恐) 복지(伏地)164)하여 내두(來頭)165)의 발원(發願)을 묻는데, 어떠한 신수 좋은 부인 한 분이 곁에 섰다가 책망하기를, 적선(積善)한 집에는 경사가 있고, 불선(不善)한 집에는 앙화(殃禍)166)가 있음은 소소(昭昭)한 이치어늘, 어찌 구구히 부처에게 비느뇨?

그대는 적악(積惡)한 일 없고 이생에도 부모에 효도하며 형제에 우애하며 투기를 아니하며 무당과 소경을 멀리 하여 음사기도(陰祠期圖)167)를 아니하며 전곡168)을 인색히 아니하여 어려운 사람을 잘 구제하고 학교에나 사회에나 공익상으로 보조를 많이 하였으니 너는 가

---

161) 평양서윤(平壤庶尹)―조선 왕조때 한성부와 평양부에 두었던 종 4품의 벼슬.
162) 감중련(坎中連)―팔괘(八卦) 중 감괘(坎卦)의 상형.
163) 석장(錫杖)―중이 짚는 지팡이.
164) 복지(伏地)―땅 위에 엎드림.
165) 내두(來頭)―지금으로부터 닥치는 앞.
166) 앙화(殃禍)―죄의 앙갚음으로 받는 재앙(災殃).
167) 음사기도(陰祠期圖)―내력이 바르지 못한 귀신을 모시어 놓고 하는 집채 기도.
168) 전곡―집터의 경계선.

위 선녀라 할지니, 그 행복을 누리려면 너의 일생뿐 아니라 천만 년이라도 자손은 끊이지 아니하고 부귀공명(富貴功名)과 충신 효자를 많이 점지하리라 하시니, 이 말씀을 미루어 본즉 내 자손이 천만 년 부귀를 누릴 지경이며 대한 제국도 천만 년을 안녕하심을 짐작할 일이 아니겠소?"

여러 부인 중에 한 부인이 일어나서 말하되,

"나는 지식이 없어 연(然)하여 담화는 잘 못하거니와 사상이야 어찌 다르며 꿈이야 못 꾸었겠소? 나도 어젯밤에 좋은 몽사(夢事)가 있으나 벌써 닭이 울어 밤이 들었으니 이 다음에 이야기하오리다."

추월색
(秋月色)

작자 : 최찬식(崔瓚植)

1881~1951. 호는 해동초인(海東樵人)·동초(東樵). 경기도 광주 출생. 광주 시흥학교(時興學校)를 거쳐 한성중학(漢城中學)에서 수학, 문학에 뜻을 두고 1907년 중국 상해에서 발행한 소설집 ≪설부총서(說部叢書)≫를 번역, 신소설 분야에 첫발을 디뎠다.

1912년 ≪추월색(秋月色)≫을 비롯하여 ≪안의 성≫, ≪금강문≫, ≪강상촌≫, ≪능라도≫ 등 많은 작품을 발표하였다.

그러나 이들 작품은 한결같이 이성간의 애정 문제를 다룬 것이었다. 따라서, 그의 중심은 민족의식이나 자주 독립 등의 정치적인 면보다 애정 문제, 풍속적 윤리·도덕 문제에 놓여 있다고 할 수 있다. 그것은 우리의 유교 관념을 부정하는 근대의 인간·자유·평등주의를 주장하는 동시에, 반상의 계급 의식과 빈부의 차별 의식 같은 전근대적 기성의 도덕을 부정하는 새로운 시대 의식의 흐름을 반영하여 주목하였다.

그러나 후기의 작품은 변모하는 시대상을 반영하지 못한 채 구태의연한 주제의 반복으로 그 문학사적 위치를 급격히 상실한다.

추월색(秋月色)

여학생과 소년

시름없이 오던 가을비가 그치고 슬슬 부는 서풍이 쌓인 구름을 쓸어 보내더니, 오리알 빛 같은 하늘에 티끌 한 점 없이 지고 교교한 추월색(秋月色)이 천지에 가득하니, 이때는 사람 사람마다 공기 신선한 곳에 한번 산보할 생각이 도저히 나겠더라.

밝고 밝은 그 달빛에 동경 우에노〔上野〕 공원이 일폭 월세계(月世界)를 이루었으니, 높고 낮은 누대는 금벽이 찬란하며 꽃 그림자 대 그늘은 서로 얽혀 바다 같고, 풀끝에 찬 이슬은 낱낱이 반짝거려 아름다운 야경이 그림같이 영롱한데, 쾌락하게 노래 부르고 오락가락하는 사람들은 모두 달구경하는 사람이더니, 밤은 어느 때나 되었는지 그 많던 사람들이 하나씩 둘씩 다 헤져가고 적적한 공원에 월색만 교결(皎潔)한데, 그 월색 안고 불인지(不忍池) 관월교(觀月橋) 석난간에 의지하여 오똑 섰는 사람은 일개 청년 여학생이더라.

그 여학생은 나이 18, 9세쯤 된 듯하며 신선한 조화(造花)로 머리를 장식하고 자줏빛 하가마〔袴〕[1]를 단정하게 입었는데 그 온아한 태도

---

1) 하가마〔袴〕—일본 옷의 겉에 입는 주름잡힌 하의.

가 어느 모로 뜯어보든지 천생 귀인의 집 규중(閨中)2)에서 고이 기른 작은 아씨더라.

그 여학생의 심중에는 무슨 생각이 그리 첩첩한지 힘없이 서서 달빛만 바라보는데, 그 달 정신을 뽑아다가 그 여학생의 자색을 자랑시키려고 한 듯이 희고 흰 얼굴에 맑고 맑은 광선이 비치어, 그 어여쁜 용모를 이루 형용키 어려우니, 누구든지 한 번 보고 또 한 번 다시 보지 아니치 못하겠더라.

그 공원 속에 남아 있는 사람은 이 여학생 한 사람뿐인 듯하더니, 어떤 하이칼라 적소년(赤少年)이 술이 반쯤 취하여 노래를 부르고 불인지(不忍池) 옆으로 내려오는데, 파나마 모자를 푹 숙여 쓰고, 금테 안경은 코허리에 걸고, 양복 앞섶 떡 갈라 붙인 속으로 축 늘어진 시계줄은 월광(月光)에 태어 반짝반짝하며, 바른손에는 반쯤 탄 여송연을 손가락에 감아 쥐고 왼손으로 단장을 들어 향하는 길을 지점하고 회동회동 내려오는 모양이, 애매한 부형의 재산도 꽤 없애 보고, 남의 집 색시도 무던히 버려 주었겠더라.

그 소년이 이 모양으로 내려오다가 관월교 가에 홀로 섰는 여학생을 보더니 모자를 벗어 들고 반갑게 인사한다.

"아, 오래간만에 뵈옵니다. 그 사이 귀체 건강하시오니까?"

"네, 기운 어떱시오?"

"요사이는 어째 그리 한 번도 만나 뵈올 수 없습니까?"

"근일에 몸이 좀 불편해서 아무데도 못 갔습니다."

"……아, 어쩐지 일요 강습회에도 한번 아니 오시기에 무슨 사고가 계신가 하고 매우 궁금히 여기던 차올시다. 그래 지금은 쾌차하시오니까?"

---

2) 규중(閨中)—부녀가 거처하는 안방. 규합(閨閤).

“조금 낫습니다.”

“나도 근일에 몸이 대단히 곤하여 오늘도 종일 누웠다가 하도 울적하기에 신선한 공기나 좀 쏘여 볼까 하고 나왔더니, 비 끝에 달빛이야 참 좋습니다. 그러나 추월색은 영인초창이라더니, 그야말로 사람의 마음을 정히 상하게 합니다그려, ……허 ……허 ……허.”

“……”

“그러나 산본(山本) 노파 언제 만나 보셨습니까?”

“산본 노파가 누구오니까?”

“아따, 우리 주인 노파 말씀이오.”

“글쎄요, 언제 만나 보았던지요.”

여학생의 대답이 그치자, 소년이 무슨 말을 할 듯 할 듯하다가 아니하고 또 무슨 말을 하려고 입을 벙긋벙긋하다가 못 하더니 여학생의 얼굴을 다시 한 번 건너다보면서,

“그 노파에게 무슨 말씀 들어 계시지요?”

여학생은 그 말을 들었는지 못 들었는지 아무 말없이 비슥3) 돌아서며 이슬에 젖은 국화 가지를 잡고 맑은 향기를 두어 번 맡을 뿐인데, 구름 같은 살쩍과 옥 같은 반뺨이 모두 소년의 눈동자 속으로 들어간다. 그 소년은 그렇게 하기 어려운 말을 한 마디 간신히 하였건마는 여학생의 대답은 없으며, 물끄러미 한참 보다가 말 한 마디를 또 꺼내더라.

“그 노파에게도 응당 자세히 들어 계시겠지마는, 한 번 조용히 만나면 할 말씀이 무한히 많던 차올시다.”

그 소년은 여학생을 만나 인사하고 수작 붙이는 모양이 매우 숙친(熟親)4)도 한 듯이, 무슨 간절한 의논도 있는 듯이 노파를 얹어 가며

---

3) 비슥—한쪽으로 비스듬하다.

말하는데, 그 말속에 무슨 은근한 말이 또 들었는지 여학생은 그 말 대답도 아니하고 먼 산을 한 번 바라보더니,

"아마 야심한 듯하니 집으로 돌아가겠습니다. 용서하십시오."

하고 천천히 걸어 내려간다.

그 소년의 마음에는, 어떤 욕망이 있는지 여학생의 대답하는 양을 들어 보려고 그 말끝을 꺼낸 듯한데, 여학생은 냉연히 사절하는 모양이니 소년도 그 눈치를 알았을 듯하건마는 무슨 생각으로 내려가는 여학생을 굳이 따라가며 이 말 저 말 또다시 한다.

"괴로운 비가 개이더니 달빛이야 참 좋습니다. 공원이란 곳은 원래 풍경이 좋은 곳이지마는, 저 달빛이 몇 배나 공원의 생색을 더 냅니다그려. 인간의 이별하고 만나는 인연은 실로 부평(浮評)5) 같은 일이지마는, 지금 우리가 이렇게 좋은 때와 이렇게 좋은 곳에서 기약없이 만나기는 참 뜻밖의 기회요그려…… 여보시오, 조금도 부끄러우실 것 없소. 서양 사람들은 신랑 신부가 직접으로 결혼한답니다. 우리도 소개니 중매니 할 것 없이 직접으로 의논함이 좋지 않겠습니까?"

"닿다가 그게 무슨 말씀이오?"

"이렇게 생시치미 뗄 것 있소. 아까도 말씀하셨거니와 왜 노파를 소개하여 의논하던 터이 아니오니까?"

"기다랗게 말씀하실 것 없습니다. 노파든지 누구든지 나는 이왕 결심한 바이 있다고 말한 이상에 당신은 번거로이 다시 말씀하실 필요가 없습니다. 다른 일로나 교제하실 것이오. 그 말씀은 영구히 단념하시오."

그 여학생과 소년의 수작이 이왕도 많이 언론되던 일인 듯한데, 여

---

4) 숙친(熟親)―사이가 스스럼없이 가깝다.
5) 부평(浮評)―근거없는 뜬소문.

학생은 이처럼 거절하니 소년이 사람스러운 터 같으면 이렇게 거절 당할 듯한 말을 당초에 내지 아니하였을 터이요, 또 거절을 당하였으면 무안하여도 저는 제대로 가서 달리나 운동하여 볼 것이언마는, 또 무슨 생각이 그렇게 민첩하게 새로 생겼던지, 가장 정다운 체하고 여학생의 옆으로 바싹바싹 다가서더니,

"당신의 결심한 바는 내가 알려고 할 것 없거니와 저기 저것 좀 보시오. 어제같이 작작[6]하던 도화(桃花)가 어느 겨를에 다 날라가고, 벌써 가을 바람에 단풍이 들었소그려. 여보, 우리 인생도 저와 같이 오늘 청춘이 내일 백발은 정한 일이 아니오. 이처럼 무정한 세월이 살같이 빠른 가운데 손[客]같이 잠깐 다녀가는 우리는 이 한 세상을 이렇게도 지내고 저렇게도 지내 봅시다그려, 허…… 허…… 허…… 허……."

소년이 그렇게 공경하던 예모가 다 어디로 가고 말 그치자 선웃음 치며 여학생의 옥 같은 손목을 턱 잡으니 여학생은 기가 막혀서,

"이것이 무슨 무례한 짓이오. 점잖은 이가 남녀의 예우를 생각지 아니하고 이런 야만의 행위를 누구에게 하시오?"

하고 손목을 뿌리치는데,

"이렇게 큰 변 될 것 무엇 있소. 야만커녕 문명국 사람은 악수례(握手禮)만 잘들 하대…… 이렇게 접문[7]례(接吻禮)도 잘들 하고…… 하…… 하……."

하면서 한층 더해서 접문례를 하려고 달려드니, 여학생은 호젓한 곳에서 불의에 변괴를 당하매 분한 마음이 탱중(撑中)[8]하나 소년의 패행(悖行)[9]이 이 지경에 이르렀으니, 아무리 생각하여도 방비할 계책

---

6) 작작─붉게 핀 꽃 따위가 화려하고 찬란하다.
7) 접문(接吻)─키스(kiss).
8) 탱중(撑中)─화나 어떤 욕심이 가슴속에 가득하다.

과 능력은 하나도 없고 다만 준절(峻截)한10) 말로 달랜다.

"여보시오, 해외에 유학도 하고 신사상(新思想)도 있다는 이가 이런 금수(禽獸)의 행실을 행코자 하면 어찌하자는 말씀이오. 당신은 섬부(贍富)11)한 학문과 우월한 재화(財貨)가 국가도 빛내고 천하도 경영하실 터이어늘, 지금 일개 여자에게 악행위를 더하고자 하심은 실로 비소망어평일(非所望於平日)12)이오그려. 어서 빨리 돌아가 회개하시고, 다시 법률에 저촉지 않기를 부디 주의하시오."

"법률이니 도덕이니 그까짓 말은 다 해 쓸데 있나. 꽃 같은 남녀가 이런 좋은 곳에서 만났다가 어찌 무료히 그저 헤져 갈 수 있나……하…… 하……"

소년은 삼천장(三千丈) 무명업화(無明業火)13)가 남아메리카 주(州) 딘보라소 활화산(活火山) 화염 치밀 듯하여 예절(禮節)이니 염치니 다 불고하고 음흉 난잡한 말을 함부로 뒤던지며 여학생의 가늘고 약한 허리를 덥석 안고 나무 수풀 깊고 깊은 곳, 육모정 속 어두컴컴한 구석으로 들어가니, 이때 형세(形勢)가 솔개 병아리 찬 모양이라.

여학생은 호소할 곳도 없이 기가 막히는 경우를 만나매 악이 바짝 나서 모만사(冒萬死)14)하고 젖먹던 힘을 다 써서 항거하노라니, 두 몸이 한데 뒤틀어져서 이리로 몰리고 저리로 몰리며 죽을지 살지 모르고 서로 상지(相持)15)한다. 어떤 사람이든지 제 욕망을 채우지 못하면 화증(火症)16)이 나는 법이라, 소년은 불 같은 욕심을 이기지 못하는

---

9) 패행(悖行)—도리에 어그러진 행위.
10) 준절(峻截)하다—매우 위엄있고 정중하다.
11) 섬부(贍富)—넉넉함. 풍부함.
12) 비소망어평일(非所望於平日)—평소에 바라던 바가 아님.
13) 무명업화(無明業火)—불같이 성낸 마음이나 깨우치지 못한 데서 오는 나쁜 마음.
14) 모만사(冒萬死)—만 번 죽기를 무릅씀. 온갖 고난을 무릅쓰고 용감히 나아감.
15) 상지(相持)—양보하지 않고 서로 자기 의견을 고집함.

중 여학생이 죽기를 한하고 방색(防塞)[17]하는 양에 화증이 왈칵나며 화증 끝에 악심이 생겨서 왼손으로는 여학생의 젖가슴을 잔뜩 움켜잡고 오른손으로는 양복 허리에서 단도를 빼어들더니,

"요년아, 너 요렇게 악지 부리는 이유가 무엇이냐. 소위 너의 결심하였다는 것이 무슨 그리 장한 결심이냐. 너 이년, 너의 꽃다운 혼이 당장 이 칼끝에 날아갈지라도 너는 네 고집대로 부리고 장부의 가슴에 무한한 한을 맺을 터이냐?"

"오냐, 죽고 죽고 또 죽고 만 번 죽을지라도 너같이 개 같은 놈에게 실절(失節)[18]은 아니 하겠다."

그 밑에 소년의 악심이 더욱 심하여 말이 막 그치자 번쩍 들었던 칼을 그대로 푹 찌르는데, 별안간 한 모퉁이에서 어떤 사람이, "이놈아, 이놈아." 소리를 지르며 급히 쫓아오는 바람에 소년은 깜짝 놀라 여학생 찌르던 칼도 미처 뽑을 새 없이 삼십육계의 줄행랑을 하고 여학생은, "애고머니!" 한 마디 소리에 기절하고 땅에 넘어지니 소슬한 한풍은 나무 사이에 움직이고 참담한 월색은 서천에 기울어졌더라.

소리 지르고 오는 사람은 중산 모자 쓰고 프록코트 입은 청년 신사인데, 마침 예비해 두었던 것같이 달려들며 여학생의 몸에 박힌 칼을 빼어들더니, 가만히 무슨 생각을 한참 하는 판에 행순(行巡)하던 순사가 두어 마디 이상한 소리를 듣고 차츰차츰 오다가 이곳에 다다르매 꽃봉오리 같은 여학생은 몸에 피를 흘리고 땅에 누웠고, 그 옆에는 어떤 청년이 손에 단도를 들고 섰으니 그 청년은 갈 데 없는 살인범이라. 순사가 그 청년을 잡고 박승을 꺼내더니 다짜고짜로 청년의 손목을 척척 얽어 놓고 호각을 '호루룩 호루룩' 부니, 군도 소리가 여기

---

16) 화증(火症)─걸핏하면 화를 벌컥 내는 증. 화기(火氣).
17) 방색(防塞)─남의 청을 받아들이지 않고 막음.
18) 실절(失節)─절개를 지키지 아니함.

서도 제걱제걱 하고 저기서도 제걱제걱 하며 경관이 네다섯 모여 들어 여학생은 급히 병원으로 호송하고 그 청년은 즉시 경찰서로 압거하니, 이때 적요한 빈 공원에 달 흔적만 남았더라.

정임과 영창

  그 여학생은 조선 사람이요, 이름은 이정임(李貞姙)인데, 이시종 ○○의 딸이라. 자식 사랑하는 마음이야 누가 없으리오마는, 이정임의 부모 이시종 내외는 늦게 정임을 낳으매 슬하 혈육이 다만 일개 여자뿐인 고로 그 애지중지함이 남에게 특별히 귀하게 여기는 터인데, 그 이시종의 옆집에 사는 김승지 ○○는 이시종의 죽마고우(竹馬故友)일 뿐 아니라 서로 지기하는 친구인데, 그 김승지도 역시 늙도록 아들이 없어 슬퍼하다가 정임이 낳던 해에 관옥 같은 남자를 낳으니, 우없이 기뻐하여 이름은 영창(永昌)이라 하고 더할 것 없이 귀하게 기르는 터이라. 이시종은 김승지를 만나면, '자네는 저러한 아들을 두었으니 마음에 오죽 좋겠나. 나는 일개 여아나마 남달리 사랑하네' 하며 이야기하고 서로 친자식같이 귀해하니, 그 두 집 가정에 살지라도 서로 사랑하기를 남의 자손같이 여기지 아니하더라.

  그 두 아이가 두 살 되고 세 살 되어 걸음도 배우고 말도 옮기매, 놀기도 함께 놀고 장난도 서로 하여 친형제와 같이 정다우며 쌍둥이와 같이 자라는데, 자라갈수록 더욱 심지(心地)가 상합(相合)[19]하여 글도 같이 읽고, 좋은 음식을 보아도 나누어 먹으며, 영창이가 아니 오면 정임이가 가고, 정임이가 아니 가면 영창이가 와서 잠시도 서로

---

19) 상합(相合)―서로 맞음.

떠나지 아니하여 그 정분이 점점 깊어 가더라.

그 두 아이가 나이도 동갑이요 얼굴도 비슷하고 정의도 한뜻 같으나, 다만 같지 아니한 것은 계집 아이와 사나이인 고로 정임의 부모는 영창이를 보면 대단히 부러워하고, 영창의 부모는 정임이를 보면 매우 탐을 내는 터인데, 정임이 일곱 살 먹던 해 정월 대보름날 저녁에, 이시종이 술이 얼근히 취하여 마누라를 부르고 좋은 낯으로 들어오는지라 부인은 마루로 마주 나가며,

"어디서 저렇게 약주가 취하셨소?"

"오늘이 명일 아니오. 김승지하고 술을 잔뜩 먹었소. 노래(老來)에 정 붙일 것은 술밖에 없소그려…… 허…… 허……"

하면서 앞서거니 뒤서거니 방으로 들어오더니,

"마누라, 오늘 정임이 혼사를 확정하였소…… 저희끼리 정답게 노는 영창이하고……"

"그까짓 바지 안에 똥 묻은 것들을 정혼이 다 무엇하오리까. 하…… 하……"

"누가 오늘 신방을 차려 주나…… 그래 두었다가 아무때나 저희들 나이 차거든 초례시키지…… 마누라는 일상 영창이 같은 아들 하나 두었으면 좋겠다고 한탄하지 아니했소. 사위는 왜 아들만 못한가?…… 이애 정임아, 오늘은 영창이가 어째 아니 왔느냐?"

하는 말끝이 떨어지기 전에 영창이가 문을 열고 들어오며

"정임아, 정임아, 우리 아버지는 부름 많이 사오셨단다, 부름 깨먹으러 우리 집으로 가자…… 어서…… 어서……."

"허…… 허…… 허, 우리 사위 오시나, 어서 들어오게, 자네 집만 부름 사왔다던가. 우리 집에도 이렇게 많이 사왔다네."

하고 벽장문을 열고 호도·잣을 내어 주며 귀한 마음을 이기지 못하

여 농지거리를 붙이며 이런 말 저런 말 하다가 사랑으로 나가고, 정임이와 영창이는 부름을 까먹으며 속달거리고 이야기하는데,

"이애 정임아, 나는 너한테로 장가가고 너는 나한테로 시집온다더라."

"장가는 무엇하는 것이요, 시집은 무엇하는 것이냐?"

"장가는 내가 너하고 절하는 것이요, 시집은 네가 우리 집에 와서 사는 것이라더라."

"이애, 누가 그러더냐?"

"우리 어머니가 말씀하시는데 너의 아버지하고 우리 아버지하고 그렇게 이야기하셨다더라."

"이애, 나는 너의 집에 가서 살기 싫다. 네가 우리 집으로 장가 오너라."

두 아이는 밤이 깊도록 이렇게 놀다가 헤어져 갔는데, 그후부터는 정임의 집에서도 영창이를 자기 사위로 알고 영창의 집에서도 정임이를 자기 며느리로 인정하여 두 집 관계가 더욱 친밀해지고, 그 두 아이들도 혼인이 무엇인지 부부가 무엇인지 의미는 알지 못하나 영창은 정임에게로 장가갈 줄로 생각하고, 정임은 영창에게로 시집갈 줄로 알더라.

정임과 영창이가 이처럼 정답게 지내더니, 영창이 열 살 되던 해 삼월에 김승지가 초산(楚山) 군수로 서임(敍任)되니 가족을 데리고 즉시 군아에 부임할 터인데, 정임과 영창이가 서로 떠나기를 애석히 여기는 고로 이시종 집에서는 가권(家眷)20)을 솔거(率去)21)하는 것이 불가하다고 권고하나, 김승지는 가계가 원래 유족치 못한 터이라 군수

---

20) 가권(家眷)―자기에게 딸린 권소. 집안 식구.
21) 솔거(率去)―여러 사람을 거느리고 감.

의 박봉을 가지고 식비와 교제비를 제하면 본가(本家)에 보낼 것이 남지 아니하겠으니 가족을 데리고 가는 것이 필요가 될 뿐 아니라, 설령 가사는 이시종에게 전혀 부탁하여도 무방하겠지마는, 김승지는 자기 아들 영창을 잠시라도 보지 못하면 애정을 이기지 못하여 침식(寢食)이 달지 아니한 터인 고로 부득이하여 부인과 영창을 데리고 초산으로 떠나가는데, 가는 노정은 인천으로 가서 기선을 타고 수로로 갈 작정으로 상오 구시 남대문발 인천행 열차로 발정할 새 정임이는 남대문역에 나아가서 방금 떠나는 영창의 손을 잡고 서로 친절히 전별(餞別)한다.

"영창아, 너하고 나하고 잠시를 떠나지 못하다가 네가 저렇게 멀리 가면 나는 놀기는 누구하고 같이 놀고, 글은 누구하고 같이 읽으며, 너를 보고 싶은 생각을 어떻게 참는다 말이냐."

"나도 너를 두고 멀리 가기는 대단히 섭섭하다마는, 우리 아버지 어머니가 나를 보고 싶어하실 생각을 하면 떨어져 있을 수 없구나. 오냐, 잘 있거라. 내 쉽사리 올라오마."

정임은 품에서 사진 한 장을 꺼내더니 그 뒷등에 '경성 중부 교동 339'라고 써서 영창이를 주며,

"이것 보아라. 이것은 내 사진이요, 이 뒷등에 쓴 것은 우리 집 통호수다. 만일 이 사진을 잃든지 통호수를 잊어버리거든 삼삼구만 생각하여라."

영창이는 사진을 받아 들고 그 말대답도 미처 못 해서 기적 소리가 '뽕뽕' 나며 차가 떠나고자 하니 정임은 급히 차에서 내려서 스르르 나가는 유리창을 향하여, "부디…… 잘 가거라." 하며 옷깃에 방울방울 떨어지는 눈물을 씻는데, 기관차 연통에서 검은 연기가 물큰물큰 올라가며 차는 살 닫듯 하여 어느 겨를에 간 곳도 없고 다만 용산 강

언덕 위에 멀리 의의(依依)한22) 버들빛만 머물렀더라.

정임이는 영창이를 전송하고 초창(悄愴)한23) 마음을 이기지 못하여 집까지 울고 들어오니, 이시종의 부인도 섭섭한 마음을 이기지 못하던 차에 자기 귀한 딸이 울고 들어오는 것을 보고 눈물 흘리다가, 좋은 말로 영창이는 속히 다녀온다고 그 딸을 위로하고 달래었는데, 정임이는 어린 아이라 어찌 부처(夫妻)24)될 사람의 인정을 알아 그러하리오마는, 같이 자라던 정리(情理)로 영창의 생각을 한시도 잊지 못하여 제 눈에 좋은 것만 보면 영창에게 보내준다고 꼭꼭 싸두었다가 인편 있을 적마다 보내기도 하고, 영창의 편지를 어제 보았어도 오늘 또 오기를 기다리며, 꽃 피고 새 울 때와 달 밝고 눈 흴 적마다 시름 없이 서천을 바라고 눈썹을 찡기더라.

불행한 소식

정임이가 영창이 생각하기를 이렇듯 괴롭게 그 해 일 년을 십 년같이 다 지내고, 그 이듬해 봄이 차차 되어 오매 영창이 오기를 기다리는 마음이 자연 생겨서, '떠날 때에 쉽사리 온다더니 일 년이 지나도록 어찌 아니 오노' 하고 문밖에서 자취 소리만 나도 아마 영창이가 오나 보다, 아침에 까치가 울어도 아마 영창이가 오나 보다 하며 하루에도 몇 번씩 문밖을 내다보더니 하루는 안마당에서 바삭바삭하는 소리에 창문을 열어 보니, 사람은 아무도 없고 회오리 바람이 뺑뺑

---

22) 의의(依依)하다—싱싱하게 푸르다.
23) 초창(悄愴)하다—근심스럽고 슬프다.
24) 부처(夫妻)—부부.

돌다가 그치는데, 일기가 어찌 화창한지 희고 흰 면회(面灰)[25]담에 아지랭이가 아물아물하며 멀리 들리는 버들피리 소리가 사람의 회포를 은근히 돋우는지라, 어린 마음에도 별안간 울적한 생각이 나서 후정(後庭)을 돌아가 거닐다가 보니 도화가 웃는 듯이 피었거늘, 가늘고 가는 손으로 한 가지를 뚝 꺾어 가지고 들어오며,

"어머니, 도화가 이렇게 피었으니 작년에 영창이 떠나던 때가 벌써 되었습니다그려."

"참, 세월이 쉽기도 하다, 어제 같던 일이 벌써 돌이로구나."

"영창이는 올 때가 되었는데 왜 아니 옵니까. 요사이는 편지도 보름이 지나도록 아니 오니 웬일인지 궁금합니다."

"아마 쉬 올 때가 되니까 편지도 아니 오나 보다."

"아니, 그러면 올라올 때에 입고 오게 겹옷이나 보내줍시다. 아버지가 들어오시거든 소포 부칠 돈을 달래야지요."

하며 장문을 열고 새로 지어 차곡차곡 넣어 두었던 면주 겹바지 저고리와 분홍 삼팔 두루마기를 내어 백지로 두어 번 싸고, 그 거죽에 유지로 또 한 번 싸서 노끈으로 열 십(十)자 우물 정(井)자로 이리저리 얽을 즈음에, 이시종이 이마에 내 천(川)자를 쓰고 얼굴에 외꽃이 피어서 들어오더니,

"원…… 이런 변괴가 있나…… 응응……."

"변괴가 무슨 변괴오니까?"

"응응…… 응응……."

"갑갑하니, 어서 말씀 좀 하시오."

"초산서 민요(民擾)[26]가 났대여."

---

25) 면회(面灰)―담이나 벽의 겉면에 회를 바르는 것.
26) 민요(民擾)―백성들이 일으킨 소요.

“민요가 났으면 어떻게 되었단 말씀이오?”

“어떻게 되고말고, 기가 막혀 말할 수 없어. 이 내부에 온 보고 좀 보아.”

하고 평북 관찰사의 보고 베낀 초를 내어 부인의 앞으로 던지는데, 그 집은 원래 문한가(文翰家)27)인 고로 그 부인의 학문도 신문 한 장은 무난히 보는 터이라 부인이 그 보고초를 집어 들더니,

보고서 ‘관하 초산군에서 거 이월 이십팔일 하오 삼시경에 난민 천여 명이 불의에 취집(聚集)28)하여 관아에 충화(衝火)29)하고 작석(作石)30)을 난투31)하와 관사와 민가 수백 호가 연소하옵고, 민간 사상(死傷)이 십여 인에 달하여 야료32) 난폭하므로 강계 진위대에서 병졸 일 소대를 급파하여 익일(翌日) 상오 십시에 총히 진압되었사온데, 해 군수와 급기 가족은 행위 불명하옵기 방금 조사 중이오나 종내 종적을 부지(不知)하겠사오며, 민요 주창자는 엄밀히 수색한 결과로 장두(狀頭)33) 오인을 포박하여 본부에 엄수하옵고 자에 보고함.’

부인이 보고초를 보다가 깜짝 놀라며,

“이게 웬일이오. 세 식구가 다 죽었나 보구료.”

하는 말에 정임이는 정신이 아득하여 얼굴빛이 하애지며 아무 말 못

---

27) 문한가(文翰家)－대대로 뛰어난 문필가가 난 집안.
28) 취집(聚集)－모아 들임.
29) 충화(衝火)－일부러 불을 놓음.
30) 작석(作石)－곡식을 한 섬씩 만듦.
31) 난투－서로 덤벼들어 어지러이 싸움.
32) 야료－생트집을 하고 함부로 떠들어대는 짓.
33) 장두(狀頭)－연명으로 된 소장(訴狀)의 첫머리에 적힌 사람.

하고 그 모친을 한참 보다가 싸던 옷보를 스르르 놓더니 눈에서 구슬 같은 눈물이 쑥쑥 쏟아지며 목을 놓고 우니 부인도 여린 마음에 정임이 우는 것을 보고 따라 우는데, 이시종은 영창이 생각도 둘째가 되고 평생에 지기하던 친구 김승지를 생각하고 비참한 마음을 억제치 못하여 정신없이 앉았다가, 다시 마음을 정돈하고 우는 정임이를 위로한다.

"어찌 된 사기를 자세히 알지도 못하고 울기는 왜들 울어. 정임아, 그쳐라. 내일은 내가 초산에 내려가서 자세히 알아보겠다. 설마 죽기야 하였겠느냐. 참 이상도 하다. 김승지는 민요 만날 사람이 아닌데 그게 웬일이란 말이냐. 그러나 인자(仁者)는 무적(無敵)이라는데, 김승지같이 어진 사람이 죽을 리는 없으리라…… 김승지가 마음은 군자요 글은 문장이로되, 일에 당하여서는 짝없이 흐리겠다……."

이런 말로 정임의 울음을 만류하고 가방과 양탄자를 내어 내일 초산 떠날 행장을 차려 놓고 세 사람이 수색(愁色)34)이 만면하여 묵묵히 앉았더니, 하인이 저녁상을 들여다 놓고 부인을 대하여 위로하는 말이,

"놀라운 말씀이야 어찌 다 하오리까마는, 설마 어떠하오리까. 너무 걱정 마시고 진지 어서 잡수십시오."

하고 나가는데, 정임이는 밥 먹을 생각도 아니하고 치마끈만 비비 틀며 쪼그리고 앉았고, 이시종과 부인은 상을 다가 놓고 막 두어 술쯤 뜨는 때에 어디서 "불이야 불이야" 하는 소리가 들리며 안방 서창에 연기 그림자가 뭉글뭉글 비치고 마루 뒷문 밖에는 화광(火光)이 충천하니, 밥 먹던 이시종은 수저를 손에 든 채로 급히 나가 보니, 자기 집 굴뚝에서 불이 일어나서 한 끝은 서로 돌아 부엌 뒤까지 돌고, 한

---

34) 수색(愁色)―근심스러운 기색.

끝은 동으로 뻗쳐 건넌방 머리까지 나갔는데, 솔솔 부는 북서풍에 비비 틀려 돌아가는 불길이 눈깜짝 할 사이에 온 집안에 핑 도니 이시종 집 사람들은 발을 동동 구르나 어찌할 수 없으며, 여간 순검 헌병 깨나 와서 우뚝우뚝 섰으나 다 쓸데 없고, 변변치 못하나마 소방대도 미처 오기 전에 봄볕에 바싹 마른 집이 전체가 다 타 버리고, 그뿐 아니라 화불단행(禍不單行)35)이라고 그 옆으로 한데 붙은 김승지 집까지 일시에 소존성(燒存性)36)이 되었더라.

　행장을 싸 놓고 내일 아침 일찍 초산 떠나려고 하던 이시종은 뜻밖에 낙미지액(落眉之厄)37)을 당하여 가족이 모두 노숙(露宿)하게 된 경위에 있으니 어찌 먼 길을 떠날 수 있으리오. 민망한 마음을 억지로 참고 급히 빈집을 구하여 북부 자하동 일백팔통 십호 삼십구 간 와가(瓦家)를 사서 겨우 안돈(安頓)하고 나매 벌써 일 주일이 지났으나, 초산 소식은 종시 묘연(杳然)하니 자기와 김승지의 관계가 정리로 하든지 의리로 하든지 생사간에 한번 아니 가 보지 못할 터이라. 삼 주일 수유(受由)38)를 얻어 가지고 즉시 떠나 초산을 내려가 보니 읍내는 자기 집 모양으로 빈터에 탄 재뿐이요, 촌가는 강계 대병정이 와서 폭민 수색하는 통에 다 달아나고 개미 새끼 하나 볼 수 없으니 군수의 거취를 물어 볼 곳도 없는지라, 그 인근 읍으로 다니며 아무리 탐지하여도 종내 김승지의 소식은 알 수 없고, 단지 들리는 말은 초산 군수가 글만 좋아하고 술만 먹는 고로 정사는 모두 간활(奸猾)39)한 아전의 소매 속에서 놀다가 마침내 민요를 만났다는 말뿐이라. 하릴없이

---

35) 화불단행(禍不單行)―재앙은 매양 겹쳐서 오게 됨을 이르는 말.
36) 소존성(燒存性)―불살라 버린 물건의 형체가 잿속에 남아 있어, 그 물건을 알아볼 수 있는 성질.
37) 낙미지액(落眉之厄)―뜻밖에 닥친 재앙.
38) 수유(受由)―말미.
39) 간활(奸猾)―간악하고 교활함.

근 이십 일 만에 집으로 돌아오니, 그 부친이 다녀오면 영창의 소식을 알까 하고 눈이 빠지도록 기다리던 정임이는 낙심 천만하여 한없이 비창히 여기는 모양은 눈으로 차마 볼 수 없더라.

이시종이 초산서 집에 돌아온 지 제삼일 되던 날 관보에 '시종원(侍從員) 시종 이○○ 의원 면(免) 본관(本官)'이라 게재되었으니, 이때는 갑오개혁 정책이 실패된 이후로 점점 간영이 금달(禁闥)[40]에 출입하여 뜻있는 사람은 일병 배척하는 시대인 고로, 어떤 혐의자가 이시종 초산간 사이를 엿보고 성총(聖寵)[41]에 모함한 바이라. 이시종은 체임(遞任)[42]된 후로 다시 세상에 나 번득일 생각이 없어 손[客]을 사절하고 문을 닫으니 꽃다운 풀은 뜰에 가득하고, 문전에 거마(車馬)가 드물어 동네 사람이라도 그 집이 누구의 집인지 알지 못할 만치 되었더라.

이시종은 이로부터 티끌 인연을 끊어 버리고 꽃과 새로 벗을 삼아 만년을 한가히 보내고, 정임이는 그 부친에게 소학(小學)[43]을 배워 공부하며 깊고 깊은 규중(閨中)에서 적적히 지내는데, 영창이 생각은 때때로 암암하여[44] 영창이와 같이 가지고 놀던 유희 제구만 눈에 띄어도 초창(悄愴)한 빛이 눈썹 사이에 가득하며, 혹 꿈에 영창이를 만나 재미있게 놀다가 섭섭히 깨어 볼 때도 있을 뿐 아니라 한 해 두 해 지나 철이 차차 나갈수록 비감(悲感)한 마음에 더욱 결연(缺然)하여 '여편'을 읽을 적마다 소리없는 눈물도 많이 흘리는 터이언마는, 이시종 내외는 정임의 나이 먹는 것만 민망히 여겨 마주앉기만 하면 항상 아

---

40) 금달(禁闥)―궁중(宮中) 편전의 앞문.
41) 성총(聖寵)―임금의 은총.
42) 체임(遞任)―벼슬을 갈아냄.
43) 소학(小學)―중국 송나라의 유자징이 주희의 가르침을 받아 지은 책.
44) 암암하다―잊혀지지 않고 가물가물 보이는 듯하다.

름다운 새 사위 구하기를 근심하고 김승지 집 이야기는 입 밖에 내지
도 아니하더라.

강제 결혼

　임염(荏苒)[45]한 세월이 흐르는 듯하여 정임의 나이 어언간 십오 세
가 되니, 그해 칠월 열이렛날은 이시종의 회갑이라. 그날 수연(壽宴)[46]
잔치 끝에 손〔客〕은 다 헤어져 가고 넘어가는 해가 서산에 걸렸는데,
이시종 내외는 저녁 하늘 저문 놀빛과 푸른 나무 늦은 매미 소리 손
마루 북창 앞에 느런히 앉아서 늙은 회포를 서로 이야기한다.
　"포말풍동(泡沫風動)[47]이 감가련(感可憐)[48]이라더니 사람의 일생이
야 참 가련한 것이야. 어제 같던 우리 장춘(長春)이 어느 겨를에 벌써
회갑일세. 지나간 날이 이렇듯 쉬 갔으니 죽을 날도 이렇게 쉬 오겠
지. 평생에 사업 하나 못하고 죽을 날이 가까우니 한심한 일이오그
려."
　"그러기에 말씀이오. 죽을 날은 가까우나 쓸 만한 자식도 하나 못
두었으니 우리는 세상에 난 본의가 없소그려. 정임이 하나 시집가고
보면 이 만년의 신세를 누구에게 의탁한단 말씀이오."
　"그렇지마는 나는 양자할 마음은 조금도 없어. 얌전한 사위나 얻어
서 아들같이 데리고 있지."
　"그러한들 사위가 자식만 하겠습니까마는 하기는 우리 죽기 전에

─────────────────────

45) 임염(荏苒)─세월이 천연함. 사물이 점진적으로 변화함.
46) 수연(壽宴)─장수를 축하하는 잔치.
47) 포말풍동(泡沫風動)─바람이 불어 물거품이 임.
48) 감가련(感可憐)─느끼는 신세가 딱하고 가엾다.

사위나마 얻어야 하겠습니다…… 사위 고르기는 며느리 얻기보다 어렵다는데 요새 세상 청년들 눈여겨 보면 그 경박한 모양이 모다 제집 결단내고 나라 망할 자식들 같습니다. 사위 재목(材木)도 조심해 구할 것이야요."

"그야 무슨, 다 그럴라구. 그런 집 자식이 그렇지."

이렇게 수작하는 때에 어떤 사람이 사랑 중문간에서 "정임아, 정임아." 부르며 "안손님 아니 계시냐?"
하고 묻더니 큰기침 두어 번 하고 들어오면서,

"누님, 저는 가겠습니다."

"그렇게 속히 가면 무엇하나? 저녁이나 먹고 이야기나 하다가 달 뜨거든 천천히 가게그려. 어서 올라와……."

부인은 그 사람을 이처럼 만류하며 하인을 불러서, "술상을 차려 오너라. 진지를 지어서 가져오너라." 하는데 그 사람은 정임이 외삼촌 이라. 수연 치하하고 집으로 돌아갈 터인데, 그 누님의 만류하는 정의 를 떼치지 못하여 마루로 올라와 앉더니 건넌방 문 앞에 섰는 정임이 를 한참 보다가,

"정임이는 금년으로 몰라보게 자랐습니다그려. 오래지 아니하여 서 랑(壻郎)49) 보시게 되었는데요. 어찌하려오."

"그까짓년 키만 엄부렁50)하면 무엇 하나, 배운 것이 있어야 시집을 가지."

"그러지 아니하여도 우리가 지금 그 걱정일세. 혼처나 좋은 데 한 곳 중매하게그려……."

"중매 잘못하면 뺨이 세 번이라는데 잘못하다가 뺨이나 얻어 맞게

---

49) 서랑(壻郎)―남의 사위를 높여 일컫는 말.
50) 엄부렁―속은 비고 겉만 부프다.

요…… 하…… 하……."

"생질 사위 잘못 얻는 것은 걱정 없고 뺨 맞는 것만 염려되나……, 하…… 하……."

"허…… 허…… 허…… 허……."

"혼처는 저기 좋은 곳 있습디다. 옥동 박과장의 셋째 아들인데, 나이는 열일곱 살이요, 공부는 재작년에 사범 소학교를 졸업하고 즉시 관립 중학교에 입학하여 올해 삼학년이 되었답니다. 그 아이는 저의 팔촌 처남의 아들인데 그 집 문벌도 훌륭하고 가세도 불빈(不貧)51)할 뿐 아니라 제일 낭자의 얼굴도 결곡52)하고 재주도 초월(超越)하여 내 마음에는 매우 합당합디다마는 매부 의향에 어떠한지요."

이시종의 귀에 그 말이 번쩍 띄어,

"응, 그리해. 합당하면 하다마다. 자네 마음에 합당하면 내 의향에도 좋지 별수 있나. 나는 양반도 취치 않고 부자도 취치 않고, 다만 신랑 하나만 고르네."

하면서 매우 기뻐하고 정임이 외삼촌은 이런 이야기를 밤이 되도록 하다가 갔는데, 그후로는 신랑의 선을 본다는 둥 사주를 받는다는 둥 하더니, 하루는 이시종이 붉은 간지(簡紙)를 내어 '팔월 십사일 전안(奠雁)53) 납채(納采)54)동일 선행'이라 써서 다홍실로 허리를 매어 놓고 부인과 의논해 가며 신랑의 의양단자(衣樣單子)55)를 적는다. 정임이는 영창이 생각을 잊을 만하다가도 시집이니 장가니 혼인이니 사위니 하는 말을 들으면 생각이 뼈에 사무쳐서 건넌방으로 들어가 눈물

---

51) 불빈(不貧)-가난하지 않다.
52) 결곡-생김새나 마음씨가 깨끗하고 여무져서 빈틈없다.
53) 전안(奠雁)-혼인 때, 신랑이 기러기를 갖고 신부집에 가서, 상 위에 절하는 예.
54) 납채(納采)-신랑 집에서 신부 집으로 혼인을 청하는 의례(儀禮). 지금은 납폐(納幣)의 뜻으로 통용됨.
55) 의양단자(衣樣單子)-옷의 치수를 적은 단자.

을 몰래 씻으며 속마음으로, '부모가 나를 이왕 영창에게 허락하셨으니, 나는 죽어 백골이 되어도 영창의 아내이라. 비록 영창이는 불행하였을지라도 나는 결코 두 사람의 처는 되지 아니할 터이요. 저 아저씨는 아무리 중매한다 하여도 입에 선바람만 들일걸' 하는 생각이 뇌수에 맺혔으니 여자의 부끄러운 마음으로 그 부모에게는 아무 말도 못하고 지내던 터이더니, 택일단자(擇日單子) 보내는 것을 보매 가슴이 선뜩하고 심기가 좋지 못하여 몸을 비비 틀며 참다가 못하여 그 모친의 귀에 대고 응석처럼 가만히 하는 말이다.

"나는 시집가기 싫어."

"이년, 계집아이년이 시집가기 싫은 것은 무엇이고, 좋은 것은 무엇이냐."

"그년이 무엇이래, 나중에는 별 망측한 말을 다 듣겠네."

"아버지 어머니 보고 싶어서 시집가기 싫어요."

"아비 어미 보고 싶다고 평생 시집 아니 갈까, 이 못생긴 년아."

부인의 말은 철모르는 말로 들리는 말이라 정임이는 정색하고 꿇어앉으며,

"그런 것이 아니올시다. 아버지께서 열녀(烈女)는 불경이부(不更二夫)라는 글 가르쳐 주셨지요. 나를 이왕 영창이와 결혼시키고, 지금 또 시집 보낸다 하시니, 부모가 한 자식을 두 사람에게 허락하시는 법이 있습니까. 아무리 영창이 종적을 알지 못하나 다른 곳으로 시집가기는 죽어도 아니 하겠습니다."

이시종이 그 말을 듣더니 벌떡 일어서며 정임의 머리채를 휘어잡고 평생에 손찌검 한 번 아니하던 그 딸을 여기저기 함부로 쥐어박으며,

"요년, 요 못된 년, 그게 무슨 방정맞은 말이냐. 요년, 혀줄기를 끊어 놓을라. 네가 영창이 예단(禮單)을 받았단 말이냐, 네가 영창이와

초례(醮禮)를 지냈단 말이냐? 네가 간 데 없는 영창이 생각하고 시집 못 갈 의리가 무엇이란 말이냐, 아무리 어린년인들.”
하며 죽일년 잡죄듯[56] 하니 부인은 겁이 나서,

“고만 두시오. 그년이 어린 마음에 부모를 떨어지기 싫어서 철모르고 하는 말이지요. 어서 고만 참으시오.”

“요년이 어디 철 몰라서 하는 말이오. 제 일생을 큰일내고 부모의 가슴에 못 박을 년이지…… 우리가 저 하나를 길러서 죽기 전에 서방이나 얻어 맡겨 근심을 잊을까 하는 터에…… 요년이.”
하며 또 한참 때려 주니, 부인은 놀랍고 가엾은 마음에 살이 떨리고 가슴이 저려서 달려들며 이시종의 손목을 잡고 정임이 머리를 뜯어 놓아 간신이 말렸더라.

이시종은 원래 구습을 개혁할 사상이 있는 터인 고로, 설령 그 딸이 과부가 되었을지라도 개가라도 시킬 것이요, 결혼하였던 것을 거리껴서 딸의 일평생을 그르치지 아니할 사람이라. 정임의 가슴속 철석같이 굳은 마음은 알지 못하고 다만 자기 속마음으로, ‘정임이 말도 옳지 아니한 바는 아니로되, 내 생각을 하든지 정임이 생각을 하든지 소소한 일로 전정(前程)에 대불행을 취함이 불가하다’ 생각하며 정임이를 압제 수단으로 그런 말을 다시 못하게 하여 놓고 그날부터 침모를 부른다, 숙수(熟手)[57]를 앉힌다 하여 바삐바삐 혼례를 준비하는데, 받아 놓은 날이라 눈깜짝할 사이에 벌써 열사흗날 저녁이 되었으니, 그 이튿날은 백마 탄 새신랑이 올 날이라. 정절(貞節)이 옥 같은 정임의 마음이야 과연 어쩌하다하리오.

건넌방에 혼자 누웠으니, 이 생각 저 생각 별 생각이 다 난다. 부모

---

56) 잡죄다—다잡아 쥐치거나 독촉(督促)하다.
57) 숙수(熟手)—잔치 때 음식을 만드는 사람.

의 뜻을 순종하자 하니 인륜의 죄인이 되어 지하에 가서 영창을 볼 낯이 없을 뿐 아니라, 이는 부모의 뜻을 순종함이 아니요 곧 부모를 옳지 못한 사람을 만드는 것이요, 부모의 뜻을 좇지 아니하자 하니 그 계책은 죽는 수밖에 없는데, 늙은 부모를 두고 참혹히 죽으면 그 죄는 차라리 시집가는 것이 오히려 경(輕)할지라. 아무리 생각하여도 어찌할 줄 모르다가 또 한 생각이 문득 나며 혼잣말로, '시집이란 것이 다 무엇 말라 죽은 것이야. 서양 사람은 시악시 부인도 많다더라' 하고 벌떡 일어서서 안방으로 들어가 보니, 그 부모는 잔치 분별하기에 종일 곤뇌(困惱)하다가 막 첫 잠이 곤히 든 모양이라.

분갑 서랍의 열쇠패를 꺼내 가지고 골방으로 들어가 금고를 열고 십 원권, 오 원권을 있는 대로 집어 내어 손가방에 넣어서 들고 나오니 시계는 아홉점을 땡땡 치는데, 안팎으로 들락날락하며 와글와글하던 사람들은 하나도 없이 괴괴하고, 오동나무 그림자는 뜰에 가득하며 벽 틈에 여치 소리가 짤깍짤깍 할 뿐이라. 다시 건넌방으로 들어가 종이를 내어 편지 써서 자리 위에 펴놓고 나와서, 그 길로 대문을 나서며 한 번 돌아보니 부모의 생각이 마음을 찌르나, 억지로 참고 두어 걸음에 한 번씩 돌아보며 효자문 네거리에 와서 인력거를 불러 타고 남대문 밖을 나서니, 이때 가을 하늘에 얇은 구름은 고기 비늘같이 조각조각 연하고, 그 사이로 한 바퀴 둥근 달이 밝은 광채를 잠깐 자랑하고 잠깐 숨기는데, 연약한 마음이 자연 상하여 흐르는 눈물을 씻고 또 씻는 사이에 벌써 인력거채를 덜컥 놓는데 남대문 정거장에서 요령 소리가 덜렁덜렁 나며 붉은 모자 쓴 사람이, '후상, 후상 오이데마셍까(부산, 부산 안가시렵니까)' 하고 외는 소리가 장마 속 논골에 맹꽁이 끓듯 하니, 이때는 하오 십시 십오분 부산 급행 차 떠나는 때라.

인력거에서 급히 내려 동경까지 가는 연락차표를 사 가지고 이등 열차에 오르니, 호각 소리가 '호르륵' 나며 기관차에서 '파 푸 파 푸' 하고 남대문이 점점 멀어지니, 앞길의 운산(雲山)은 창창하고 차 뒤의 연하(煙霞)58)는 막막하더라.

동경 유학

그 빠른 차가 밤새도록 가다가 그 이튿날 아침에 부산에 도착하니, 안방에서 대문 밖도 자세히 모르고 지내던 정임이는 처음 이렇게 멀리 온 터이라. 집에 있을 때에 동경(東京)을 가자면 남문역에서 연락 차표를 사 가지고 부산 가서 연락선 타고 하관(下關)59)까지 가고, 하관서 동경 가는 차를 다시 타고 신교역에서 내린다는 말을 듣기는 들었지마는, 남문역에서 부산까지는 왔으나 연락선 정박한 부두 가는 길을 알지 못하여 정거장 머리에서 주저주저하다가, "화륜선 타는 선창을 어데로 가오?" 하고 물으매 이 사람도 물끄러미 보고 저 사람도 물끄러미 보니, 정임이가 집 떠날 때에 머리는 전번같이 땋은 채로 옷은 분홍 춘사적삼, 옥색 모시 다린 치마 입었던 채로 그대로 쑥 나온 그 모양이라 누가 이상히 보지 아니하리오.

그 많은 내외국 사람이 모두 여겨보더니, 그중에 어떤 사람이 아래 위를 한참 훑어보다가, "여보 작은아씨, 이리와. 내가 부두까지 가는 길을 가르쳐 줄 터이니." 하고 앞서서 가는데, 말쑥이 비치는 통량갓 속으로 반드르한 상투는 외로 똑 떨어지고 후줄근한 왜사 두루마기는

---

58) 연하(煙霞)―안개와 놀. 고요한 산수와 경치.
59) 하관(下關)―'시모노세키'를 우리 음으로 읽은 이름.

기름때가 조르르 흘렀더라.

정임이가 약기는 참새 굴레 씌울 만하지마는 세상 구경은 처음 같은 터이라. 다른 염려없이 그 사람을 따라 부두로 나가는데, 부두로 갈 것 같으면 사람 많이 다니는 탄탄대로로 갈 것이언마는 이 사람은 정임이를 끌고 꼬불꼬불하고 좁디좁은 골목으로 이리 뻥뻥 돌고 저리 뻥뻥 돌아가다가, 어떤 오막살이 높은 등 달린 집으로 들어가며,

"나는 이 집에서 볼일 좀 보고 곧 가르쳐 줄 것이니 이리 잠깐 들어와."

정임이는 배 탈 시간이 늦어 가는가 하고 근심될 뿐 아니라 여자의 몸이 낯선 곳에 혼자 와서 사나이놈 따라 남의 집에 들어갈 까닭이 없는 터이라,

"길 모르는 사람을 이처럼 가르쳐 주고자 하시니 대단히 고맙습니다. 나는 여기서 잠깐 기다릴 터이니 어서 볼일 보십시오."
하고 섰더니 그 사람이 그 집으로 들어간 지 한참 만에 어떤 계집 두 년이 머리에는 왜밀[60] 뒤범벅을 해 붙이고 중문간에서 기웃기웃 내다보며,

"아에그, 그 처녀 얌전도 하다. 아마 서울 사람이지."
하고 나오더니,

"여보, 잠깐 들어오구료. 같이 오신 손님은 지금 담배 한 대 잡숫는데요. 우리 집에는 아무도 없소. 여편네가 여편네들만 있는 집에 들어오는 것이 무슨 관계 있소. 어서 잠깐 들어왔다 가시오."
하며 한 년은 손목을 잡아당기고 한 년은 등을 미는데, 어찌할 수 없이 안마당으로 들어섰다. 길 가르쳐 주마던 사람은 마루 끝에 걸터앉아 담배를 먹다가 정임이를 보더니,

---

60) 왜밀─향료를 섞어서 만든 밀기름. 왜밀기름.

"선창을 물으면 배 타고 어디를 가는 길이야?"

"동경까지 갑니다."

"집은 어데이고?"

"서울이야요."

"동경은 무엇하러 가?"

"유학하러요."

"유학이고 무엇이고 저렇게 큰 처녀가 길도 모르고 어찌 혼자 나섰어?"

"지금같이 밝은 세상에 처녀 말고 아무라도 혼자 나온들 무슨 관계 있습니까."

"이름은 무엇이고 나이는 몇 살이야?"

이렇게 자세히 묻는 바람에 정임이는 의심이 나며, 서울 뉘집 아들도 일본 갔다더니, 아마 우리 아버지께서 전보할 까닭으로 경찰서에서 별순검(別巡檢)61)을 보내 조사(調査)하나 보다 하는 생각이 나서,

"배 탈 시간이 늦어 가는데 길도 아니 가르쳐 주고 남의 이름과 나이는 알아 무엇하려오?"

하고 돌아서서 나오는데 그 사람이 달려들며 잡담(雜談) 제하고 끌어다가 뒷방에 넣고 방문을 밖으로 걸더라.

그는 색주가(色酒家) 서방인데, 서울 사람과 상약(相約)62)하고 어떤 집 계집 아이를 색주가 감으로 꾀어 내는 판이라. 서울 사람은 그 계집아이를 유인하여 어느 날 몇시 차로 보낼 것이니 아무쪼록 놓치지 말고 잘 단속하라는 약조가 있는 터에, 그 계집아이는 아니 오고 애매한 정임이가 걸렸으니 아무리 소리를 지른들 무엇하며, 야단을 친

---

61) 별순검(別巡檢)—구한국 때 경무청이나 경위원의 제복을 입지 않고 비밀 정탐에 종사하던 순검.

62) 상약(相約)—서로 약속함.

들 무슨 수가 있으리오마는, 하도 무리한 경우를 당하여 기가 막히는 중에, '이렇게 법률을 무시하는 놈을 여러 사람에게 알리면 도리가 있으리라' 생각하고 한 번 악을 쓰고 소리를 질렀더니, 그놈이 감언이설(甘言利說)로 달래다 못하여 회초리 찜질을 대는 판에 전신이 피뭉치가 되고 과연 견딜 수 없을 뿐 아니라, 죽고자 하여도 죽을 수도 없으니 이런 일은 평생에 듣지도 보지도 못하다가 꿈결같이 이 지경에 당하매 분한 마음이 이를 것 없으나 어찌할 수 없이 갇혀 있더니, 사흘 되던 날 밤에 문 틈으로 풍뎅이 한 마리가 들어와서 쇠잔한 등불을 쳐서 끄는데 갑갑하고 무서운 생각이 나서 불이나 켜놓고 밤을 새우리라 하고, 들창 문지방을 더듬더듬하며 성냥을 찾으니, 성냥은 없고 다 부러진 대칼이 틈에 끼여 있는지라, 그 칼을 집어 들고 이리 할까 저리 할까 한참 생각하다가 마침내 문창살을 오린다.

칼이 어찌 안 들고 힘이 어찌 들던지 밤새도록 겨우 창살 한 개를 오리고 나니, 닭은 새벽 홰를 울고 먼 촌의 개 짖는 소리가 나는데 그 창살 오려낸 틈으로 밖에 걸린 고리를 벗기고 가만히 나오니 죽었다가 살아난 듯이 상쾌한지라. 차차 큰길을 찾아가며 생각하니, '이번에 이 고생한 것도 도시 의복을 잘못 차린 까닭이요, 또 동경을 가더라도 조선 의복 입은 사람은 하등 대우를 한다는데, 이 모양으로 아무 데도 가지 못하겠다' 하고 어느 모퉁이에 서서 날 밝기를 기다려 가지고 곧 오복점(五服店)63)을 찾아가서 일본 옷 한 벌 사서 입고, 그 오복점 주인 여편네에게 간청하여 머리를 끌어올려 일본쪽을 찌고, 또 그 여편네에게 선창 가는 길을 물어서 찾아가니, 이때 마침 연락선 일기환이 떠나는지라, 즉시 그 배를 타고 망망한 바다빛이 하늘에 닿은

---

63) 오복점(五服店)―다섯 가지 상복, 참최·자최·대공·소공·시마를 파는 가게, 혹은 천자·제후·경·대부·사(士)의 옷을 파는 가게.

곳으로 가더라.

이 같은 곤란을 지내고 동경을 향하여 가는 정임이가 삼일 만에 목적지 신교역에 내리니 그 시가의 화려하고 번창함이 참 처음 보는 구경이나, 여관을 어디로 가는지 모르고 한참 방황하다가 덮어놓고 인력거에 올라앉으니, 별안간 말하는 벙어리, 소리 듣는 귀머거리가 되어 인력거꾼의 묻는 말을 대답하지 못하고, 다만 손을 들어 되는 대로 가리키니 인력거는 가리키는 대로 가고, 정임이는 묻는 대로 가리켜서 이리저리 한없이 가다가 어느 곳에 다다르나, '상야관'이라 현판 붙인 집 앞에서 오고가는 사람에게 광고를 돌리는데, 그 광고 한 장을 받아 보니 무슨 말인지 의미는 알 수 없으나, 숙박료 일등에 얼마라고 늘어 쓴 것을 보매 그 집이 여관인 줄 알고 인력거를 내려 들어가니, 벌써 여종과 반또들이 나와맞으며 들어가는 길을 인도하는지라. 인하여 그 집에 여관을 정하고 우선 여관 주인에게 일본말을 배우니, 원래 총명이 과인(過人)[64]하고 학문도 중학교 졸업은 되는 터이라, 일곱 달 만에 못할 말 없이 능통할 뿐 아니요, 문법도 막힐 곳 없이 무슨 서적이든지 능히 보게 되매 그해 봄에 '소적천구' 일본여자대학에 입학하였는데, 그 심중에는 항상 부모의 생각, 영창이 생각, 자기 신세 생각이 한데 뒤뭉쳐서 주야로 간절한 터이라.

그러한 뇌심 중에 공부도 잘 되지 아니하련마는 시험 볼 적마다 그 성적이 평균점 일공공(一○○)에 떨어지지 아니하여 해마다 최우등으로 진급되니, 동경 여학생계에 이정임의 이름을 모를 사람이 없어 명예가 굉장하더라.

하루는 학교에서 하학하고 여관으로 돌아오니 어떤 여학도가 무슨 청첩을 가지고 와서 아무쪼록 오시기를 바란다고 간곡히 말하고 가는

---

64) 과인(過人) – 덕망 · 학식 · 재주 · 힘 따위가 보통 사람보다 뛰어남.

데, 그 청첩은 '여학생 일요 강습회 창립 총회' 청첩이요, 그 취지는 여학생이 일요일마다 모여서 학문을 강습하자는 뜻이라. 정임이는 근심이 첩첩하여 만사가 무심한 터이지마는, 그 취지서를 본즉 매우 아름다운 일인 고로 그날 모인다는 곳으로 갔더니, 여학생 수십 명이 와서 개회하고 임원을 선정하는데 회장은 이정임이요, 서기는 산본 영자라.

정임이는 억지 사양치 못하고 회장석에 출석하여 문제를 내어걸고 차례로 강연한 후에 장차 폐회할 터인데, 이때에 어떤 소년이 서기 산본 영자의 소개를 얻어 회석에 들어오더니, 자기는 조선 유학생 강한영이라 하며, 강습회 조직하는 것을 무한히 칭찬하고, 이 회에 쓰는 재정은 자기가 찬성적으로 어디까지든지 전담하겠노라 하고 설명하며, 우선 금화 백 원을 기부하는 서슬에, 서기의 특청으로 강 소년이 그 회의 재무 촉탁이 되었는데, 이때부터 강 소년은 일요일마다 정임을 만나면 지극히 반가워하고 대단히 정답게 굴어서 아무쪼록 친근히 사귀려고 하며, 혹 어떤 때는 공원으로 놀러가자기도 하고, 야시(夜市)65) 구경도 같이 가자기도 하나, 정임의 정중한 태도는 비록 여자끼리라도 특별히 친압(親狎)66)하지 아니하거늘, 하물며 남자와 함께 구경 다닐 리가 있으리오.

그런 말 들을 적마다 정숙한 말로 대답하매 다시는 그런 말을 못하는 터이요, 산본 영자도 종종 여관으로 찾아오는데, 하루는 어떤 노파가 와서 자기는 산본 영자의 모친이라 하며 자기 딸과 친절히 지내니 감사하다고 치하하고 가더니, 그후로는 자주자주 다니며 혹 과자도 갖다 주며, 혹 화장품도 사다 주어 없던 정분을 갑자기 사고자 하

---

65) 야시(夜市)―야시장.
66) 친압(親狎)―버릇없이 너무 지나치게 친함.

며 가끔 가다가 던지는 말로 여자의 평생 신세는 남편을 잘 만나고
못 만나기에 있다고 이야기하더라.

공원의 사건

정임이는 동경 온 지가 어언간 다섯 해가 되어 그해 하기 시험에
졸업하고 증서 수여식 날 졸업장과 다수한 상품을 타매, 그 마당에
모인 고등관인[67]과 내외국 신사들의 칭송이 빗발치듯 하니 그런 영
광을 비할 곳이 없을 뿐 아니요, 그 졸업장 한 장이 금 주고 바꾸지
아니할 만치 귀한 것이라. 그 마음에 오죽 기쁘리오마는, 정임이는 찬
양도 귀에 심상히 들리고 좋은 마음도 별로 없어 즉시 여관으로 돌아
와 삼층 장지를 열고 난간에 의지하여 먼 하늘에 기이한 구름 피어
오르는 것을 바라보며, 내두(來頭)의 거취를 어떻게 할까 하고 앉았는
데 산본 노파가 오더니 졸업한 것을 치하한다.
　"이번에 우등으로 졸업하였다니 대단히 감축한 일이오그려. 듣기에
어찌 반가운지 내가 치하하러 왔지요."
　"감축이랄 것 무엇 있습니까."
　"저렇게 연소한 터에 벌써 대학교 졸업을 하였으니 참 고마운 일이
야. 내 마음에 이처럼 반가울 적에 당신이야 오죽 기쁘며, 부모가 들
으시면 얼마나 좋아하시겠소."
　"나는 좋을 것도 없습니다. 학교 교사 여러분의 덕택으로 졸업은
하였으나 아무것도 아는 것이 없으니 무엇이 좋습니까."
　"그럼 겸사(謙辭)[68]는 다 고만 두시오. 내가 모른다구요……. 그러

---

67) 고등관인－일제 강점기의 관리 등급의 하나.

나 우리 딸 영자야말로 인제 겨우 고등과 이년급이니 언제나 대학교 졸업을 할는지요. 당신을 쳐다보자면 고소대(高所臺)69) 꼭대기 같지.”

“별 말씀을 다 하십니다. 영자의 재주로 잠깐이지요. 근심하실 것 무엇 있습니까.”

“당신은 얼굴도 어여쁘고 마음도 얌전하거니와 재주는 어찌 저렇게 비상하며, 학문은 어찌 저렇게 좋소. 나는 볼 적마다 부러워.”

“천만의 말씀이오.”

“당신은 시집을 가더라도 얼굴이 저와 같이 곱고 학문도 대학교 졸업한 신랑을 얻어야 하겠소.”

“……”

“남녀 물론하고 혼인은 부모가 정하는 것이지마는 이 이십세기 시대에야 부모가 혼인 정해 주시기를 기다리는 사람이 누가 있나. 혼인이란 것은 제 눈에 들고 제 마음에 맞는 사람과 할 터인데…….”

“……”

“왜 아무 이야기도 아니하고 얼굴에 근심하는 빛이 있으니 웬일이오. 내가 혼인 이야기를 하니까 아마 시집갈 일이 근심되나 보구료. 혼인은 일평생에 큰 관계가 달린 일인데, 어찌 근심이 되지 아니하리까. 그렇지마는 근심할 것 없소. 내가 좋은 혼처 천거하리다. 이 말이 실없는 말 아니오. 자세히 들어 보시오. 내가 남의 중대한 일에 잘못 소개할 리도 없고, 또 서양 사람이나 아메리카 사람에게 천거하는 것이 아니라, 같은 나라 사람이자 또 자격이 당신과 똑같은 터이니, 두고두고 평생을 구한들 어찌 그런 합당한 곳을 고를 수 있으리까. 다른 사람이 아니라 일요 강습회에 다니는 강한영씨 말씀이오. 당신도

---

68) 겸사(謙辭)―겸손한 말.
69) 고소대(高所臺)―높은 곳.

많이 만나 보셨겠지마는 얼굴인들 좀 얌전하며, 재주인들 여간 좋습디까. 그 양반이 내 집에 주인을 정하고 삼 년을 나와 같이 지내는데, 그 옥 같은 마음은 오던 날이나 오늘이나 마찬가지요, 학문으로 말하더라도 이번에 대학교 법률과 졸업을 하였으니 당신만 못하지 아니하고, 재산으로 말하더라도 조선의 몇째 아니 가는 부자랍니다. 내가 조선 사람의 부자이고 아닌 것을 어찌 알겠소마는, 이곳에 와서 돈 쓰는 것만 보면 알겠습디다. 그 양반이 돈을 써도 공익적으로나 쓰지, 외입 한 번 하는 것을 못 보았어요. 만일 못 믿거든 본가로 편지라도 해서 알아보고, 망설이지 말고 혼인 정하시오. 그 집은 대구인데 이번에 나가면 서울로 이사한답니다. 암만 골라도 이러한 곳은 다시 구경도 못할 터이니 놓쳐 버리고 후회할 것 없이 두말 말고 정하시오. 당신도 그 양반을 모르는 터이 아니어니와 이 늙은 사람이 설마 남 못할 노릇 시키려고 거짓말할 리 있소. 다시 생각할 것 없이 내 말대로 하시오."

그 노파는 졸업 치하가 변하여 혼인 소개가 되더니 잔말을 기다랗게 늘어 놓는데 정임이는 조금도 듣기가 귀찮은 터이라.

"그러하겠습니다. 여자가 되어 시집가는 것도 변될 일이 아니요, 당신이 혼인 중매하시는 것도 괴이치 아니한 터이나, 나는 집 떠날 때로부터 마음에 정한 바이 있어 다시는 변통 못할 사정이올시다. 그 사정은 말할 필요가 없거니와 만일 내가 시집을 갈 것 같으면 그런 좋은 곳을 버리고 어떤 곳을 다시 구하리까마는, 내가 시집 아니 가기로 결심한 이상에야 다시 할 말 있습니까. 혼인 문제에 대하여서는 두 말씀 마시기를 바랍니다."

이처럼 싹도 없이 끊어 말하매 노파는 다시 말 못 하고, 무연히[70]

---

70) 무연히—크게 낙담하여.

돌아갔는데, 그후로부터 일요 강습회에도 다시 가지 아니하고 있더니, 집생각이 간절하여 집에 돌아가 늙은 부모나 봉양하고 여학교나 설립하여 청년 여자들이나 가르치며 오는 세월을 보내리라 하고 귀국할 행장을 차리는 중인데, 하루는 궂은 비가 종일 와서 심기가 대단히 울적하던 차에, 비 개이고 달 돋아오는 경이 하도 좋기에 옷을 갈아입고 상야 공원에 가서 달 구경하고 오다가 불인지가를 지나며 보니, 패한 연엽(蓮葉)71)에는 비 흔적이 머무르고, 맑고 맑은 물결에는 위에도 관월교요, 밑에도 관월교라.

그 운치를 사랑하여 돌아갈 줄을 잊어버리고 섰더니, 그 악소년을 만나 칼침을 맞고 병원으로 갔는데, 병원에서 의사가 상처를 진찰하니 창흔은 후문(喉門)72)을 비끼고 빗나갔고, 창구(創口)73)는 이분이며 심은 일촌에 지나지 못하여, 생명은 아무 관계없고 놀라서 잠시 기색(氣塞)74)한 모양이라. 의사는 응급 수술로 민속(敏速)히75) 치료하였으나 정임이는 그러한 광경을 생후에 처음 당하여 어찌 혹독히 놀랐던지 종시(終始)76) 혼도하였다가 간신히 정신을 차려 눈을 떠 보니, 동편 유리창에 볕이 쨍쨍히 비치고, 자기는 높은 와상(臥床)77)에 흰 홑이불을 덮고 누웠는지라, 어찌 된 곡절을 몰라 속생각으로 '여기가 어데인가. 우리 여관에는 저렇게 볕 들어 본 적도 없고 이러한 와상도 없는데, 내가 뉘 집에 와서 이렇게 누웠나. 애고, 이상도 하다. 내가 아마 꿈을 이렇게 꾸나 보다' 하고 정신을 수습하는 때에 의사가 간호

---

71) 연엽(蓮葉)—연잎.
72) 후문(喉門)—목구멍.
73) 창구(創口)—칼날 따위에 상한 구멍.
74) 기색(氣塞)—정신 작용의 과격으로 기운이 막히는 병.
75) 민속(敏速)히—민첩하고 빠르게.
76) 종시(終始)—끝내.
77) 와상(臥床)—침상.

부를 데리고 들어오는 뒤에 순사가 따라오는 것을 보고 그제야 전신구에 소름이 쪽 끼치며, 어젯밤 공원 생각이 나는데 의사가 창을 씻고 약을 갈아 붙이더니, 순사가 앞으로 다가서며 자세자세 묻는다.

"당신 성명이 누구라 하오?"

"이정임이올시다."

"연령은 얼마요?"

"십구 세올시다."

"당신의 집은 어데요?"

"조선 경성 북부 자하동 일백팔동 십호올시다."

"당신의 부친은 누구요?"

"이○○올시다."

"부친의 직업은 무엇이오?"

"우리 부친은 관인이더니 지금은 벼슬 없고, 전적은 시종원 시종이올시다."

"형제는 몇 분이오?"

"이 사람 하나뿐이올시다."

"당신은 무슨 일로 동경에 왔소?"

"유학하기 위하여 왔습니다."

"그러시오. 그러면 여관은 어디며, 어느 학교 몇 년급에 다니오?"

"여관은 하곡구 거판정 십일번지 상야관이요, 학교는 일본여자대학에 다니더니 거(去) 칠월 십일에 졸업하였습니다."

"매우 고마운 일이오마는…… 어젯밤에 행흉(行凶)78)하던 놈은 아는 놈이요, 모르는 놈이오?"

"안면은 두어 번 있었지요."

---

78) 행흉(行凶)―사람을 죽임.

"안면이 있으면 그놈의 성명을 알며, 어디서 보았소?"

"성명은 강한영이요, 만나 보기는 여학생 일요 강습회에서 만나 보았습니다."

"성명을 들으니 그놈도 조선 사람이오그려…… 그놈의 원적지와 유숙하는 여관은 어디인지 아시오?"

"본국 사람이로되 거주도 모르고, 여관도 어디인지 알 수 없으나 그 주인은 산본이랍디다."

"그러면 무슨 이유로 저 일을 당하였소?"

"이유는 아무 이유도 없습니다…… 여자가 되어 세상에는 죄악이지요."

정임이는 그 말 그치며 두 눈에 눈물이 핑 도는데, 순사가 낱낱이 조사하여 수첩에 기록해 가지고 매우 가엾다고 위로하며 의사를 향하여 아무쪼록 잘 보호하고 속히 치료해 주라고 부탁하고 나가더라.

정임이가 이러한 죽을 욕을 보고 병원에 누웠으매 처량하기도 이를 것이 없고 별생각이 다 나는데, '내가 집을 버리고 멀리 떠나서 늙은 부모의 걱정을 시키니, 이런 죄악을 왜 아니 당할 리 있나. 그렇지마는 내가 부모를 저버린 것이 아니요 중대한 의리를 지킨 일이니, 아무리 어떠한 죄를 당할지라도 신명에 부끄러울 것은 없어. 내가 어려서 부모에게 귀함받고 영창이와 같이 자랄 때에 신세가 이 지경 될 줄 누가 알았던가. 그러나 나는 무슨 고생을 하든지 이 세상에 살아 있거니와, 백골이 어느 곳에 헤어진지 알지 못하는 영창의 외로운 혼이 불쌍치 아니한가. 내가 바삐 지하에 돌아가 영창이를 만나서 어서 이런 말을 좀 하였으면 좋겠구면. 부모 생각에 할 수 없지…… 허…… 나의 한 몸이 천지의 이기(理氣)79)를 타고 부모의 혈육을 받아 이 세

---

79) 이기(理氣)—송류(宋儒)의 설에서, 우주를 이루는 근본의 이(理), 곧 태극과 그

상에 한번 나온 것이 전만고 후만고(前萬古後萬古)80)에 다시 얻기 어려운 일인데, 이렇게 아까운 일생을 낙을 모르고 지내다가 죽는단 말인가. 참 팔자도 기박도 하다. 생각을 하면 간이 녹아 신문이나 보고 잊어버리겠다' 하고 간호부를 불러 신문 한 장을 가져오래서 잠심(潛心)81)하여 보는데 제3면 잡보(雜報)란에 '김영창(연 십구)이라 하는 사람이 어떤 여학생과 무슨 감정이 있던지 재작일 하오 십일시경에 상야 공원 불인지가에서 칼로 찌르다가 하곡구 경찰서로 잡혀 갔는데, 그 사람은 본디 조선 사람으로 영국 문과대학에서 졸업한 자이더라' 게재하였는지라 이 잡보를 보다가 하도 이상하여 한 번 다시 보고 또 한 번 더 훑어보아도 갈 데 없이 자기의 사실인데, 행패하던 놈의 성명이 다르매 더욱 이상하여 혼잣말로 '아이고, 이상도 하다. 이 말이 정녕 내 말인데 그놈이 강가 아니요. 김영창이란 말은 웬말이며 영국 문과대학 졸업이란 말은 웬말인고. 아마 신문에 잘못 게재하였나 보다. 내가 영창이 생각을 잊어버리자고 신문을 보더니' 하고 신문을 땅에 던지다가 다시 집어 들고, '김영창…… 김영창…… 문과대학 졸업' 하며 무슨 생각을 새로 하는 때에 누가 어떤 엽서 한 장을 주고 나가는데, 그 엽서는 재판소 호출장이라 그 엽서를 받아 두고 병 낫기를 기다리더니, 병원에 온 지 일 주일이 되매 상처도 완전히 치료되고 재판소에 부르는 일자가 되었는지라, 병원에서 퇴원하여 여관으로 돌아가는 길에 곧 재판소로 가더라.

것으로부터 나온 음양의 기(氣).
80) 전만고 후만고(前萬古後萬古)─앞과 뒤의 아주 먼 옛적.
81) 잠심(潛心)─마음을 가라앉히어 깊이 생각함.

영창의 내력

정임이의 마음에 이렇듯이 새기고 새겨 둔 영창이는 정임이를 이별하고 부모를 따라 초산으로 온 후에 날이 가고 해가 갈수록 역시 정임이가 영창이 생각하는 것 진배없이 정임을 생각하며 가고 또 오는 날을 괴로이 지내더니, 하루는 정임에게서 편지가 와서 반갑게 떼어 본다.

– 편지 –

'이별할 때에 푸르던 버들이 다시 푸르르니 하늘가를 바라보매 눈이 뚫어지고자 하나, 바다는 막막하고 소식은 없으니, 난간에 의지하여 공연히 창자가 끊어질 뿐이요, 해는 가까우나 초산은 멀며, 바람은 가벼우나 이 몸은 무거워서 날아다니는 술업은 얻지 못하고 다만 봄 꿈으로 하여금 괴롭게 하니, 생각을 하면 마음이 상하고 말을 하자니 이가 시구나.'

이러한 만지장서(滿紙長書)82)를 채 다 보지 못하고 막 시작하여 여기까지 보는데 삼문 밖에서 별안간 '우지끈 뚝딱' 하며, '아 우' 하는 소리가 나더니 봉두난발(蓬頭亂髮)83)도 한 놈, 수건도 쓴 놈들이 혹 몽둥이도 들고 돌도 들고 우— 몰려 들어오면서 우선 이방·형방·순로·사령을 미친 개 때리듯 하며, 한 떼는 대청으로 올라와서 군수

---

82) 만지장서(滿紙長書)—사연을 많이 적은 편지.
83) 봉두난발(蓬頭亂髮)—쑥대강이같이 흐트러진 머리털.

를 잡아 내리고, 한 떼는 내아(內衙)[84]에 들어가서 부인을 끌어내어 한 끈에다가 비웃두름[85] 엮듯이 동여 앉히고 여러 놈이 둘러서서 한 놈은 "물을 끊여라.", 한 놈은 "구덩이를 파라.", 또 한 놈은 "이애들, 아서라. 학정(虐政)[86]은 모다 아전놈의 짓이지 그 못생긴 원놈이야 술이나 좋아하고 글이나 잘 짓지 무엇을 안다더냐. 그럴 것 없이 집둥우리나 태워서 지경이나 넘겨라." 하는데 그중 한 놈이 쓱 나서며, "그럴 것 없이 좋은 수가 있다. 두 연놈을 큰 뒤주 속에 한데 넣어서 강물에 띄워 버리자." 하더니 그 여러놈들이 "이애, 그 말 좋다……자……." 하며 뒤주를 갖다가 군수 내외를 집어넣고 자물쇠를 채우고 진상(進上)[87] 가는 꿀병 동이듯 이리 층층 얽고 저리 층층 얽어서 여러 놈들이 떠메고 압록강으로 나가는데, 정임이 편지 보던 영창이는 창졸(倉卒)[88]간에 하늘이 무너지고 땅이 꺼지는 듯한 난리를 만나매 어찌할 줄 모르고 몸부림을 하며 아버지 어머니를 부르고 울다가, 메고 나가는 뒤주를 쫓아가니 어떤 놈은 귀퉁이도 쥐어 박고 어떤 놈은 발길로 차기도 하며 어떤 놈은 "이애, 요놈은 작은 도적놈이다. 요런 놈 씨 받아서는 못 쓰겠다. 요놈마저 뒤주 속에 넣어라." 하더니 어떤 놈이 와서 "아서라, 그까짓 어린 자식놈이야 무슨 죄가 있느냐. 그렇지마는 요놈이 이렇게 잘 입은 비단 옷도 모두 초산 백성의 피긁은 것이니 이것이나마 입혀 보낼 것 없다." 하고 달려들며 입은 옷을 다 벗기고, 지나가는 거지 아이의 옷 해진 틈틈이 서캐 이가 터진 방앗공이[89]에 보리알 끼듯 한 옷을 바꾸어 입혀서 땅에 발이 붙지 않도록

---

84) 내아(內衙)—지방 관아의 안채.
85) 비웃두름—청어를 두 줄로 길게 묶은 것.
86) 학정(虐政)—포악한 정치.
87) 진상(進上)—지방에서 나는 물건을 임금·고관에게 바침.
88) 창졸(倉卒)—미처 어찌할 사이없이 급작스러움.
89) 방앗공이—절구 확 속에 든 물건을 내리찧는 몽둥이.

들어 내쫓는다.

그 지경 당하는 영창의 마음에는, 자기는 죽인대도 겁날 것 없으되, 무죄한 부모가 참혹히 죽는 것이 비할 데 없이 애통한 생각에 '나도 압록강에나 가서 기어코 우리 부모 들어앉아 계신 뒤주라도 붙들고 죽으리라' 하고 구릉 언덕을 헤아리지 아니하고 엎드러지며 자빠지며 압록강을 향하고 가는데, 읍내서 압록강이 몇 리나 되던지 밤새도록 가다가 어느 곳에 다다르니 위도 하늘 같고 아래도 하늘 같은 물빛이 보이는데, 사면은 적적하고 넓고 넓은 만경창파(萬頃蒼波)90)에 총총한 별빛만 반짝반짝하며 오열한 여울91) 소리가 슬피 조상(弔喪)92)하는 듯할 뿐이요, 자기 부모는 어디로 떠나갔는지 알 수 없는지라, 하릴없이 언덕 위에 서서 창자가 끊어지는 듯이 울며 몇 번이나 강물로 떨어지려고 하다가 다시 생각하고, '죽더라도 떠나가는 뒤주라도 보고 죽으리라' 하여 물결을 따라 한없이 내려간다.

며칠이나 가고 어디까지나 왔던지 한 곳에 이르러서는 발도 부르트고 다리도 아플 뿐 아니라 여러 날 굶어서 기운이 쇠진(衰盡)하여 정신 잃고 사장(沙場)에 넘어졌으니 그 동탕(動蕩)한93) 얼굴이야 어디 갈 것 아니지마는, 그 넘어진 모양이 하릴없는 깍정이 송장이라. 강변 까마귀는 이리로 날며 '깍깍' 저리로 날며 '깍깍'하고 개떼는 와서 여기도 '꿋꿋' 맡아보고 저기도 '꿋꿋' 맡아보나 이것저것 다 모르고 누웠더니, 누가 허리를 꾹꾹 찌르고 또 꾹꾹 찌르는 섬에 간신히 눈을 들어 보니 어리와리하게 보이는 중에 키는 장승 같고 옷은 시커멓고 코는 주먹덩이만 하고 눈은 여산(廬山) 칠십 리나 들어간 듯하여 도깨

---

90) 만경창파(萬頃蒼波)—한없이 넓고 푸른 물결.
91) 여울—물살이 빠르고 세찬 곳.
92) 조상(弔喪)—남의 상사에 대하여 조의를 표함.
93) 동탕(動蕩)하다—얼굴이 토실토실하게 잘 생기다.

비 중에도 상도깨비 같은 사람이 옆에 서서 무슨 말을 하는데, 귀도 먹먹하지마는 말인지 어훈도 알 수 없고 말할 기운도 없거니와 대답할 줄도 모르고 눈만 멀거니 쳐다볼 뿐이라.

그 사람이 달려들어 일으켜 앉혀 놓고 빨병을 내어 물을 먹이더니, 손목을 끌고 인가를 찾아가니 그곳은 신의주 나루터이요, 그 사람은 영국 문학 박사 스미트라 하는 사람인데, 자선가로 영국의 유명한 사람이라.

그 사람이 동양을 유람코자 하여 일본 다녀 조선으로 와서 부산·대구·경성·평양·의주를 다 구경하고 장차 청국 북경으로 가는 길에 이곳에서 영창이 넘어진 것을 보고, 얼굴이 비범한 아이가 그 모양으로 누웠는 것을 매우 측은히 여겨 즉시 끌고 신의주 개시장 일본 사람의 여관으로 들어가서 급히 약을 먹인다, 우유를 먹인다 하여 정신을 차린 후에 목욕을 시키고 새 옷을 사서 입히니, 그 준수(俊秀)한 용모가 관옥(冠玉) 같은 호남자이라. 곧 데리고 압록강을 건너가니 다 죽었던 영창이는 은인을 만나 목숨이 살아나매, 그때는 아무 생각 없고 다만 '아무쪼록 생명을 보존하여 기회를 얻어 원수를 갚고 우리 부모의 사속(嗣續)94)을 전하리라' 하는 마음뿐이라.

그 사람과 말이나 통할 것 같으면 사실 이야기나 자세히 하고 서울 이시종 집으로나 보내 달라고 간청해 볼 터이언마는, 말은 서로 알아듣지 못하고 하릴없이 그 사람이 끌고 가는 대로 따라 가는데, 서로 소 닭보듯 하며 먹을 때 되면 먹고, 잘 때 되면 자고, 마차를 타고 막막한 광야로도 가고, 기차를 타고 화려 장대한 시가도 지나가고, 화륜선을 타고 망망한 바다로 돌아가서 가는지 모르고 가다가, 어느 곳에서 기차를 내리매 땅에는 철로가 빈틈없이 어디로 놓이고, 하늘에는

---

94) 사속(嗣續)―대(代)를 이음.

전선이 거미줄같이 얽혔으며, 넓고 넓은 길에 마차·자동차·자전거
는 여기서도 쓰르르, 저기서도 뜰뜰하고, 십여 층 벽돌집은 좌우에 정
연하며 각색 공장의 연기 굴뚝은 밀짚 들어서듯 총총하여 그 굉장한
풍물이 영창의 눈을 놀래니 그곳은 영국 서울 '런던'이요, 스미트의
집이 곧 그곳이라.

스미트는 영창을 데리고 집으로 들어가서 세계에 없는 보화를 얻
어온 듯이 귀히 여기니, 그 부인도 역시 자기 자식같이 사랑하며 날
마다 말 가르치기로 일삼는데, 영창의 재주에 한 번 본 글자를 다시
잊지 아니하고 몇 날 못 되어 가정에서 날마다 쓰는 말은 능히 옮기
매, 부인의 마음에 신통히 여기고 차차 지지(地誌)·산술·이과 등의
소학교 과정을 가르치기에 재미를 붙이고, 영창이도 스미트 내외에게
친부모같이 정답게 굴며 근심빛을 외면에 드러내지 아니하더라.

정임이는 영창이 소식을 모르고 근심이 가슴에 맺혀서 옷끈이 자
연 늘어지는 터이언마는, 영창이는 부모가 그 지경된 것이 지극히 불
쌍하여 백해(百骸)95)가 녹는 듯이 슬픈 마음에 정임이 생각은 도시 잊
었더니, 하루는 산술을 공부하는데 삼삼을 자승(33×33)하는 문제를
놓으며, '삼삼구…… 삼삼구…… 또 삼삼구…… 삼삼구.' 하다가 문득
한 생각이 나며, '옳지! 정임이가 남문역에서 작별할 때에 편지나 자
주 하라고 부탁하며 통호수를 잊거든 삼삼구를 생각하라더라. 편지나
부쳐서 소식이나 서로 알고 있으리라' 하고 초산서 봉변하던 말과 스
미트를 따라 런던 와서 공부하고 있는 말로 즉시 편지를 써서 우편으
로 보내고, 다시 생각하고 편지 또 한 장을 써서 시종원으로 부쳤더
니, 사오 개월이 지난 후에 그 편지 두 장이 한꺼번에 돌아왔는데, 쪽
지가 너덧장 붙고 '영수인이 무하여 반환함'이라 썼으니 우편이 발달

---

95) 백해(百骸)—몸을 이룬 모든 뼈.

된 지금 같으면 성안에 있는 이시종 집을 어떻게 못 찾아 전하리오마는, 그때는 우체 발달이 유치(幼稚)한 전한국 통신원 시대라. 체전부(遞傳夫)가 그 편지를 가지고 교동 삼십삼통 구호를 찾아가매 불이 타서 빈 터뿐이요, 시종원으로 찾아가매 이시종이 갈려버린 고로 전하지 못하고 도로 보낸 것이라.

편지를 두 곳으로 부치고 답장 오기를 고대하던 영창이는 어찌 된 사실을 몰라 마음에 더욱 불평히 지내는데, 차차 지각이 날수록 남의 나라의 문명 부강한 경황을 보고 내 나라의 야매(野昧) 조잔(凋殘)한96) 이유를 생각하매 다른 근심은 다 어디로 가고 다만 학업에 힘쓸 생각뿐이라. 즉시 학교에 입학하여 열심히 공부하니 그 과공이 일취월장하여 열여섯 살에 중학교 졸업하고, 열아홉 살에 문과대학 졸업하니 그 학문이 훌륭한 청년 문학가가 되었는지라.

스미트 내외도 지극히 기뻐할 뿐 아니라 영국 문부성 관리들이 극구 칭송 아니하는 자가 없더니, 문부성 학무 국장이 스미트를 방문하고 자기 딸을 영창에게 통혼하는지라. 영창이 생각에 '아무리 정임이와 서로 생사를 알지 못하나 내가 정임이 거취를 자세히 알기 전에는 다른 배필을 구하지 아니하리라' 하고 그제야 자기 사실과 정임의 관계를 낱낱이 스미트에게 이야기하고 학무 국장의 의혼을 거절하였는데, 그해 유월에 스미트가 대일본 횡빈(橫濱)97) 주차 영사(領事)가 되어 일본으로 나오매 영창이도 스미트를 따라 횡빈 와서 있더니, 어느 때는 동경으로 구경갔다가 지루한 가을 장마에 구경도 못하고 적적한 여관에서 파초잎에 떨어지는 빗소리를 들으며 소설을 저술하는데, 고국 생각이 새로 간절한 중 정임이 소식을 하루바삐 알고자 하는 회포

---

96) 조잔(凋殘)하다—빼빼 말라서 쇠약하다.
97) 횡빈(橫濱)—일본의 '요꼬하마'.

가 마음을 흔들어서 '아마 정임이는 그 사이 시집을 갔을걸' 하고 생각하며 하늘가에 돌아가는 구름을 유연히 바라보더니, 헤어져 가는 구름 너머로 쑥 솟아 오르는 한 조각 달이 수정 같은 광휘를 두루 날리는지라. 곧 상야 공원에 가서 산보하다가, 불인지 연못가에서 마침 어떤 사람이 칼로 여학생 찌르는 것을 보고 잔인한 생각이 왈칵 나서 소리를 지르고 급히 쫓아가니 여학생의 목에 칼이 박혔는지라. 그 칼을 얼른 빼어 들고 생각하매 '그놈은 벌써 달아났으니 경찰서에 고발하기도 혐의적고, 그대로 가자 하니 이것이 사나이 일이 아니라' 사기가 대단히 민망하여 어찌할 줄 모르고 한참 생각할 때에 행순하던 순사에게 잡혀 가니, 신문하는 마당에 무어라고 발명할 증거는 없으나 사실대로 말하니, 그 말은 아무 효력 없고 애매한 살인 미수범이 되어 즉시 재판소로 넘어가서 감옥서에 갇혀 있더라.

정임과 영창의 만남

이때 정임이가 호출장을 가지고 재판소로 들어가니, 검사가 그날 저녁에 당했던 사실을 자세히 조사하더니 어떤 죄인을 대면시키고,
"저 사람이 공원에서 칼로 찌르던 사람 아니냐?"
하고 묻는데 정임이는 그 사람의 얼굴을 자세히 보고 병원에서 신문 보던 일을 생각하니 얼굴 전형도 흡사한 영창이 어렸을 때 모습이요, 눈·귀·콧날도 모두 영창이라. 은근히 반가운 마음이 염통 밑을 쑤시나, 한편으로 그 사람이 정녕 영창인지 아닌지 의심도 없지 아니할 뿐 아니라 경솔히 반색할 일도 못 되고 또 관청에서 사삿말도 할 수 없는 터이라 검사의 말 대답할 겨를도 없이 그 죄인을 물끄러미 보다

가 한참만에 대답을 한다.

"저이는 그 사람이 아니올시다. 그러나 저 사람에게 한 마디 물어볼 말씀이 있사오니 잠깐 허가하심을 바랍니다."

"무슨 말을?"

"이 사건에 대한 일은 아니오나 사사로이 물어볼 만한 일이 있습니다."

"무슨 말인지 잠깐 물어 보아."

정임이는 검사의 허락을 얻어 가지고 그 죄인을 대하여 조선말로 묻는다.

"당신은 어찌 된 사유로 이곳에 오셨소?"

"다른 까닭이 아니라 공원 구경 갔다가 어떤 놈이 젊은 부인을 모해코자 함을 보고 마음에 대단히 송연(竦然)하여98) 급히 쫓아갔더니 그놈은 달아나고 내가 발명할 수 없이 잡혀 왔습니다. 그 부인이 아마 당신이신게요그려. 그때는 매우 위험하더니 천만에 저만하신 것이 대단히 감축합니다."

"그러하시오니까. 나는 그때 정신을 잃고 아무것도 몰랐습니다그려. 위태함을 무릅쓰고 이만 사람을 구하여 주시니 대단히 고맙습니다마는, 애매히 여러 날 고생을 하여 계시니 가엾은 말씀을 어찌 다 하오리까. 그러나 존함은 누구신지요?"

"이 사람은 김영창이올시다."

"여러 번 묻기는 너무 불안합니다마는, 내게 은인이 되시는 터에 자세히 알아야 하겠습니다. 황송한 말씀으로 춘부장은 누구시오니까?"

"은인이라 하심은 천만의 말씀이올시다. 우리 선친은 ○○올시다."

---

98) 송연(竦然)하다—두려워서 오싹한 느낌이 있다.

"그러면 관직은 무슨 벼슬을 지내셨습니까?"

"비서승 지내시고 초산 군수로 돌아가셨습니다."

하면서 눈살을 찡그리는데 정임이는 그 말 들으매 다시 물을 것 없이 뇌수에 맺혀 있는 그 영창이라. 죽은 줄 알던 영창이를 뜻밖에 만나니 정신이 아득아득하며 기쁜 마음이 진하여 슬픈 생각이 생겨서 아무 말 못하고 눈물이 비오듯 하는데, 영창이는 감옥서에 갖혀서 발명하기를 근심하다가 여학생 대면시키는 것이 대단히 상쾌하여 이제는 발명되겠다고 생각하더니, 그 여학생이 일본말로 검사와 수작하매 무슨 말인지 몰라 궁금하던 차에, 여학생이 조선말로 자세히 묻는 것이 하도 이상하여 그 얼굴을 살펴보니, 남문역에서 한 번 이별한 후로 십 년을 못 보던 정임의 용모가 여전하나 역시 의아하여 다른 말은 할 수 없고 다만 묻는 말만 대답하더니, 마침내 낙루(落淚)하는 것을 보매 의심이 더욱 나서 한 번 물어 본다.

"여보시오, 자세히 물으시기는 웬일이며, 또 낙루하시기는 어찌한 곡절이오니까?"

"나를 생각지 못하시오. 나는 이시종의 딸 정임이오."

하며 흑흑 느끼는 철석(鐵石) 같은 장부의 창자도 이 경우를 당하여서는 어찌할 수 없이 눈물을 보내 수건을 적시더라. 신문하던 검사는 어찌 된 까닭을 모르고 정임을 불러 묻는지라. 정임이가 영창이와 같이 자라던 일로부터 부모가 혼인 정하던 말과, 초산 민요 후에 서로 생사를 모르던 말과, 동경 와서 유학하는 원인과 오늘 의외로 만난 말을 낱낱이 이야기하니 검사가 그 말을 들으매, 김영창은 백 배 애매할 뿐 아니라 그 사실이 매우 신기한지라. 검사도 정임의 절개를 무한히 칭찬하며 내어보내고, 강 소년을 잡으려고 각 경찰서로 전화도 하고 조선 유학생도 일변 조사하니, 각 신문에 '불행 위행'이라 제목하고 정임의 사실의 수미(首尾)[99]를 게재하여 극히 찬양하였으매 동경 있는 조선 유학생이 그 사실을 모를 사람이 없더라.

정임이와 영창이가 재판소에서 나와서 같이 여관으로 돌아와 마주 앉으니 몽몽한 꿈속에 보는 것도 같고, 죽어 혼백이 만난 듯도 하여 그 마음을 이루 측량할 수 없는지라.

서로 울기도 하고 웃기도 하며 그 사이 풍파 겪고 고생하던 이야기를 작약(雀躍)[100]히 하다가 횡빈 영국 영사관으로 내려가서 정임이는 스미트를 보고 영창이 구제함을 감사히 치하하고, 영창이는 공교히 정임이 만난 말을 하여 본국으로 나가서 혼례 지낼 이야기를 하니, 스미트도 대단히 신기히 여기고 혼례 준비금 삼천 원을 주는지라. 정임이는 곧 장문 전보(長文電報)를 본가로 보내고 영창이와 한가지 발정(發程)[101]하여 서울 남대문 정거장을 가까이 오니, 한강은 용용(溶溶)하고 남산은 의의(依依)하여 의구한 고국 산천이 환영하는 뜻을 머금었더라.

정임의 부모

정임이 동경으로 가던 그 이튿날 아침에 이시종 집에서는 혼인 잔치 차리느라고 온 집안이 물 끓듯 하며 봉채 시루를 찐다, 신랑 마중을 보낸다 법석을 하는데, 신부는 방문을 척척 닫고 일고삼장(日高三丈)[102]하도록 일어나지 아니하매 이시종 부인이 심히 이상히 여기고,

---

99) 수미(首尾)―사물의 머리와 꼬리. 처음과 끝.
100) 작약(雀躍)―좋아서 날뛰어 기뻐함.
101) 발정(發程)―길을 떠남. 출발.
102) 일고삼장(日高三丈)―아침 해가 높이 떴음.

"이애 정임아, 오늘 같은 날 무슨 잠을 이리 늦게 자느냐. 어서 일어나서 머리도 빗고 세수도 하여라. 벌써 수모(手母)103)가 왔다."
하며 방문을 열어 보니 정임이는 간 곳 없고 웬 편지(便紙) 한 장이 자리 위에 펴 있는데,

- 편지 -

'불효의 딸 정임은 부모를 떠나 멀리 가는 길을 임하여 죽기를 무릅쓰고 두어 마디 황송한 말씀을 아버님께 어머님께 올리나이다. 대저 사람이 세상에 처하여 윤강(倫綱)을 지키지 못하면 가히 사람이랄 것없이 금수와 다르지 아니함은 정한 일이 아니오니까. 그러하온데 부모께옵서 기왕 이 몸을 영창이에게 허혼(許婚)하였사오니 비록 성례(成禮)는 아니 하였을지라도 영창의 집 사람이 아니라고 할 수 없는 터이라 어찌 영창이 있고 없는 것을 헤아리오리까. 지금 사세(事勢)로 말씀 하오면 위에 늙은 부모가 계시고 아래에 사나이 동생이 없으매 그 정형(情形)이 대단히 절박(切迫)하오니 그 사정을 알지 못하는 바는 아니오나, 지금 만일 부모의 두 번 명령하심을 복종하와 다른 곳으로 또 시집가오면 이는 부모로 하여금 그른 곳에 빠지게 하여 오륜(五倫)의 첫째를 위반함이요, 이 몸으로서 절개를 잃어 삼강(三綱)의 으뜸을 문란(紊亂)케 함이오니, 정임이가 비록 같지 못한 계집아이오나 어찌 조그마한 사정을 의지하여 윤강을 어기고 금수에 가까운 일을 차마 행하오리까. 그러하므로 죽사와도 내일 일은 감히 이행치 못하옵고 곧 만리붕정(萬里鵬程)104)의 먼 길을 향하오니, 부모의 슬하를 떠나 걱정을 시키는 일은 실로 불효막심(不孝莫甚)하오나 백 번 생각

103) 수모(手母)―구식 결혼 때, 신부(新婦)의 단장 및 그 밖의 일을 곁에서 거들어 주는 여자.
104) 만리붕정(萬里鵬程)―멀고도 큰 앞길.

하고 마지 못하여 행하옵나이다. 그러하오나 멸학매식(滅學昧識)한 천질(賤質)로 해외에 놀아 문명 공기를 마시고 좋은 학문을 배워 돌아오면 이 어찌 영화(榮華)가 되지 아니하오리까. 머지 아니하여 돌아오겠사오니 과도히 근심 마옵시기를 천만 바라오며, 급히 두어 자로 갖추지 못하오니 아버님 어머님은 만수무강(萬壽無疆)하옵소서.'

　"이거 변괴요그려. 요런 방정맞은 년 보아."
　"왜 그리여, 이게 무엇이야……, 응?"
하고 그 편지를 받아 보는데 부인의 마음에는 그 딸이 죽어서 나간 듯이 서운 섭섭하여 비죽비죽 울며 목멘 소리로,
　"고년이 평일에 동경 유학을 원하더니 아마 일본을 갔나 보오. 고년이 자식이 아니라 애물이야. 고 어린 년 어디 가서 고생인들 오죽 할라구. 고년이 요런 생각을 둔 줄 알았다면 아이년으로 늙어 죽더라도 고만두었지. 그러나 저러나 아무데를 가더라도 죽지나 말았으면."
하며 무당 넋두리하듯 하는데 이시종이 그 편지를 다 보더니,
　"여보, 요란스럽소, 떠들지 마오."
하고 전보지를 내어 정임을 압류(押留)하여 달라고 부산 경찰서로 보내는 전보를 써 가지고 전보 부칠 돈을 꺼내려고 철궤를 열어 보니, 귀 떨어진 엽전 한 푼 아니 남기고 죄다 닥닥 긁어 내었는지라. 하릴없이 제일은행 소절수(小切手)105)에 도장을 찍어 지갑에 넣더니,
　"여보 마누라, 나는 전보 부치고 바로 부산까지 다녀올 터이니 집안일은 마누라가 휘갑106)을 잘하오."
하고 나갔는데, 부인은 정신없이 허둥지둥할 사이에 잔치 손님이 꾸

---

105) 소절수(小切手)–'수표(手票)'의 구칭.
106) 휘갑–너더분한 일을 잘 마무름.

역꾸역 모여들고, 마침 중매아비 정임의 외삼촌이 오는지라, 부인이
그 동생을 붙들고 정임이 이야기를 한창 하는 판에 새 신랑이 사모관
대(紗帽冠帶)하고 안부(雁夫)107)를 말머리에 앞세우고 우적우적 달려
드니, 부인 남매는 신부가 밤 사이에 도망하였다는 말을 어찌하며, 또
갑자기 죽었다고 핑계도 할 수 없는 터이라 어찌할 줄 모르고 창황망
조(蒼黃罔措)108)하다가 동에 닿지도109) 않는 말로 신부가 지나간 밤에
급히 병이 나서 병원에 가 있다고 우선 말하니 그 눈치야 누가 모르
리오. 안손, 바깥손, 내 하인, 남의 하인할 것 없이 모두 이 구석에도
몰려서 수군수군 저 구석에도 몰려서 수군수군하는데, 신부 없는 혼
인을 어찌 지낼 수 있으리오.

　닭 쫓던 개는 지붕이나 쳐다보지마는 장가들러 왔던 신랑은 신부
를 잃고 뒤통수치고 돌아서고, 정임의 외삼촌은 즉시 신랑의 부친 박
과장을 가서 보고 정임의 써 놓고 간 편지를 내어 보이며, 사실의 수
미를 자세히 이야기하고 무수히 사과하였으나, 그 창피한 모양은 이
루 말할 수 없으며, 이시종은 그 길로 즉시 부산을 내려가서 연락선
타는 선창목을 지키나, 그때 색주가 서방에게 잡혀가 갇혀 있는 정임
이를 어찌 그림자나 구경할 수 있으리오. 하릴없이 그 이튿날 도로
올라오는 길에 경찰서에 가서 간권(懇勸)히 다시 부탁하고 왔으나 정
임이는 일본 옷 입고 일본 사람 틈에 끼어 갔으매 경찰서에서도 알지
못하고 놓쳐 보낸 것이더라.

　이시종 내외는 생세지락(生世之樂)110)을 그 외딸 정임에게만 붙이
고 늙어가는 터이라 응석도 재미로 받고, 독살도 귀엽게 보여, 근심이

---

107) 안부(雁夫)―전안할 때 기러기를 들고 신랑 앞에 서서 가는 사람.
108) 창황망조(蒼黃罔措)―다급하여 어찌할 바를 모름.
109) 동이 닿다―앞 뒤의 조리가 맞다.
110) 생세지락(生世之樂)―세상에 태어나서 살아가는 재미.

있다가도 정임이 얼굴만 보면 없어지고, 화증이 나다가도 정임이 말만 들으면 풀어지며, 어디를 갔다 오다가도 대문께에서 정임이부터 찾으며 들어오는 터이더니, 정임이가 흔적없이 한 번 간 후로 정임의 거동은 눈에 암암하고, 정임의 목소리는 귀에 쟁쟁하여 정임이 생각에 곤한 잠이 번쩍번쩍 깨어 미칠 것같이 지내는데, 어느날 아침에는 하인이 어떤 편지 한 장을 가지고 들어오며 '경성 북부 자하동 108-10 이시종 ○○귀하'라 쓰고, 후면에는 '동경시 하곡구 기판정 십일번지 상야관 이정임'이라 하였는지라, 이시종이 받아 보매 눈에 번쩍 띄어,

"마누라 마누라, 정임이 편지가 왔소그려."

"아에그, 고년이 어디 가서 있단 말씀이오."

하며 반가운 마음을 이기지 못하여 비죽비죽 우는데 이시종이 그 편지를 떼어보니,

- 편지 -

'미거(未擧)한111) 여식이 오괴(迂怪)한 마음으로 불효됨을 생각지 못하옵고, 홀연히 한번 집 떠난 후에 성사(盛事)를 오래 궐(闕)하오니112) 지극히 황송하옵고 또한 문후(問候)113)할 길이 없사와 민울(悶鬱)한114) 마음이 측량없사오며 그 사이 추풍은 불어 다하고 쌓인 눈이 심히 춥사온데 기체후(氣體候) 일향만안(一向萬安)115)하옵시고, 어머니께옵서도 안녕하시오니까. 복모구구(伏慕區區)116) 불리웁지 못하오며, 여식은 그때 곧 동경으로 와서 공부하고 잘 있사오나, 아버님 어머님

---

111) 미거(未擧)하다—철이 아직 나지 않아 아둔하다.
112) 궐(闕)하다—해야 할 일을 하지 않다.
113) 문후(問候)—윗사람의 안부를 묻는 것.
114) 민울(悶鬱)하다—민망스러운 걱정으로 가슴이 답답하다.
115) 일향만안(一向萬安)—한결같이 아주 평안하다.
116) 복모구구(伏慕區區)—'삼가 사모하는 마음 그지없습니다'의 뜻.

뵈옵고 싶은 마음과 부모님께옵서 이 불효 자식을 과히 근심하실 생각에 잠이 달지 아니하며, 먹어도 맛을 알지 못하고 항상 민망히 지내옵나이다.

그러하오니 집에 있을 때에 지어 주는 옷이나 입고 다 해놓은 밥이나 먹으며 사나이가 눈에 띄면 큰 변으로 알아 대문 밖을 구경치 못하옵다가, 이곳에 와서 처음으로 문명국의 성황을 관찰하오매 시가의 화려함은 좁은 안목에 모두 장관이옵고, 풍속의 우미(優美)함은 어둔 지식에 배울 것이 많사와 날마다 풍속 시찰하기에 착심(着心)117)하고 있사오니, 본국 여자는 모두 집안에 침복(沈服)하여 능히 사람된 직책을 이행치 못하고 그 영향이 국가에까지 미치게 함이 마음에 극히 한심하옵기, 속히 학교에 입학하여 신학문을 많이 공부하여 가지고 귀국하와 일반 여자계를 개량코자 하옵나이다. 이 자식은 자식으로 생각지 마옵시고 너무 걱정 마시기를 천만 바라오며, 내내 기운 안녕하옵시기 엎드려 비옵고 더할 말씀 없사와 이만 아뢰옵나이다.'

년 월 일 여식 정임 상서

그 편지를 내외분이 돌려가며 보다가,

"아이고 고년이야, 어린 년이 동경을 어찌 갔나. 고년, 조그만 년이 맹랑도 하지. 영감은 그때 부산서 무엇을 보고 오셨소. 경관도 변변치 못하지…… 그러고 저러고 아무데든지 잘 가 있다는 소식을 알았으니 시원하오마는, 우리가 늙어 오늘 죽을지 내일 죽을지 모르는 처지에 그 딸자식 하나를 오래 그리고는 못살겠소. 그렇게 할 것 없이 영감이 가서 데리고 오시오. 시집만 보내지 아니하면 고만이지요. 제가 마

---

117) 착심(着心)—어떤 일에 마음을 붙임.

다고 아니 가는 시집을 부모인들 어찌하겠소."

"그렇지마는 사유가 이렇게 된 이상에 그것을 데려오면 어떻게 한단 말이오. 점점 모양만 더 창피하니 나중에 어찌하던지 저 하는 대로 내버려 두고 왁자히 소문 내지 마시오."

부인은 단지 그 딸을 간 곳도 모르고 그리던 끝에 보고 싶은 생각이 더욱 바빠서 한 말인데, 그 남편의 대답이 이렇게 나가매 조조(躁躁)한118) 마음을 참고 있으나, 원래 부인의 성정이라 딸 보고 싶은 생각만 나면 그만 데려오라고 은근히 그 남편을 조르는 터이지마는, 이시종은 그렇지 아니한 이유를 그 부인에게 간곡히 설명하고 다달이 학자금 오십 원씩 보내주며, 언제든지 제 마음 내키는 대로 돌아오기만 기다리고 두 내외가 비둘기같이 의지하여 한 해 두 해 지내는데, 늙어갈수록 정임의 생각이 간절하여 몸이 좀 아프기만 하면 마음이 더욱 처연한 터이라.

정임과 영창의 결혼

하루는 부인이 몸이 곤하여 안석에 의지하였는데 홀연히 마음이 좋지 못하여, '몸이 이렇게 은근히 아프니 아마 정임이를 다시 못 보고 황천(黃泉)에 가려나 보다' 하며 생각하고 누웠더니 서창으로 솔솔 불어오는 맑은 바람에 낮잠이 혼곤히 오는데, 전에 살던 교동 집에서 옥동 박신랑과 정임이 혼인을 지낸다고 수선하는 중에 난데없는 영창이가 칼을 들고 별안간 달려들며 내 계집을 또 시집 보내는 놈이 누구냐고 소리를 벽력같이 지르고 이시종을 칼로 찍으니 이시종이 마루

---

118) 조조(躁躁)하다—몹시 조급하다.

에 넘어져서 발을 버둥버둥하며, '어…… 어……' 하는 소리에 잠을 번쩍 깨니, 대문간에서 어떤 사람이 문을 두드리며 "전보 들여가오, 전보 들여가오." 하는 소리가 귀에 그렇게 들리는지라.

그때 하인은 다 어디로 갔던지 부인이 급히 나가 전보를 받아보니 정임에게서 온 전보이라. 꿈 생각하고 정임이 전보를 받으매 가슴이 선뜩하여 급히 떼어보니 전보지는 대여섯 장 겹치고 전문은 모두 꾸불꾸불한 일본 국문이라. 볼 줄은 알지 못하고 갑갑하고 궁금하여, '이게 무슨 말인고, 이 사이 꿈자리가 어지럽더니 근심스러운 일이 또 생겼나보다. 제가 나올 때도 되었지마는 나온다는 말 같으면 이렇게 길지 아니할 테인데, 아마 병이 들어 죽게 되었다는 말이겠지' 하며 중얼중얼 하는 때에 이시종이 들어오는지라.

부인이 전보를 내어놓으며 꿈 이야기를 하는데 이시종도 역시 소경단청119)이라, 서로 답답한 말만 하다가 일본 어학하는 사람에게 번역해다가 보니 다른 말 아니요, 상야 공원에서 봉변하던 말과 의외에 영창이 만난 말과 영창이와 방금 발정(發程)하여 어느 날 몇 시에 서울 도착한다는 말이라. 일변 놀랍기도 하고 일변 반갑기도 하여, 이시종은 감투를 둘러쓰고 돌아다니며 작은 사랑을 수리해라, 건넌방에 도배를 해라 분주히 날치고, 부인은 안방으로 들어갔다 마루로 나섰다 정신없이 수선하며 내외가 밥 먹을 줄도 모르고 잠잘 줄도 모르고, 칙사(勅使)120)나 오는 듯이 야단을 치더니 정임이 입성한다는 날이 되매 남대문역으로 정임이 마중을 나가는데 정임이 타고 오는 기차가 도착하니, 그때 정거장 한 모퉁이에는 서로 붙들고 눈물 흘리는 빛이더라.

---

119) 소경단청—소경이 단청 구경함. 즉 내용의 분별도 못하여 사물을 봄.
120) 칙사(勅使)—임금의 명령을 전달하는 특사.

정임이는 좋은 학문도 많이 배우고 가슴에 못이 되던 영창이를 만나서 다섯해 만에 집에 돌아와 그 부모를 뵈니 이같이 기쁜 일은 다시 없이 여기고 왕사(往事)121)는 다 잊어버린 터이지마는 이시종은 좋은 마음이야 오죽할 것이나, 정임이를 박과장 집으로 시집 보내려고 하던 생각을 하매 정임이 볼 낯도 없을 뿐더러, 더구나 영창이 보기가 면난(面赧)하여122) 좋은 마음은 속에 품어 두고 정임이나 영창이를 대할 적마다 부끄러운 기색이 표면에 나타나더니, 그 일은 이왕 지나간 일이라 그런 생각은 다 접어 놓고 일변 택일을 하고 일변 잔치를 차리며, 일변은 친척고우에게 청첩을 보내서 신혼 예식을 거행하였는데, 예식을 습관으로 할 것 같으면 전안(奠雁)도 하고 초례도 하겠지마는 이시종도 신식을 좋아하거니와 신랑 신부가 모두 신공기 쏘인 사람이라, 구습은 일변 폐지하고 신식을 모방하여 신혼식을 거행한다. 신랑은 문관 대례복에, 신부는 부인 예복을 입고 청결한 예식장에 단정히 마주 선 후에 신부의 부친 이시종 매개로 악수례를 행하니, 그 많이 모인 잔치 손님들은 그런 혼인을 처음 보는 터이라, 혹 입을 막고 웃는 사람도 있고, 혹 돌아서서 흉보는 사람도 있으며 그중에도 습관을 개혁코자 하는 사람은 무수히 찬성하는데, 한편 부인석에서 나이 한 사십된 부인이 나서더니,

"이 사람이 아무 지식은 없사오나 오늘 혼례에 대하여 할 줄 모르는 말 서너 마디 할 터이오니 여러분은 용서하십시오."
하고 연설을 시작한다.

연설 "대저 신혼 예식이라 하는 것은 한 남자와 한 여자가 비로소

---

121) 왕사(往事) — 지나간 일.
122) 면난(面赧)하다 — 남을 대할 때에 부끄러워 얼굴이 붉어지다.

부부가 된다고 처음으로 맹약하는 예식이 아니오니까. 그런 고로 그 예식이 대단히 소중한 예식이올시다. 어째 소중하냐 하면 한번 이 예식을 지낸 후에는 백 년의 고락을 같이하며 만대의 혈속을 전할 뿐 아니요, 남편되는 사람은 또 장가들지 못하고 더군다나 아내되는 사람은 다른 남자를 공경하는 일이 절대적 없는 법이니, 이렇게 소중한 혼례식이 어디 또 있습니까. 그러하나 그 내용상으로 말하면 이같이 중대하지마는 그 표면적으로 말하면 한 형식에 지나지 못하는 일이라고 하겠습니다. 왜 그러하냐 하면 이 예식을 지내고라도 남편이 아내를 버린다든지, 아내가 행실이 부정할 것 같으면 소위 예식이라 하는 것은 한 희롱이 되고 말 것이요, 만일 예식은 아니 지내고라도 부부가 되어 혼례식 지낸 사람보다 의리를 잘 지키면 오히려 예식 지내고 시종이 여일치 못하니보다 낫지 아니하겠습니까.

그러하니 그 의리라 하는 것은 이왕 말씀한 바와 같이 남편은 또 장가들지 못하고, 아내는 다른 남자를 공경치 못하는 것이올시다. 그러나 그중에 아내되는 사람의 책임이 더욱 중하니 서양 풍속 같으면 남녀가 동등 권리를 보유하여 남편이나 아내나 일반이지마는, 원래 동양 습관에는 남편은 어떠한 외입을 하든지 유처취처(有妻聚妻)[123] 하여 몇 번 장가를 들어도 아무 관계없으나, 여자가 만일 한번 실절(失節)하면 세상에 다시 용납지 못할 사람이 되니, 남녀가 동등하지 못하고 남편의 자유를 묵허(默許)[124]함은 실로 불미(不美)한 풍속이지마는, 그는 여자가 권리를 스스로 잃는 것이라 말할 필요가 없거니와, 아내가 절개를 지키는 것은 원리적으로 여자의 직분이 아니오니까.

그러하지마는 음분난행(淫奔亂行)은 여자에게서 먼저 생기는 고로

---

123) 유처취처(有妻聚妻)—아내 있는 사람이 또 아내를 얻음.
124) 묵허(默許)—잠자코 슬그머니 허락함. 묵인.

옛적 성인도 '열녀는 불경이부(不更二夫)'라 하여 여자를 더욱 경계하셨으니 남의 아내 된 사람의 책임이 얼마나 더 중합니까. 그러하나 그 의리와 직책을 잘 지키기 장히 어려운 고로 열녀가 나면 그 영명(榮名)을 천고에 칭송하는 바이 아니오니까.

그러한데 오늘 신혼식 지낸 신부 이정임이는 가히 열녀의 반열(班列) 참례 하겠다 합니다. 그 이유를 말하고자 하면, 정임이 강보(襁褓)에 있을 때에 그 부모가 김영창 씨와 혼인을 정하여 서로 내외 될 사람으로 인정하고 같이 자라났으니, 그 관계로 말하든지 그 정리로 말하든지 그 형식에 지나지 못하는 혼례식 아니 지냈다고 어찌 부부의 의리가 없다 하리까. 그러나 중도에 영창 씨의 종적을 알지 못하니 만일 열녀가 아니면 다른 곳으로 시집갔으련마는 그 의리를 지키고 결코 김영창 씨를 저버리지 아니하여 천곤백난(千困百難)125)을 지내고 기어코 김영창 씨를 다시 만나 오늘 예식을 거행하니 그 숙덕(淑德)126)이 가히 열녀가 되겠습니까, 못 되겠습니까? 여러분 생각하여 보시오(내빈이 모두 박수한다). 또, 신혼 예식 절차로 말씀하면 상고 시대에 나무 열매 먹고 풀로 옷 지어 입을 때에야 어찌 혼인이니 예식이니 하는 여부가 어디 있으리까. 생생지리(生生之理)는 자연한 이치인 고로 금수와 같이 남녀가 난잡히 상교하매 저간에 무한한 경쟁이 있더니, 사람의 지혜가 조금 발달되어 비로소 검은 말가죽으로 폐백(幣帛)하고 일부일부(一夫一婦)가 작배(作配)함으로부터 차차 혼례라 하는 것이 발명되었는데, 그 예식은 고금이 다르고 나라마다 다를 뿐 아니라, 아까 말씀한 것과 같이 한 형식에 지나지 못하는 것이올시다. 그러하니 그 형식에 지나지 못하는 예식의 절차는 아무쪼록 간단하고

---

125) 천곤백난(千困百難)－온갖 고난.
126) 숙덕(淑德)－정숙하고 단아한 여성의 미덕.

편리한 것을 취하는 것이 좋지 아니하겠습니까.

그러한데 조선 풍속에는 혼인을 지내려면 그날 신랑은 호강하지마는 신부는 큰 고생하는 날이올시다. 얼굴에는 회박을 씌어서 연지 곤지를 찍고 눈은 왜밀로 철걱 붙여 소경을 만들어 앉히고 엉덩이가 저려도 종일 꼼짝 못하게 하니 혼인하는 날같이 좋은 날 그게 무슨 못할 일이오니까. 여기 계신 여러 부인도 아마 그런 경우 한 번씩은 다 당해 보셨겠습니다마는 그렇게 괴악한 습관이 어디 있습니까. 이중에 혹 '저것도 예식이라고 하나?' 하는 분도 계실 듯하지마는 그렇지 않습니다. 좋지 못한 구습을 먼저 개혁하는 사람이 없으면 어떠한 일이든지 도저히 개량하여 볼 날이 없습니다. 오늘 지낸 예식이 가히 조선에 모범이 될 만하오니 여러분도 자녀간 혼인을 지내시거든 오늘 예식을 모방하십시오. 나는 정임의 외삼촌 숙모가 되는 사람이나 조금도 사정(私情) 둔 말씀이 아니오니 여러분은 깊이 헤아리시기를 바라오며, 변변치 못한 말씀을 오래 하오면 들으시기에 너무 지리하고 괴로우실 듯하와 고만두겠습니다.

연설을 마치매 남녀간 손님이 모두 박수 갈채하고 헤어져 가는데, 그날 밤 동방화촉(洞房華燭)에 원앙금침(鴛鴦衾枕)을 정답게 펴놓으니 만실춘풍(滿室春風)에 화기가 융융(融融)하고 이시종은 희색이 만면하여 사랑에서 친구와 술 먹으며 그 딸의 사실 일장을 이야기하더라.

잡힌 강 소년

상야 공원에서 정임을 칼로 찌르던 강 소년은 대구 부자의 아들인데, 열네 살에 그 부친이 죽으매 열다섯 살부터 외입에 반하여 경향(京鄕)[127]으로 다니며 양첩도 장가들고 기생도 떼어 팔선녀를 꾸며서 여기저기 큰 집을 다 각각 배체하고 화려한 문방구나 잡화상을 벌이며, 각종의 음악기는 연극장을 설립하여 놓고, 이집 저집 돌아다니며 무궁한 행락을 하다가 못하여 그것도 오히려 부족히 여기고, 주사청루(酒肆靑樓)[128]는 거르는 날이 없으며, 산사강정(山寺江亭)[129]에 아니 노는 곳이 없이 그 방탕함에 끝이 없으매, 저의 집 십만여 원 재산이 몇 해 아니 가서 다 없어지고 종조리판[130]에는 토지 가옥까지 몰수이[131] 강제 집행을 당하니 그 많던 계집들도 물 흐르고 구름 가듯 하나둘씩 뿔뿔이 다 달아나고 제몸 하나만 홀연히 남았다.

대저 음탕무도(淫蕩無道)하던 놈이 이 지경이 되면 개과천선(改過遷善)할 줄은 모르고 도적질할 생각이 생기는 것은 하등 인류의 자연한 이치라. 그 소년도 제 신세 결단나고 제 집 망한 것은 조금도 후회없고, 단지 흔히 쓰던 돈 못 쓰고 잘하던 외입 못 하는 것이 지극히 민망하여 곧 육촌의 전답 문권(田畓文券)을 위조하여 만 원에 팔아 가지고 또 한참 흥청거리다가, 그 일이 발각되어 육촌이 정장(呈狀)[132]하였으므로 관가에서 잡으려고 하매 즉시 동경으로 달아나, 산본이라 하는 노파 집에 주인을 잡고 있는데 아무 소관사(所關事) 없이 오래 두류하는 것을 모두 이상히 여길 뿐 아니요, 경찰서 조사에 대답하기가 곤란하여 유학생인 체하고 어느 학교에 입학하였다.

조금만 생각 있는 놈 같으면 별 풍상 다 겪고 내 재물 그만치 없었

---

127) 경향(京鄕)—서울과 시골.
128) 주사청루(酒肆靑樓)—술집·기생집 등의 통칭.
129) 산사강정(山寺江亭)—산 속에 있는 절과 강가에 있는 정자.
130) 종조리판—사소한 조리. 끄트머리의 자지레한 조리.
131) 몰수이—있는 수요대로 온통.
132) 정장(呈狀)—소장(訴狀)을 관청에 바침.

으니 동경같이 좋은 곳에 와서 남의 경황을 구경하였으면 제 마음도 좀 회개할 듯하건마는, 개 꼬리를 땅에 삼 년 묻어 두어도 황모(黃毛)133)가 되지 아니한다고, 학교에 입학은 하였으나 공부에는 정신 없고 길원 같은 화류장(花柳場)에나 종사하며 얼굴 반반한 여학생이나 쫓아다니는 터인데, 정임이 학교에 가는 길이 강 소년 학교에 오는 길이라, 정임이는 몰랐으나 강 소년은 정임이를 다니는 학교에 갈 적 만나고 올 적 만나매 음흉한 욕심이 가슴에 탱중하여, 정임이 다니는 학교에까지 따라가 보기도 하고 정임이 있는 여관 앞까지 쫓아와 보기도 하였으나, 정임이가 대문 안으로 쑥 들어가기만 하면 한 겹 대문 안이 태평양을 격한 것같이 적막하고 다시 소식 없어 마음에 점점 감질(疳疾)만 나게 되매 항상 '그 여학생을 어찌하면 한 번 만나 볼꼬' 하고 생각하더니 어떻게 알아보았던지 그 여학생이 조선 사람인 줄도 알고 이름이 이정임인 줄도 알았으나 어떻게 놀려 낼 수단이 없어 주인의 딸 산본 영자를 시켜 여학생 일요 강습회를 조직하고, 이정임을 유인하여 회장을 만들어 놓고, 자기는 재무 촉탁이 되어 정임이와 관계나 가까이 되고 면분이나 두터워지거든 어떻게 꾀어볼까 한 일인데 사맥(事脈)은 여의히 되었으나 정임의 정숙한 태도에 압기(壓氣)가 되어 말도 못 붙여 보고 또 산본 노파를 소개하여 정당히 통혼도 하여 보다가 그 역시 실패하매 이를 것 없이 분히 여기던 차에, 공교히 호젓한 불인지가에서 만나 달빛에 비치는 자색을 다시 보매 불 같은 욕심이 바짝 나서 어찌 되었든지 한 번 쏘아 보리라 하다가 종내 그렇게 행패하고, 그 길로 도망하여 조선으로 나왔으나 죄진 일이 한두 가지 아니매 집으로는 가지 못하고 바로 서울 와서 변성명(變姓名)하고 돌아다니더니, 하루는 북장동 네거리에서 동경 있을 때에 짝패가 되어 계집의 집에

---

133) 황모(黃毛)—족제비의 꼬리 털.

같이 다니던 유학생 친구를 만나니, 그야말로 유유상종(類類相從)이라고 그 친구도 역시 강 소년과 한바리에 실을 사람이라.

장비(張飛)134)는 만나면 싸움이라더니 이 두 사람이 서로 만나면 아무것도 할 일 없고, 요리가 아니면 계집의 집으로 가는 일밖에 없는 터이라. 이때에 또 만나서 "이애, 오래간만에 만났으니 술이나 한 잔씩 먹자." "무슨 맛에 술만 먹는단 말이냐. 술을 먹으랴거든 은군자(隱君子)135) 집으로 가자." 하며 두서너 마디 수작 되더니 으늑하고 조용한 곳으로 찾아가느라 가는 것이 잣골 이시종 집 옆에 있는 진주집이라 하는 밀매음녀 집에 가서 술을 먹는데, 그 친구는 동경서 '불행위행'이란 신문 잡보도 보고 경찰서에서 유학생 조사하는 통에 강 소년이 그런 짓 하고 도망한 줄 알고 조선을 나왔으나, 강 소년을 만나매 남의 단처(短處)136)를 아는 체할 필요가 없어 그 일 아는 생색도 아니하고 계집을 데리고 술 먹으며 정답고 재미있게 밤이 깊도록 노는 터이러니, 원래 탕자 잡류의 경박한 행동은 정다운 친구 술 먹으러 가재 놓고도 수틀리면 때리고 욕하기는 항용 하는 일이라. 두 사람이 술에 잔뜩 취하여 횡설수설 주정을 하던 끝에 주인 계집 까닭으로 시비가 되어 옥신각신 다투다가, 술상도 치고 세간도 부수더니, 점점 쇠어 큰 싸움이 되며 뺨도 때리고 옷도 찢으며 일장풍파(一場風波)가 일어나서 내가 옳으니 네가 옳으니, 재판을 가자 호소137)를 가자 하며 멱살을 서로 잡고 이시종 집 대문 앞에서 싸우는 소리가,

"이놈, 네가 명색이 무엇이냐. 네까짓 놈이 뉘 앞에서 요따위 버르장이를 하여. 네가 요놈 동경서 여학생 정임이를 죽이고 도망해 나온

---

134) 장비(張飛)—중국 삼국 시대 촉나라의 맹장.
135) 은군자(隱君子)—은근짜. 몰래 정조를 파는 사람.
136) 단처(短處)—부족한 점. 나쁜 점.
137) 호소—제 사정을 관부(官府)나 남에게 하소연함.

강가 놈이지. 너 같은 놈은 내가 경무청에 고발만 하면 네 죄는 경하여야 종신 징역이다. 요놈, 죽일 놈 같으니.”

하며 닭 싸우듯 하는 소리가 벽력같이 이시종 집 사랑에까지 들리더라. 이때는 곧 정임이 신혼식 지내던 날 저녁이라. 이시종이 사랑에서 친구와 술 먹으며 정임이 이야기를 하는데, 상야 공원에서 강 소년이 행패하던 말을 막 하는 판에 모든 사람이 매우 통분히 여기는 때에 별안간 문밖에서 왁자하는 소리가 나는지라.

여러 사람이 모두 귀를 기울이고 듣더니, 그 좌석에 북부 경찰서 총순(總巡)[138] 다니는 사람이 앉았다가 그 싸움 소리를 듣고 즉시 쫓아나가 그 소년을 잡으니 갈 데 없던 강 소년이라 온 집안이 들썩들썩하며 “아이그, 고놈 용하게도 잡혔다.” “고놈 상판대기가 어떻게 생겼나 좀 구경하자.” “요놈이 살인 미수범이니까 몇 해 징역이 될꼬.” 하며 어른 아이가 모두 재미있어하다가 그 소년은 곧 북부 경찰서로 잡혀가니 온 집안이 고요하고 종려나무 그림자 밑에 학의 잠이 깊었는데, 정임이 신방에서 낭랑옥어(琅琅玉語)가 재미있게 나더라.

신혼 여행

조선 습관으로 말하면 혼인 갓 한 신랑 신부는 서로 말도 잘 아니하고 마주 앉지도 못하여 가장 스스러운 체하는 법이요, 더구나 신부는 혼인한 지 삼 일만 되면 부엌에 내려가 밥이나 짓고 반찬이나 만들기를 시작하여 바깥은 구경도 못 하는 터이라 내외가 한가지 출입하는 일이 어디 있으리오마는, 영창이 내외는 혼인 지내던 제삼일에

---

138) 총순(總巡)―구한국 때 경무청에 두었던 벼슬.

만주 봉천(奉天)으로 신혼 여행(新婚旅行)을 떠난다. 내외가 나란히 서서 정답게 이야기하며 정거장으로 나가는 모양이, 영창이는 프록코트에 고모를 쓰고, 한 손으로 정임이 분홍 양복 땅에 끌리는 치맛자락을 치어들었으며, 정임이는 옥색 우산을 어깨 위에 높이 들어 영창이와 반씩 얼러 받았는데, 그 요조(窈窕)한 태도는 가을 물결 맑은 호수에 원앙이 쌍으로 나는 것도 같으며, 아침볕 성긴 울에 조안화가 일시에 웃는 듯도 하더라.

신혼 여행은 서양 풍속에 새로 혼인한 신랑 신부가 서로 심지(心志)도 흘러 보고 학식도 시험하며 처음으로 정분도 들이고자 하여 외국이나 혹 명승지로 여행하는 것인데, 만일 서로 지기(志氣)가 상합치 못하면 그 길에 이혼도 하는 일이 있지마는, 영창이 내외야 무슨 심지를 더 흘러 보고 어떤 정분을 또 들이며 어찌 이혼 여부가 있으리오마는, 유람도 할 겸 운동도 할 겸 서양 풍속을 모방하여 떠나는 여행이라 남대문 정거장에서 의주 북행차 타고 가며 곳곳을 구경하는데, 개성에 내려 황량한 만월대(滿月臺)와 처창한 선죽교(善竹橋)의 고려 고적을 구경하고, 평양 가서 연광정(練光亭)에 오르니, 그 한유한 안계(眼界)는 대동강 비단 같은 물결에 백구는 쌍으로 날고 한가한 돛대는 멀리 돌아가는 경개(景槪)가 가히 시인소객(詩人騷客)139)의 술 한 잔 먹을 만한 곳이라.

행장에 포도주를 내어 서로 권하며 전일 평양 감사 시대에 백성의 피를 빨아 가지고 이곳에서 기생 데리고 풍류하며 극호강들 하던 것을 탄식하다가, 곧 부벽루·모란봉·영명사·기린굴 낱낱이 구경하고, 그 길로 안주(安州) 백상루(百祥樓), 용천(龍川) 청류당(淸流堂) 다

---

139) 시인소객(詩人騷客)—중국 초나라의 굴원이 지은 '이소부(離騷賦)'에서 유래한 말로, 서정적인 시부(詩賦) 및 글을 쓰는 사람.

지나서 의주(義州) 통군정(統軍亭)에 올라 난간에 의지하여 압록강 상의 풍범 사도와 연운 죽수를 바라보더니 영창이 얼굴에 초창한 빛을 띠고 손을 들어 사장을 가리키며,

"저곳이 내가 스미트 박사 만났던 곳이오. 저곳을 다시 보니 감구지회(感舊之懷)[140]를 이기지 못하겠소. 이 완악(頑惡)한[141] 목숨은 살아 이곳에 다시 왔으나, 우리 부모는 저 강물에 장사 지내고 다시 뵈옵지 못하겠으니 천추(千秋)에 잊지 못할 한을 향하여 호소할 데가 없소그려."

하고 바람을 임하여 한숨을 길게 쉬며 흐르는 눈물을 금치 못하니, 정임도 그 말을 듣고 그 모양 보매 자연 비감한 생각이 나서 역시 눈물을 씻으며,

"그 감창(感愴)한 말씀이야 어찌 다 하오리까. 오늘날 부모가 살아 계시면 우리를 오죽 귀해 하시겠소. 그 부모가 우리를 그렇게 귀히 길러 재미를 못 보시고 중도에 불행히 돌아가셨으니, 지하에 가서 차마 눈을 감지 못하실 터이오. 우리도 그 부모를 봉양코자 하나 어찌 할 수가 없으니 그야말로 자욕효이(子欲孝而) 친부재(親不在)요그려. 그러나 과도히 슬퍼 마시고 아무쪼록 귀중한 몸을 보전하시오."

이렇게 서로 탄식도 하며 위로도 하다가, 즉시 압록강을 건너 구련성(九連城) 구경하고 계관역에 내려 멀리 계관산·송수산을 지점하며,

"이곳은 일로전역(日露戰役) 당시에 일본군이 대승리하던 곳이오그려. 내가 이곳을 나가 본 지 몇 해가 못 되는데 벌써 황량한 고전장(古戰場)이 되었네."

"아…… 가련도 하지, 저 청산에 헤어진 용맹한 장사와 충성된 병

---

140) 감구지회(感舊之懷)—지난 일을 생각하는 마음. 감회(感懷).
141) 완악(頑惡)하다—성질이 완만하고 모질다.

사의 백골은 모두 도장 속 젊은 부녀의 꿈속 사람들이겠소그려."

"응, 그렇지마는 동양 행복의 기초는 이곳 승첩(勝捷)142)에 완전히 굳고 저렇게 철도를 부설하며 시가를 개척하여 점점 번화지가 되어가니, 이는 우리 황색 인종도 차차 진흥되는 조짐이지요."

이렇게 수작하며 가을빛을 따라 늦은 경을 사랑하며 천천히 행보하여 언덕도 넘고 다리도 건너며 단풍가지를 꺾어 모자에 꽂기도 하고, 잔잔한 청계수를 움켜 손도 씻더니 어언간에 저문 해는 서산을 넘고 저녁 연기는 먼 수풀에 얽혔는지라.

"해가 저물었으니 고만 정거장 근처로 돌아갑시다. 오늘밤은 이곳에서 자고 내일 일찍이 떠나가며 구경하지."

"내일은 어디어디 구경할까요. 요양백탑(僚陽白塔)과 화표주(華表柱)는 어디쯤 있으며, 여기서 심양(瀋陽) 봉천부(奉天府)는 몇 리나 남았소. 아마 봉황성(鳳凰城)은 가깝지. 그러나 계문연수가 구경할 만하다는데 그 구경도 할 겸 이 길에 북경까지 갈까."

하며 막 돌아서서 정거장을 향하고 오는데, 한편 산모퉁이에서 난데없는 청인(淸人) 한 떼가 혹 말도 타고, 혹 노새도 타고 우 달려들며 두말없이 영창이를 잔뜩 결박하여 나무 수풀에 제쳐 매어 놓고 일변 수대(手帒)143)도 빼앗고, 시계도 떼고, 안경도 벗겨 모두 주섬주섬하여 가지고 정임이를 번쩍 들어 말께 치켜 앉혀 놓고 꼼짝도 못하게 층층 동여매더니 채찍을 쳐서 급히 몰아가는지라.

정임이는 여러 번 놀라 본 터에 또 꿈결같이 이 변을 당하매 가슴이 덜컥 내려앉고 간이 콩알만해지며 자기 잡혀가는 것은 고사하고 그 남편이 어찌 된지 몰라 눈이 캄캄하고 정신이 아득아득하여 그 마

---

142) 승첩(勝捷)－승전(勝戰). 싸움에 이김.
143) 수대(手帒)－손에 들고 다니는 작은 전대나 부대.

음을 지향할 수 없으나 그 형세가 불가항력(不可抗力)이라 속절없이 잡혀가는데, 어디로 가는지 한없이 가다가 한 곳에 다다라 궁궐같이 큰 집 속으로 들어가더니, 정임이를 대청에 올려 앉히고 그 여러 놈이 좌우로 늘어서서 똥 본 오리처럼 무엇이라고 지껄이매 그 상좌에 기골이 장대하고 용모가 준수한 청인이 흰 수염을 쓰다듬고 앉아서 기쁜 빛이 얼굴에 가득하여 빙글빙글 웃으며 정임을 향하고 무슨 말을 묻는 것 같으나, 정임이는 말도 알아듣지 못할 뿐더러 그때는 놀란 마음 무서운 생각 다 없어지고 단지 악만 바짝 나는 판이라.

"나 도무지 개 같은 오랑캐 소리 몰라."

하고 쇠 끊는 소리를 지르니 그 청인의 옆에 앉았던 한 노인이 반가운 안색으로,

"여보, 그대가 조선 사람이오그려. 조선말 소리를 들으니 반갑기는 하구먼…… 응…… 집이 어디인데 어찌 되어 저 지경을 당하였단 말이오?"

하는 말이 조선말을 듣고 대단히 반갑게 여기는 모양이니, 정임이도 역시 위험한 경우를 당한 중에 본국 사람을 만나니 마음에 적이 위로되어,

"집은 서울인데 만주로 구경왔다가 불의에 이 변을 만났습니다."

하고 대답하며 그 노인을 자세히 보니, 의복은 청인의 복색을 입었으되 그 얼굴이든지 목소리가 일호도 틀리지 않고 흡사한 자기 시아버지 김승지 같으나 김승지는 태평양으로 떠나갔는지 인도양으로 떠나갔는지 모르는 터에 이곳에 있을 리는 만무한데, 암만 다시 보아도 정녕한 김승지요, 어려서 볼 때와 조금 다른 것은 살쩍이 허옇게 셀 뿐이라. 심히 의아한 중에 약은 생각이 나서 내가 저 노인의 거동을 좀 보고 만일 우리 시아버지는 아닐지라도 보기에 그 노인이 아마 주인과 정다운 듯하니 이 곤란한 중에 언턱거리144)나 좀 하여 보리라

하고 혼잣말로,

"아이그, 세상에 같은 얼굴도 있지. 그 노인이 영락없이 우리 시아 버님 같애."

하며 별안간 좍좍 우니, 그 노인이 정임이 우는 것을 한참 바라보고 무슨 생각을 하다가,

"여보, 그게 웬말이오. 내가 누구와 같단 말이오. 그대는 누구의 따 님이 되며, 그대의 시아버님은 누구신가요?"

"나는 이시종 ○○의 딸이요, 우리 시아버님은 김승지 ○○신데, 시 아버님께서 십여 년 전에 초산 군수로 참혹히 돌아가신 후에 다시 뵙 지 못하더니, 지금 노인의 용모를 뵈오니 이렇게 죽을 경우를 당한 중에도 감창한 생각이 나서 그리합니다."

그 노인이 그 말 듣더니 깜짝 놀라며,

"음, 그리야, 그러면 네가 정임이지?"

하고 묻는데 정임이가 그 말 들으니 죽은 줄 알던 시아버지를 의외에 찾았는지라 반가운 마음에 정신이 번쩍 나서,

"이게 웬일이오니까. 신명(神明)이 도와 아버님을 뜻밖에 만나 뵈오 니 이제는 죽어도 한이 없겠습니다."

하고 일어나 절하며 생각하니, 그제야 정작 설움이 나서 느껴가며 우 는데 김승지는 눈물을 흘리며,

"네가 이게 웬일이냐, 이게 웬일이냐. 네가 이곳을 오다니. 그러나 영창이 소식을 너는 알겠구나. 대관절 영창이가 초산 봉변할 때에 죽 지나 아니하였더냐?"

"장황한 말씀은 미처 할 수 없삽고 영창이도 이 길에 같이 오다가 이 변을 당하여 그곳에 결박하여 놓은 것을 보고 잡혀 왔는데 그간

---

144) 언턱거리-남에게 말썽을 부릴만한 핑계.

어찌 되었는지 궁금하기 이를 길 없습니다."

김승지가 그 말 듣더니 벌떡 일어나서 안을 향하고,

"마누라, 마누라, 정임이가 왔소그려. 영창이도 같이 오다가 중로에서 봉변을 했다는걸."

하는 말에 김승지 부인이 신을 거꾸로 끌고 허둥지둥 나오며,

"그게 웬말이오, 그게 웬말이오. 정임이가 오다니, 영창이는 어떻게 되었어?"

하고 달려들어 정임이 손목을 잡고 뼈가 녹는 듯이 울며 목멘 소리가 잘 알아들을 수 없는 말로,

"너는 어찌 된 일로 이곳에 왔으며, 영창이는 어디쯤서 욕을 본단 말이냐?"

하고 느끼며 묻는 모양은 누가 보든지 눈물 아니 날 사람 없겠더라.

그 상좌에 앉았던 청인은 정임의 화용월태(花容月態)[145]를 보고 기쁜 마음을 이기지 못하는 모양이더니, 김승지 내외가 서로 붙들고 울매 그 거동이 보기에 이상하고 궁금하던지 김승지를 청하여 무슨 말을 묻는데, 김승지는 그 말대답은 아니하고 정임이를 불러 하는 말이,

"저 주공(主公)에게 인사하여라. 내가 저 주공의 구원으로 살아나서 저간에 은혜를 많이 받은 터이다."

하며 인사를 시키는지라. 정임이는 일어나서 머리를 굽혀 인사하고, 김승지는 그제야 말대답을 하더니 그 대답이 그치매 청인은 무릎을 치며 정임을 향하여 무슨 말을 하는데 그 통변(通辯)은 김승지가 한다.

"당신이 김 공의 며느님이 되신다지요. 나는 왕자인(王自仁)이라 하는 사람인데, 당신의 시아버님과는 형제같이 지내는 터이오. 그러나 아마 대단히 놀랐지요. 아무 염려 말고 부디 안심하시오. 잠시 놀란

---

145) 화용월태(花容月態)—아름다운 여자의 고운 용태.

것이야 어떠하리까. 오래 그리던 부모를 만나 뵈니 좀 다행한 일이 되었소.”

“각하께오서 돌아가실 부모를 구호하시와 그처럼 친절히 지내신다 하오니 각하의 은혜는 실로 백골난망(白骨難忘)이오며 이 사람은 부모를 오래 그릴 뿐 아니라, 부모가 각하의 덕택으로 생존해 계신 줄은 모르고 망극한 마음을 죽어 잊지 못하겠삽더니, 오늘 의외에 만나 뵈오매 이제는 아무 한이 없사오니 어찌 잠깐 놀란 것을 교계(較計)하오리까.”

정임이는 그 왕씨를 대하여 백배사례(百拜謝禮)하는데 왕씨는 일변 정임이 잡아오던 도적을 불러 그때 정형을 자세히 조사하더니 곧 영창이를 급히 데려오라 하는지라. 그때 정임이 마음에는 ‘우리 내외가 두 수없이 죽는 판에 천우신조(天佑神助)하여 부모를 만나고 화색(禍色)을 모면하니 이같이 신기할 데는 없으나 영창이는 그간 오죽 애를 쓰리.’ 하는 생각이 나서 ‘잠시라도 마음을 놓게 하리라’ 하고 명함 한 장을 내어 김승지를 주며,

“아버님, 영창이를 데리러 여러 사람이 몰려가면 필경 또 놀랄 듯하오니 이 명함을 보내는 것이 어떠합니까?”

김승지가 그 말 들으매 그럴 듯하여 왕씨와 의논하고 곧 그 명함을 주어 보내고, 정임이는 자기 내외의 소경사를 대강 이야기하니, 김승지 내외는 눈물 씻기를 마지 아니하고, 왕씨도 역시 무한히 칭찬하더라.

영창이는 삽시간에 혹화(酷禍)를 당하여 정임이를 잃고 나무에 동여매인 채로 꼼짝 못하고 앉았으매, 이 산에서는 여우도 울고 저 산에서는 올빼미도 울며 번쩍번쩍하는 인광(燐光)146)은 여기서도 일어나고 저기서도 일어나서, 남한산성 줄불 놓듯 발부리로 식식 지나가니 평시 같으면 무서운 생각도 있으련마는 그것저것 조금도 두렵지

---

146) 인광(燐光) — 도깨비불.

않고, 단지 바작바작 타는 속이 차라리 죽느니만 같지 못하게 그 밤을 지내더니, 하룻밤이 삼추(三秋)147)같이 지나가고 동방에 새벽빛이 나며 먼 수풀에 새소리가 지껄이는데, 언덕 밑으로 어떤 청인 농부 한 사람이 지나가다가 그 광경을 보고 우얼웅얼 탄식하며 동여매인 것을 끌러 주고 가는지라. 그 농부를 향하여 무수히 사례하고 다시 앉아 생각하니, 정임이는 결코 욕보고 살지 아니할 터이요, 두 말 없이 죽을 사람이라.

그 연유를 관원에서 호소하자 하니, 그 호소가 대단히 묽은 호소가 될 터이요, 그대로 돌아가자 하니 정임이는 죽었는데 나는 살아가는 것이 사람의 의리가 아닐 뿐 아니요, 설령 혼자 돌아간다 한들 정임이 부모 볼 낯도 없고 장래 신세도 다시 희망할 바이 없는지라. 혼잣말로 '허…… 저간에 우리 두 사람이 그러한 천신만고를 지내고 간신히 다시 만난 것이 모두 허사가 되었구나!' 하고 목을 매어 죽으려고 양복 질빵을 끌러 막 나뭇가지에 치켜 거는 판에 별안간 어떤 청인 십여 명이 어젯밤 모양으로 또 달려들어 죽 둘러서는지라.

속마음으로 '저놈들이 또 왔구나. 오냐, 암만 또 와도 이제는 기탄 없다. 어젯밤에 재물 빼앗기고 계집까지 잃었으니, 지금에는 죽이기 밖에 더하겠느냐. 이왕 죽을 사람이니 죽인대도 두려울 것은 없다마는 너의 손에 우리 내외가 죽는 것이 지극히 통한하다' 하고 생각할 즈음에, 그중 한 사람이 고두(叩頭)148) 경례하고 명함 한 장을 내어주며 금안준마(金鞍駿馬)149)를 앞에 세우고 말에 오르기를 재촉하는데, 그 명함은 정임이 명함이요, 명함 뒤에 연필로 두어 자 기록한 말은 '천만 의외(千萬意外)에 부모가 이곳에 계시니 기쁜 마음은 꿈인지 생

---

147) 삼추(三秋)—긴 세월. 삼 년의 세월.
148) 고두(叩頭)—머리를 조아리는 것.
149) 금안준마(金鞍駿馬)—금장식 안장의 좋은 말.

시인지 깨닫지 못하겠사오며, 나도 역시 무사하오니 아무 염려 말고
급히 오시오' 하였는지라. 그 명함을 받아 보매 반가운 마음에 기가
막혀서, '응…… 부모가 계셔' 하는 소리가 하는 줄 모르게 절로 나가
나 마음을 진정하여 그 사리를 다시 생각하니 한편으로 의심이 나서,
'그러할 이치가 만무한 일인데 이게 웬일인고. 만일 이 말이 사실 같
으면 희한한 별일이다' 하고 이리저리 연구하여 보니 다른 염려는 별
로 없고, 그 글씨가 정임이 필적이라 반가운 마음이 다시 나서 곧 그
말 타고 귀에 바람이 나도록 달려가더라.

　김승지 내외와 정임이는 영창이를 데리러 보내고 오기를 고대하더
니 문밖에서 말굽 소리가 나고 영창이가 지도자를 따라 들어오는지
라. 김승지 내외는 정신없이 내려가서 영창이 목을 안고 얼굴을 한데
대며, "네가 영창이로구나!" 하고 대성통곡(大聲痛哭)하는데, 영창이는
명함을 보고 오면서도 반신반의(半信半疑)하다가 참 부모가 그곳에 있
는지라. 평생에 철천지원(徹天之寃)이 되던 부모를 만나니 비감한 마
음이 자연 나서 역시 부모를 붙들고 우니, 정임이도 따라 울어 울음
한판이 또 벌어졌더라.

돌아오는 길

　이때 주인 왕씨는 즉시 크게 연회를 배설하고 김승지의 가족 일동을
위로 하는데, 왕씨가 영창이 손을 잡고 술을 들어 김승지에게 권하며,
　"김공은 이러한 아들과 저러한 며느리를 두었으니 장래에 무궁한
청복(淸福)을 받으시겠소."
하는지라 김승지는 그 말 교대해 대답하는 말이,

"여년(餘年)이 몇 해 아니 남은 터에 복을 받으면 얼마나 받겠습니까마는, 내가 주공의 덕택으로 살아나서 천행(天幸)으로 저것들을 다시 보니 그것이 신기한 일이지요. 그러나 공께 잠깐 여쭐 말씀은 내가 주공을 모시고 있은 지 십 년에 이 은혜는 태산이 오히려 가벼우니 능히 갚을 길이 없사오며, 그간 깊이 든 정분(情分)은 차마 주공을 이별할 수 없습니다마는, 서로 죽은 줄 알던 저것들을 만나니 다시 헤어질 마음이 없을 뿐 아니라, 내가 늙어 죽을 날을 알지 못하는 터이오니 이번에 저것들과 한가지 돌아가서 몇 날이 되든지 부자가 서로 의지하고 살다가 백골을 고국 청산에 묻고자 하오니 존의(尊意)에 어떠하시오니까."

하며 눈물을 흘리매 왕씨가 그 말을 듣고 한참 침음(沈吟)150)하더니,

"사정이 그러하시겠소."

하고 곧 행장을 차려 김승지와 그 가족을 전송하는데, 친히 십리 장정(十里長程)에 나와 김승지 손을 잡고,

"김 공은 다행히 자제를 만나서 오래간만에 고국을 돌아가시니 실로 감축할 일이올시다마는, 나는 십 년 친구를 일조(一朝)에 이별하니 이같이 감창한 일은 다시 없소그려."

하며 수대를 열고 금화 일만 원을 내어주며,

"이것이 비록 약소하나 내가 정의를 표하고자 하여 드리는 것이올시다. 행자는 필유신이라 하니 가지고 가다가 노자나 하시오."

"공은 정의로 주신다니 나도 정의로 받아 가지고 가서 노래(老來)에 쇠한 몸을 잘 자양(滋養)하겠습니다마는, 우리가 모두 늙은 터에 한번 이별하면 다시 만나기를 기약할 수 없으니 그것이 지극히 비창한 일이올시다그려."

---

150) 침음(沈吟)-속으로 깊이 생각하는 것.

하며 서로 붙들고 울어 차마 놓지 못하다가 김승지 가족 일동은 모두 왕씨를 향하여 백배 사례하고 떠나니, 왕씨는 섭섭한 마음을 이기지 못하며 보호자를 보내 정거장까지 호송하더라.

영창이 내외는 천만 의외에 그 부모를 찾으매 구경도 더할 생각 없고 여행도 다시 할 필요가 없어, 즉시 부모를 모시고 만주 남행차 타고 서울로 돌아오며, 차 속에서 영창이는 영창이 소경력을 이야기하고, 정임이는 정임이 지내던 일을 자세히 말하니 김승지는 자기 역사를 이야기한다.

"내가 초산서 그 봉변을 당하고 뒤주 속에 들어앉았으니, 늙은이들이 그 지경을 당하여 무슨 정신이 있었겠느냐. 그놈들이 떠메고 나가는지 강물로 떠내려가는지 누가 건져 가는지 도무지 몰랐더니, 아마 그 뒤주가 강물로 떠내려가는데, 그때 마침 상마적[151]이 물 건너와서 노략질해 가지고 가다가 그 뒤주를 만나매 그 사람들 눈에는 무엇이든지 모두 재물로 보이는 터이라, 뒤주 속에 무슨 큰 재물이 있는 줄 알았던지 죽을 힘을 써서 건져 메고 갔나 보더라. 어느 때나 되었는지 간신히 정신을 차려 보니 평생에 보지 못하던 큰 집 대청에 우리 내외가 같이 누웠고 낯 모르는 청인들이 좍 둘러섰는데, 어리와리하는 생각에 우리가 죽어서 벌써 염라부(閻羅府)에 들어왔나 보다 하였더니, 그중 어떤 사람이 지필을 가지고 와서 필담을 하자고 하니, 눈은 침침하여 잘 보이지는 아니하고 손은 떨려 글씨도 쓸 수 없으나, 간신히 정신을 수습(收拾)하여 통정을 하는데, 그 사람이 주인 왕씨더라. 그 왕씨는 상마적 괴수(魁首)인데 도적질은 하나 사람인즉 글이 문장이요, 뜻이 호화하여 훌륭한 풍류 남자요, 또 천성이 지극히 인자한 사람이더라. 그런데 그 사람이 나를 어떻게 보았던지 그때로부터

---

151) 상마적—말을 타고 떼지어 다니며, 살인·약탈을 일삼는 도둑의 무리.

극진히 보호하여 의복 음식과 거처 범백152)을 모두 자기와 호리153)가
틀리지 아니하게 대접하며 글도 같이 짓고 술도 같이 먹고 바둑도 같
이 두고 어디를 가도 같이 가니, 자연 지기가 상합하여 하루 이틀 지
내는데, 너희들이 어찌 되었는지 몰라 애가 타서 한시를 견딜 수 없
으나 통신은 자유로 못하게 하는 고로 이시종에게 편지도 한번 못 하
고 있다가 어느 때인지 기회를 얻어 우체로 편지를 한번 부쳤더니,
다시는 소식이 없기에 너희들이 모두 죽은 줄 알고 그후로는 주인도
놓지 않지마는 나도 돌아갈 생각이 적어 그럭저럭 지내니 그 상하는
마음이야 어떠하겠느냐, 그러나 모진 목숨이 억지로 죽지 못하고 두
늙은이가 항상 울고 오늘날까지 부지(扶支)하더니, 천만 몽매(夢寐)밖
에 정임이가 그곳에 왔더구나. 정임이 그곳에 온 것이 실로 다행하게
된 일이나 정임이가 그곳에 잡혀온단 말이 되는 말이냐.”

　이렇게 이야기할 사이에 탄환같이 빠른 차가 어느 겨를에 벌써 압
록강을 건너니 총울(蔥鬱)한154) 강산이 모두 보이는 대로 새롭더라.

　이시종 내외는 정임이 부부 신혼 여행을 보내매 그 길이 아무 염려
없는 길이지마는, 두 사람은 천연적 풍파를 많이 만나는 사람들이라
하도 여러 번 위험한 경우를 지내 본 터인 고로 어린아이를 물가에
보낸 것같이 근심하다가 회정(回程)해 온다는 날이 되니 잠시가 궁금
하여 평양까지 내려가서 기다리더니, 그때 정임이 내외가 화기가 만
면하여 오다가 이시종 내외를 보고 차에 내려 인사하는 지라. 이시종
은 그 두 사람이 잘 다녀오는 것을 기뻐할 때에 옆에 서 있던 사람이
별안간 손목을 잡으며,

　“허…… 자네 오래간만에 만나겠네그려.”

---

152) 범백―여러 가지의 사물.
153) 호리―매우 적은 분량.
154) 총울(蔥鬱)하다―총총하고 울울하다.

하는데 돌아다보니 생각도 아니하였던 김승지가 왔는지라 마음에 깜짝 놀라서,

"아, 자네 이게 웬일인가……, 응…… 대관절 어찌 된 일인가?"

"우리가 다시 못 만날 줄 알았더니 서로 죽지 않고 오늘 만난 것이 다행한 일이오. 이 못생긴 목숨이 살아오는 것이 이게 내 복이 아니라 우리 며느리 덕일세."

하며 반가운 이야기를 하고, 한편에는 이시종 부인과 김승지 부인이 서로 붙들고 울더니, 이시종과 김승지는 가족들 데리고 그 길로 곧 부벽루(浮碧樓)에 올라가서 그 사이 지내던 역사와 서로 생각하던 정회를 말하며 술잔을 들고 토진간담(吐盡肝膽)155)하는데, 이때에 아아(峨峨)156)한 청산과 양양(洋洋)157)한 유수가 모두 그 술잔 가운데 비치었더라.

---

155) 토진간담(吐盡肝膽)―거짓 없는 실정을 숨김없이 다 말함.
156) 아아(峨峨)―산이나 큰 바위 등이 험하게 우뚝 솟은 모양.
157) 양양(洋洋)―호수나 큰 강물에 물이 넘칠 듯이 가득한 모양.

설중매
(雪中梅)

작가 : 구연학(具然學)

생존 연대는 미상.

1908년 5월, 일본 메이지 시대의 작가 스에히로(末廣鐵腸)가 쓴 소설 ≪설중매(雪中梅)≫의 등장인물과 무대를 당시 한국의 실정에 맞게 재구성하고, 번안하여 같은 ≪설중매≫라는 제목으로 발표하여 신소설의 창작 면에 적지 않은 자극과 영향을 미쳤다.

이인직의 ≪은세계≫, 이해조의 ≪자유종≫과 더불어 개화기 3대 정치소설로 통칭되고 있다. 그는 이 밖에 약간의 정치 논설도 발표하였다.

설중매(雪中梅)

1

"아가 매선아, 이리 좀 오너라. 매선이 거기 있느냐?"

하는 소리는 한 오십여 세 된 부인이니, 긴 병이 들어 전신이 파리하고 근력이 쇠약하여 자리에서 이기지 못하고 누워 밭은 기침을 하면서 그 딸 장 소저(小姐)[1]를 부르는 것이라. 소저의 나이 16, 7세는 되었는데, 나직한 소리로 선뜻 대답하며 문을 열고 조용히 들어오더니 베개 옆에 와 나붓이 앉으며,

"어머니, 부르셨습니까. 아까까지 곁에 모시고 있삽더니, 어머니께서 잠이 곤히 드신 듯하기로 밖에 좀 나가 신문을 보았삽나이다. 벌써 네시나 되었사오니 약을 잡수시지 아니하시려나이까."

부인이 얼굴을 찡그리며 가로되,

"약은 그만두어라. 먹기도 지리하나 매선아, 아마 나의 명이 장구치 못할 듯하다."

소저 초연낙담(悄然落膽)하여 눈물을 머금다가 다시 생각하고 천연한 목소리로,

"어머니, 어이 그리 심약하신 말씀을 하시나이까. 어젯밤에 의원이

---

1) 소저(小姐) — 아가씨.

돌아갈 때에 이르는 말씀을 들은즉, 어머니 병환이 이렇듯 미류(彌留)[2]하사 척골(瘠骨)[3]이 되셨으나 아직 그리 연만(年晩)한 터이 아니시니 약이나 잘 쓰고 조리하시면 차차 회춘하시리니, 아무 염려하지 말라 하더이다. 어머니, 너무 걱정 마시고 안심하시압소서.”

부인이 머리를 세차게 흔들며,

“너의 거짓말 듣기 싫다. 어제 의원이 갈 때에 문간에서 너더러 무슨 말을 하는 모양이기로 귀를 기울이고 들어도 말소리는 들리지 아니하나, 너 들어올 때에 너의 눈물 흔적을 보고 의원이 한 말을 대강 짐작하였다.”

매선이 아무쪼록 그 모친 마음을 위로하려고 꾸며 대답하되,

“그러함이 아니오. 그때 마침 부엌에서 밥짓는 연기가 너무 나기로 매워서 눈물을 흘렸삽나이다.”

부인 왈,

“그렇지 아니하다. 의원은 무엇이라 말하였는지 모르겠으나 벌써 일 년이나 지난 중병으로 이같이 신고[4]하여 뼈만 남았으니 어찌 살기를 바라리오.”

매선이 느끼며,

“어머니 병환이 회복치 못하시면 소녀 홀로 누구를 의지하고 사오리까. 그런 말씀 하시지 마옵소서.”

부인이 눈물을 머금으며,

“나도 죽고 싶지는 아니하나 천명(天命)을 어찌하리오. 내가 너를 데리고 고향을 떠나 서울에 온 지 일 년이 못 되어 너의 부친은 세상을 버리시고 금석같이 믿던 심랑(沈郞)은 지금껏 간 곳을 알지 못하고

---

2) 미류(彌留)—병이 오래 낮지 않는 것.
3) 척골(瘠骨)—바짝 말라서 뼈가 앙상하게 드러남.
4) 신고—어려운 일을 당하여 몹시 애씀.

다만 우리 모녀 서로 의탁하여 지내다가 이렇듯 병이 깊어 이기지 못할 지경에 이르니, 너의 외로운 마음이 오죽하리오. 이는 죽어도 눈을 감지 못할 바로다. 세상을 버리기 전에 너의 말을 듣고자 하는 일이 있도다."

하면서 병의 피곤함을 이기지 못하여 어느덧 슬며시 잠이 드는지라. 매선이 초연히 넋을 잃은 듯이 앉았으니 얼굴은 백설을 업수이 여기고 콧줄기는 씻은 배추 줄기 같으며, 눈은 새벽별이 비친 듯하고 눈썹은 초생달을 그려 낸 듯한 절대미색(絶代美色)으로 수일 전에 땋은 머리채가 반쯤 흐트러져 옥 같은 얼굴은 가리웠는데, 잠든 병모(病母)의 얼굴을 바라보면서 방울방울 흐르느니 눈물이라. 일폭 비단 수건으로 씻는 모양은 한가지 배나무 꽃이 봄비를 띤 듯하더라.

이윽고 부인이 눈을 떠 보고,

"매선아, 그저 여기 앉았느냐. 내가 잠깐 잠이 들었더니 꿈에 너의 부친을 만나 따라가 보았다. 매선아, 내가 아무리 하여도 세상에 오래 있지 못할지라. 네가 지금 심랑을 만나면 그 용모를 기억하겠느냐?"

소저의 옥 같은 얼굴이 홀연히 연짓빛이 되며 단순(丹脣)[5]을 열어 대답하되,

"심랑의 사진은 잘 간수하여 두었사오나 전일에 아버님께 듣자오니, 그 사진이 십삼 세 때에 박은 것이라 하온즉, 그 동안 기골이 장대하여 설혹 만나 보아도 자세히 알지 못할까 하나이다."

하면서 애연히 상심이 되어 어린듯이 앉았거늘, 부인이 이르되,

"너도 아는 바 너의 부친 같으신 호협(豪俠)[6]한 기상으로 일찍이 말씀 하시기를, 지금 세상의 계집아이는 예전 풍기와 같지 아니한 고

---

5) 단순(丹脣)—여자의 아름다운 붉은 입술. 연지 바른 입술.
6) 호협(豪俠)—호방하고 의협심이 있다.

로 침선방적(針線紡績)7)은 대강이나 알아두면 그만이로되, 학문은 넉넉히 힘쓰지 아니치 못한다 하여 너로 하여금 서책에 종사케 하시고 아름다운 사위를 얻어 아들과 같이 데리고 있고자 하나, 시골 소년에는 한 사람도 합의한 자 없기로 경성에 가서 서서히 가랑(佳郎)8)을 택하여 기별하리라 하시고 서울로 가시더니, 그후 심랑의 인품을 편지로 자세히 기별하시되, 장안에 이같이 장취성(將就性)있고 자격이 합당한 남자는 처음 보았기로 사위를 삼을 터이라 하시고 사진까지 박아 보내신 것을 너도 보고 흠앙(欽仰)9)한 바이거니와, 내가 너를 데리고 경성에 왔더니 심랑은 그전에 일본으로 들어갔다 하나 자세한 일은 모르고 소식을 들은즉 국사범(國事汜)에 참여하여 피신한다는 풍설이 있기로 낙담하였으나, 그러나 너의 부친 말씀은 심랑이 학문도 연숙(鍊塾)하고 지식도 명민하니 기필코 몹쓸 무리에 참여치 아니하였으리니 이는 무슨 곡절이 있음이라 하시고 어느 누가 무슨 말을 하든지 믿지 아니하시더니, 너의 부친 기세(棄世)10)하신 후 벌써 두 해가 되도록 심랑의 소식은 묘연하고 다만 우리 모녀 서로 의탁하여 지내더니, 불행히 나는 병이 깊어 명일 일을 알지 못하겠으니 너도 깊이 생각하여 결정할 일이 있도다."

매선이 묻자와 가로되,

"어머니, 이는 무슨 일을 말씀하심이니까?"

부인이 가로되,

"너는 아무리 하여도 계집아이라 어느때까지든지 홀로 장씨의 집을 지키고 있지 못할지라. 내가 죽으면 너는 곧 출가하지 아니치 못하

---

7) 침선방적(針線紡績)―바느질과 길쌈.
8) 가랑(佳郎)―얌전한 신랑. 얌전한 소년.
9) 흠앙(欽仰)―공경하여 우러러 사모함.
10) 기세(棄世)―세상을 버림.

리니. 얼마든지 심랑의 소식을 기다리고 있으려 하느냐. 다른 곳이라도 합당할진대 즉시 허신(許身)[11]코자 하느냐? 나의 듣기를 원하는 바는 다만 이 일이로다. 매선아, 네가 잠잠히 있고 말하지 않으면 내가 너의 마음을 어찌 알리오.”

매선이 머리를 숙이고 이윽히[12] 생각하는 모양이러니 수삽(羞澁)[13]한 말로 대답하되,

“심랑이 우리 집과 굳은 언약을 정한 바 아니나 아버님께서 일찍이 말씀하시되 심랑의 문장과 학문이 타인에 비할 바 아니요, 이미 통혼하였으니 경선(經先)[14]히 타처로 언약을 옮기지 말라 하셨을 뿐더러, 소녀도 또한 심랑의 사진을 가졌사온즉, 만일 어머니께서 회춘치 못하시면 가사(家事)는 숙부에게 부탁하옵고 소녀는 어느 여학교에 들어가서 공부나 하다가 이삼 년이 지나도록 심랑의 소식을 모르면 그때는 숙부와 의논함이 좋을까 하나이다.”

부인이 희색이 만면하여 매선의 등을 어루만지며 가로되,

“너의 말을 들으니 내가 안심하여 죽어도 눈을 감으리로다. 너의 부친이 하세(下世)[15]하실 때까지 심랑의 일을 잊지 아니하고 말씀하시더니, 그 후에 심랑의 사진을 자세히 보니 용모가 너무 엄위(嚴威)[16]하기도 하고 남의 전하는 말도 과히 소요(騷擾)[17]하기로 너의 생각이 어찌 드는지 알지 못하여 심중으로만 걱정하였더니, 인제는 너의 부친의 마음을 본받으리로다. 매선아, 결단코 이삼 년을 기다리면

---

11) 허신(許身)—여자가 몸을 허락함.
12) 이윽하다—지난 시간이 꽤 오래다.
13) 수삽(羞澁)—부끄럽고 수줍다.
14) 경선(經先)—경솔하게 앞질러 하는 성질이 있음.
15) 하세(下世)—웃어른의 죽음을 완곡하게 이르는 말.
16) 엄위(嚴威)—엄한 위풍. 엄한 위엄이 있음.
17) 소요(騷擾)—여러 사람이 떠들썩하게 들고 일어남.

심랑의 거취를 알 것이니 안심하여 지내어라. 또 할 말이 있다. 너도 아는 바 숙부는 본래 타인이요, 또한 깊이 믿지 못할 사람이라. 우리 집의 약간 재산과 문권은 다 너의 부친이 진력하여 장만하신 바라, 아무쪼록 잘 보전하여 남에게 빼앗기지 말지어다."

이럭저럭 담화하다가 정토사(淨土寺)의 저문 쇠북이 울고 추풍이 소슬하여 낙엽이 창을 두드리더라.

2

이때는 춘삼월 호시절이라, 천기가 온화하니 광통교 변 수월루 하에 유인재자(游人才子)의 거마(車馬)가 낙역부절(絡繹不絶)하는 중에 어느 두 신사가 양복을 선명히 입고 앞서거니 뒤서거니 분분한 거마를 좌우로 피하여 다리를 건너오다가 한 신사가 우연히 다리 가에 붙인 광고를 보니, 금 이십일 오후 일시에 새문 밖 독립회관에서 정치 연설회를 개회한다 하고 그 옆에 허다한 출석 변사(辯士)의 성명을 기록한지라. 같이 오는 친구를 불러 말하되,

"오늘 독립회관 연설회에 가보지 아니하려는가?"

앞에 가던 사람이,

"아무려나 가볼까. 추우강남(追友江南)18)이라 하는 말도 있으니."

하면서 두 사람이 서문 밖으로 나아갈 새,

"여보게, 엔간히 사람이 많이 모였으리. 연설도 오래간만이지마는 오늘은 더구나 연설마디나 한다는 사람의 성명이 이삼 인 되는 고로 노는 사람들은 필경 모두 왔을까 하네. 그러나 문간에 순검들이 또 있

---

18) 추우강남(追友江南)―'벗 따라 강남 간다'와 같은 뜻.

을 터이니 연설도 좋지마는 순검의 서신은 실로 아니꼽데."

"여보게, 그 말 말게. 자기가 범법만 아니하면 그만이지 순검이 상 관있나."

이와 같이 담화하는 중 벌써 독립관에 당도하였더라.

문간에 순검이 서서 들어가는 사람마다 불러 성명을 조사하다가 학 도같이 보이는 사람은 그 거주와 통호를 수첩에 적고 분명히 학도가 아님을 변명한 후에 입장하게 하더라. 원래 어느 정치 연설이든지 그 발기(發起)한 자가 연설의 문제와 대의를 일일이 먼저 고하여 치안의 방해가 될 듯하면 인가(認可)하지 아니하고, 또 연설장에 경찰관이 출 장하여 언론의 과격함이 있으면 중지시키고 방청하는 사람을 해산케 하니, 대체 광무년간에 외국 유학한 생도 중 정치를 개량하고 국세를 유지코자 하여 세력이 너무 강대하며 언론이 또한 과격하여 일세(一 世)를 경동(驚動)19)하고 정부를 공격하거늘, 이러므로 정부에서 율문 (律文)20)을 제정하여 단속을 엄중히 하는 고로 각처 연설회와 각 학교 토론회까지 모두 금지하니, 이는 빙설(氷雪)이 들에 덮여 초목이 영락 (零落)21)함과 같아서 참담한 기상이 있더라. 그러나 군음이 궁극함에 일양이 회복함은 천지의 떳떳한 이치라. 마침내 한 호걸의 선배가 세 상에 나서 성심으로 상하를 감동하고 사회를 조직하여 점차로 정치 개혁할 사상을 일으키려 함이 풍설의 간고(艱苦)22)함을 돌아보지 아 니하고 백화(百花)의 괴수(魁首)23)가 되어 춘색(春色)을 만회코자 하니, 어느 사람이 그 높은 절개를 흠모치 아니리오.

---

19) 경동(驚動)—놀라서 움직임.
20) 율문(律文)—법률의 조문.
21) 영락—초목의 잎이 시들어 떨어지는 것.
22) 간고(艱苦)—곤궁함. 가난함. 고생.
23) 괴수(魁首)—못된 짓을 하는 무리의 두목.

그때 두 신사가 순검의 허가를 얻어 당상(堂上)에 오르니, 백여 간 대청에 방청하는 사람이 가득하여 송곳 꽂을 틈이 없는데, 정면에는 팔선 탁자를 놓고 한 변사가 그 위에 서서 한참 연설하는 중에 웃는 자도 있으며 부르짖는 사람도 있어 가부의 평론이 분분하고, 그 변사 옆에는 두 경무관이 복장에 칼을 짚고 엄연히 교의에 걸터앉았으며, 서기 일인은 손에 연필을 가지고 자주 연설의 대의를 필기하고 동벽에는 육칠 장 되는 종이에 변사의 성명과 연설의 문제를 써서 걸었으되, 제일에는 가로되 '분발함'이니 변사에 권중국이요, 제이는 가로되 '동포 형제에게 바라는 바가 있다' 하였느니 변사에 전학삼이요, 제삼에는 가로되 '동등의 권리'니 변사에 문전철이요, 제사는 가로되 '사회 형편은 행인의 거취와 같다' 하였으니 변사에 이태순이요, 제오에는 가로되 '누가 정당의 경쟁에 권리를 무용하다 하리오' 하였으니 변사에 하상천이요, 그 나머지 종이는 바람에 불리고 또 변사의 등에 가리운 바 되어 일일이 보이지 아니하더라.

단 위에 선 변사는 삼사십 분 동안이나 연설한 모양인데 면상에 홍색을 띠고 유리병의 물을 찻종에 따라 한숨에 들이마시고 다시 연설하여 가로되,

"나의 말씀한 바 권리가 동등이 됨은 여러분도 다 아시는 바이어니와, 타일 협회 성립할 때에 재산과 지식이 없는 자라 하여 하등 인민을 정권에 참여치 못하게 할 이치가 없는 것은 명백함이오. 구라파에서도 영·미 제국은 동등 권리의 주의를 행하고 홀로 압제를 주장하는 덕국(德國)24)과 아라사국25) 등에는 전제정치를 행하여 형법상에는 편리하나 인민의 권리는 조금도 진보되지 못하였으니, 여러분은 우리

---

24) 덕국(德國)—독일(獨逸)의 옛이름.
25) 아라사국—러시아.

나라 정치 개량을 영·미 제국을 본받을지요, 덕국과 아라사같이 전제정치를 행치 말지어다.”

　연설을 마친 후 주먹으로 탁자를 두드리고 단에서 내려오니 좌상의 갈채하는 소리 요란하더니 뒤미처 한 소년이 나와 단 위에 오르니, 그 소년의 나이는 이십사오 세 가량이요, 몸은 조금 파리한 듯하고 흰 얼굴에 검은 눈썹이요, 입술이 붉고 눈이 맑으며 위의당당(威儀堂堂)하여 사람이 감히 범하지 못할 듯하더라. 그러하나 다만 머리에 운동 모자를 쓰고 몸에 회색 목주의를 입었으며 헌 구두를 신었으니 묻지 아니하여도 초초한 일개 서생(書生)인 줄 알겠더라. 탁자 위에 있는 유리병의 물을 찻송에 따라 들고 여러 사람을 향하여 머리를 굽혀 예하고 바야흐로 입을 열어 말하고자 할 새, 처처에서 손뼉치는 소리 요란한데 그 소년이 의기안한(意氣安閑)26)하여 조금도 급거(急遽)한 사색이 없고 먼저 자기의 성명은 이태순이라 통한 후, 백 리 갈 사람은 구십 리에 그치지 아니한다는 말로 인증(引證)하되, 한 사람이 지방에 내려갈 새 일찍 신지에 도달하려 하였더니 도로가 험하여 인력거를 마음대로 몰지 못하고, 또 중로에서 풍우를 만나 곤란함을 겪고 밤중까지 겨우 삼십 리를 갔다는 말을 하면서 홀연히 눈을 크게 뜨고 소리를 높여 가로되,

　“다만 하루에 수십 리 길 가는 사람도 오히려 이러한 일이 있으니, 특별히 십 년을 작정하고 만 리를 가려 할진대 깊이 생각하지 아니하면 되지 못할 바이라. 벌써 다섯 해를 지나도록 큰 산 한 곳도 넘지 아니하고 깊은 물 한 곳도 건너지 못하면, 이 다음 또 다섯 해 동안에 처음에 작정한 곳에 다다를 일은 생각도 못할 바라. 그러한즉 장래 우리 협회 확장함을 깊이 예산치 아니하면 불가할지로다.”

---

26) 의기안한(意氣安閑) ─ 장한 마음과 평안하고 한가로움.

　이때에 소년의 용모가 엄연하고 연사가 활달하매, 방청의 갈채하는 소리 사벽을 진동하며 여러 사람의 눈이 다 소년의 얼굴로 쏘이더라. 소년이 서서히 찻종의 물을 마시고 다시 가로되,

　"여러분, 연전 일을 생각하여 보시오. 우리 동포 형제 중에 신 공기를 흡수하신 신사들이 정치 사상이 간절하여 독립협회를 창기하매, 각처의 유지하신 선비들이 서로 소리를 응하여 재조(在朝)27)하신 신사와 재야(在野)하신 사자를 권면(勸勉)28)하여 일심으로 단체를 결합코자 할 새 풍우(風雨)를 피치 아니하며 한서(寒暑)를 무릅써 신세의 간고함을 사양치 못하고 시사(時事)의 급업(岌嶪)29)함을 개탄하여 회포(懷抱)30)를 부르짖고 사회에 분주하여 근근히 협회를 창기하였으나 생각하면 마치 길 갈 사람이 처음으로 집을 떠나서 백 리 운산(雲山)을 운무(雲霧) 아득한 중에 바라보는 것 같도다. 그러하나 세상의 무슨 일이든지 처음부터 완전함은 구치 못할지라. 오늘날 그때 성립한 회당의 형편을 생각하면 무수한 각색 폐단이 있으니, 우리나라가 근천 년을 남에게 의뢰하던 습관을 혁파(革罷)하지 못하여 독립의 사상을 연구하며 자유의 권력을 양성치 못하고 다만 급거히 정부를 공격할 뿐이라. 규모를 개량치 못하면 마침내 협회의 세력이 완전치 못할지라. 태순이 비록 불민하나 그때에 극진히 협회 규모 개량할 방침을 생각하였으니, 제일은 문벌(文閥)에 거리끼지 아니하고 다만 인재를 가리어 정부에 등용함이요, 제이는 널리 배운 선비와 실지 공부 있는 사람을 회중에 망라하여 활발한 운동을 시험함이요, 제삼은 허탄(虛誕)31)하여 사실의 기초가 되지 못하고 격렬하여 공격하는 성질을 포

---

27) 재조(在朝)—벼슬을 살고 있음.
28) 권면(勸勉)—알아듣도록 타일러 힘쓰게 함.
29) 급업(岌嶪)—산이 위태롭게 높음.
30) 회포(懷抱)—마음 속에 품은 생각.

함한 언론을 금지하여 전국에 정치 사상을 일으킴이요, 제사는 회중에 과정을 나누어 입법·행정의 사무를 조사하여 어느 때든지 국가의 대사를 담당할 만한 준비를 정리함이니 회중에 이 같은 정당이 없으면 협회가 확장될지라도 실지의 이익을 보지 못하리로다. 그러하니 일시 성립되었던 회당은 공중의 부운(浮雲)32)같이 사라져 버리고, 장래의 준비는 한 가지도 정리한 바 없이 벌써 이삼 년을 지냈으니, 이는 곧 백리 길 갈 사람이 겨우 이삼십 리를 가서 해가 저문 것과 같으니 지금부터 바삐 갈지라도 가는 길에 높은 산도 있고 큰 내도 있으며 혹 뜻밖에 풍우를 만남도 있으리니, 매우 주의치 아니하면 밤길 가는 위태함을 면치 못하리로다."

이때에 갈채하는 소리가 만장일치하여 진실로 변사(辯士)의 괴수(魁首)가 되리라 하더라. 소년이 면상에 초창한 빛을 띠고 가로되,

"슬프다. 사오 년 전에 사방의 협회당이 벌처럼 일어나 사회 준비에 분주할 새, 여러분 그때 생각에 삼사 년이 지나면 일국이 결합하여 협회의 확장함을 보리라 하였을 터이나, 오늘날 당하여 형편을 비유할진대 백일(白日)이 서천에 기울어졌는데 행인이 주점에서 낮잠이 곤히 든지라. 옆의 사람이 흔들어도 눈도 뜨지 아니함과 같으니, 이러한즉 어느 때나 협회가 확장되리오. 사회를 성취코자 하는 자는 오늘날 먼저 전정(前程)33)의 방침을 정하여 운동할지니, 내가 지금 시험하여 나의 생각을 말씀하리니 여러분은 용서하여 들으심을 바라오. 제일은 학문가와 실지가의 화동(和同)함을 구할지니, 연전에 협회가 사분오열하여 결합치 못함은 학문가와 실지자가 서로 방탄(放誕)34)이

---

31) 허탄(虛誕)—허망(虛妄).
32) 부운(浮雲)—뜬구름.
33) 전정(前程)—앞길.
34) 방탄(放誕)—턱없이 허튼 소리만 함.

됨을 인함이라 장래 사회를 위하여 주의할 바요, 제이는 문벌 지키는 부패한 사상을 버릴지니 우리는 다같이 대한 동포 형제라. 문호를 교계하여 당파를 분열하는 습관을 버리지 아니하면 협회가 성립치 못할 것이요, 제삼은 격렬한 언론으로 하등 인민의 열심을 감발(感發)함35)이 또한 사회상에 일시 방침이 될지라도 필경 결과의 후환이 되리니, 십분 주의하여 보통 지식으로 인도할 것이요, 제사는 오활(迂闊)36)한 의논을 물리치고 실지 사업을 힘씀이 금일의 급무가 될지니 민정(民政)을 익히 알며 세계 형편을 두루 살피고 법률제도(法律制度)와 군정·경찰과 철도·전신까지 실지로 조사치 아니하면 협회가 설립될지라도 정치를 개량치 못하리니, 여러분 오늘날부터 이 네 종목을 주의하여 날이 저물고 길이 먼 한탄이 없게 함을 바라노라.”

이같이 열심하여 연설을 마치고 여러 손님께 경례한 후 단에서 내리매 만당의 박수하는 소리 그치지 아니하더라. 인하여 간사원(幹事員)이 단 위에 나와 말씀하되, 하상천 씨는 병으로 출석치 못하기로 그만 폐회(閉會)를 고한다 하거늘, 수백 명이 일시에 나갈 새 회관 문앞이 개미떼가 구멍으로 나오는 것 같더라.

3

“소진(蘇秦)37)이 진왕(辰王)38)을 달래어 열 번이나 상소하되, 그 말

---

35) 감발(感發)―감동하여 분발함.
36) 오활(迂闊)―실제와 거리가 멀고 사정에 어두움. 우활(迂闊).
37) 소진(蘇秦)―중국 전국시대의 모사(謀士). 연(燕)의 문후(文候)에 대하여 6국 합종(合從)의 이익을 설명하여 채용되었고, 또 조(趙)·한(韓)·위(魏)·제(齊)·초(楚)를 설복하여 기원 전 333년 6국 합종에 드디어 성공하였음.

을 듣지 아니하는 고로 검은 갖옷39)이 하얘지고 황금이 다하여 객비 (客費)40)가 핍절(乏絶)41)하매, 서책과 행장을 이끌고 고향에 돌아가니 형용이 초췌하고 면목이 가증하여 부끄러운 빛이 있는지라. 그 아내 는 베틀에 내리지 아니하고 제수는 밥을 짓지 않으며 부모는 접어(接語)42)하지 아니하는지라. 소진이 위연히 탄식하고 그날 밤부터 서책 을 뒤져 강태공의 음부경(陰符經)43)을 내어 읽을 새 잠이 오면 송곳으로 다리를 찔러 피가 흘러 발등까지 내려오며 왈, '어찌 인군을 달래어 부귀와 공명을 얻지 못하느뇨' 하더니, 일 년 만에 공부가 성취한지라. 이로 좇아 능히 당시 인군을 달래었도다.”

하면서 탄식하는 한 서생이 전국책을 읽을 새 아프고 간절한 사정이 마음을 감동시키니 이는 진실로 유명한 글이라. 소진(蘇秦)이 고심하던 모양을 핍절(逼切)44)히 그려 내었도다. 다만 세 치 혀로써 한 세상을 놀래고 움직이던 호걸로 처음에 부녀에게도 업수이 여김을 받아 큰소리를 못 하였으니 가엾도다. 인정이 고금의 다름이 어찌 있으리오. 이렇듯 너른 세상에 나의 뜻을 아는 자 없어 이때까지 무슨 일이든지 실패되어 객주 주인에게도 식채(食債)45)를 지고 큰소리를 못하니 이는 진실로 개탄할 바이로다. 그러하나 간고(艱苦)함은 장래 대업을 이루는 근본이어니와, 아직 세상에 이름을 나타내지 못하고 공명이 지완(遲緩)하여46) 부모에게 수다한 걱정을 끼침은 불초함을 면치

---

38) 진왕(辰王)−옛 진국(辰國)의 수장(首長).
39) 갖옷−모피로 안을 댄 옷.
40) 객비(客費)−객지에서 드는 비용.
41) 핍절(乏絶)−계속하여 생기지 않고 아주 없어짐.
42) 접어(接語)−말을 서로 주고받음.
43) 음부경(陰符經)−병서(兵書), 군서(軍書)의 서책.
44) 핍절(逼切)−실물(實物)과 아주 비슷함.
45) 식채(食債)−외상으로 음식을 먹고 갚지 못한 빚.
46) 지완(遲緩)하다−더디고 느즈러지다. 지만(遲慢)하다.

못할 바라 하여 근심에 잠겼다가 다시 두루쳐 생각하되 이만한 일을
어찌 억제치 못하리오. 소진도 일시의 곤란을 겪으며 뜻을 가다듬어
필경 육국(六國)47) 상인(霜刃)48)을 허리에 띠었다 하니, 나도 재주와
담력을 가지고 신고(辛苦)49)를 견디어 큰 사업을 성취할지니, 속담에
이르되 '고진감래(苦盡甘來)'라 하고 '궁한즉 통한다(窮則通)'하니 좋은
때 돌아오기를 기다릴지로다 하면서 책상을 의지하여 탄식도 하며 신
음도 하니 이는 곧 독립관에서 연설하던 이태순이라.

사오 간쯤 되는 객주집 아랫방에 낡은 자리는 군데군데 하얘지고
창살이 바람에 울리며 햇빛은 내리쪼이는데, 상 위에 서양 서적 육칠
권과 당판(唐板)50) 책 오륙 질을 여기저기 벌여 놓고, 그 옆에 보던 편
지, 휴지는 산란히 흐트러져 있으며, 상자 위에 입던 옷을 걸쳐 놓고
연상에는 모지러진 붓 두어 자루를 필통에 꽂아 놓고, 붉은 담요 하나
를 네 가닥으로 접어 깔았으니, 이는 매우 가난한 객주집 본색인 줄
가히 알겠더라.

마침 밖에서 찾는 소리 나며 문을 열고 들어오니, 이는 전성조라 하
는 친구라. 양복을 선명히 입고 시계줄을 길게 늘이고 눈을 크게 떠
사방을 둘러보다가 앉으며 예(禮)하거늘, 태순이 황망히 답례하며 가
까이 앉음을 청하고 아이를 불러 화로와 차를 가져오라 하니 성조 가
로되,

"차는 제례(除禮)51)하고 이야기나 하세. 일전에 자네 두 번 연설은
세상에 매우 소문이 났네. 자네는 학문도 넉넉하거니와 언사도 잘하

---

47) 육국(六國)─중국 전국 시대에 각지에 할거한 제후(諸侯) 중에서 진(秦)을 제외한
   여섯 나라. 곧, 초(楚)·연(燕)·제(齊)·한(韓)·위(魏)·조(趙).
48) 상인(霜刃)─서슬이 시퍼런 칼날.
49) 신고(辛苦)─어려운 일을 당하여 몹시 애씀. 또, 그 고생.
50) 당판(唐板)─중국에서 새긴 책판. 또, 그것으로 박은 책.
51) 제례(除禮)─갖추어야 할 예의를 덞.

니 진실로 부럽네. 그번에 회관에서 연설할 때에 두 번이나 어떠한 계집이 자네 얼굴만 유심히 보기로 정녕히 자네와 상관이 되었다는 소문까지 있데.”

태순이 정색하며,

“나는 어느 계집이 왔든지 부인이 왔든지 자세히 여겨보지도 아니하였노라.”

성조 웃으며 가로되,

“자네인들 그러한 미색이 눈에 들지 아니한단 말인가?”

태순이 대답하되,

“내가 비록 용렬(庸劣)52)하나 연설장에서 부인에게 마음을 두는 정신없는 사람은 아니로다.”

하면서 기색이 불평하거늘 성조가 얼굴이 붉으며,

“자네가 상관하였다는 말이 아니요, 그 여자가 자네를 욕심내어 상관코자 하는 모양이라 하는 말이나 그 말은 그만두고 자네 무슨 근심이 있는지 아까부터 안색이 불평하니 어쩐 연고이뇨?”

태순이 대답하되,

“근심이라 할 것은 없으나, 조금 관심 되는 일이 있도다.”

성조가 웃음 이르되,

“불평한 것은 유지(有志)한 사람의 떳떳함이라. 지금 세상에 충분 있는 남자들이 누가 국사에 대하여 강개(慷慨)53)하고 통분치 않으리오마는, 특별히 자네 같은 유지한 남자는 쓰이지 아니하고 용렬한 무리들이 양양자득(揚揚自得)54)함은 진실로 거꾸로 된 일이나, 필경 자

---

52) 용렬(庸劣)—범용(凡庸)하고 열등(劣等)하다.
53) 강개(慷慨)—의롭지 못한 것을 보고, 의기가 복받치어 원통해 하고 슬퍼함.
54) 양양자득(揚揚自得)—득의(得意)하는 빛을 외모와 행동에 나타내는 기색과 스스로 마음에 흡족하게 여김.

네 같은 사람은 뜻을 이룰 기회가 멀지 아니하리로다."

하면서 가장 강개한 체하여 태순의 안색을 살펴보거늘, 태순이 태연히 마음을 움직이지 아니하고 웃으며 가로되,

"나의 불평함은 자네의 말한 바이 아니로다."

성조가 다시 묻되,

"그러할진대 무슨 불평한 일이 있음이뇨?"

태순이 대답하되,

"이는 이야기하기도 도리어 용졸(庸拙)55)하여 말하기 어렵도다."

성조 가로되,

"자네 일이야 무슨 일이든지 나를 대하여 말 못할 바 어디 있으리오. 나라도 도울 만한 일이 있을진대 진력할지니, 듣기를 원하노라."

태순이 추연히 말하되,

"나도 사방에 표박(漂泊)56)하여 아무 일도 이룬 바이 없고 세월만 헛되이 보내며 경성에 온 후로부터 서책을 번역하여 생계를 하더니, 거월(去月)57)에 근대사(近代史) 초권을 어느 서관에서 출판할 차로 가져가더니, 아무리 재촉하여도 번역비를 보내지 아니하여 거월부터 식가를 갚지 못하였기로 아까도 주인에게 불쾌한 말을 듣고 심화가 나는 중에 마침 시골집 편지를 보니, 양친이 나의 직업 없음을 걱정하여 벼슬이 되지 아니하거든 하루라도 바삐 내려오라 하셨으니, 오늘날을 당하여 대답할 말씀이 없으며 번역하여 책권이나 만들면 혼자 생계는 되나, 연로하신 양친의 봉양할 도리가 없으니 이로 걱정이로다."

성조가 머리 긁으며 가로되,

"자네도 양친이 계셔 매사를 간섭하시는 모양이나 우리 부형들도

---

55) 용졸(庸拙)―못나고 졸렬하다.
56) 표박(漂泊)―흘러 떠돎. 표류. 일정한 주거나 생업이 없이 떠돌아다니며 지냄.
57) 거월(去月)―지난 달.

너무 완고하셔서서 참 민망하여 견딜 수 없데. 나의 소소한 월급량이라
도 돈을 좀 보내어라, 집에나 좀 다녀가거라, 별 말씀을 다 하시니, 원
래 사십 이후 사람들은 세상 형편을 모르기로 장성한 자식을 어린아
이와 같이 신칙(申飭)58)하여 진퇴를 마음대로 못하게 할 뿐 아니라 가
만히 들어앉아서 자식의 봉양이나 받으려 하는 모양일세. 자네도 아
는 바 서양서는 부모가 자식에게 재산을 전하여 주는 일은 있으나, 자
식이 부모를 들여앉히고 공급하는 규모는 없지 아니한가. 자네도 사
회를 개량코자 하는 사람이니 말이로세."
하면서 의기양양하여 지껄이거늘 태순이 잠잠히 앉아 듣다가 오래간
만에 가로되,

　"자네 말은 나의 마음과 같지 아니하도다. 서양 풍속이라고 어찌
다 아름다우며 우리나라 풍속이기로 다 악하리오. 마땅히 그 긴 것은
취하고 짧은 것은 버릴지라. 부자의 관계는 우리나라에서 순실(淳
實)59)한 도덕을 주장하여 극히 아름다우나, 법이 오래면 폐가 생김은
면키 어려움이라. 근래에 부모가 자녀를 노예같이 대하여 완고한 구
속으로 전정(前程)을 그르치는 것은 거세(擧世)60)가 일반이라. 사회상
발달에 방해가 되게 하니 우리가 마땅히 진력하여 이 폐단을 없이 할
바이니 우리 부모들은 아직 동양의 전하여 오던 습관을 당연한 바로
아는데, 자식들은 서양 풍속을 홀지(忽地)에61) 행코자 하면 피차의 생
각이 같지 아니하여 가정의 풍파를 일으키고 천륜의 친애함을 잃어버
릴지라. 하물며 우리를 아이때부터 부모가 구로(劬勞)62)하심을 모르

---

58) 신칙(申飭)－단단히 타일러 경계함.
59) 순실(淳實)－순박하고 진실함.
60) 거세(擧世)－온 세상.
61) 홀지(忽地)에－갑작스럽게.
62) 구로(劬勞)－자신을 낳아서 기르는 수고.

시고 양육하심은 우리 장성한 후 만년에 재미를 보고자 하심이어늘, 만일 나의 한 몸만 생각하여 부모를 돌아보지 아니하고 곧 서양 풍속을 가정에 행함은 무리한 일이오. 우리는 자식을 두거든 저의 임의로 직업에 나아가게 하고 우리는 자기의 재산으로 몸에 맞도록 생계함이 당연하나, 동양의 습관으로 당연한 법리(法理)로 아시는 부모에게 서양 각국의 규모를 행코자 함은 불가한지라. 오늘날 서양 아름다운 풍속에 한 지아비가 한 지어미를 거느리는 규모도 본받지 못하고 문명이니 개화니 하여 부모의 은덕을 먼저 저버리고 돌아보지 아니하는 자도 많이 있으나, 부모도 모르는 사람이 어찌 사회상에 열심하여 몸을 잊어버리리오."

하면서 언론이 창쾌(暢快)63)하거늘, 성조가 마음에 생각하되 부질없는 말을 내가 하였다 하면서 외면으로는 그러하지 않은 체하고 대답하되,

"지금 자네 말을 들으니 나도 비로소 꿈을 깨달은 듯하거니와 자네는 참 효자이로다. 그러하나 지금 자네 말도 사회를 위하여 몸을 잊어버린다 하니, 자네는 양친이 계셔도 부득이한 경우를 당하면 나라를 위하여 몸을 버릴 결심이 있는가?"

태순이 그 말을 듣더니 한참 주목하여 성조를 보다가 가로되,

"이는 별로히 물을 바 아니라. 나도 사회를 조직하여 세상에 행복히 될 바 있을진대 몸을 버리더라도 사회를 위하여 힘을 다할지니, 구구히 목전의 간고64)함을 두려워하면 자손을 위하여 행복의 사회를 설립치 못하리니, 나도 대담은 못하나 사회에 나간 후에는 아무리 불행한 일을 만날지라도 뜻을 변치 아니할지며, 부모도 응당 허락하시

---

63) 창쾌(暢快)—마음에 맺힌 것이 없이 썩 시원함.
64) 간고—고생. 가난함. 곤궁함.

리로다. 근일(近日)에 유지하다는 사람도 믿기 어렵도다. 처음에는 매우 열심하다가 필경은 목적이 변하여 반대하는 자도 적지 아니하니 어찌할 수 없도다.”

성조가 그 말을 듣더니 가장 열심을 내는 듯이 가까이 앉으며,

“참 자네 말대로 연전에 협회당이라고 떠들던 사람의 이허(裏許)65)를 파 보면 결심이 조금도 없어 목숨만 돌아보는 고로 대사를 이루지 못한 지라. 소홀히 사회를 개혁코자 함은 부질없는 일이로다. 우리도 여간 운동으로는 목적을 달치 못하리니 결사당을 조직하여 비밀한 수단을 쓸 밖에 없네.”

태순이 정색하며,

“이 사람 떠들지 말지어다. 자네 말 같을진대 과격한 수단을 좋아하나, 나는 공론을 좇아 정치를 개량함이 합당하노니, 앞뒤를 돌아보지 아니하고 낭패스러운 일은 단정코 할 바이 아니니라.”

성조가 홀연히 얼굴이 붉으며,

“자네는 고식지계(姑息之計)66)만 함이로다. 우리가 진실한 자유 권리를 확장코자 하매 범상한 수단으로는 되지 못하리라.”

태순이 가로되,

“자네도 연전 협회당의 하던 말을 또 하나 깊이 생각하여 볼지니, 전국에 순검과 병정이 편만(遍滿)하여67) 민간에 아무리 불평한 일이 있을지라도 세력으로 별안간에 정부를 항거(抗拒)치 못하리니, 원래 사회라 하는 것은 강한 자가 이기고 약한 자가 패할지라. 정치가로서 자담하는 자는 정치 권리를 바라지 아니할 자 없을 것이요, 정부에 있어 지위를 얻은 자는 권력을 유지하여 타인에게 빼앗기지 아니하도록

---

65) 이허(裏許)―속내평. 겉으로 드러나지 않는 일의 실상.
66) 고식지계(姑息之計)―당장에 편한 것만 택하는 계책.
67) 편만(遍滿)하다―널리 차서 그득하다.

주의할 바요, 사회 중에서도 뜻을 얻은 자는 기회를 타서 정권을 잡으려 함은 곧 생존경쟁(生存競爭)하는 자연한 형세라. 서양 각국 정치도 다만 이 경쟁하는 세력만 있을 뿐이요, 실상 이치는 아무것도 없다 할지로다. 또 전제정치(傳制政治)를 쓰는 나라는 입헌정치(立憲政治)와 같지 아니하여 그 지위를 당한 자가 기초를 공고히 하고 성벽을 견고케 하매, 인민이 용이히 경쟁치 못하나니 정부에서는 임의로 법률을 지으며 임의로 조세를 받고 병정과 순검도 다 정부의 지휘를 좇아 동하는 고로 위험한 수단으로 정부 항거하는 자를 제어하기 용이하니, 대저 사회 주장을 장담하는 자가 깊이 주의할 바이로다."

성조 가로되,

"세상에서 그대는 사회상에 격렬한 마음과 수단이 있는 사람으로 지목하더니, 지금 그대 말하는 바를 들은즉 실상은 그러하지 아니한 듯하며, 자네 말과 같을진대 세상일을 다 정부에 맡겨 버려 두어도 좋을 것 같으나 오늘날 형편을 보면 장래 사회가 어찌 될는지 듣기를 원하노라."

태순이 답 왈,

"인민이 분발한즉 국가의 유지자가 될 것이요, 공론이 균일한즉 완전한 협회가 되리로다."

성조 왈,

"그대의 말을 짐작하나 회원들이 다 그대 마음과 다름이 없다 하는지 듣기를 청하노라."

태순이 이윽히 생각하다가 가로되,

"하상천은 권모(權謀)68)가 있어 그 마음을 헤아리기 어려우나 시세 형편을 보는 재주가 있으니 아니 될 일을 할 이치는 없거니와, 다만

---

68) 권모(權謀)—어떤 때의 임함의 모략. 권략(權略).

재물에 정신을 잃어버림은 흠절(欠節)69)이요, 문전철은 정직한 사람이나 언론이 너무 황당(荒唐)하여 심려할 바이로다.”

성조가 홀연히 무슨 일을 생각하는 모양으로 시계를 내어보며 가로되,

“벌써 네시가 지났도다. 오늘 세시 반에 남문 밖에 나가기로 문전철과 언약하였더니 이야기에 팔린 바가 되어 잊어버렸도다. 오늘은 해공(害工)70)을 많이 시켜 불안하노라.”

하고 즉시 몸을 일으켜 나갈 새, 태순이 문밖에까지 따라나가 전송하고 들어와 앉아서 혼잣말로,

“그 사람이 학문이 없으나 두루 박람(博覽)71)한 일이 있어 모르는 일이 없기로 사귈만한 벗이라 하였더니, 오늘 하던 말 같을진대 불량한 사람이라. 대저 전후를 헤아리지 아니하고 남을 선동하기만 좋아하는 자는 가까이할 바 아니어니와 회중에도 아마 전성조와 같은 사람도 많이 있으리로다.”

하더니 별안간 문밖에 인적이 있으며,

“서방님 계시오?”

하는 소리에 태순이 놀라 안색이 변터라.

4

서방님을 찾으며 들어오는 사람은 그 집 주인 구두쇠라 하는 자라. 나인 사십오륙 세 가량이요, 얼굴은 몹시 얽고 찌그러져서 꿈에도 보

---

69) 흠절(欠節) - 불완전하여 흠이 되는 곳.
70) 해공(害工) - 힘써 일하는 데 방해함.
71) 박람(博覽) - 책을 많이 읽음. 사물을 널리 봄.

고 싶지 아니한 상판에 거무충충한 무명 두루마기를 입고 단상투 바람으로 주제넘게 태순의 앞으로 와락 대들어 앉으며 쌈지를 끄르더니 장죽을 딱딱 떨면서 태순의 얼굴을 쳐다보고 하는 말이,

"서방님은 아마 나더러 야속하다 할 터이나 나도 군색하여 또 재촉하오. 아까 말씀하던 것은 어찌할 터이오?"

태순이 불안한 빛을 띠고 대답하되,

"참 자네 볼 낯이 없으나 수일 기다리면 책값이 생길 터일세."

구두쇠 껄껄 웃으며,

"서방님, 요사이 책값 책값 하시니 언제나 되겠소. 우리 아는 사람에도 책 만드는 사람이 있으나 요사이 매매(賣買)가 없어서 아무리 좋은 책이라도 팔리지 아니한다 합더이다. 내가 수년 밥장사하기로 서생들을 많이 지내 보았으나 처음은 집에서 객비(客費)도 보내고 동향 친구의 주선도 있어서 이삼 삭은 어찌하든지 밥값을 잘 주다가 차차 건체(愆滯)[72]되어 셈을 내지 못하고 도망하여 간 곳도 모르는 사람이 얼마인지 모르겠소. 서방님은 그러할 이치는 없으나 나도 옹색(壅塞)하여 언제까지든지 기다릴 수는 없으니 오늘은 절반이라도 주지 못할 터이면 아무리 불안하나 갚을 돈을 보증 얻어 세우고 다른 데로 가시오."

태순의 안색이 붉으며,

"주인의 말이 당연하나 어느 친구에게 부탁한 일이 있으니 아무리 염치는 없으되 잠시간 기다리기를 원하노라."

구두쇠가 품에서 치부책(置簿冊)[73]을 내어놓으며,

"서방님, 이것 좀 보시오. 처음 오실 때에 한 달에 오 원 오십 전씩 하는 밥값을 특별히 오 원씩 작정하고 정결한 처소를 가리어 드렸더

---

72) 건체(愆滯) — 돈 갚을 기한을 넘김. 연체(延滯).
73) 치부책(置簿冊) — 금전·물품의 드나드는 것을 적은 책.

니, 거월(去月)부터 식가도 받지 못하고 손님 대접한 주육값도 먼저 치르고 우표값까지 합하여 팔 원 구십육 전이오니, 물가도 비싸며 집세도 물 수 없고 또 근래는 청결부(淸潔夫)비도 대단하여 잠시 견딜 수 없으니 아무 주선을 하든지 식가를 지금 주시오.”

하며 욕설이 나올 듯하니, 태순이 일변으로는 분연(忿然)[74]하나 빚진 죄인이 되어 대답치 못할 경우를 당하매 연설장에서는 수천 인을 일시에 감동하는 구변(口辯)으로도 아무 말도 못하고 심중에 분함을 억제하여 좋은 말로 대답하나, 구두쇠는 얼굴이 푸르락붉으락하면서 무엇이라고 지껄이는데, 마침 그때에 가만히 문을 열고 들어오는 사람은 이 집의 사역(使役)[75]하는 계집아이인데 이름은 금년이요, 나이는 십육칠 세쯤 되고, 의복은 화려치 아니하나 사람됨이 영리하고 얼굴도 그다지 밉지 아니한 모양으로 손에 편지를 들고 태순의 앞에 나아와,

“서방님, 어디서 편지 왔삽나이다.”

태순이 그 편지를 받아 보니 겉봉에 하였으되,

‘이태순 선생 여차(旅次)[76] 입납(入納)[77] 무명씨(無名氏) 상장(上狀)[78]’

이라 하였더라. 태순이 마음에 이상히 여겨 편지 봉을 떼어보니, 백지 별봉 하나가 무릎 위에 떨어지고 그 별봉에 썼으되,

‘금자 삼십 원’

이라 하였더라. 태순이 그 까닭을 알지 못하나 편지를 펴 보니 자획도 기발(奇拔)하고 사연도 능란(能爛)하니 그 글에 하였으되,

---

74) 분연(忿然)―벌컥 성을 내면서 분해함.
75) 사역(使役)―어떤 작업을 시킴을 당하여서 하는 일.
76) 여차(旅次)―‘여행 중에 머무는 곳’이라는 뜻으로, 아랫사람에게 보내는 편지에 씀.
77) 입납(入納)―삼가 편지를 드림(봉투에 쓰는 말).
78) 상장(上狀)―경의(敬意)나 조의(弔意)를 표하는 편지.

'슬프다. 대장부가 세상에 나서 몸을 버려 나라에 허락함은 떳떳한 일이라. 그대의 근본 뜻을 이룸이 머지 아니할지니 목전(目前)에 군색(窘塞)함79)을 근심 말지어다. 무례함을 돌아보지 아니하고 별봉(別封)80)을 바치나니 지금은 아직 나의 종적을 명백히 말씀하지 못할지라. 부득이하여 모르게 보내오니 다른 날 의심 구름이 걷고 청천백일에 한가히 담화할 때가 있으리니 타인에게 보이지 말기를 원하노라.' 하였더라.

태순이 두세 번 편지를 펴 보아도 누구의 편지인지 알지 못할지라. 별봉을 떼어 보니 과연 지폐 삼십 원이 들었거늘, 심히 이상히 여겨 한참이나 눈썹을 찡그리고 앉았다가 금년을 불러 묻되,

"이 편지가 어디서 왔다 하며 그 하인이 있거든 자세히 물어 보아라."

금년이 고하되,

"어디서 왔는지 알지 못하나 하인은 인력거꾼 같은데, 편지는 두고 간다하고 즉시 어디로 갑더이다."

태순이 하릴없어 다시 편지를 보니 아무리 하여도 보지 못하던 글씨라. 문장이 간단하고 사의(辭意)81)가 극진하나 누가 보낸 것인지 조금도 생각이 나지 아니하는데, 이때에 구두쇠는 우두커니 옆에 앉아서 그 동정을 보더니 큰 입이 떡 벌어지며,

"서방님, 알지 못하는 사람에게서 돈이 왔단 말이오? 참 희한한 일이로소이다."

태순이 가장 엄전한 목소리로

"글쎄, 받는 것이 옳을지 모르나 나의 성명이 씌었으니 아마 잘못

---

79) 군색(窘塞)하다 — 생활이 딱하고 어렵다.
80) 별봉(別封) — 별도로 봉한 편지.
81) 사의(辭意) — 말의 주장되는 뜻.

오지는 아니한 것이로다.”

돈 봉지를 구두쇠 앞으로 던지며,

“이 속에서 식가를 제하라.”

하니 구두쇠가 한없이 기꺼하며,

“서방님은 참 영웅이로소이다. 성명을 숨기고 금자를 보내옴은 세상에 없는 일이니, 서방님은 젊으신 터에 공부 잘한다 우리 집안 사람들이 칭찬하오며, 연설도 잘한다 세상에 소문이 있으니, 공명(功名)을 이루실 날이 머지 아니하리로소이다.”

하더니 금년을 불러 이르되,

“안에 들어가 차를 가져오너라. 화롯불도 꺼졌다. 벗어 놓으신 의복은 저렇게 내어버려 두는 법이 있느냐. 좀 개켜 놓아라.”

이렇듯 별안간 공손하여지니 지전(紙錢)의 효력이 태순의 권리보다 나음을 가히 알터라. 구두쇠가 지폐를 세면서,

“서방님, 지난달 식가 오 원만 먼저 가져가오니 나머지는 월종(月終)82)에 셈하옵소서. 그런데 서방님께 여짜올 말씀이 있으되 이때까지 잊어 버렸습니다. 서방님도 아시는 바 저편 방에 있던 학도가 거월에 시골갈 때 밥값을 내지 못하여 책을 오륙 권이나 두고 갔는데 값도 매우 헐하오니 사 보시지 아니하려나이까.”

태순이 이르되,

“한적중이 보던 책이면 좋은 책일 듯하니 잠시 보기를 바라노라.”

구두쇠가 지전을 싸갖고 들어가더니 낡은 책 칠팔 권을 갖다 놓는지라. 그 제목을 보니 정다산83)의 문집 네 권과 일어 국민 독본 두 권과 일영 자전 다이아몬드 한 권이라.

---

82) 월종(月終)―월말.
83) 정다산―본명은 약용, 다산은 그의 호. 조선 왕조 말의 대학자.

"이 책은 하나도 나에게 쓸 것 없으나 문전철이라 하는 친구가 다이아몬드라 하는 책을 구하니 오십 전이면 사 두었다가 줄까 하노라."

구두쇠가 책을 집어 들고 가로되,

"서방님, 보십시오. 이렇게 참깨 같은 글씨도 읽을 수 있삽나이까? 아까 서방님 무슨 책이라 하셨던지요?"

태순이 웃으며,

"다이아몬드라 하는 옥편일세."

하며 벼룻집을 열고 주지(周地)84)를 내어 편지를 쓸 새, 구두쇠는 다른 책을 정리하며,

"다이, 다이, 다이너마이트, 이것 이외에는 사지 아니하시나이까?"

태순 왈,

"아직 이 책밖에는 아니 사겠네. 아차, 잘못 썼다. 주인이 옆에서 다이너마이트라 하기로 편지에도 다이너마이트라 썼네. 다이너마이트를 샀다 하면 폭동당(暴動黨)으로 알게? 고쳐야 하겠다."

하고 대여섯 글자를 흐리고 다시 써 편지를 봉투에 넣고 왈,

"주인이 어찌·다이너마이트라 하는 것은 아는가?"

구두쇠 대답하되,

"향자(向者)85)에 집에 있는 손님들이 신문을 보다가 다이너마이트를 맞추었다 하던 그 소리가 귀에 젖었사오이다."

태순이 웃으며,

"다이너마이트는 폭발약이라는 것일세. 주인, 수고스럽지마는 이 편지를 우체통에 넣고 금년이 시켜 불을 켜게 하라."

하더라.

---

84) 주지(周地)－두루마리.
85) 향자(向者)－향일(向日). 지난번. 접때.

옛말에 하되, 화복(禍福)이 뜻밖에 나온다 하더니, 이때에 태순이 장차 액운(厄運)을 만남이 지금 켜는 등불에 바람 불어오는 것 같아 귀신의 능력으로도 면치 못할 바더라.

5

"하상천이, 그만 일어나지 아니하나? 잠도 한이 있지 벌써 아홉시가 되었네."
하는 소리에 한낱 서생이 이불 속에서 고개를 들고,
"아, 어제 저녁에 늦게 잤더니 매우 곤하다. 자네 어느 때에 왔던가. 아주 몰랐네."
"여보게, 일어나게. 오늘 신문에 큰일났네."
"또 사람을 놀래고 나중에 깔깔 웃으려고?"
"아니, 거짓말 아닐세. 이 신문 좀 보게."
서생이 신문을 집어 보니 제목에 '양씨 구류(兩氏拘留)'라 하였는데, 근래 독립협회 중에 유명한 이태순 씨는 작일(昨日) 오전 십시에 상동 여관에서 잡히고 문전철 씨는 일본에 유학할 차로 부산까지 가서 윤선 회사에서 잡혀 경성 경무 북서로 보내었다는 풍설이 있는데, 그 내용인즉 이상한 서찰(書札)이 있어 국사범(國事犯)에 반연(絆緣)86)이 있는 듯하다 하나, 지휘가 분명치 못하다 하였더라. 하상천이 눈이 둥그레지며,
"이는 참 이상한 일이로다. 그러나 요사이 전성조가 이태순·문전철의 종적을 탐지하는 모양이더니, 무슨 사건의 증거가 있는 듯하니

---

86) 반연(絆緣)—얽혀서 맺는 인연.

자네도 자세히 모르나?"

"아니, 나도 지금 신문만 보고 왔으나 송군서는 자세한 일을 알겠지. 송군서가 어젯밤에 늦게 오더니 일어났는지?"

건넌방을 향하여 송군서를 부르며,

"여보게, 자네 이태순·문전철의 일을 들었는가?"

"글쎄, 나도 어제 저녁에 그 두 사람 구류된 말을 듣고 놀라워서 친한 신문사에 가서 알아보니 그 풍설로는 알지 못하고 다른 곳에서 적실(的實)한[87] 듯한 말을 들으니, 태순이 전철의 부탁을 듣고 폭발약을 샀다든지 맞추었다든지 증거할 필적이 있다 하니, 그것이 진실한 말 같으면 걱정일세."

문전철은 권력이 있는 사람이라 하니 그런 일도 고이치 아니하나 이태순은 학자이라 평생에 근신(謹身)하여 황잡(荒雜)한[88] 일이 없기로 유명한 사람이니 어찌 그러한 생각이 있을 줄 알았으리오. 대저 사람이라 하는 것은 외양으로는 알지 못하겠다 하고 여기저기서 두 사람의 소문을 탐지하되 적실한 일은 아는 자가 없더라.

이때에 이태순은 오월 열흘날 아침에 볼일이 있어서 출입하려 할 즈음에 난데없는 순검이 형사를 데리고 와 국사범의 반연(絆緣)으로 잡힌 문적(文籍)을 보이고 인하여 북서 경무청으로 가더니, 그 후에 순검이 다시 와서 그 여관 주인을 불러 세우고, 그 여관하였던 방에 들어가서 책을 수탐하여 가니라. 이태순은 작죄(作罪)한 일이 없으니 무슨 연고인지 알지 못하여 의혹 중 취수(就囚)[89]하여 있다가 문초(問招)하는 마당에 불려 나아가니, 책상을 앞에 놓고 경무관 세 사람이 엄연히 교의에 걸터앉았고 상 위에 필연(筆硯)[90]과 허다한 문부(文

---

87) 적실(的實)하다―틀림없이 확실하다.
88) 황잡(荒雜)하다―거칠고 잡되다.
89) 취수(就囚)―옥에 갇힘. 실형을 받게 됨.

簿)91)가 쌓여 있더라. 가운데 앉은 그 중 강폭(强暴)하여 보이는 경무관이 태순을 보고 그 문벌·직업과 평생 교제하던 친구의 성명을 자세히 물으며,

"금월 이일에 문전철에게 편지한 일을 생각하는가?"

태순이 이윽고 답 왈,

"이일이던지 삼일이던지는 기억지 못하나 월초(月初)에 문전철에게 편지한 일은 있나이다."

"그러할진대 무슨 일로, 편지는 무엇이라 하였던지 생각하는가?"

"편지에 별말 한 바는 없고 문전철의 부탁하던 서책을 사 두고 통기(通寄)하였노라."

경관이 빙긋이 웃으며 왈,

"그뿐 아니라 전철더러 무슨 일 결심하라 권하지 아니하였느뇨?"

태순이 고개를 기울이고 한참 생각하다가,

"지금 물으심을 인하여 생각하니, 전철이 일본에 유학코자 하나 회중에서 만류하는 자가 있다 하기로, 남의 말로 중지하지 말고 속히 결심하여 유학하라 하였나이다."

경관 왈,

"그러하면 사두었다 하는 것은 무슨 물건이고?"

"매우 조그마한 영어 옥편(玉篇)이로소이다."

그 경관이 동관들을 돌아보고 소곤소곤하더니, 책상 위에 있는 편지 한 장을 내어 보이며 왈,

"그래 이 편지를 아는가?"

태순이 받아 보니 구기고 찢어져 헌 휴지가 되었으되 분명히 자기

---

90) 필연(筆硯)―붓과 벼루.
91) 문부(文簿)―뒤에 상고할 문서나 장부.

의 필적(筆跡)이라. 그 글에 하였으되,

'삼가 묻노니 인간의 형체가 만왕(萬旺)하시며[92] 유의할 일은 친구의 이론(異論)을 듣지 말고 속히 결심하기 바라노라. 형의 구하는 다이아몬드를 사서 놓았기 기별하노라. 여불비상(餘不備詳)[93].'

6

태순이 보기를 마치더니, 이 편지는 분명히 자기가 문전철에게 부친 편지라 하고 경관에게 도로 주니 경관이 정색하여 왈,

"그러할진대 책을 샀다 함은 뒷감당도 못할 거짓말이로다. 친구의 이론을 듣지 말고 결심하기를 바라노라 하였고, 먹으로 흐린 곳을 비치어 보매 다이너마이트라 한 글자가 분명히 보이거늘, 그 옆에 다이아몬드라 고쳤으나 그대가 여관에 있는 일개 서생으로 이같은 위험한 물건을 사 무엇하려 하였느뇨?"

하며 가장 엄숙히 질문하거늘, 태순이 조금도 굽히지 아니하고 껄껄 웃으며 왈,

"전후 사단(事端)은 모르고 이 편지만 보면 의혹되기 고이치 아니하나 결심하라 함은 아까 말함과 같이 일본 유학함을 말함이요, 다이너마이트라 함은 잠시 그릇 썼기로 고쳐서 쓴 일이오."

다이아몬드는 영어 옥편 이름이라 하여 그때 하던 형편 말을 자세히 하여 가로되,

"사정이 의심될진대 문전철과 여관 주인까지 불러 대질(對質)하면

명백하리이다."

하며 변설(辨說)이 도도(滔滔)하여 흐르는 물 같으지라, 경관들이 서로 보며 이윽히 말이 없더니 또 일봉 서찰을 내어 보이며 왈,

"이 편지는 어디서 왔더뇨?"

태순이 받아 보고 또한 그날 무명씨의 돈 보낸 편지라 하니 경관들이 냉소하며,

"성명도 모르는 사람이 돈을 보내면 받기 어려울 것이요, 또 그 편지 사연을 볼진대 전부터 교제가 있어 그대의 마음을 익히 아는 모양이라. 편지에는 무명씨라 하였으나 그대는 짐작하리로다."

태순이 대답하되,

"이 편지의 문장은 연숙(鍊熟)하나 필법(筆法)이 잔약(孱弱)한94) 곳이 있어 부인의 글씨 같기로 나도 지금껏 이상히 여기나이다."

가운데 앉은 경관이 일러 왈,

"오늘 문초는 이만 그칠 터이나 그대에게 이를 말이 있노니, 이 편지 출처를 그대도 정확히 변명치 못하고 문전철에게 가는 편지도 또한 비상(非常)하니, 비록 먹으로 흐렸을지라도 국가의 법전으로 그 직업하는 자가 아닌데 폭발약이 손에 들어왔다 하면 경관이 엄중히 조사를 아니치 못할지라. 아직 감옥서에 가두어 두리니 그리 알지어다."

태순이 깜짝 놀라 무엇이라 말하려 한즉 경관이 다시 가로되,

"이는 본관의 권한으로는 아니 할 말이나, 그대는 매우 세상에 명망있는 자로 정부에 대하여 만족치 못한 사상으로 무슨 운동을 하다가 실패하였으니, 차라리 은휘(隱諱)95)치 말고 명백히 토설(吐說)함이 대장부의 일이거늘 어찌 소인(小人)과 필부(匹夫)96)같이 거짓말을 하

---

94) 잔약(孱弱)하다—튼튼하지 못하고 약하다.
95) 은휘(隱諱)—꺼리어 숨기고 피함.
96) 필부(匹夫)—한 사람의 여자. 신분이 낮은 여자.

다가 이후 사실이 탄로나면 자기 양심을 저버릴 뿐 아니라, 세상에 대하여 일후(日後)까지라도 부끄럼을 면치 못하리니, 증거물을 잡고 보증인을 대하여 조사하는 마당에 아무리 발명(發明)97)한들 어찌하리오. 익히 다시 생각하여 보라.”

하며 은근히 달래고 효유(曉諭)98)하니 이는 국사범(國事犯)에 경력 있는 경관이라, 태순이 작죄함은 없으나 혐의적은 형적(形迹)이 있어 일시에 발명키 어려울지라. 하릴없이 옥사장을 따라서 감옥소로 들어가니라.

경성에 미결수 죄인 가두는 감옥소가 서소문 안에 있으니 사방으로 겹담을 둘러 쌓되 높기가 하늘에 닿을 듯하고 그 속이 사방 입구자로 되었는데, 한 가운데 둥근 방은 간수인의 처소요, 죄인 있는 방은 좌우로 다하여 사십 간이 있으되 나무로 판장을 하고 전면에는 우물 정자문을 하여 닫고 큰 자물쇠로 채웠고, 후면에는 높기가 다섯 자는 되는 곳에 유리창을 노끈으로 매어 개폐(開閉)를 하고 그 안에 쇠난간을 쳤으며, 방마다 한편에 뒷간을 만들었으되 밤에도 등불을 켜지 아니하여 지척(咫尺)을 분별치 못하며, 융동설한(隆冬雪寒)에도 불을 때지 아니하고 담요 하나로 춥고 긴 밤을 지내며, 북풍받이에 유리창으로 눈이 날려 들어오매 수족이 얼어 터지고, 삼복염천(三伏炎天)에는 조금도 바람이 통치 못하며 남향한 방에 철창으로 일광이 내려쪼이되 피할 곳이 없어 가마에 찌는 듯하고, 간수인은 양복 입고 칼을 차고 엄연히 교의에 걸터앉은 형상은 염라대왕(閻羅大王)으로 보이고, 옥사장은 검정 털요를 뒤집어썼으매 죄인들 눈에는 귀신인가 싶고, 병인의 신음하는 소리는 죽은 사람이 부르짖는가 의심하니, 이는 진실로

---

97) 발명(發明)-죄없음을 변명함.
98) 효유(曉諭)-알아듣게 타이름.

살아서 지옥에 빠졌다 할러라. 서양에서도 전에는 이러하더니, 벤담
(Bentham)[99]이라 하는 사람이 나서 옥을 짓는 법과 죄인 두는 법을
개량하매 각국이 다 본받아 일신(一新)히 개량하고 인하여 그 후로 죄
인도 감성(減省)[100]되었다 하니, 우리나라도 급히 옥을 개량함이 좋으
리로다.

이때는 오뉴월이라 수일 장마가 그치지 아니하고 음음(陰陰)한 안
개는 창으로 들어오매 죄수의 의복이 누습(漏濕)[101]하고 처량한 처마
물소리는 사람의 창자가 끊어질 듯한데 슬픔을 머금고 잠잠히 앉았는
소년은 이태순이라. 홀로 이윽히 생각하되, 내가 평생에 정치가가 될
뜻으로 사방에 분주하다가 사업을 이루지 못할 뿐 아니라 일조에 조
심하지 못함을 말미암아 옥중에 들어왔도다.

그날 함께 잡혀온 문전철과 구두쇠는 어찌 대답하였는지 적연(的
然)히 모르나, 만일 변명이 되지 못하면 경하더라도 삼사 년 금고(禁
錮)를 당할지니, 이렇듯 연약한 몸이 옥중의 귀신을 면치 못할지라.
수년 전에 기회 있을 때 장씨 집 데릴사위로 갔더면 이러한 횡액(橫
厄)은 당하지 아니하였으리로다. 양친(兩親)이 이 몸의 화난(禍難) 만
남을 들으시면 오죽 걱정하시리오. 옛말에 빠른 바람에 굳센 풀을 안
다 하였으나 또 높은 가지가 부러지기 쉽다는 말도 있으니, 슬프다,
아무리 천질(天質)[102]이 강명(剛明)한[103] 사람이로되 옥중의 고초를
이기지 못하면 굳센 마음이 자연 사라지고 눈물이 흐르는도다.

---

99) 벤담(Bentham)―영국의 철학자·법률학자·경제학자. 아담 스미드(Adam Smith)
　　에 사숙. 공리가 모든 행위의 궁극의 원칙이며, 「최대 다수의 최대 행복」이 인생
　　의 목적이라 주장하였음.
100) 감성(減省)―덜어 줌.
101) 누습(漏濕)―축축한 기운이 새어 나옴.
102) 천질(天質)―타고난 성질.
103) 강명(剛明)하다―성질이 강직하고 두뇌가 명석하다.

　높은 산이 아아(峨峨)하여 창취(蒼翠)104)를 머금고 산하(山河)에 간수(澗水)105)가 쟁쟁하여 폭포를 이루었고, 산상의 유명한 백운대(白雲臺)는 하늘에 꽂힌 듯하고, 그 아래 북한사(北漢寺)라 하는 절이 있어 누각이 나는 듯하며, 아래로 만호장안(萬戶長安)106)을 임하여 경개(景槪)107)도 절승(絶勝)하고108) 수석(樹石)도 기이하므로 가인재자(佳人才子)109)가 낙역부절(絡繹不絶)110)하여 구경함을 마지 아니하더라. 이때는 칠월 망간(望間)111)이라. 한편에 있는 승방을 치우고 조용히 앉아 글 읽는 사람은 어떠한 사람인지 얼굴은 주렴(珠簾)112)에 가리워 보이지 아니하고 청아한 글 소리만 폭포성(瀑布聲)을 화답하여 은은한 풍편(風便)에 들리는데 한편 누상에서 아무 생각없이 귀를 기울이고 앉았는 사람은 한 서생이라. 군산 가을 밤에 육방응이 병서를 읽는가, 여산(廬山) 깊은 곳에 이태백이 쇠공이를 가는가, 양양한 저 글 소리가 옥패(玉佩)113)를 부수는 듯하여 비량(悲涼)114)한 나의 회포(懷抱)를

---

104) 창취(蒼翠)―수목이 싱싱하게 푸름.
105) 간수(澗水)―골짜기에 흐르는 물.
106) 만호장안(萬戶長安)―집들이 썩 많은 서울.
107) 경개(景槪)―경치.
108) 절승(絶勝)하다―(경치가)비할 바 없이 훌륭하다.
109) 가인재자(佳人才子)―고운 여자와 재주 있는 젊은이.
110) 낙역부절(絡繹不絶)―연락부절.
111) 망간(望間)―보름께.
112) 주렴(珠簾)―구슬을 꿰어 만든 발.
113) 옥패(玉佩)―옥으로 만든 패물.
114) 비량(悲涼)―구슬프고 쓸쓸함.

적이 도웁는도다.

이 모양으로 혼잣말로 하면서 누하(樓下)에 내려 그 절에서 밥짓고 있는 노파를 불러 조용히 묻되,

"저 초막에서 글 읽는 사람이 누구라 하던가?"

노파 가로되,

"일전부터 어떠한 부인이 소저를 데리고 와 계신데, 그 소저의 나이 십팔구 세나 되어 보이고 얼굴도 어여쁘고 인품도 온화하거니와, 글을 좋아하여 잠시도 쉬지 아니하고 읽나이다."

서생이 점두(點頭)하며115) 가로되,

"함께 와 있는 부인은 그 소저의 어찌 되는 부인이라 하던가?"

노파가 대답하되,

"그 부인은 그 어머니인지 숙모인지는 모르나 오십여 세 가량이나 된 부인이더이다."

서생이 탄식하되,

"우리나라 교육 정도가 아직 발달이 못 되어 부인은 고사하고 남자도 열심으로 공부하는 자가 드물거늘 어떤 규수로 저렇듯 사상(思想)이 고명(高名)한고."

노파가 듣다가 웃으며,

"그 소저는 서방님을 아는 것 같더이다. 저녁에 서방님 오실 때에 소저가 사립문에서 내어다보다가 반기는 빛이 얼굴에 나타나고, 또 어떠한 사진 한 장을 손에 들고 보는데 흡사한 서방님 모양이더이다."

이때 노파와 수작하는 사람은 이태순이라. 오월 초에 편지의 글자 그릇 씀을 말미암아 경무청에 잡힌 바 되어 경관이 사실(査實)한즉, 죄는 없는 듯하나 사체(事體)가 중대하고 익명서(匿名書)의 출처도 분

---

115) 점두(點頭)하다―수긍하는 뜻으로 머리를 끄덕이다.

명치 못하여, 문전철을 준 편지도 의심처가 있으므로 조사를 경홀(輕忽)히 하지 못할지라.

이러므로 수삭(數朔)116)을 옥중에 가두어 두었더니 태순의 구초(口招)117)와 한가지로 잡힌 사람들의 말이 일일이 다름이 없어 별반 의심이 되지 아니하는 고로 칠월 초에 문전철과 한가지로 방면(放免)되었더라. 태순이 염천(炎天)을 당하여 옥중에서 곤경을 지낸 후 신체도 피곤하고 심신도 울적하여 소풍할 생각도 있고 삼 년 전에 북한사 절에 놀던 일이 있어 그 절의 중도 친숙히 아는 고로 이때에 와서 산수의 경개도 구경하고 정결한 처소를 빌어 몸을 조섭(調攝)118)도 하러 왔더니, 마침 건너 초막의 글 소리를 듣고 마음에 감동하여 누다락에 내려서 노파더러 그 동정을 물은 것이라. 노파의 말을 들으니 첩첩한 구름이 구의산에 가리운 듯 의심을 깨치기 어려워 글 한 수를 지어 달 아래에 읊으니, 그 글에 하였으되,

'서상(書床)에 밝은 달이여, 누구를 위하여 비치었소. 청조(靑鳥)119)의 사자가 없음이여, 나의 회포를 어찌 전할꼬.'

읊기를 마치매 소저 글 소리를 멈추고 듣다가 청아한 목소리로 그 글을 화답하니 갈왔으되,

'일신의 처량함이여, 하늘 높고 땅이 두터움을 모르도다. 사람은 같고 성이 다름이여, 백 년을 의탁할 곳이 아득하도다.'

태순이 더욱 심화를 정치 못하여 스스로 그 글 뜻을 풀어 가로되, 하늘과 땅을 모른다 하였으니 일정 부모가 없는 여자이요, 백 년 의탁이 아득하다 하였으니 아직 정혼치 아니한 듯하나 다만 셋째 구에 이

---

116) 수삭(數朔)―몇 달.
117) 구초(口招)―죄인의 진술.
118) 조섭(調攝)―조리.
119) 청조(靑鳥)―반가운 사자(使者) 또는 편지.

른바 사람은 같고 성이 다르다 함은 누구를 가리킴인지 알 길이 없도다. 아무러나 내일은 자세히 그 규수의 내력을 탐지하리라 하고 침실에 들어 밤이 맞도록 전전불매(輾轉不寐)120)하더라.

8

이태순이 북한산 북한사에서 우연히 초막에 있는 한 여자와 글을 화답한 후로 세상에 범상한 부인은 눈꼬리로도 보지 아니하던 성미로되, 열석(熱石) 같은 심장이 자연히 황홀한지라 혼자 헤오되 '세상을 건질 큰 뜻을 품은 남자가 아녀자에게 고혹(蠱惑)121)할 바는 아니로되 이같이 재덕(才德)을 겸비한 여자는 가히 나의 지기지우(知己知友)122)라 할 만하나, 이 몸은 전후에 불행한 일이 많아서 사방(四方)에 표박(漂泊)123)하고 공명을 이루지 못하며, 지금은 여관에 있어 책권이나 번역하여 일신(一身)의 호구(糊口)124)하기를 일삼으니, 아무리 생각하여도 아직 한집 배포(排舖)125)를 생의(生意)126)하지 못할지요, 타일에 공업(功業)을 성취하더라도 저러한 여자는 벌써 푸른 잎이 그늘을 이루매 열매가 가지에 가득한 모양같이 되리니 진실로 창연(愴然)한 일이로다. 그러하나 그 여자가 어느 곳에서 생장(生長)하였던가, 마음에 생각나는 일도 있으나 누구를 인연하여 물으리오. 응당 이곳에서 아

---

120) 전전불매(輾轉不寐) – 누워서 이리저리 뒤척거리며 잠을 못 이룸.
121) 고혹(蠱惑) – 아름다움이나 매력 같은 것에 홀려 정신을 못 차림.
122) 지기지우(知己知友) – 서로 마음이 통하는 벗.
123) 표박(漂泊) – 흘러 떠돎. 표류.
124) 호구(糊口) – 겨우 먹고 삶. 입에 풀칠을 함.
125) 배포(排舖) – 머리를 이리저리 조리있게 계획함. 배짱.
126) 생의(生意) – 생심(生心). 하려는 마음을 냄.

직 두류(逗留)127)할 듯하니 다시 서서히 물어 보아도 늦지 아니하리로다' 하여 홀로 이윽토록 등잔불을 대하여 이리저리 생각하다가 열두 점이 지나매 비로소 침소에 나아갔다가 이튿날 눈을 떠 보니 아침 햇빛이 창에 비치고 산중이 적적하여 다만 폭포 소리만 베개 위에 이르는지라. 태순이 금침(衾枕)을 의지하여 무료(無聊)히 앉았더니 노파가 문을 반쯤 열고 방안을 엿보며 가로되,

"서방님, 매우 곤히 주무시나이다."

태순이 묻되,

"지금 몇시 가량이나 되었는고?"

"지금 여덟점을 쳤삽나이다."

태순이 눈을 비비며,

"그러하면 아침잠을 대단히 늦도록 잤도다."

노파 웃으며,

"주무시느라고 건너 초막에서 글 읽던 소저 떠나가는 것도 모르셨습니다"

하는 말에 태순이 깜짝 놀라 급히 묻되,

"무엇이라 하던가. 그 여자가 문안128)으로 들어간다 하던가, 다른 절로 간다 하던가?"

노파 대답하되,

"문산포(汶山浦)가 어디인지 그곳으로 간다 하더이다. 무슨 일은 모르나 서방님께 할 말씀 있는 모양으로 오래 기다리고 있삽기로 제가 자주 와서 뵈오나, 너무 곤히 주무시는 듯하기로 감히 깨우지 못하였삽나이다."

---

127) 두류(逗留)-여행을 가서 머물러 있음. 체재(滯在).
128) 문안-성문의 안.

태순이 창연히 앉았다가 또 묻되,

"그러나 그 소저 떠날 때 혹 무슨 말을 함이 있던가?"

노파 허리춤에서 편지 한 장을 내어놓으며,

"이것을 서방님께 드리라 하더이다."

태순이 받아 급히 피봉(皮封)을 떼어 본즉 편지가 아니요 글 한 편이 있으니, 하였으되

'적설(積雪)129)이 공산(空山)130)에 가득하니 초목이 모두 영락(零落)하도다. 외로이 섰는 저 소나무는 굳센 절개를 변치 아니하는도다. 조물(造物)이 부질없이 시기함이여, 인생이 달같이 둥글기 어렵도다. 뒷기약이 아득함이요, 신(信)있는 군자에게 맡김이로다.'

태순이 두세 번이나 그 글을 보며 생각하되, '적설 공산에 초목 영락함으로 세상을 탁의(託意)131)하고, 외로운 솔의 변치 아니하는 절개로 자기를 비하고, 조물의 시기와 달의 둥글지 못함으로 의외에 떠나감과 아름다운 언약을 맺지 못함을 한탄함이요, 끝의 구는 정녕히 나에게 부탁한 말이로다' 하고 주승(主僧)을 불러 묻되,

"저 앞 초막에서 유숙하던 부인이 어느 곳에 산다 하며 성씨는 누구라 하던고?"

주승이 식가(食價) 기록한 책자를 상좌(上座)더러 가져오라 하여 차례로 내려 보더니 책 한 장을 접어 주며,

"그 부인의 거주가 여기 있나이다."

태순이 받아 자세히 보니,

'경성 남촌 후곡 이통 일호 권첨사 부인, 연이 오십일 세요, 소저 매선, 연이 십팔 세'

---

129) 적설(積雪)─쌓인 눈.
130) 공산(空山)─사람이 없는 산중.
131) 탁의(託意)─자기의 의사를 다른 일에 비기어 붙여서 나타냄.

라 하였는지라, 태순이 심중에 헤오되, ‘정녕히 경성에 있는 여자일시 분명하나, 그러나 그 글 읽는 소리를 들어본즉 전라도 음성 같던데’ 하며 또 주승더러 묻되,

“그 부인이 어디로 향하여 간다 하던고?”

주승이 웃으며 가로되,

“남의 댁 부인의 거처는 무슨 연고로 물으시나이까. 그 부인의 일가댁이 문산포 땅에 있어 그곳으로 가신다 하더이다.”

태순이 천연한 기색으로 말하되,

“우연히 물은 것이어니와 문산포가 이곳서 몇 리나 되는고?”

주승이 대답하되,

“칠십 리라 하더이다.”

태순이 그 절에서 육칠 일이나 두류하매 잠적한 회포도 너무 지리하고 의중지인(意中之人)132)의 자취도 실로 궁금하여 문산포로 가려 하더니, 그날부터 비가 오고 생량(生涼)133) 기운이 나매 감기로 신기 불편하여 떠나지 못하고 중지하니, 귀에 익지 못한 폭포 소리는 실로 태순의 심사를 산란케 하며 잠을 이루면 몸이 나는 듯이 문산포로 향하더라.

사오 일을 지나 병이 조금 나으매 주승에게 부탁하여 짐꾼 한 명을 얻어 행구(行具)134)를 지워 길을 인도하라 하고, 자기는 죽장망혜(竹杖芒鞋)135)로 새벽 하늘 처량한 기운을 타서 북한산성을 떠나 북으로 물을 따라 수삼십 리를 가니, 점점 산이 높고 골이 깊어 굽이굽이 시냇

---

132) 의중지인(意中之人)—마음 속에 지목한 사람.
133) 생량(生涼)—가을이 되어 서늘한 기운이 생김.
134) 행구(行具)—행장(行裝).
135) 죽장망혜(竹杖芒鞋)—대지팡이와 짚신의 뜻으로, 먼 길 떠날 때의 아주 간편한 차림새를 이르는 말.

물은 잔원(潺湲)136)하고, 중중한 수목은 참치(參差)137)하여 풍경이 청수하니 가장 별유천지(別有天地)138)에 이른 듯 하더라. 또 수십 리를 가매 한 촌락이 있어 인가가 즐비한데 남으로 삼각산이 첩첩하여 구름 밖에 솟아 있고, 북으로 멀리 임진강이 거울같이 둘러 고기잡는 돛대는 역력히 눈앞에 왕래하고 길가에 한 주점이 있는데, 그 앞에 시냇물이 바위 사이로부터 쟁쟁히 흘러 심히 정결하매 내왕하는 행객이 모두 그 주점에서 쉬더라.

태순이 좌우로 산천경개(山川景槪)를 구경하며 주점 앞에 다다르니, 험한 길에 삐쳐 자연히 몸도 곤뇌(困惱)하고 목도 마른지라. 관(冠)을 벗어 솔가지에 걸고 표주박으로 석천(石泉)에 흐르는 물을 떠서 마시며 바위 위에 걸터앉아 수건을 내어 땀을 씻고 다리를 쉴 새, 주막 주인더러 문산포 이수(里數)를 물으니 겨우 이십 리가 남은지라. 마음에 바빠서 짐꾼을 재촉하여 저물기 전 바삐 가자 하며 낭(囊)139)중에 값을 내어 주인을 주고 길에 오르려 할 즈음에, 문득 산모롱이로 쫓아 교군(轎軍)140) 하나가 그 주점을 향하여 오더니 교군을 놓고 쉬는데, 어떠한 젊은 여자가 교군에서 쫓아 나오더니 나무 그늘 으슥한 곳에 가 서늘한 바람을 향하여 섰다가 태순을 정신없이 건너다보고 무슨 생각을 침착히 하는 모양이라.

태순이 가려던 길을 머무르고 그 여자의 거동을 여겨 보더라. 이 여자는 별사람이 아니라 권첨사의 질녀 매선이니, 그 모친 별세한 후로 권첨사 내외와 동거하더니, 권첨사가 불량한 뜻으로 매선의 집을 전

---

136) 잔원(潺湲)—물의 흐름이 잔잔하고 조용함.
137) 참치(參差)—가지런하지 않은 모양. 흩어진 모양.
138) 별유천지(別有天地)—별세계.
139) 낭(囊)—주머니.
140) 교군(轎軍)—가마.

당(典當)코자 하여 전집(典執)141)하는 사람이 집을 보러 올 때에 매선으로 하여금 알지 못하게 할 계교로, 방학한 동안에 조용한 절에 가 배운 바 서책을 복습하라고 좋은 말로 속여 그 처 임씨더러 데리고 북한사에 가 여름을 지내고 오라 하였더니 임씨가 매선이 태순과 글을 화답하는 양을 보고 행여나 저희가 부부 되면 재산을 다시 간섭치 못하려니 하여 그 이튿날로 문산포로 데리고 갔더니 마침 권첨사의 급히 올라 오라는 전보를 보고 가는 길이라.

매선이 부친의 유언을 굳게 지키고 심랑의 사진을 항상 품에 품고 그 사람을 만나 평생을 의탁코자 하여 여학교에 들어 공부도 할 겸 그 복색은 우리나라 본래 입던 여복과 같지 아니하여 내외(內外)142)하는 좁은 규모가 없는지라. 이에 사람 많이 모인 연설장마다 쫓아다니며 살펴보더니, 다행히 독립관 정치 연설하는 날 마음에 사모하던 얼굴을 보았으나, 다만 그 성이 같지 아니함을 한탄하던 차에 북한사에서 다시 보았으나 여자의 수괴(羞塊)143)한 마음으로 차마 먼저 말을 묻지 못하고 한갓 글을 지어 그 뜻을 시험할 뿐이요, 종시 반신반의(半信半疑)하여 진정치 못하더니, 이곳에서 제삼차 상봉하여 다시 보고 또 볼수록 심랑의 사진과 십분 무의(無疑)한지라144), 규중 여자로 타인 남자를 대하여 말을 물음은 온당한 일이라 못할지나, 부모도 아니 계시고 동기도 없어 사고무친(四顧無親) 외로운 내 몸으로 사소한 예절에 구애하여 평생을 그르침보다 차라리 부끄러움을 무릅쓰고 구곡간장(九曲肝腸)145)에 맺혀 있는 의점(疑點)을 깨쳐 보리라 하고 연보

---

141) 전집(典執)—전당을 잡히거나 잡음.
142) 내외(內外)—남녀간에 얼굴을 바로 대하지 않고 피함.
143) 수괴(羞塊)—부끄럽고 창피스러움.
144) 무의(無疑)한지라—의심이 없는지라.
145) 구곡간장(九曲肝腸)—굽이굽이 깊이 든 마음 속. 깊은 마음 속.

(蓮步)146)를 옮기어 태순 앞으로 오더니 수삽(羞澁)한 목소리로,

"군자의 존성이 심씨가 아니시며, 일찍이 장씨 가(家)에 언약한 일이 있지 아니하시니까?"

태순이 공손히 대답하되,

"소생의 성명은 이태순이어니와, 특별히 약조라 할 것은 없으나 삼사 년 전에 장씨 가와 혼사로 설왕설래(說往說來)한 일은 있나이다."

매선이 말을 들으니 더욱 의혹이 자심(滋甚)하여 또 그 말을 묻고자 할 즈음에, 교군 하나가 또 오더니 나이 근 오십 되는 여인이 두 눈썹에 살기가 등등하여 포악한 목소리로 교군을 재촉하여 매선을 데리고 풍우같이 가는지라, 태순이 넋이 없어서 교군 가는 곳만 바라보고 섰더니, 어떠한 사람이 별안간에 태순의 어깨를 치며,

"이 사람, 무엇을 그리 정신없이 보고 섰나?"

하는 소리에 깜짝 놀라 돌아보며 하는 말이,

"누구인가 하였더니 자네더란 말인가!"

9

층암(層巖)과 절벽(絶壁)이 상대(相對)하여 병풍을 세운 듯한데 높기는 몇백 길인지 알지 못하며, 시내에 둘린 수목은 울울창창(鬱鬱蒼蒼)한데 그 아래 물소리는 길이 굴곡하여 바위 모롱이147)를 둘렀고, 두 언덕 좁은 곳에 한 외나무 다리를 놓아 앞산으로 통하였으며, 그 옆 석각 사이에 냉천(冷泉)이 솟아나매 청상(淸爽)한 기운이 사람의 골수

---

146) 연보(蓮步)―미인의 걸음걸이의 비유.
147) 모롱이―산모퉁이 휘어 둘린 곳.

(骨髓)에 침노하니 이곳은 곧 일산(一山)이라. 절벽 위에 올연(兀然)[148]한 수간 정자(亭子)가 산을 등지고 물을 임하였는데, 한편 벽에 산수도(山水圖)를 걸었고 병에 백합화를 꽂아 놓고 화로에 철병을 올려놓았으며, 그 옆에 찻종을 놓고 두 낱 서생이 의관을 벗어 난간에 걸어 놓고 서로 대하여 앉았으니, 이는 곧 이태순이 문전철을 만나 동행하여 오다가 피서(避暑)함이러라.

태순이 가로되,

"바람도 시원하고 경치도 절승하다. 그러니 아까 주점에서 그대 만나기는 참 의외가 아닌가. 무슨 일을 말미암아 그곳에를 왔던가?"

문전철이 대답하되,

"그대도 아는 바이어니와 옥중에서 놓여 나온 후 이천(利川) 향제(鄕第)[149]로 내려갔더니, 모친의 병환 계시단 말은 실상이 아니고 전혀 나를 불러내려서 슬하에 두시려 하는 뜻이시기로, 사세(事勢)가 그렇지 아니함을 고하고 다시 서울로 올라가는 길이어니와 처음 생각에는 오래간만에 시골을 가니 일이 삭 두류하여 올까 하였더니, 향중 서생들이 모두 전일 풍기(風紀)만 지키고 인순고식(因循姑息)[150]하는 사람뿐이라. 하나도 가히 데리고 말할 만한 자가 없어 나의 취수(就囚) 되었던 일을 듣고 국사범이나 되는 줄로 짐작하고 상종(相從)을 꺼리는 것 같고, 나도 역시 재미 없어 이렇게 속히 오네. 여보게 태순이, 근일에 지방의 녹록(碌碌)한[151] 무리는 모두 쓸 곳이 없데."

하면서 정자 주인을 불러 술 가져옴을 재촉하는지라. 태순이 만류하

---

148) 올연(兀然)－홀로 우뚝함.
149) 향제(鄕第)－고향에 있는 집.
150) 인순고식(因循姑息)－낡은 인습에서 벗어 나지 못하고 눈앞의 평안함만 취하는 것을 이름.
151) 녹록(碌碌)하다－평범하고 하잘것없다.

되,

"그만두게. 우리가 낮에는 술 먹지 말자 약조하지 아니하였나? 그대는 모름지기 옥중에서 한 잔도 아니 먹고 지내던 일을 생각하여 좀 참아 보게."

이에 전철이 고담준론(高談峻論)152)하며,

"대장부가 술을 먹지 아니한단 말인가? 술 있는 강산에 걸사(傑士)153)가 많다는 옛말도 모르나?"

태순이 가로되,

"그대는 술을 편벽(偏僻)154)되어 즐기는 것이 큰 흠절(欠節)155)이니, 사회에 나와서 사업을 하려 하는 사람이 술로 본성을 잃어버림은 불가한 것이니 조심하기를 바라노라."

전철이 앙천대소(仰天大笑)156)하며,

"그대의 범절과 지식은 나의 우러러 보는 바이로되, 술에 대하여는 너무 졸(拙)한 규모를 웃노라. 이번에도 그대를 반가이 만나기는 전혀 술의 공일세. 만일 내가 주점마다 술을 먹느라고 지체치 아니하였더면 수일 전에 벌써 경성에 득달(得達)157)하였을 터이니, 어디 가서 그대를 만났을까."

이와 같이 이야기할 즈음에 주인이 주안(酒案)을 갖추어 나오거늘, 전철이 일배일배(一杯一杯)로 취하도록 마시더니 그때 마침 오래 이별하였던 친구 두 사람이 들어오니 하나는 강순현이요, 하나는 남덕중이라. 한훤(寒暄)158)을 마친 후 오래 만나지 못한 회포를 말씀할 새,

---

152) 고담준론(高談峻論)―고상하고 준엄한 이론.
153) 걸사(傑士)―뛰어난 인사.
154) 편벽(偏僻)―한쪽으로만 치우치는 것.
155) 흠절(欠節)―결점.
156) 앙천대소(仰天大笑)―하늘을 쳐다보고 크게 웃음.
157) 득달(得達)―목적지에 다다름. 목적을 달성함.

술을 새로 가져오라 하고, 네 사람이 한가지로 앉아 술잔을 나누며 각 지방 형편을 담론할 새, 태순이 술잔을 내려놓고 남덕중을 보고,

"남형은 전과 같이 군회(郡會)에 진력하시며 그 지방의 회(會) 형편은 근일에 어찌된 모양이니까?"

남덕중이 탄식하며 대답하되,

"선생도 아시는 바이어니와, 연전에 우리가 서로 동지지인(同志志人)을 천거(薦擧)하여 지회를 조직하매 백사가 진취터니, 이삼 년 후로부터 지방 관리가 민권을 비리(非理)로 속박(束縛)하여 회원이 영성(零星)159)하여질 뿐 아니라, 무슨 의안이 있든지 모두 빙빙과거(氷氷過去)160)할 뿐이니 의회가 있어도 없는 모양이라, 진실로 절통(切痛)할 바이로다."

태순이 가로되,

"정치당이 어지간히 번성하던 귀군이 그 지경에 이름은 천만 의외나, 그러나 무론 무슨 일이든지 한 번 굴(屈)하면 한 번 신(伸)하는 것은 정한 이치라, 오늘날 회의 조잔(凋殘)함을 근심치 말지어다. 이는 타일(他日)에 왕성할 장본이라. 인민이 정치 사상이 없어 의회를 향하여 공동함이 없고 부정체에 경험이 없어 정치상에 깊이 감각이 없음은 면치 못할 사세라. 점차 정치 사상이 진보되어 의회를 공동하는 예론이 강대하면 어떠한 법률을 시행하든지 실제상 이익을 보기 어렵지 않다 하노니, 이는 제일 여자 사회를 개량하여 사치하는 풍속과 비루(鄙陋)161)한 행실이 없도록 하여야 속한 효험을 볼지니, 완고한 습관이 뇌수에 인 박인162) 이십 이상 인물은 말할 것 없고 천진(天

---

158) 한훤(寒喧)―날씨의 춥고 더움에 대하여 말하는 인사. 한훤문(寒喧問).
159) 영성(零星)―수효가 적어서 보잘 것 없다.
160) 빙빙과거(氷氷過去)―'세상을 어름어름 지냄'의 뜻의 신소리.
161) 비루(鄙陋)―마음이 고상하지 못하고 더러움.

眞)163)으로 있는 소아들을 새 정신, 새 사상이 들도록 하자면 여자 사회가 진보되어 집집이 가정 학문이 있은 연후라야 가히 되리라 하나이다."

남덕중이 태순더러 왈,

"아이와 부인 말씀을 하시니 생각이 나는 일이 있나이다. 내가 향일 문산포에 갔다가 주점에서 지나가는 부인을 만나매 연기가 십팔구 세 가량이나 되었는데, 국한문과 양서를 능히 보기로 주인더러 물은즉 경성 사람이라 하더이다. 근래 젊은 부인에는 과연 학문 있는 자가 더러 있으니 업수이 여기지 못하리로다."

태순이 잠시도 잊지 못하는 중 이 사람의 말을 들으매 자연 심히 산란(散亂)하여 진정키 어려워 묵묵히 앉았는데, 문전철이 웃어 가로되,

"근래 여자들이 조그만치 학문이 있으면 너무 주제넘어 남녀 동등 권리나 말끝마다 내세워 가정을 문란케 하니 그야말로 식자우환(識者憂患)164)이라 하노라."

태순이 분연히 대답하되,

"부인의 교육이 발달됨은 사회에 대하여 큰 행복이라 하겠거늘, 문형은 어찌하여 시세 적당치 아니한 말을 하느뇨?"

10

제비는 남으로 가고 기러기는 북으로 감은 인생의 면치 못할 일이라. 문전철은 강순현과 지회를 조직할 일로 파주(坡州) 지방으로 향하

---

162) 인(이) 박이다—여러 번 되풀이하여 습관처럼 아주 몸에 배다.
163) 천진(天眞)—세파(世波)에 젖지 않은 자연 그대로의 참됨.
164) 식자우환(識者憂患)—글자를 아는 것이 도리어 근심을 사게 된다는 말.

여 가고, 이태순과 남덕중은 경성으로 올라오며 양인의 지회 설립 방법도 이야기하고 근일 경성 형편도 문답할 새 태순이 가로되,

"문군이 유여(有餘)한165) 학문으로 매사에 열심함은 매우 감사하나, 원래 술이 과하므로 세상일에 대하여 매양 불평한 말을, 고귀함이 없음을 근심하여 이번에도 매우 권고하여 보내었으니 연설하는 마당에 격분함을 못 이기어 실수나 아니하면 좋을까 하노라."

남덕중이 가로되,

"그는 걱정할 바 아니라 하노니, 유지하다는 사람이라 자칭하는 자가 모두 의식(儀式)만 일삼는 세상에 문전철같이 마음과 말이 한결같은 사람은 별로 없다 하노라."

태순이 가로되,

"그대 말씀이 가장 옳으니, 대개 사람의 상(相)은 지위를 인하여 변하나니, 오늘날 수염을 다스리고 사인 마차(四人馬車)에 올라앉아 노성(老成)한166) 사람을 능모(凌侮)하고167) 협회당을 과격(過激)하다 추직하다 하는 사람들도 개혁하기 전 국사에 분주할 때에는 거개 황당한 거동이 많았으니, 문전철도 뜻을 얻어 상등 사회에 있는 날에는 기상도 자연히 온화하게 되리니, 어느때까지든지 오늘날 모양으로 있지는 아니할지나, 본래 평등의 자유라 하든가 빈부의 평준(平準)이라 함을 좋아하는 남자인 고로 잘못하면 격렬당(激烈黨)이 되지 아니할까 모르겠도다. 서양 제국에서도 하등 인민들이 사회당을 조직하여 사회의 질서를 문란케 함은 다 세상에 뜻을 얻지 못한 학자들이 선동함을 인함이라 하나이다."

이같이 이야기를 하며 가는데, 어떠한 조그마한 아이가 신문 한 장

---

165) 유여(有餘)하다―남을 만큼 넉넉하다.
166) 노성(老成)하다―숙성하다. 노련하고 성숙하다.
167) 능모(凌侮)하다―깔보고 업신여기다.

을 들고 지나거늘, 남덕중이 그 아이에게 신문을 빌어 태순과 나무 그늘 밑에 잔디를 깔고 앉아서 잡보(雜報)부터 차례로 볼 새, 연희장(演戲場) 개량이라는 제목에 이르러 그 취지를 자세히 본즉, 어떠한 유명가의 주장으로 말미암아 연희장의 누습(陋習)을 일체 개량하기 위하여 동지를 구할 새 유지 신사와 신문 기자 제씨(諸氏)가 모두 찬성하는 뜻을 표하였다 하였거늘, 덕중이 보기를 마치고 가로되,

"이는 연희 개량을 발기하는 자가 있는 모양이니 이도 구습의 고루(固陋)함을 고치지 아니치 못할지나, 그러나 오늘날 정치와 사회상에 개량할 일이 허다하거늘, 유지자들이 어느 여가에 그만 일로 떠드는고."

태순이 가로되,

"연희의 필요함을 형이 모르는도다. 동서양을 물론하고 풍속 개량하는 효험이 학교가 제일이라 하겠으나, 그 효험의 속함으로 말하면 연설이 학교보다 앞서고 소설이 연설보다 앞서는데, 소설보다도 앞서는 것은 연희라 하나니, 서양 각국에서는 연희장을 극히 장하게 건축하고 화려하게 설비하였으며, 그 주모(主謀)하는 사람은 상당한 학문이 있어 물정(物情)을 추직하고 고금을 통달하는 고로 연희하는 일이 모두 시세에 적당하여 부인·아동의 구경거리가 아니요, 상등 사회의 심신을 기껍게 하는 처소가 되나니, 그런 고로 각국에는 제왕과 후비(后妃)라도 으레 구경하여 우리나라 연희장과 같지 아니하니, 우리나라 연희장의 건축은 약간 서양 제도를 모방하였으나 다만 외양뿐이요, 그 유희하는 규모는 모두 이십 년 전 구풍으로 압제정치만 알던 시대의 사상을 숭상하여 이도령이니 춘향이니 하는 잡설과 어사(御使)니 부사(副使)니 하는 기구(奇句)를 주장하며, 꼭두니 무동(舞童)이니 의미없는 유희로 다만 부랑자(浮浪者)의 도회장이 되어 문명 풍화(風化)에는 조금도 유익할 바가 없으니, 이는 연희를 설시하는 자가 학문

이 없어 동양의 부패한 풍습만 알 뿐이요, 구경하는 사람도 또한 유의
유식하여 무항산(無恒産)168)한 사람과 경박허랑(輕薄虛浪)169)하여 무
지각(無知覺)한 무리뿐이니 진실로 개탄할 바로다. 하루라도 바삐 그
방법을 개량하여 역사의 선악과 시세의 가부를 재미있게 형용한 후에
야 남녀 구경하는 사람의 안목에 만족할 것이요, 외국 사람에게도 조
소를 면하리로다.”

남덕중이 무릎을 치며 가로되,

“선생의 말씀을 들으니 비로소 연희를 개량함이 필요함이 가히 알
지라. 나도 어디까지든지 찬성하고자 하노라.”

태순이 수건으로 땀을 씻으며,

“날도 대단히 더워진다. 목욕이나 좀 하여 볼까.”

하며 그 앞의 시내 둑으로 나아가 그늘 밑에 의복을 벗어 놓고 물로
들어가려 할 새 마침 어느 두 소년이 겨우 목욕을 마치고 바위 위에
걸터앉아 서로 수작(酬酢)170)함을 들은즉 한 사람이,

“옳지, 그래서 그 여인이 어쩌하던가.”

“매우 어여쁘기도 하려니와 학문도 있데마는 행실은 말 못 되어 이
번까지 몇 번째 신문에 오르내리는지 모르겠네. 일전에 북한사에 가
있는 동안에도 정부(情夫)를 얻은 일이 낭자(狼藉)히 소문이 나서 무인
부지(無人不知)171)라고 신문 잡보에 있데. 대체 그 신문은 무슨 일이
든지 자세한 사실을 일등 수탐(搜探)172)하나 보데.”

“그래, 그 여자가 어느 곳에 산다 하였던가?”

---

168) 무항산(無恒産) — 일정한 재산 또는 생업이 없음.
169) 경박허랑(輕薄虛浪) — 언행이 허황하고 착실하지 못하고 경박하다.
170) 수작(酬酢) — 말을 서로 주고 받는 것.
171) 무인부지(無人不知) — 모르는 사람이 없음.
172) 수탐(搜探) — 수사하고 탐지함.

"남촌 근처라고만 하였고 그 골목 이름은 쓰이지 아니하였으나, 필경 우리가 문산포에 갔을 때 보던 여인인 듯하데."

"옳지, 자네 말이 어지간하이. 그 여인이 인물도 똑똑하고 잔부끄럼이 도무지 없는 것을 보니까 수상은 하던걸. 나는 바삐 먼저 가네."

"나도 바삐 가야 하겠네."

하면서 동서로 각각 헤어져 가더라.

태순이 목욕을 하면서 그 두 사람의 이야기하는 것을 듣고 심중에 헤오되, '남촌 근처 여자로서 북한사에 갔던 사람이라 하니 나 만난 여자가 아닌지 모르겠으나, 그러하나 그같이 학문도 고명하고 처신도 단정한 여자로서 함부로 그러한 행실은 아니할 듯하되, 사람이라 하는 것은 외양만 보고 알지 못할 바라, 어찌된 사실인지 모르리로다. 그러하나 근일 신문은 형적(形迹)도 없는 말도 하도 잘 나니 어찌 믿으리오. 만일 나와 글 화답하던 일을 누가 알고 오전(誤傳)173)하여 애매한 말을 내었으면 진실로 그 여자에게 원통한 일이라 발명(發明)이라도 아닌치 못하겠으니, 하루 바삐 경성으로 가서 자세한 사상을 탐지하리라.'

아무리 생각하여도 마음에 관계가 되매 목욕을 못 다 마치고 그대로 옷을 입고 남덕중과 길을 떠나더라.

11

누대(樓臺)174)가　　참치(參差)175)하고　　수음(樹陰)176)이　　울밀(鬱密)

---

173) 오전(誤傳) - 사실과 틀리게 전함.
174) 누대(樓臺) - 누각과 대사(臺榭).
175) 참치(參差) - 참치부제(參差不齊). 길고 짧거나 또는 서로 드나들어서 가지런하

한177) 중으로 후원을 돌아 들어 육 간 초당이 있으되 분벽사창(粉壁紗窓)178)이 극히 정결하고 뜰 가운데 작은 연못이 있어 금붕어는 물결을 불고 못가에 괴석과 화초분을 느런히179) 놓았으니 한적한 운치가 반점 티끌이 없는데, 방안에 나이 십팔구 세 된 여자가 꽃 같은 얼굴과 눈 같은 살에 담장소복(淡粧素服)180)을 하고 책상을 의지하여 소설을 보다가 입안의 말로,

"여자의 마음은 어느 나라이든지 모두 같도다. 이 미스 세시마례의 정인을 이별하고 각색으로 고생한 것을 보면 눈물을 금치 못할지로다. 이 몸은 초년에 양친을 여의고, 기다리는 사람은 진가(眞假)를 알지 못하니, 이같이 가련한 인생이 어디 있으리오. 그러한 중 숙부라 하는 사람은 진실한 혈속이 아니요 다만 의로 정한 터이라, 외양은 친절한 듯하나 내심은 알지 못할 뿐더러 근일에는 의심되는 일이 한두 가지가 아니기로 맡겨 둔 전재(錢財)181)의 출납한 문부를 보자 하면 이리저리 칭탁(稱託)182)만 하고 종시 보이지 아니하며, 모친의 유언으로 심랑의 소식을 기다리고 있음을 번연히 알면서 타문(他門)에라도 급히 결혼하라 재촉하니, 그 뜻이 가장 괴이함이요, 부친 생전에 무슨 필적을 받아 두었다 하면서 오늘까지 나를 뵈이지 아니함은 까닭을 알지 못하리로다. 동무가 아무리 많아도 모두 계집아이라 쓸데없고, 어느 명민(明敏)하고 친절한 사람이 이때 있다면 무슨 일이든지 모두

지 아니함.

176) 수음(樹陰)―나무 그늘.

177) 울밀(鬱密)하다―수목이 빽빽하다.

178) 분벽사창(粉壁紗窓)―하얗게 꾸민 벽과 깁으로 바른 창이란 뜻으로 아름다운 여자가 거처하는 곳을 이름.

179) 느런히―나란히.

180) 담장소복(淡粧素服)―요란하지 아니한 담박한 화장에 흰옷을 입음.

181) 전재(錢財)―돈.

182) 칭탁(稱託)―어쩌하다고 핑계를 댐.

의논이나 하여 보고 싶으나, 지금 모양으로는 그러한 사람도 만나기 극난(極難)183)하니 마음을 진정할 곳이 없도다.”

하면서 보던 서책을 땅에 던지고 상 위에 있는 수건을 집어 하염없이 흐르는 눈물을 씻더니, 마침 연기(年紀)184)가 오십여 세 가량이나 된 남자가 들어오며,

“네 몸이 그저 편하지 못하냐, 왜 오늘도 학교에를 아니 가느냐?”

하는 자는 본래 장흥(長興) 사족(士族)185)으로, 십사오 년 전에 덕적(德積) 첨사(僉使)186)를 다녀온 권첨사라. 원래 글자는 하되 욕심은 대단한 터인데, 매선의 부친이 처음 경성으로 올라와 사고무친(四顧無親)하여 심히 외로울 때에 권첨사를 만나 동향세의(同鄕世誼)187)만 생각하고 의형제를 한 까닭으로 매선이가 숙부라 칭하는 것이라.

매선이 불편한 기색을 감추고 천연히 대답하되,

“오늘부터 쾌차하오니 염려 마옵소서.”

권첨사가 교의에 걸터앉으며,

“네 병이 낫다니 나의 마음이 얼마쯤 기쁘도다. 너를 보러 들어옴은 다름이 아니라 향래(向來)부터 이삼 차 말하였거니와 이는 첫째는 너의 신세를 위함이요, 그 다음은 자격이 합당한 사람이 있기로 너의 말을 듣고자 하노니, 재삼 생각하여 좋은 기회를 잃지 말지어다.”

하면서 매선의 안색을 살펴보거늘, 매선이 심중에 놀라우나 사색(辭色)188)을 나타내지 아니하고 나직한 말로 대답하되,

“그 말씀은 향래부터 자주 듣자왔으나 숙부께서도 아시는 바, 어버

---

183) 극난(極難) ― 극히 어려움.
184) 연기(年紀) ― 대강의 나이.
185) 사족(士族) ― 문벌이 높은 집안. 또, 그 자손.
186) 첨사(僉使) ― 첨절제사. 조선 때, 각 진영(鎭營)에 속했던 종삼품 무관 벼슬.
187) 동향세의(同鄕世誼) ― 같은 고향의 대대로 사귀어 온 정의.
188) 사색(辭色) ― 말과 얼굴빛. 언사와 안색.

이 생존하였을 때에 약조한 사람이 있었으므로 모친께서 기세(棄世)하실 때에 정녕(丁寧)189)한 유언이 계시고, 소녀도 아직 일이 년 안에는 출가치 아니하려 하나이다.”

권첨사가 갈범190) 같은 소리로,

“옹졸한 소견도 있다. 나도 여러 번 심랑을 보았으나 이는 너의 부친이 무부(珷玞)191)를 진옥(眞玉)으로 보심이라. 인물도 그다지 준수치 못할 뿐 아니라, 무슨 작죄(作罪)를 하였는지 어디로 도망한 이후로 지금껏 그 생사도 알지 못하거늘, 만리 전정(前程)을 생각지 아니하고 이팔 광음(光陰)192)을 허송하라 하심은 너의 모친의 병환중 혼미한 정신으로 하신 난명(亂命)193)이라. 지금 너의 처지에 난명을 준수하여 앞일을 생각지 아니함은 만만불가(萬萬不可)194)하니 고집 말지어다. 네가 아무리 학문이 유여하고 범절(凡節)이 영리한 터이나 종시 계집 아이라. 세사(世事)195)를 알지 못하여 능히 가간사(家間事)196)를 정리하기 어렵기로 내가 실상은 타인이로되 매사를 주선하여 아무쪼록 그르침이 없도록 보살폈거니와 이제는 점점 나이 많이 오매 정신이 현황(眩慌)197)하여 분란(紛亂)한 일은 상관하기 염증이 나고, 반 년간 회계도 계산하기 어려워서 향자(向者)198)에 네게 재촉을 당하였거니와, 너는 일찍이 몸을 의탁하여 집을 보전함이 합당할 듯하며, 또 네가 집

---

189) 정녕(丁寧)－추측컨대 틀림없는.
190) 갈범－칡범. 범을 표범과 구별하여 일컫는 말.
191) 무부(珷玞)－붉은 바탕에 흰 무늬가 있는 옥(玉) 비슷한 돌.
192) 광음(光陰)－세월. 때.
193) 난명(亂命)－숨이 넘어가면서 정신없이 하는 유언.
194) 만만불가(萬萬不可)－아주 옳지 않음. 천만(千萬)불가.
195) 세사(世事)－세상 일.
196) 가간사(家間事)－집안의 사사로운 일. 자기 집에만 관계되는 일.
197) 현황(眩慌)－어지럽고 황홀하다.
198) 향자(向者)－지난번. 접때.

을 맡은 사람이 되었은즉 만일 타처로 가기를 즐기지 아니할진대 내가 데릴사위로 정하여 같이 있어도 무방하며, 나의 말하는 바 남자는 범상한 인물이 아니라 정히 너의 배필이 될 만하기로 강권(强權)함이라. 필경 너도 이전에 일이 차 만나서 얼굴로 알 듯하나 만일 그 사람과 결혼치 아니하면 이는 나의 좋은 뜻을 저버림이라."

하여 달래고 권하는지라.

매선이 마음에 숙부가 무슨 관계가 있어 자기의 즐기지 아니하는 일을 억지로 권하는가 하여 듣기 싫은 말로 대답할 듯하나, 원래 그 성질이 온화한 고로 진정하여 가로되,

"숙부의 말씀이 진실로 감격한 바이오나, 소녀의 사정은 아까도 말씀함과 같아서 그 남자는 아무리 비범한 사람이라도 지금은 결혼할 생각이 없사오며, 듣자오니 서양서는 마음에 합당한 사람으로 부부의 언약을 정한 후 외양으로만 그 부모에게 의논한다 하오니, 은덕(恩德)을 받은 숙부의 말씀을 거역하기는 죄송하오나 다만 결혼 일사(一事)는 소녀의 마음대로 하게 버려 두심을 바라나이다."

권첨사 급급(急急)한 모양으로 가로되,

"아무리 하여도 나의 말을 듣지 못할 터이냐?"

매선이 대답하되,

"결단코 이 말씀은 봉행(奉行)199)치 못하겠나이다."

권첨사 얼굴에 푸른 힘줄이 일어나면서 담뱃대로 재판을 두드리며 고성(高聲)하여 수죄(數罪)를 할 듯하다가 별안간에 좋은 말로,

"옳지, 그러하지. 너의 마음이 기특하다. 인자(仁者)된 도리에 그러하지 아니하면 불가하니 나의 말을 자세히 들어라. 너의 말이 그러할진대 무슨 일이 있든지 부모의 유언을 지키고 변치 아니코자 하느냐?"

---

199) 봉행(奉行)─웃어른이 시키는 대로 좇아서 행함.

매선이 응답하되,

"이는 다시 물으실 바 아니로소이다."

권첨사가 가로되,

"그리할진대 너는 장씨의 재산을 자기의 물건으로 알지 못하리로다."

매선이 변색하여 고하되,

"이는 숙부의 말씀이라도 알지 못할 바이오니, 소녀가 비록 계집아이오나 부모의 후를 이은 몸이 되어 자기의 재산을 자유로 못한다 하심은 무슨 까닭인지 모르나이다."

권첨사 가로되,

"너의 생각이 저러하기로 부당한 고집으로 나의 이르는 말을 듣지 아니하는도다. 자식을 알기는 아비 같은 이가 없다 하더니, 너의 부친의 지감(知鑑)200)이 있음은 탄복할 바이로다. 매선아, 이것을 보아라."

하면서 네모진 얼굴을 뒤틀고 입속으로 중얼중얼하면서 손궤 속에서 편지 한 장을 내어 주거늘, 매선이 괴상히 여기며 즉시 받아 보니 자기 부친 생전에 권참사에게 유언으로 부탁한 것이라. 그 글에 하였으되,

'나의 사후(死後)에 여식 매선으로 집주인을 삼고 그대는 뒷배201) 보는 사람이 되어 일가의 재산을 정리하여 주심을 바라노니, 일찍이 여식이 심랑과 결혼하여 데릴사위 삼기를 경영하였더니, 그후에 심랑이 종적을 감추어 간 바를 알지 못하니 만일 나의 사후에 삼 년 내로 심랑이 돌아오면 전 언약을 좇아 부부를 삼고 일가의 재산을 사양하여 줄 것이요, 만일 이 기한이 지나도록 심랑은 돌아오지 아니하고 매

---

200) 지감(知鑑)−지인지감(知人之鑑). 사람을 잘 알아 보는 감식(鑑識).
201) 뒷배−표면에 나서지는 않고 남의 뒤에서 보살펴 주는 일.

선이 다른 곳에 출가하기를 불긍(不肯)202)하거든 재산을 십분의 일만 분깃203)하여 주어서 각거(各居)204)하게 하고 장씨의 후를 이을 사람을 양자하여 영구히 재산을 보전케 함을 원하노니, 아무쪼록 범연(泛然)205)히 마심을 바라노라.'

매선이 불의에 이 유서를 보고 기가 막히나, 원래 지혜 있는 여자인 고로 마음을 진정하여 두세 번 그 유서를 훑어보고 접어서 도로 권참사를 주며 왈,

"부친의 유언이 이러하실진대 일후에 숙부의 말씀을 좇으려 하나이다. 그러하나 부친 병환 중에 소녀와 모친이 주야에 부친 곁에 있어 여러 가지 유언을 자세히 들었사오나, 이러한 유서를 숙부에게 드렸다 하시는 말씀은 듣지 못하였나이다."

하면서 이야기하는 중이라도 그 양친의 병중사(病中事)를 생각하고 눈물이 비 오듯 하거늘 권첨사는 보지 못하는 체하고 말하되,

"너의 부친 하세(下世)하시던 사오 일 전에 뵈오러 갔더니 그때 마침 너도 없고 너의 모친도 계시지 아니한데 이 유서를 가방 속에서 내어 주시며 기외(其外)206)에 다른 일도 모두 부탁하시던 것이 지금도 목전(目前)에 뵈옵는 듯하다. 아무리 기질이 좋은 사람이라도 대병 중에는 평상시와 다르니 아마 잊으시고 너에게 말씀을 못 하셨나 보다."

매선이 웃음을 머금고 말하되,

"말씀과 같을진대 한 가지 알지 못할 일이 있소이다. 부친 병환시에 숙부께서는 고향에 가 계시고 경성에 계시지 아니 하셨다가 겨우

부친 하세하시던 전날에야 비로소 오시지 아니하였삽나이까.”

권첨사가 말이 막혀 묵묵히 있다가,

“이는 내가 잘못 생각하였다. 늙어지면 정신조차 없어져서 삼 년 된 일을 아득히 잊어버렸도다. 다시 생각한즉 이 유서도 역시 그 전날 받았나 보다.”

매선이 권첨사를 잠깐 흘겨보더니,

“그 유서를 다시 한 번 보여주시옵소서.”

하면서 받아 펴들고 가로되,

“숙부는 이것을 자세히 보옵소서. 이 글씨가 부친의 필적과 흡사하오나 먼저 쓴 글씨는 부친의 명함 쓴 글씨보다 먹빛이 다르기로 나중에 써서 넣은 모양 같아 뵈오니 어인 일인지 이상하여이다.”

권첨사가 소리를 높여 말하되,

“이 글씨를 어디로 보아 이필(異筆)이라 하여, 소위 숙부라 하며 필적 위조(僞造)한 흉악한 무리로 돌려보내느냐. 매선아, 자세히 나의 말을 들어 보아라. 나도 원래 벼슬 다니던 사람으로 세상일도 짐작하는 터이요, 그뿐 아니라 이 유서를 그 사이 법률을 정통한 사람들에게 뵈고 그 말도 들어 보았거니와, 네가 아무리 고집하여도 이미 삼 년 기한이 지났으니 나는 너의 부친의 유서와 같이 가합(可合)한207) 자를 양자하여 장씨의 후를 잇는 것이 당연한 일이라. 만일 재판을 할진대 대언인(代言人)이 되어 결단코 이겨 보겠다 하는 사람도 여럿이 있더라마는, 너를 보아 아직 거절하고 친절한 마음으로 출가하기를 권하나 너는 고마운 생각은 없고 도리어 정녕 무의(無疑)한 유서를 위조하였다 하니, 이 어찌 숙부를 대하여 네가 차마 할 말이리오.”

하면서 이를 악물어 사람을 씹어 삼킬 것같이 하거늘 매선이 부복(俯

---

207) 가합(可合)하다―무던하여 합당하다.

伏)208)하여 이윽토록 말이 없다가 돌이켜 생각하고 가로되,

"소녀가 잘못하였사오니 용서하심을 바라나이다. 이렇듯 부친의 유서도 있사오니 숙부의 말씀을 봉행하여 일찍이 신세를 정하리이다."

권첨사는 가장 곧이듣고,

"벌써부터 나의 말을 순종하였으면 이치를 장황히 말할 것도 없고 큰소리도 아니 하였으리로다. 너의 말을 들으니 내가 안심하노라."

하면서 저의 마누라를 불러 내니 권첨사의 마누라 임씨가 장지를 열고 들어와 매선의 곁에 앉아서 쪼그라진 입에 버스러진 이가 입술 밖으로 나오며 호호 웃더니,

"너는 효행이 있는 아이라 기특하다. 너의 부친이 지하에서 기꺼워하시리로다. 지금 급히 출가하라 함도 아니니 천천히 상당(相當)한 사람을 기다리는 것도 좋을지라. 매선아, 좀 웃어나 보려무나. 무슨 일을 그다지 생각만 하느냐."

그때 마침 하인이 뜰 앞에 와 고하되,

"작은 아씨, 문밖에 송교관이 오셔서 그 누이님의 말씀을 전하고자 하여 잠깐 뵈옵기를 청하더이다."

매선이 이르되,

"오냐, 무슨 일인지 모르거니와 나도 할 말씀 있으니 잠깐 계시라 하여라. 지금 나가마."

하고 문간으로 향하여 가니, 권첨사가 그 노처(老妻)를 대하여 숨을 휘이 내어쉬며,

"계집아이가 주제넘게 글자를 보아서 세밀한 일까지 모르는 것 없으므로 이번에 내가 땀을 흘렸도다. 그러하나 저의 부친의 도장 찍힌 유서가 있는 데는 하릴없을지니 하상천의 지혜는 짐짓 탄복할 바이

---

208) 부복(俯伏)―고개를 숙이고 엎드림.

오. 이외에 송교관이 잘 꾀었으면 하상천과 혼인의 십분의 구는 되기 무려(無慮)209)할지라. 종자이후(從茲以後)210)로 전당 잡힌 문서도 발각될 염려가 없을 뿐 아니라 천 원이나 되는 큰 돈이 손에 들어올지니 어찌 다행치 아니리오. 마누라 여보오, 하인 불러 앞집에 가서 술이나 좀 받아 오라 하오. 우리 이 일 잘되라고 축원을 하여 봅시다.”

12

낙자 정정하여 바둑 두는 소리에 백 일은 일 년같이 길고, 제비는 쌍으로 날아드는 곳에 한 사람은 연기가 삼십 내외간쯤 되었는데, 높은 코와 큰 눈에 안색이 백설 같아 당당한 장부의 기상이 사람을 압도할 만하고, 무슨 일을 생각할 때마다 미간에 내 천자로 주름이 잡히니 이는 별 사람이 아니라 그 집 주인 하상천이니, 머리에 정자관(程子冠)211)을 쓰고 몸에 생주주의(生紬紬依)212)를 입고 청공단 보료에 안석(安席)을 의지하여 앉았고, 벽상에 전렵도(畋獵圖)를 걸었으며, 화병에 백일홍 두어 가지를 꽂았고 책상 위에 법규유취(法規類聚) 이삼 권이 있고, 그 옆에 수십 장씩 묶은 문부가 쌓여 있으니, 이는 여러 사람의 재판하기 전 미리 감정하기를 부탁한 문적이러라. 또 한 사람은 추포주의(麤布紬依)213)를 입고 죽립(竹笠)214)을 썼는데 둥근 얼굴에 단소(短小)한 남자이니 이는 송군서라. 사오 년 전부터 하상천의 집

---

209) 무려(無慮)—아무 염려할 것이 없음.
210) 종자이후(從茲以後)—이제부터 뒤.
211) 정자관(程子冠)—말총으로 짜거나 떠서 만들어 쓰던 유생(儒生)의 관.
212) 생주주의(生紬紬依)—생사(生絲)로 짠 명주옷.
213) 추포주의(麤布紬依)—발이 굵고 거칠게 짠 베옷.
214) 죽립(竹笠)—조선 때, 중이나 부녀자들이 쓰던, 가는 대오리로 만든 갓.

식객(食客)이 되었더니, 근일에 스스로 대언인 사무에 종사할 새 항상 하상천의 지휘를 받아 분주하더라.

이때 하상천이 송교관을 대하여 말하되,

"바둑을 두고 나면 너무 더워 견디지 못하겠으니 좀 쉬어서 두어 보세. 그러하나 여보게 송교관, 그 일은 매우 잘되지 아니하였는가. 나도 독립회 연설장에서 그 여자를 만난 후로부터 매우 유의하여 수소문을 하여 보고 영어 학당에 다니는 것을 알았더니, 다행히 그대의 매씨(妹氏)215)와 함께 그 학교에서 공부하므로 나의 사정을 그대에게 부탁하여 그 근지(根地)216)를 알아본즉 부모도 형제도 없다 하기에 으레 될 줄로 생각하였더니, 그 여자가 당초에 계약한 남자를 기다리고 있기로 아무리 권면(勸勉)하여도 청종(聽從)217)치 아니한다는 말을 듣고 다시는 생의도 못할 줄로 알았더니, 마침 권첨사가 채전(債錢)218)에 못 견디어 그대를 소개하여 나에게 타첩(妥帖)219)할 방책을 묻지 아니하였나. 그래 내가 자세히 탐지하여 본즉 그 여자의 가권(家眷)을 모르게 전당 잡힌 곡절일세그려. 만일 이 일을 그 여자가 알고 보면 기외의 맡은 돈 사용한 것까지 발각이 될 사세기로 곤란함을 면치 못하겠다고 좋은 방침을 지시하여 달라기로, 나의 소망을 말하여 그 여자와 결혼시켜 주면 천금으로 보수하여 그 채전을 청장(淸帳)220)하게 하여 주마 하였더니 권첨사는 응낙을 하였으나, 다만 그 여자가 출가할 마음이 없으니 권첨사는 주선할 도리가 어디 있나. 할 수 없이 권첨사더러 그 여자의 부친 도장 찍힌 휴지를 얻어 보라 하였더니 일이

---

215) 매씨(妹氏)-남의 누이를 높여 부르는 말.
216) 근지(根地)-자라온 환경과 경력.
217) 청종(聽從)-이르는 대로 잘 들어 좇음.
218) 채전(債錢)-빚진 돈.
219) 타첩(妥帖)-별 사고(事故) 없이 일이 끝남.
220) 청장(淸帳)-빚 등을 다 갚아 셈을 밝힘.

되느라고 마침 적당한 것을 가져왔기로 약시약시(若是若是)221)하게 유서를 꾸며 낸 것은 진실로 신기한 묘산(妙算)이 아닌가. 일전에 권 첨사가 그 유서를 보이고 출가함을 강권하였더니 그 여자도 하릴없이 허락을 하더라니 외양 형편으로 보면 거의 될 듯 하나, 그러나 그대가 다시 힘을 다하지 아니하면 되지 못할지니 나의 소망을 저버리지 말 지어다."

송교관이 대답하되,

"전일에 선생의 부탁을 들은 고로 고향에 돌아가 있는 누이의 전하 는 말이 있다 청탁하고 그 여자의 눈치를 보러 갔더니 그 여자가 여 러 말끝에 묻기를, 그대는 대언인이 되신 터이니 이러한 일을 알으실 터이어니와 여자라도 부모의 재산을 상속한 지 이삼 년이 지났는데 살림 뒷배보는 사람이 졸지에 부친의 유서가 있다 칭하고 별로 양자 를 데려오고 그 여자를 쫓아내는 일이 법률 규정에 있나이까 하기로, 나는 그 이허(裏許)를 짐작하나 짐짓 알지 못하는 체하고 어떠한 법률 은 현란(眩亂)한222) 사건도 있기로 용이히 판단하기 어렵거니와, 우리 나라에서 현행하는 법률은 서양 각국과 같지 아니하여 재판소에서는 무슨 일이든지 종물권을 시행한다 대답하였은즉 그 여자가 아무리 영 악하여도 하릴없이 권첨사의 지휘를 좇으려니와, 그러나 선생같이 규모 있는 터에 아무리 일대 절색이요 학문이 있다 한들 천 원이나 되는 전 재를 허비하려 함은 무슨 생각인지 나는 조금도 알지 못하는 바이라."

하상천이 수염을 쓰다듬으며 가로되,

"이는 두루 생각하는 바이 있음이니 정실(正室)은 부모가 주혼(主婚) 하신 바이로되 그 용모가 험악할 뿐 아니라 마음에 합당치 못한 일이

---

221) 약시약시(若是若是)—여차여차.
222) 현란(眩亂)하다—정신이 어수선하다.

많은 고로 본가로 쫓아 보내고 그 후에 전주집을 데려왔더니 자식까지 낳았기로 길래[223] 같이 지낼 줄 알았더니 그 역시 불합할 뿐더러 근래 사회의 풍조가 변하여 오므로 차차 부인들도 공회 같은 데 참례(參禮)하는 일이 있으니 아직은 경장(更張)하던 처음이라. 사녀(士女)[224]의 품행이 문란한 결과를 인하여 행실이 없는 부녀라도 함부로 귀부인 좌석에 섞이는 일이 있으되, 멀지 아니하여 필경 서양 풍속을 본받아 품행이 단정치 못한 부녀는 상등 사회에서 받지 아니하리니 창기(娼妓)[225]의 무리로 가속을 삼는 것은 창피할지라. 우리도 타일에 뜻을 얻어 내외 신사를 교제하려 한즉 아무쪼록 시세에 합당한 부위을 취하지 않으면 불가할지라. 그 여자는 인물도 불조치 아니하고 학문도 있으며 영서도 능통하다 하니 아내를 삼아도 부끄럽지 아니할 바요, 기외의 재산도 있다 하니 우리나라는 부부간에 재물을 각각 구별하는 법률이 확정치 아니하였은즉 한번 혼례하면 그 여자의 재산이 모두 나의 차지 될지요, 성사한 후에는 천 원 돈도 허비할 필요가 없으니 다만 입으로 말만 하여 증거가 없을 뿐 아니라, 권첨사도 남의 유서를 위조하였다 하는 밑 구린 일이 있으니 어찌 능히 나를 정소(程訴)[226]하여 재판을 청하리오."

송교관이 그 말을 듣고,

"선생의 묘산은 진실로 귀신도 측량치 못할 바어니와, 그러하나 잘못하면 여의치 못할까 하나니 별로이 주의치 아니하면 불가하리로다."

하상천이 묻되,

---

223) 길래—오래도록 길게 내쳐서.
224) 사녀(士女)—선비와 부인.
225) 창기(娼妓)—몸을 파는 천한 기생.
226) 정소(程訴)—정장(呈狀). 소장(訴狀)을 관청에 받침.

"무슨 일을 이름이뇨?"

송교관이 가로되,

"근일에 풍편(風便)으로 들으니 그 여자가 이태순과 벌써 언약을 굳게 하였다 하니, 선생은 알아서 주선할지어다."

하상천이 의외에 이 말을 들으매 기가 막혀 이윽토록 손끝을 비비며 생각하더니 홀연히 무릎을 치고 웃으며 가로되,

"한낱 우직(愚直)한 이태순과 암약(暗躍)227)한 여자를 어찌 처치할 도리가 없으리오."

하면서 입을 송교관의 귀에 대고 약시약시하라 하니 송교관이,

"옳지, 그 신문 기자는 선생과 친분도 있을 뿐 아니라 사람을 비방하기 좋아하느니, 부탁만 하면 아니 될 이치가 없으니 지금 가는 길에 말하여 보리로다."

하상천이 또 송교관더러,

"여보게, 그리하고 또 약시약시하게."

송교관이 고개를 끄덕이며,

"옳지, 그렇지. 꼭 될 일이지."

하상천이 또 말하되,

"그러하고 그 부비는 약시약시하게."

13

일쌍(一雙) 청조(淸鳥)가 매화 가지 위에서 꽃을 희롱하니 향기 가지에 가득하도다.

---

227) 암약(暗躍)—암중비약(暗中飛躍). 세상에 알려지지 않도록 이면에서 책동함.

“나는 청조 되고 너는 매화 되어 나래가 향기 꽃에 떠나지 말고지고. 여보게 옥도씨, 노래나 좀 부르게. 임주사, 술 한 잔 더 자시게.”

하며 너스레를 늘어놓는 사람은 송교관이요, 단아한 모양으로 권하는 술을 사양하며 별로 말도 아니하고 웃지도 아니하는 사람은 이태순이라. 송교관이 태순더러,

“내가 노형의 입성하심을 듣고 반가이 말씀도 하고 누설의 욕보시던 일도 위로할 차로 오늘 이곳으로 감히 오시라 함이어늘, 술도 아니 자시고 담화도 아니 하시니 도리어 섭섭하여이다.”

태순이 강잉(强仍)228)히 웃으며 대답하되,

“이처럼 부르신 성의는 감사무지(感謝無地)하거니와 소제(少弟)는 본래 졸직(拙直)229)한 성미라 질탕(佚蕩)히 수작(酬酌)을 못하니 형의 뜻을 저버림 같아 심히 불안하도다.”

곁에 있는 임주사는 송교관의 친구라. 술잔을 들어 태순에게 권하며 말하되,

“선생이 근일에 산수(山水) 좋은 곳에 유람하셨다 하오니 어디 경치가 가장 아름답더뇨?”

태순이 대답하되,

“별로 여러 곳도 가지 못하였고 또 행색이 총총하여 경치를 구경치 못하였으나, 일산에서 문전철이라 하는 친구와 그 외 유지인 수인을 만나 수일 두류하였는데 수석이 매우 절승하더이다.”

송교관이 말을 무지르며230),

“여보, 절에 가면 중 이야기하고 촌에 가면 속인 이야기한다고, 오늘밤 이 좌석에서는 술이나 먹고 옥도나 데리고 놀아 봅시다.”

---

228) 강잉(强仍)―부득이(不得已) 그대로 함.
229) 졸직(拙直)―고지식하고 융통성이 없음.
230) 무지르다―물건의 한 부분을 잘라 버린다는 뜻으로 중간에 말을 끊어버리다.

하며 옥도에게 곁눈질을 하니, 옥도가 연해 태순의 눈을 맞추며 술을
부어 들고 온갖 아양을 모두 부리나, 태순은 조금도 요동(搖動)치 아
니하고 있다가 송교관을 돌아보며,

"이 동안 전성조도 평안하며 어느 곳에 머무느뇨?"

송교관이 대답하되,

"형은 아직 그 소문을 듣지 못하였도다. 성조가 형을 모함(謀陷)한
죄로 반좌율(反坐律)231)을 당하여 지금까지 감옥서에 있거니와, 성조
와 형이 무슨 큰 혐의가 있기로 그런 흉칙한 마음을 먹었느뇨?"

태순이 탄식하되,

"그 사람이 나를 모함함은 그 뜻을 모르거니와 평일에 교분이 가까
워 별로 감정이 없노라."

송교관이 웃으며,

"형이 나를 속이는도다. 나는 전설(前說)로 들으매 성조와 친밀히
지내는 여자가 형과 가까워 형의 여비까지 담당하여 준 일을 알고 시
기하여 그리함이라 하더이다."

태순이 정색하여 발명하고 내심으로는 의혹이 자심한데, 임주사가
신문 한 장을 들고 차례로 보아 내려가다가 어느 여자의 이야기를 보
는 모양이더니 박장대소(拍掌大笑)하며 송교관을 바라보거늘 송교관
이 묻되,

"무슨 말이 있나? 여럿이 듣도록 크게 읽어 보게."

임주사가 소리를 높여 가로되,

"남촌 근처인데 골목 이름과 통호수는 자세치 못하나 면담에 석회
칠하고 수목이 울밀한 중에 후원 초당 있는 집이요, 그 이름은 매화라
하던지 매향이라 하던지 하는 여자인데, 그 자색(姿色)이 절등(絶

---

231) 반좌율(反坐律)―거짓 고자질한 사람을 같은 죄로 벌하는 형률.

等)232)하여 달이 시기하고 꽃이 부끄러워하는 듯할 뿐 아니라 개명(開明)한 학문도 있기로 근처에 소문이 유명하여 사람마다 흠모하는 바이더니, 청보(靑褓)에 개똥을 쌌다는 말과 같이 그 여자가 음란한 행실이 한두 번 아니라 일전에도 신병(身病)이 있어 피접(避接)233)간다 청탁하고 북한사에 가 있더니."

하며 자주 곁눈질을 하며 태순을 흘금흘금 보니, 태순의 안색이 자연 불안하더라. 임주사가 소리를 돋우어 또 보되,

"그 절에서 어느 남자를 사귀었던지 돌아오는 길에 그 소년을 보고 남이 부끄러운 줄 모르고 교중(僑中)234)에서 은밀한 약조를 정한 후 경성으로 돌아왔다 하니 아무리 인물이 절색이요, 학문이 고명하다 할지라도 이러한 행실이 있을진대 그 이름을 매선이라 함이 부끄럽도다. 매화라 하는 것은 절개가 높은 꽃이니 어찌 음행이 저러한 여자의 비할 바리오. 이는 진실로 매화를 욕되게 함이로다."

보기를 마치매 신문을 무릎 위에 놓고 송교관을 보며 말하되.

"남촌 근처 있다 하니 일전에 말하던 그 여자가 아닌가?"

송교관이 가로되,

"전후의 사정을 생각하여 보면 알 듯한 일이 아닌가. 대저 은밀한 일은 소문나기가 쉬운 법이니."

옥도가 옆에서 말하되,

"어느 곳 사람인지는 모르나 그러한 일까지 신문에 오르니 견딜 수 없으리로다."

송교관이 웃으며,

"너의 일도 자주 신문에 나기로 이른바 과부 설움은 동무 과부가

---

232) 절등(絶等)-절륜(絶倫). 매우 두드러지게 뛰어나다.
233) 피접(避接)-비접. 병중에 자리를 옮겨 요양함.
234) 교중(僑中)-객중(客中). 객지에 있는 동안.

안다 하더니, 너를 두고 하는 말이로다.”

태순이 넋을 잃은 듯이 듣고 있더니 별안간 안색이 불쾌하여 송교관을 보며,

“그대는 그 신문에 게재(揭載)된 여자를 일찍이 아는 사람인가?”

송교관이 대답하되,

“나의 누이와 한가지로 학교에 다닌 여자인 고로 자세히 아노니, 용모는 그다지 추물은 아니요 재주도 있으나, 계집아이로서 연설장으로나 쫓아다니고 그 외 행실이 괴악(怪惡)하여 조금 마음에 있는 남자를 보면 각색 천한 행동으로 그 정신을 미혹(迷惑)하여 전재를 빼앗다가 그 남자가 저의 욕심대로 주지 아니하면 즉시 거절하고 또 다른 남자를 친하기로 이번까지 몇 번이나 신문에 나는지 모르겠으니, 대저 여자라 하는 것은 외양으로만 보고 알지 못할 것이어늘, 그러한 계집에게 속는 남자야 일개 천치라 말할 것 없나니라.”

하면서 무심히 하는 말같이,

“노형, 그 사이 북한사에 유람하셨다 하니 그 여자를 혹 만나지 못하였는가?”

태순이 알지 못하는 모양으로 대답하되,

“그러한 여자를 어디서 보았으리오.”

입으로 대답은 하면서 마음에는 심히 불평하더라.

아무리 태순같이 재덕이 겸비한 사람이라도 이때까지 매선과 깊은 교제가 없고 다만 일차 담화를 들은 후로 재색을 흠선(欽羨)할 뿐이요, 그 사람됨은 자세히 알지 못할 터이라. 옛적에 증자(曾子)235)의 어머니 같은 이도 그 아들이 살인하였다 함을 세번째 듣고서는 베틀 위에서 짜던 북을 던지고 달아났다 하는 말도 있으니 십벌지목(十伐之

---

235) 증자(曾子)—중국 춘추시대 노(魯)나라 사상가.

木)236)은 자고로 없는지라. 일전에 일산에서 두 서생의 말을 듣고 의심하던 중 이번 신문 게재된 일을 보고 또 송교관이 그 소행을 자세히 알아 신문과 조금도 다르지 아니한즉 스스로 의심을 풀지 못하여 불쾌한 감정이 불 일 듯 하되 사색을 남에게 알림은 불가한 고로 짐짓 다른 이야기도 하며 억지로 진정코자 하나 도저히 어려운지라, 옥도의 권하는 술을 못 이기는 체하고 오륙 배를 마시니, 본래 주량이 크지 못한 사람으로 자연 대취(大醉)하여 정신이 몽롱하더라.

<h2 style="text-align:center">14</h2>

동창(東窓)에 해가 비치고 문 외에 거마(車馬)가 분분237)한데 방문 밖에서 인적이 있더니,

"서방님, 기침(起枕)하여 계시니까?"

태순이 이불 속에서 머리를 들고 창을 밀치니 금년이 웃음을 머금고 묻되,

"어젯밤에 매우 취하신 듯하옵더니 곤뇌하지 아니하시니까?"

태순이 가로되,

"먹을 줄 모르는 술을 과음하여 정신없이 취하였더니 두통도 나고 목이 말라 견딜 수 없으니 냉수 한 그릇 가져오기를 청하노라. 그러나 내가 어느 때에 주인집에 돌아왔느뇨. 아주 기억치 못하겠도다. 무슨 실수나 아니 하였는가?"

금년이 가로되,

---

236) 십벌지목(十伐之木) - '열 번 찍어서 아니 넘어가는 나무가 없다'와 같은 뜻.
237) 분분(紛紛) - 뒤숭숭하게 시끄럽다.

"밤이 너무 늦었으되 오시지 아니하시기로 주인 서방님께서 염려하시고 인력거를 데리고 가시더니 새로 두점 가량은 되어 모시고 오셨나이다. 서방님은 평생에 조심을 하시고 술을 과음하지 아니하시더니 이번에는 이상한 일이라고 여러분이 말씀하셨나이다."

하며 일봉 서간(書簡)238)을 허리춤에서 내어 드리는데, 피봉의 필적이 전자의 무명씨 돈 보내던 편지와 흡사하거늘, 태순이 떼어 보니 한 장 청첩이라. 사연에 하였으되,

'노상에서 잠시 말씀함은 여자의 행실이 아니온 듯 수괴(羞愧)239)하옴을 이기지 못하오며, 존가(尊家)240)가 입성하심을 듣고 구의봉 구름을 헤쳐 만리 앞길을 열고자 하오나 여자의 몸이 되어 먼저 탑하에 나가지 못하옵고 두어 줄 글월을 부치노니, 외람타 마시고 쑥문으로 하여금 빛이 나게 하심을 바라나이다.'

태순이 보기를 마치매 작야(昨夜)241)에 보던 신문과 송교관의 말이 문득 생각이 나며, 그 편지 보기도 자기 몸을 더럽힐 듯하여 쭉쭉 찢어 화로에 떨어뜨리고 정대(正大)한 말로 금년이더러 이르되,

"이 다음에는 이 같은 서간(書簡)이 오거든 받아 들이지 말지어다."

금년이 무료히 섰다가 가로되,

"소녀가 서방님을 여러 달 모시고 지내매 범절(凡節)이 인후(仁厚)하여 박행(薄行)242)하심을 뵈옵지 못하였더니, 오늘 하시는 거조(擧措)는 실로 생각던 바 아니로소이다."

태순이 잠잠히 있거늘, 금년이 또 말하되,

---

238) 서간(書簡)—편지.
239) 수괴(羞愧)—부끄럽고 창피스러움.
240) 존가(尊家)—상대방의 경칭.
241) 작야(昨夜)—어젯밤.
242) 박행(薄行)—경박한 행동.

"소녀가 열인(閱人)243)은 많이 못 하였사오나 이 아가씨같이 무던하신 이는 다시 못 보았고, 또 서방님께 향하여 마음쓰심이 실로 범연(泛然)치 아니하시거늘, 오늘날 이같이 냉대하심은 어떤 연고니이까?"

태순이 의아하여 재삼 생각하다 가로되,

"그 여자를 네 어찌 그같이 자세 알며 내게 향한 마음이 무엇이 있느뇨?"

금년이 대답하되,

"그 아씨는 권첨사 댁 작은 아씨인데 수차 부르시기에 가 뵈왔삽거니와 인품도 좋으시고 재질도 좋으셔 평생에 서책을 많이 보아 학문이 유여하신데, 행실(行實)도 단정하실 뿐 아니라 비복(婢僕)244)들에게도 은애(恩愛)로 무마하시므로 칭찬 아니하는 사람이 없사오며, 의로 맺은 숙부에게도 지성으로 봉양하시는 것을 보오면 어느 누가 감동치 아니하오리까. 먼젓번에 서방님께 식비 보내시던 이름 없는 편지도 어디서 온 것인지 몰랐더니, 이동안 알아본즉 그 아씨께서 유지하신 양반의 곤란 겪으심을 애석(愛惜)히 여겨 보내신 것이라 하더이다."

태순이 고개를 숙이고 있다가 가로되,

"네 말과 같을진대 가히 아름다운 여자라 하겠으나, 그러나 괴이한 소문이 신문상에 올라 세상에 낭자함은 어쩐 연고인지 모르리로다."

금년이 대경(大驚)245) 소리하여 가로되,

"서방님께서도 그런 말을 곧이들으시고 이같이 말씀하시니 진실로 한심하여이다. 근일 신문에 해괴(駭怪)한 말을 기재하여 사람의 이목(耳目)을 의혹케 함은 정녕히 심사 불량한 권첨사 영감과 어느 양반이라던지 성명은 잊었사오나, 그 아씨를 욕심내어 백 가지로 결혼하기

---

243) 열인(閱人)―다수인을 겪어 봄.
244) 비복(婢僕)―계집종과 사내종.
245) 대경(大驚)―크게 놀람.

를 꾀하다가 뜻과 같지 못하여 함혐(含嫌)246)하고 있는 자가 흉측한 계교로 욕설을 주작(做作)247)하여 신문에 내인 것인 듯하오니, 바라건 대 서방님은 소인(小人)의 참소(讒訴)248)로 옥 같은 아씨를 의심 말으 소서.”

태순이 이리저리 생각하다가 금년의 말을 들으니 사리(事理)가 그 러할 듯하고, 또 간밤에 신문 보던 임주사라 하는 자의 얼굴이 일산서 목욕하며 이야기하던 사람과 방불함249)을 의아하였더니 비로소 짐작 이 나서는지라. 필연(筆硯)250)을 내어 놓고 답서(答書)를 써 금년을 주 고 즉시 전함을 부탁한 후 홀로 앉아 탄식하되,

‘북한사 노파로 하여금 나에게 전케 한 글을 생각컨대 족히 그 여자 의 일정한 뜻과 인심의 파측(叵測)한251) 것을 알 것이요, 또 송교관은 본래 빈한한 사람으로 다수한 전재를 허비하여 가당치 아니한 대탁 (大卓)252)을 차림은 이상할 뿐더러 조좌(稠座)253)중에 신문을 낭독하 며 그 여자의 흠언(欠言)을 광포254)하고, 또 옥도로 하여금 술을 강권 하여 나의 대취함을 주선함은 모두 무슨 사단(事端)이 있음이어늘, 전 후 사정을 생각지 아니하고 사람의 선동한 바 되어 일시의 분으로써 은의 있는 여자를 불평히 여김은 나의 몰각(沒覺)함이로다. 국가의 경 륜을 품고 복잡한 사회에 나와 사업을 이루고자 하면서 부정한 무리의 농락(籠絡)에 빠지고 어찌 세상의 유명한 정치가가 되기를 기약하리오.

---

246) 함혐(含嫌)－싫어하는 마음을 품음.
247) 주작(做作)－없는 사실을 꾸며 만듦.
248) 참소(讒訴)－남을 헐뜯어 없는 죄를 있는 것처럼 꾸며서 고해 바침.
249) 방불(彷佛)하다－비슷하다.
250) 필연(筆硯)－붓과 벼루.
251) 파측(叵測)하다－불측하다.
252) 대탁(大卓)－성대하게 차려내는 음식상.
253) 조좌(稠座)－‘조인광좌(稠人廣座)’의 준말. 여러 사람이 빽빽하게 모인 자리.
254) 광포(廣布)－널리 펴서 알림.

이는 지금까지 글만 읽고 앉아서 정신을 허비하여 세태와 인정을 살피지 못한 소치라. 아무리 서적을 박람(博覽)하였을지라도 경력이 부족하면 수다한 사람을 접제하여 정치상에 힘을 다하지 못하리로다.'
하여 마음을 분발하니, 이는 장차 태순이 세상에 입신하여 유명한 정치가로 전정(前程)을 담당할 만한 소년 기상이러라.

태순이 소세(梳洗)255)를 마친 후 의관을 정제하고 권첨사 집으로 향하려 할 새 금년이 밖에서 쫓아 들어오며 조용히 고하되,

"서방님께서 지금 권첨사 댁으로 행차하시려 하시나이까. 그 댁 작은 아씨께서 당부하시기를, 오늘 오후에 권첨사 내외분이 남문 밖 일가댁에 가실 터이니 그 승시(乘時)256)하여 오시면 이목이 번다(煩多)치 아니할 듯하다 하시더이다."

태순이 그 말을 듣고 오후가 되기를 기다려 남촌으로 찾아가니, 중문을 적적히 닫고 사람의 자취가 고요한데 다만 삽살개 한 마리가 문 앞에 누워 졸 뿐이라.

태순이 한참 방황주저(彷徨躊躇)하다가 기침을 이삼 차 하니 안에서 계집 하인이 나와 태순을 보고 명함 한 장을 달래 가지고 들어가더니 즉시 다시 나오며 앞을 인도하여 후원 별당을 들어가는데, 좌우를 살펴보니 집이 별로 크지는 아니하나 군신 좌사가 분명하고 주련부벽(柱聯付壁)257)이 시속누태(時俗陋態)258)는 하나 없이 청아한 글 뜻을 취하여 붙였으며, 괴석과 화초도 번화함을 버리고 담박(淡迫)하기로 위주(爲主)하였는데, 당상에 교의 삼사 개를 놓고 그 곁 고족상(高足

---

255) 소세(梳洗)－머리를 빗고 낯을 씻는 일.
256) 승시(乘時)－때를 탐. 기회를 얻음.
257) 주련부벽(柱聯付壁)－기둥이나 바람벽에 장식으로 그림이나 글씨를 써 넣어 걸치는 물건.
258) 시속누태(時俗陋態)－당시 풍속의 보기 흉한 꼴.

床)259) 위에 차제구(茶諸具)를 벌여놓았으니 그 아담한 운치가 비할 데 없고, 방안의 문방 제구도 한가지 시속 부인의 거처하는 곳 같지 아니하여 연상문갑(硯床文匣)을 운치 차려 그 위에 만국 서책을 정돈하였더라.

15

세상에 사람이 나서 무엇이 그 중 기껍고 무엇이 그 중 원하는 바이냐 하면, 귀천 부귀를 물론하고 마음과 뜻이 서로 같아 서로 나무랄 데 없는 지기(知己)를 만남에서 더 지날 것이 없느니, 가령 원앙(鴛鴦)이 비취(翡翠)260)에 대하여서도 기꺼울 것도 없고 원하는 바도 아니며, 비취가 원앙에 대하여서도 기꺼울 것도 없고 원하는 바도 아니라. 천생으로 원앙은 원앙과 만나고, 비취는 비취와 만난 연후에야 비로소 소원이 성취되어 한없이 기껍다함과 일반으로, 숙녀는 군자의 좋은 짝이라 결단코 용렬한 지아비는 원하고 기꺼워하지 아니하리로다.

매선이 태순의 이름을 보고 반가운 낯빛으로 마루 아래 내려 맞아 들어가 빈주(賓主)의 좌를 정한 후 매선이 차를 내와 단정히 말하되,

"한낱 규중(閨中) 천품이 당돌히 고명하신 대인으로 욕림(辱臨)하심을 청하였사오니 송황(悚惶)한261) 마음을 둘 곳이 없사오나 사정의 절박함이 있어 짐짓 과실을 범하였사오니 용서하시기를 바라나이다."

태순이 고쳐 앉으며 대답하되,

"문산포 노중에서 밝게 가르침을 입은 후 산두(山頭)같이 우러름을

---

259) 고족상(高足床)―잔치때 쓰는 다리가 높은 상.
260) 비취(翡翠)―물총새.
261) 송황(悚惶)하다―송구스럽고 황공스럽다.

마지 못하옵더니 더러이 여기지 아니시고 이같이 부르시니 실로 미물(微物)의 고기가 용문(龍門)에 오름을 얻음 같사오이다."

말을 마치며 벽상(壁上)을 우연히 바라보니, 금식으로 꾸민 틀에 사진 한 장을 걸었는데 자기의 얼굴과 흡사한지라. 마음에 경아(驚訝)하여 앞으로 가까이 가본즉 분명 자기의 사진이요 그 밑에 한 귀 글을 썼으되, '금석같이 무거운 언약이여, 죽기를 한하고 저버리지 못하리로다' 하였거늘 태순이 더욱 괴이히 여겨 물어 가로되,

"사진은 내가 처음으로 경성에 올라오던 해에 박인 바이어늘 어찌하여 귀댁에 있으며, 또 그 밑에 있는 글은 무엇을 가르침인지 해득(解得)키 어렵나이다."

매선이 수삽(羞澁)한 얼굴을 강잉히 들어 대답하되,

"그 사진이 공자 같으시면 어찌하여 성씨가 상차(相差)되나이까?"

태순이 옷깃을 여미고 대답하되,

"문산포 노상에서 행색이 심히 총총하시므로 묻자오시는 말씀을 미처 대답치 못하와 지금껏 불안하거니와, 소생이 십삼 세 시에 공부함이 필요한 줄만 알고 불초한 행동으로 부모께 고(告)치 아니하고, 경성으로 올라와 혹 종적이 탄로될까 염려하여 잠시 권도(權道)262)로 심가라 변성(變姓)하온 일이 있사오나 낭자가 어디로 좇아 아시나니까."

매선이 자취 없는 눈물로 옷깃을 적시며 가로되,

"박명(薄命)한 첩(妾)263)의 엄친264) 재세시(在世時)에 공자의 사진을 주시며 이르시되, 이는 곧 너의 백년 언약(百年言約)을 정한 바 심랑이라, 나 죽은 후라도 부디 신(信)을 지키어 나의 부탁을 저버리지 말라 하심이 있삽기로, 영정(零丁)한265) 신세로 비상히 곤란을 겪사오며 군

---

262) 권도(權道)─목적달성을 위해 임기 응변으로 취하는 방편.
263) 첩(妾)─여자 자신의 낮춤말.
264) 엄친(嚴親)─남에게 자기 아버지를 일컫는 말.

자의 종적을 탐문코자 하오나 강근(强近)266)한 친족도 없사와 누구로 더불어 의논할 곳도 없사오니 구구히 적은 예절을 지키다가는 일생을 그르칠 뿐 아니라, 선친의 유언을 거역하와 세상에 용납치 못할 불효 죄명을 면키 어려울까 하여 부끄러움을 무릅쓰고 여학교에 들어 일변 학문도 연구하고, 일변 군자의 성식(聲息)267)을 알고자 하여 앞서 독립관 연설장에까지 가서 두루 살피옵다가 천행으로 군자의 연설하심을 뵈었사오나 성씨가 이씨라 하오니 바라던 마음이 땅에 떨어져 창연(愴然)268)히 집으로 돌아왔삽더니, 다시 들은즉 군자가 식비로 군색하시다 하기로 약소한 전량(錢糧)269)을 부끄럼 무릅쓰고 받들어 보냈삽고, 그후 북한사에서 잠시 지나가심을 뵈왔사오나 노파를 반련하여 존성(尊姓)을 묻자올까 하였더니, 숙모의 재촉하심으로 겨를을 도모치 못하고 그곳서 떠날 새 용렬(庸劣)한 글 한 수를 군자에게 드리라 노파더러 부탁하고 문산포로 갔삽더니 천만 뜻밖에 노중에서 뵈옵고 당돌히 말씀을 묻자온 일은 여자의 행실이 아니오나 박부득이(迫不得已)270)한 사정이 있사와 남의 웃음을 돌아보지 못함이로다.”

태순이 이윽히 생각하다가 가로되,

“그러하오면 존성이 장씨가 아니시오니까?”

매선이 대답하되,

“그러하나이다.”

태순이 탄식하여 가로되,

“영존(令尊)271)이 소생의 용우(庸愚)272)함을 살피지 못하시고 정혼(定

---

265) 영정(零丁)하다―세력이나 살림이 아주 보잘 것 없어 의지할 데가 없다.
266) 강근(强近)―친척과의 촌수가 아주 가까운.
267) 성식(聲息)―소문.
268) 창연(愴然)―몹시 슬픔.
269) 전량(錢糧)―돈.
270) 박부득이(迫不得已)―일이 썩 급하여 어쩔할 수 없이. 박어부득(迫於不得).

婚)함을 말씀하신 일이 과연 있사오나 그때 소생의 연치가 어리고 행실이 경박하여 등한히 잊고 다시 기억도 아니 하였사오니, 오늘날 낭자의 고초 겪으신 일은 모두 소생의 불민한 죄로소이다. 그러나 박부득이한 사정이 있다 하시니 소생으로 인연하여 무슨 관계가 있나이까?"

매선이 한숨을 깊이 쉬며 가로되,

"첩의 명도(命途)273) 기박하와 일찍이 천지가 무너지고 다만 의로 정한 숙부 권첨사를 의지하여 가산을 정리케 하옵고, 아무 때든지 군자를 기다리려 하였삽더니, 재정 출납을 일절 속일 뿐더러 선친의 유서를 위조하여 첩을 축출(逐出)하려는 음모를 포장하고 백 가지로 운동하는 중 하상천의 지촉274)을 청종(聽從)275)하고 첩의 정한 마음을 억륵(抑勒)276)으로 빼앗으려 하나 종시 청종치 아니하온즉, 하상천이 저의 문인 송교관을 소개하여 혹 위협도 하며 혹 달래기도 하다가 심지어 입에 담지 못할 욕설로 신문에 게재까지 하였으니, 이는 첩의 명예를 없도록 하여 군자로 하여금 침 뱉고 돌아보지 아니하게 하고 저의 계교(計巧)277)를 성취코자 함이요, 또 묻지도 않는 말로 군자가 은일(隱逸)278)에 주색(酒色)에 침혹(沈惑)279)하여 옥도라 하는 기생과 백년 금실을 맺었다 하여 첩의 단망(斷望)280)하기를 도모하더이다."

하고 오열(嗚咽)히 우는지라.

---

271) 영존(令尊)―남의 아버지의 존칭.
272) 용우(庸愚)―용렬하고 어리석음.
273) 명도(命途)―운명과 재수.
274) 지촉―지척(指斥). 웃어른의 언행을 지적하여 탓함.
275) 청종(聽從)―이르는 대로 잘 들어 좇음.
276) 억륵(抑勒)―억제(抑制).
277) 계교(計巧)―요리조리 생각하여 낸 꾀.
278) 은일(隱逸)―세상을 피하여 숨음. 또, 그 사람.
279) 침혹(沈惑)―무엇을 몹시 좋아하여 정신을 잃고 거기에 빠짐.
280) 단망(斷望)―바라던 것이 끊어져 버림. 희망이 끊어짐.

　태순이 듣기를 다하매 매선의 지낸 역사는 신고(辛苦)281) 처량하여
대장부로 하여금 더운 눈물이 절로 떨어질 듯하고, 하상천의 행한 간
계는 음흉 극악하여 당사자로 하여금 모골이 자연 송연(竦然)한지라.
이윽히 생각하다가 매선을 위로하여 가로되,
　"한 번 이지러지면 한 번 둥근 것은 천리에 소소한지라. 선분의 고
초(苦楚)는 후분의 안락될 장본이니 조금도 비상(悲傷)치282) 말으시고
전후 방침을 도모하사이다. 소생이 처음에 입성하여 구두쇠 여관에
있삽더니 뜻밖 송교관이 요리점으로 청하여 비상히 접대하여 옥도로
하여금 먹지 못하는 술을 강권하나 소생이 연전에 취중에 실수한 일
이 있는 고로 맹세코 과음치 아니하옵더니, 어리석은 위인이 상천의
계교에 빠진 바 되어 신문에 기재한 욕설과 송교관의 험언(險言)을 곧
이듣고 흠모하던 마음이 땅에 떨어지매 불운한 회포(懷抱)를 금치 못
하여 다시 사양치 아니하고 권하는 술을 마시고 정신없이 혼도(昏倒)
하였더니, 주인 구두쇠가 전재(錢財)에는 인색하나 사람은 직심(直
心)283)이라 소생이 밤들도록 아니 돌아옴을 보고 요리점으로 찾아와
옥도의 만집(挽執)284)함을 배각(排却)285)하고 인력거에 실어 돌아오므
로 다행히 흉계에 빠지지 아니하였소이다. 그자들의 소위를 생각하면
강경한 수단으로 통쾌히 설치(雪恥)함이 마땅하오나, 옛말에 하였으되
'사람은 나를 저버릴지언정 나는 사람을 저버리지 말라' 하였으니, 하
·송 양인은 다시 말할 것 없거니와, 권첨사는 남에게 팔린 바 되어
이익을 희망하던 자라. 그 뜻을 궁구(窮究)286)하면 도리어 불쌍한 인

---

281) 신고(辛苦)―어려운 일을 당하여 몹시 애씀. 또, 그 고생.
282) 비상(悲傷)하다―슬프고 마음 아파하다.
283) 직심(直心)―정직한 마음.
284) 만집(挽執)―붙들어 말림. 만류(挽留).
285) 배각(排却)―밀어 내어 물리침. 물리쳐 버림.
286) 궁구(窮究)―속속들이 깊이 연구함.

류니 이왕 흠축(欠縮)287)한 재산 문부를 저 보는데 충화하여 광탕(廣蕩)한 뜻을 베풀면 저도 필연 감격히 여길까 하나이다."

매선이 고쳐 앉으며 공경히 대답하되,

"천려(淺慮)288)에도 이같이 생각하였삽던 차 밝히 가르치심을 입사오니 어찌 봉행치 아니하오리까."

하며 상 위의 시계를 보더니,

"벌써 하오 네시가 되어 숙부의 돌아올 시간이 멀지 아니하였사오니 오래 이곳에 지체하심이 불가할 듯하여이다."

태슈이 급히 일어 작별할 새 매파(媒婆)를 보내어 정식으로 혼인을 정한 후 택일 세례함을 약조하고 주인집으로 돌아가니라.

권첨사 내외는 비루(鄙陋)289)한 사람이라 범포(犯逋)290)한 채장(債帳)291)을 일체 탕감(蕩減)함을 보고 한없이 기뻐하여 하상천의 꾀임으로 유서 위조하던 일을 절절 자복(自服)하며, 태순의 매파가 다녀간 후로 혼수를 성비(盛備)292)하여 길일(吉日) 되기를 고대하더라.

---

287) 흠축(欠縮)―일정한 수효에서 부족함이 생김.
288) 천려(淺慮)―얕은 생각.
289) 비루(鄙陋)―마음이 고상하지 못하고 더러움.
290) 범포(犯逋)―국고(國庫)에 바칠 전곡(錢穀)을 써 버림.
291) 채장(債帳)―남에게 빌어 쓴 돈머리를 적는 장부. 채권(債券).
292) 성비(盛備)―성설(盛設). 성대하게 차림. 잔치를 크게 베풂.

애국부인젼
(愛國夫人傳)

작가 : 장지연(張志淵)

1864~1921. 애국 사상가로서 학자이며 언론인. 자는 순소(舜韶), 호는 위암(韋庵)·숭양산인(崇陽山人). 본관은 인동(仁東). 1894년 진사(進仕)에 급제했으나 세상이 어지러워 고향에 돌아가 학문을 연구함. 1905년 을사조약이 체결되자 「황성신문」에 <시일야방성대곡>이라는 유명한 논설을 써서 일본의 흉계를 통박하였다. 이 일로 일시 투옥까지 되었다. 그 후 대한자강회를 조직해서 국민 계몽 운동을 전개하는 한편 ≪대한최근사≫, ≪동국역사≫, ≪여자독본≫ 등을 그 전후에 편찬 저술하기도 했다. 1908년 해외로 망명, 블라디보스톡·상해·남경 등지로 방랑하다가 귀국하였다.

1909년 진주 「경남일보」 주필(主筆)에 취임, 다음 해 황현(黃玹)의 ≪절명시(絶命詩)≫를 게재한 이유로 동지가 폐간되었다. 그 뒤 실의와 비분으로 여생을 보내다가 1921년 1월 3일 세상을 떠났다.

그가 쓴 ≪애국부인전≫은 잔다르크의 일생을 역술한 전기소설로 순국문으로 되어 있다.

애국부인전

1

오백 여년 전에 구라파주 불란서국 아리안 성 지방에 한 마을이 있었는데, 마을 이름을 동임이라 하였다. 그 곳 땅이 궁벽(窮僻)[1]하여 인가(人家)가 드물고 농사만 힘쓰는 집뿐이었다. 그 중에 한 농부 부부 단 두 식구가 일간 초옥(草屋)에서 빈한(貧寒)[2]하게 양을 쳐서 생업(生業)하였는데, 서기 일천사백십이년 정월에 마침 딸을 하나 낳으니 용모가 단아하고 천성이 총명하여 영민함이 비할 데 없어 부모가 사랑하여 그 아이의 이름을 약안이라 했다.

약안은 점점 자라며 부모에게 효순하며 한 번 가르치면 모르는 것이 없으며, 또한 상제(上帝)[3]를 믿어 성경을 항상 읽으며 학문에 능통하였다. 나이 십삼 세에 이르러 능히 부모의 양치는 생업을 도우니 부모가 이 여아(女兒)의 극히 영리함을 보고 매우 기뻐하였다. 그 동네 사람들이 약안의 총민함을 칭찬 아니하는 이가 없어 특별히 이름을 정덕이라 부르며 말하기를,

---

1) 궁벽(窮僻)―매우 후미지고 으슥함.
2) 빈한(貧寒)―아주 가난하여 쓸쓸함.
3) 상제(上帝)―하느님.

"아깝도다. 정덕이 만약 남자로 생겼다면 반드시 나라를 위하여 큰 사업을 이룰 것이거늘 불행히 여자가 되었다."

약안이 이렇듯이 칭찬함을 듣고 마음에 불평히 여겼다.

"어찌 남자만 나라를 위하여 사업을 하고 여자는 능히 나라를 위하여 사업하지 못할까, 하늘이 남녀를 내심에 이목구비(耳目口鼻)와 사지백태(四肢百態)는 다 일반이니 남녀가 평등하거늘, 어찌 이같이 등분이 다르며, 여자는 왜 태어나는가."

이런 말로만 보아도 약안이 다른 일에 능히 불란서국을 회복하고 이름이 천추(千秋) 역사에 혁혁히 빛날 여장부가 아니겠는가.

각설(却說)4)하고, 약안이 하루는 일기가 몹시 더워 불 속 같은지라. 양(羊)을 먹이다가 더위를 피하려고 양을 몰고 나무 수풀과 시냇물 가를 배회하는데, 이때 마침 영국 군병이 불란서국을 침범하여 향촌으로 다니면서 불을 놓아 인민을 겁략하고 재물을 탈취하였다. 약안이 속히 피하여 수풀 사이로 들어가니 인적(人跡)이 고요하고 다만 옛 절이 있거늘, 그 절 가운데에 숨어서 상제에게 가만히 빌었다.

"원컨대 신력(神力)을 빌어 나라의 환란(患亂)을 구원하고 적국의 원수를 갚게 하옵소서."

이때 영국 군병은 벌써 가고 촌려(村廬)5)가 안정하거늘 약안이 그 절을 나와 길을 찾던 중, 그 절 뒤에 한 화원(花園)이 있는데, 화류는 꽃다움을 다투고 꾀꼬리는 풍경을 희롱하는지라. 약안이 경개(景槪)6)를 사랑하여 화원 중에 들어가 이리저리 구경하였다. 이때 홀연 어디서 약안을 부르는 소리가 들렸다.

"약안아, 네가 너무 한흥을 타 방탕히 놀지 마라."

---

4) 각설(却說)─화제를 돌릴 때 쓰는 말.
5) 촌려(村廬)─촌가(村家).
6) 경개(景槪)─경치.

약안이 깜짝 놀라 사면을 살펴보았으나 사람의 그림자도 없었다. 정히 의심하여 머리를 들어보니 홀연 공중에 황금빛이 찬란하며 채색 기운이 영롱한데, 구름 속에 무수한 천신(天神)이 공중에 둘러서고, 그 중에 세 분 천신이 서서 옥관(玉冠) 홍포(紅布)[7]로 기상이 엄숙한데 약안을 크게 불러 말하였다.

"불란서국에 장차 큰 난이 있을지라, 네가 마땅히 구원하라."

약안이 다시 천신의 앞에 엎드려 말하였다.

"소녀는 본래 촌가 여자라, 어찌하여야 군사를 얻어 전장에 나아가게 되오며, 또한 불란서국의 난이 어느 날 평정하오리까. 소녀의 지원이 백성을 위하여 재앙(災殃)을 구제하고 나라의 원수를 갚아 주권을 회복코자 하오니 바라건대 상제(上帝)께서 일일이 지시하시어 도와 주옵소서."

천신이 다시 말하였다.

"너는 근심치 말라, 이 다음 자연 알 날이 있을 것이니 그때 되거든 라비로 장군의 휘하(麾下)로 들어가면 좋은 기회가 생길 것이니라."
하고 말을 마치며 별안간에 금광이 어른하며 곧 보이지 않았다.

당시 불란서국은 영국과 해마다 싸움을 쉬지 않아 궁벽한 농부라도 영국의 원수됨을 다 알고 있었다. 약안이 어려서부터 부모가 항상 이르는 말을 듣고 심중(心中)으로 또한 나라의 부끄러움을 씻고자 하여 날마다 상제에게 가만히 축원하기를, '장래 나라를 위하여 원수를 갚고 백성을 구제하게 하옵소서' 하였다. 이렇게 칠팔 년을 한마음으로 비는 고로 그 정성이 하늘에 미쳐, 천신이 감동하여 약안의 눈에 나타난 것이었다.

약안이 황홀하여 속으로 생각하기를 이것이 꿈인가 하더니 그 후에도 여러 차례 천신이 눈에 완연히 보이고, 이처럼 부탁이 간절하기에

---

7) 홍포(紅布)—붉은 빛깔의 옷감.

약안은,
  '천신께서 저렇게 누누히 분부하시니 필연 나라에 큰 난이 있을 것이요, 내 마땅히 구하리라.'
하고 생각하였다. 이로부터 약안은 나라 원수를 갚기를 스스로 책임지고 군기도 연습하고, 혹 목장에 나가 말도 달리며 총과 활도 배우니 부모는 여아(女兒)의 이러한 거동을 보고 심히 근심하고 염려(念慮)하며 매양 금지시켰으나 약안의 뜻이 굳어 아무리 말려도 듣지 않을 것을 짐작하고 어찌할 수 없이 그대로 두었다. 그 동네 사람들은 모두 약안을 미친 여자라 지목하였지만 그녀는 추호도 뜻을 변하지 않고 오히려 동네 사람들에게 이르되 '내 상제의 명을 받아 나라를 구하리라'고 하니 듣는 사람들이 허연히 웃고 이상하게 생각하였다.
  오늘 문무(文武) 재주를 배움은 정히 다른 때에 국민의 난을 구제코자 함이었다.

2

  이 때 불란서국과 좁은 바닷물 하나를 격(隔)하여 이웃한 나라는 영국이었다. 이 두 나라가 백 년 이래로 원수가 되어 날마다 싸움을 일삼았다. 서기 일천삼백삼십팔년부터 영국의 왕 의덕화 3세가 불란서국왕 비립 6세와 더불어 격렬서에서 싸움을 한 후 일천삼백오십육년에 영국 흑태자가 불산서국과 파이다에서 크게 싸워 불란서국왕 샤이 4세를 사로잡고, 그 후 사오 년에 불란서국 샤이 5세가 영국과 싸우다가 패하여 영토를 떼어주고 배상을 물어준 후에 잠시 화친(和親)하였다.
  이 때 불란서국은 정부에 두 당파가 있었는데, 하나는 애만랍당으로 왕실을 보존코자 하였고, 다른 하나는 불이간당으로 영국과 내통하여 불란서국을 해롭게 하니 이 두 당파가 서로 내란을 일으키고 있었다. 영국의 현리왕 5세가 이 기회를 틈타 불란서국과 싸워 불란서국 군사를 대파시켰다. 일천사백칠십년에 또 영국왕이 불란서국을 대파하고 약조(約條)를 정하되 불란서 국왕의 딸 가타린을 영국 현리왕 5세의 왕비로 삼아 불란서국 왕을 겸하게 하고 파리 성에 들어가 불란서국 샤이왕 6세를 폐하고 불란서국을 다스렸다. 이때 불란서국 북방의 모든 고을은 다 영국에 복종하였으나 오직 남방의 여러 성들이 영국에 항복하지 않고 불란서국 태자 샤이 7세를 내세워 영국에 항거(抗拒)하였다.

일천사백이십팔년에 영국이 또 큰 군사를 일으켜 불란서국 남방을 소탕하고자 하여 영국 해협 지방으로부터 불란서국 국경까지 수백 리에 정기(精氣)가 공중에 덮히고 칼과 창은 일월(日月)을 희롱할 정도였다. 수륙(水陸)으로 일시에 들어오며 라아로강을 건너 국경 지방을 공격하였으나 이 때 불란서 국왕은 남방으로 도망하고 불란서국 서울 파리 성과 그 남은 성은 다 영국의 땅이 되었다. 불란서국이 아무리 수만 정병을 징발(徵發)하여 영국과 싸웠으나, 군사의 용맹과 무예(武藝)의 날램이 영국 군사를 당하지 못하였고, 장수들도 영국처럼 지용(智勇)8)을 겸비한 사람이 없을 뿐만 아니라 불란서국의 정부 대관들은 대부분 다 영국의 지휘를 받음으로 불란서 국왕이 남방으로 피하여 몸을 숨길 곳이 없으니 불란서국 군사들은 싸울 뜻이 없고 각자 도망하여 전국이 거의 영국 영토가 될 지경이었고, 전국 인민이 다 개·돼지와 같은 외국의 노예가 되는 것이 부끄러운 줄도 모르고 하루라도 구차하게나마 목숨을 보전하는 것만을 다행으로 알았다. 그러니 만

---

8) 지용(智勇)—지혜와 용기.

일 남방만 아니었다면 불란서국의 이름이 어찌 오늘까지 전하겠는가.

이 때 오직 남방의 몇몇 고을이 남아 불란서 국왕을 보호하니, 그곳의 유명한 성 이름은 아리안성이었다. 그 성은 라아로강의 북쪽에 위치하여 남방의 머리가 되고 제일 험한 성이었다. 강 북쪽 언덕에 있기에 남쪽 언덕과 중간에 큰 다리를 놓고 서로 항상 왕래하였는데 그 다리 남쪽은 허다한 성곽(城郭)과 포대(砲臺)9)를 쌓고 다리를 막아 적병(賊兵)을 방비(防備)하니 그 다리 이름이 교두보였다.

그 다리 위에는 두 개의 석탑이 있었는데 이름은 지미로였다. 북쪽에서부터 탑까지 이르는데 모두 흙과 돌로 쌓아 극히 견고하고 험하며 또 탑의 남쪽에 나무 다리를 놓아 적병을 방비하므로 아리안성은 이러한 험한 성책(城柵)을 믿고 죽을 힘을 다하여 지키고 있었다.

이 때 영국 대장 사비리가 아리안성의 험함을 보고 한 계략을 꾸미되 이 성은 급히 함락할 수 없으니 각처의 군사들을 모두 모아 힘을 합하여 먼저 지미로성을 공격하는 것이 좋겠다 하여 모든 장수들을 불러 일제히 지미로를 포위하라 하였다. 이 해 시월 이십삼일에 계교를 내어 밤 중에 지미로성을 공격, 함락시킨 뒤, 그 탑 위에 대포를 걸고 성 아래에 있는 인민의 집을 무수히 불태우며 험한 곳을 영국 군사들이 점령하여 아리안을 공격하였으나, 성 안에 있는 불란서국 군사들은 죽기로 지키어, 영국 군사들은 끝내 함락시키지 못하고 오히려 영국군의 대장 사비리가 화살에 맞아 죽었다.

영국이 다시 새가로 장군을 대장으로 삼아 주야(晝夜)로 공격하여 수개월을 지냈으나 함락시키지 못하고 장구히 포위하여 구원을 끊어, 성 안의 군사들이 먹지 못하면 자연 항복할 것으로 알고 성 밖에 흙을 쌓아 높은 산을 성과 같이 하고 여섯 곳 봉우리 위에 대포를 걸고

---

9) 포대(砲臺)─포대 중대.

날마다 공격하니 이때가 서기 일천사백이십구년이었다.

아리안성을 물샐 틈이 없게 포위하고 나는 새도 통과하지 못하게 하니 다른 곳에 있는 군사가 와서 구원하고자 하여도 능히 들어올 수가 없었다. 이 때 아리안 근처에 사는 용감한 장사들이 수천 명 용사를 뽑아 아리안성을 구원하고자 하였다가 오히려 영국 군사들에게 패하여 많은 무기와 식량만 빼앗기고 말았다. 이른바 계란으로 돌을 치는 것과 같이 영국 군사들을 당해낼 수가 없었다. 성 안에 있는 군사들이 모두 의기가 떨어지고 형세(形勢)가 날로 나빠지니 그 곤란을 어찌 다 말하겠는가.

혹은 말하되 차라리 일찍이 항복하여 성 안에 있는 모든 생명이나 구하는 것이 옳다고 하였고, 혹은 차라리 죽을지언정 어찌 항복을 하겠는가 하였으나 오히려 항복하자는 편이 많았다. 그러나 성 안에 있는 불란서국 대장 비호로 공작은 원래 이름이 있는 사람이었기에, 군사들은 항복하고자 하는 말을 크게 논박(論駁)10)하지 못하고 죽기로 지키자고만 하였다. 슬프다. 이 때 아리안성은 도마 위에 살점이요, 가마 안의 고기와 같이 어찌 위태롭지 않겠는가.

옛적 우리나라 고구려 시대에 당태종의 백만 군병을 안시성 태수 양만춘(楊萬春)11)은 능히 항거(抗拒)하여 백여 일을 굳게 지키다가 마침내 당나라 군사를 물리치고 평양성을 보전하였으며, 고려 강감찬(姜邯贊)12)은 수천 명으로 거란(渠丹) 소손영의 삼십만 군사를 물리치고 송도(松都)를 보존하였으니 알 수 없도다. 불란서국은 이 때에 양만춘, 을지문덕, 강감찬 같은 충의(忠義) 영웅(英雄)이 누가 있었는가.

---

10) 논박(論駁)―다른 사람의 설(說)의 잘못을 논하여 반박함.
11) 양만춘(楊萬春)―고구려의 명장. 당태종(唐太宗)의 30만 대군을 맞아 격전(激戰) 끝에 적군을 패퇴시켰음. 태종 자신도 양만춘의 활에 맞아 한 눈이 멀었다 함.
12) 강감찬(姜邯贊)―고려의 문신(文臣)·장군.

정히 이 처량한 빛만 눈에 가득하거늘 중추지주(中樞指奏)13)에 의기인(意氣人)14)이 누가 있는가.

3

이 때 약안의 나이 십칠 세였다. 화용월태(花容月態)15)를 규중(閨中)16)에 길러 봉용(丰容)17)한 태도와 선연(嬋妍)한18) 풍채(風采)는 필시 경성경국의 미인이었다. 이때 불란서국 수도의 함몰과 국왕의 피난 소문이 사방에 퍼져 비록 아동 부녀라도 모르는 이가 없었다. 약안이 주야로 탄식하며 이르기를, '우리나라가 저 모양이 되었으니 어찌하면 좋을꼬' 하였다. 종일토록 집에 앉아 나라 회복할 계교(計巧)를 생각하다가 불란서국의 지도를 내어놓고 자세히 살피던 중, 문득 들으니 문 밖에 천병만마(千兵萬馬)19)의 헌화하는 소리가 벽력같이 진동하면서 마을 사람의 우는 소리가 사방에 요란하였다.

약안이 놀라 급히 나가 본즉 영국 군사들이 규율없이 사방에 횡행하며 재물을 빼앗고 부녀를 겁간(劫姦)하여 인명(人命)을 살해(殺害)하고 있었다. 약안은 그 잔혹한 참상을 보고 더욱 분하여 심중에 복수할 생각이 더욱 간절하였으나, 어찌할 수 없어 급히 들어와 약간의 의복

---

13) 중추지주(中樞指奏)-사물(事物)의 중심이 되는 중요한 부분(部分)이나 자리에서 지시하는 취지.
14) 의기인(意氣人)-정의의 마음에서 일어나는 기개(氣槪)있는 사람.
15) 화용월태(花容月態)-아름다운 여자의 고운 용태(容態)를 이르는 말.
16) 규중(閨中)-부녀가 거처하는 방. 안방 속. 규문(閨門).
17) 봉용(丰容)-어여쁜 모양.
18) 선연(嬋妍)하다-몸맵씨가 날씬하고 아름답다.
19) 천병만마(千兵萬馬)-수없이 많은 군사와 말.

(衣服) 등속(等屬)20)을 거두어 행장(行裝)을 단속(團束)21)하고 군기(軍器) 등물(等物)을 몸에 가지고 부모를 보호하여 말에 태우고는 후면으로 달아나 요고측이란 마을로 피하였다.

여러 날이 지나자 아리안성의 화급한 소식이 날마다 들리는지라 약안이 발연히 일어나 칼을 어루만지며 말했다.

'때가 왔도다. 때가 왔도다. 내가 나라를 구하지 못하고 다시 누구를 기다리겠는가.'

즉시 부모 앞에 나아가 말하였다.

"오늘부터 저는 부친과 모친을 하직(下直)하고 문 밖으로 나가 큰 사업을 세우고자 합니다. 혹 요행으로 우리 국민 동포의 환란을 구제하고 우리나라 독립을 보전할는지는 알 수가 없습니다."

부모가 이 말을 듣고 크게 노하며 말하였다.

"네가 광풍(狂風)22)이 들렸느냐. 네가 규중에 성장한 여자로서 어찌 전장에 나아가 칼과 총을 쏘겠느냐. 만일 그렇게 쉬운 것이라면 허다한 남자들이 벌써 하였지 어찌 너같은 아녀자에게 맡기겠느냐. 우리의 바램은 네가 슬하에 있어 늙은 부모를 받드는 것이지 전장에 나가 공업을 이루기를 원하지 않는다. 만약 불행하면 남에게 욕을 당할 뿐만 아니라 우리집 조상 대대로 들은 덕행을 더럽힐 것이요, 또한 우리 부부가 다른 혈육이 없고 슬하에 다만 너 하나뿐이거늘 네가 집을 떠나면 늙은 부모는 누가 봉양하겠느냐. 너는 효순한 자식이 될 것이지 호걸(豪傑) 여자가 되지는 마라."

이 말을 듣고 약안은 눈물을 머금으며 슬프게 말하였다.

"부모님은 사방을 둘러 보옵소서. 저의 마음은 벌써 확실하게 정하

---

20) 등속(等屬)-명사 밑에 붙어서 그것과 비슷한 것들을 몰아서 이르는 말.
21) 단속(團束)-경계(警戒)를 단단히 하여 다잡음.
22) 광풍(狂風)-미친 듯이 사납게 부는 바람.

였으니, 다만 국가와 동포를 안녕히 보전할 것 같으면 이 몸이 만 번 죽어도 한이 없으며, 하물며 이 일은 한 집안의 사정이 아니라 백성된 공적인 사정입니다. 제 몸은 비록 여자이오나 어찌 불란서국의 백성이 아니겠습니까. 국민된 책임을 다하여야 바야흐로 국민이라 이를 수 있을 것이니 어찌 나라의 난을 당하여 가만히 앉아 보고 구하지 않겠습니까. 저는 오늘 정한 마음을 돌이키기 어렵사오니 기어코 가고자 하는 것입니다.”

약안의 아버지는 약안의 이러한 충간열혈(忠肝熱血)23)이 솟아나는 말을 듣고는 자연 감동도 되고 또한 만류(挽留)하여도 듣지 않을 줄 짐작하고 다시 일렀다.

“너는 여자로서 애국하는 의리를 알거든 남자 된 자야 어찌 부끄럽지 않겠느냐. 네 아비는 나이 이미 늙어 세상에 쓸데가 없으니 너는 마음대로 하거라.”

약안이 부친의 허락하심을 보고 눈물을 거두어 의복과 무기를 갖추어 행장을 수습하고 부모 앞에 하직하면서 두 눈에 구슬 같은 눈물을 흘리며 말하였다.

“제가 이번에 가면 다시 부모님을 뵈올 날이 있을는지 모르거니와 부모님께서는 저를 죽은 줄로 아시고 추호도 생각지 마시고 다만 몸을 보전하옵소서.”

부모가 다시 말하였다.

“약안아, 너는 부모는 염려 말고 앞길을 보중(保重)24)하거라.”

이 날 약안이 부모에게 하직하고 문 밖으로 나와서 돌아보지도 않고 길을 떠나, 보고유 지방을 향하여 포다리고 장군을 찾아갔다. 약안

___

23) 충간열혈(忠肝熱血)―진정으로 임금을 섬기고자 하는 뜨거운 피.
24) 보중(保重)―몸을 아끼어 잘 보전함.

의 부모는 약안을 이별하고 두 줄 눈물이 비 오듯 하며 거리에 비켜 서서 이윽히 바라보다가 약안의 모습이 보이지 않음을 기다려 방에 들어와 슬피 통곡하니 그 정상은 차마 볼 수 없는 것이었다.

정히 이 노인은 다만 집 보전할 뜻만 있었지만 어린 여자는 깊이 나라 원수 갚을 마음을 품었도다.

4

아리안성은 불란서국의 명맥(命脈)25)과 같은 조용한 땅이기 때문에 그 성을 한 번 잃게 되면 불란서국의 종사(宗社)26)가 멸망(滅亡)할 뿐만 아니라 전인민이 다 소·말과 같은 노예가 되는 것이었다. 이 때 영국의 군사들은 철통같이 포위하고 주야로 공격하니 대포 소리는 원근에 진동하였다.

그 성 북쪽에 또 한 성이 있으니 이름은 보고유성이었다. 불란서국 장군 포다리고가 그 성을 지키고 있었으나 수하에 장수들이 없고 군사가 적어 아리안성의 위급함을 알고도 능히 구하지 못하고 또한 영국 군사들이 본 성을 칠까 두려워 속수무책으로 주야에 근심하였다. 하루는 답답하고 민망하여 성 위에 올라 턱을 고이고 가만히 생각하되 '우리 불란서국이 망할 지경에 이르렀건만 내 아무리 충의심장(忠義心腸)27)이 있으며 용맹수단(勇猛手段)이 있으나 나라를 위하여 큰 난을 구하지 못하니 생불여사(生不如死)28)라' 하고 두어 소리 긴 한숨

---

25) 명맥(命脈)―목숨과 맥.
26) 종사(宗社)―종묘(宗廟)와 사직(社稷). 곧, 나라의 복조(福祚)를 가리키는 말.
27) 충의심장(忠義心腸)―충성과 절의(節義)의 속내.
28) 생불여사(生不如死)―극도로 곤란한 지경에 빠져 삶이 죽음만 같지 못하다는 뜻.

으로 난간에 배회하다가 홀연 다시 일어나 크게 소리질러 가로되, '옛
말에 모진 바람이 굳센 풀을 알고, 혼란한 시절에 충신을 안다 하니,
묻노라 불란서국이 오늘날 굳센 풀과 충신이 누가 있는가' 하며 정히
탄식을 지었다.

그러다가 우연히 바라보니 어떤 한 부인이 편편히 오거늘 장군이
생각하되 '이상하다, 이러한 난중에 웬 부녀가 홀로 오는고. 이는 필
연 아리안성이 함락되어 도망하여 오는 자인가' 하며 의심하였다.

그 여자가 점점 가까이 오거늘 자세히 살피니 얼굴이 옥 같고 의기
가 양양하며, 비록 의복은 남루하나 늠름한 위의는 여장부의 풍채였
다. 그 여자가 즉시 장군의 휘하에 들어와 절하고 여쭈었다.

"저는 일개 향촌(鄕村) 여자요, 이름은 약안이라 하는데, 불란서국
의 난을 구원코자 왔습니다."

장군이 이 말을 듣고 크게 놀라 생각하되 반드시 광병(狂病)29)들린
여자로다, 내 마땅히 시험해 보리라 하고 전후사를 낱낱이 질문하자
그 여자가 다시 말했다.

"제가 천신의 지시함을 입사와 불란서국의 위급함을 구하고자 하
오니 바라건대 장군께서는 의심치 마십시오."

장군이 그 행동을 살피고 언어 수작함을 본즉, 단정한 여자요 광병
들린 여인은 아니었다. 그제야 마음을 놓고 구제할 방법을 물은즉, 약
안이 힘을 주어 대답하였다.

"제가 수년 전에 천신이 나타나심을 입사와 제게 부탁하기를 불란
서국에 대란(大亂)이 있을 것이니 네가 마땅히 구원하거라 하심으로,
그로부터 마음과 뜻을 정하고 무예(武藝)를 배웠더니 오늘날 나라가
위급하고 백성들이 노예가 될 지경에 이른고로 죽기를 무릅쓰고 와서

---

29) 광병(狂病)―미친 병.

장군을 뵈옵는 것입니다. 다른 뜻은 없사오니 바라건대 장군은 굽어 생각하시와 일대 병마를 빌려 주시면 제가 비록 재주와 용략(勇略)30)은 없사오나 충성을 다하여 아리안성의 포위를 풀고 적군을 소탕한 후 고국을 회복하고 저의 뜻을 완전히 하오면 죽어도 한이 없겠습니다.”

그녀의 말에는 뜨거운 핏기운이 얼굴에 나타나며 정신이 발발(勃勃)하여31) 열사(烈士)의 풍신(風神)32)이 족히 사람을 감동케 하였다. 장군과 좌우의 여러 장수들이 모두 그 여자의 말을 듣고 십분 공경하여 자리를 내어 앉히고 감히 여자로 대하지 못하였다. 장군이 드디어 국사를 의논하여 물었다.

“낭자가 비록 담이 크고 지식이 많다 하나 원래 양을 치던 농가 출신이기에 한 번도 전장의 경험이 없으니 어찌 능히 영국 군사들과 싸우겠는가. 하물며 영국 군사들은 개개인이 날래고 용감하여 우리나라에서는 몇 번 대군을 내어 싸우다가 전군이 함몰하였으니 낭자가 무슨 계책이 있는가.”

“제게 무슨 기이(奇異)한 계교가 있겠습니까. 다만 천신(天神)의 지휘하심인즉 자연 도우심이 있을지도 알 수 없고, 또한 천신의 도우심만 믿을 것이 아니라 오직 일전 열심만 믿고 우리 국민된 의무를 극진히 하여 불란서국의 인민됨이 부끄럽지 않게 할 따름입니다. 설혹 대사(大事)를 이루지 못하여도 천명(天命)에 맡길 것이니 어찌 성패(成敗)를 미리 알 수 있으며, 또한 용병하는 법은 원래 기틀을 따라 임시 변통할 뿐이지 미리 정할 수가 있겠습니까.”

장군이 고개를 끄덕이며 다시 말했다.

“낭자의 말씀이 옳도다. 우리나라 백성들이 낱낱이 다 낭자와 같이

---

30) 용략(勇略)―용기와 계략.
31) 발발(勃勃)하다―사물(事物)이 한창 성하다.
32) 풍신(風神)―풍채(風采).

국민의 의리를 안다면 어찌 오늘 이 지경에 이르렀겠는가. 그러나 내 수하(手下)에 군사들이 얼마 되지 않고, 또한 이곳도 중요한 곳이기에 성을 비우고 보낼 수는 없은즉, 우선 몇백 명만 줄 것이니 낭자는 영솔(領率)33)하고 여기서 수십 리만 가면 시룡촌이라 하는 동네가 있는데 나의 공문(公文)을 가지고 가 뵈오면 자연 군사를 얻을 도리가 있을 것이다."

장군이 즉시 군사 일중대를 점검하여 주자 약안이 백배 감사하고 공문을 얻어 품에 품고 장군을 하직한 후 군사들을 영솔하고 시룡촌을 향하여 나아갔다.

정히 이 장군은 한낱 성 지킬 꾀만 있었지만 여자는 다만 온 나라를 다 구할 공을 이루고자 하였다.

5

서기 일천구백이십구년 사월에 약안이 갑주(甲冑)34)와 백마 은창으로 일개 중대를 거느리고 수십 리를 가다가 시룡촌에 당도하여 국왕전에 뵈옵기를 청하였다. 이때 불란서 국왕 샤이 7세는 벌써 들은즉 어떠한 영웅 여자가 군사를 일으켜 나라를 구한다 하므로 십분 기뻐하였다.

이날 그 여자가 뵈옵기를 청하자 왕은 그 여자가 천신(天神)을 친탁한다는 말을 듣고 혹 요괴한 술법으로 세상을 속이는가 의심하여 그 진위를 알고자 하여 의복을 벗어 다른 신하를 입히고 왕의 상좌에 앉

---

33) 영솔(領率)—부하·식솔(食率) 따위를 거느림.
34) 갑주(甲冑)—갑옷과 투구.

혀 거짓 왕을 꾸미고 자신은 신하의 복장으로 제신(諸臣)35)의 반열(班列)에 섞여 분별하지 못하게 하고 약안을 불러 들였다. 약안은 들어오다가 정당 위에 앉은 거짓왕에게는 가지 않고 곧 제신들이 있는 반열에 들어가 진짜 국왕을 보고 재배(再拜)하자 왕은 거짓으로 놀라는 체하며, "낭자가 잘못 알았다" 하며 당상을 가리켜 "저 위에 용포를 입고 앉은 국왕폐하께 뵈오라, 나는 아니다" 하자, 약안이 엎드려 여쭈었다.

"천한 여자가 감히 천신의 명을 받자와 왔사오니 아무리 폐하께서 의복을 변장하였다고 하더라도 어찌 모르겠습니까."

왕은 그제야 약안의 성명과 거처를 묻고는 그 뜻을 알고자 하였다.

"천한 여자는 동임이 농가의 여자이온데 이름은 약안이라 하고, 나이는 십구 세요, 어려서부터 천신의 명을 받아 불란서국의 재앙을 구원하여 대왕을 위하여 적국을 소탕하고 리목땅을 회복하고 폐하를 받들어 가면의례를 행하고자 하옵니다."

이어서 약안은 포다리고 장군의 공문을 올렸다. 왕이 그제야 진심인 줄을 알고 약안의 손을 잡고 말하였다.

"불란서국 사람들이 모두 낭자와 같다면 어찌 회복하기를 근심하겠는가."

하고 찬탄(讚嘆)하였다. 원래 불란서국의 법에 왕이 즉위하면 반드시 가면의례로 행하되 역대로 즉위할 때마다 리목땅에서 행하였으나, 이때에는 그 땅을 영국에게 빼앗겨 왕이 가면의례를 행하지 못하였다.

약안이 이를 고하자 좌우 대신들이 다 서로 말하되, '상제께서 불란서국을 위하여 이 여자를 보내어 나라를 중흥케 하는구나' 하였다.

일찍이 불란서국 샤이왕 7세가 남방으로 피신하여 각처에 패한 군

사를 거두니 대략 삼천여 명이었다. 이 날 왕은 그 패병 삼천 명을 약안의 휘하에 주고, 약안을 봉하여 대원수 여장군으로 삼고는 황금갑주(黃金甲冑)와 비단 국기와 또 몸기 하나를 주시니, 그 몸기에는 천주의 화상을 그리어 늘 진중에 들 때마다 손에 드는 기였다. 약안이 원융(元戎)36)의 단에 올라 황금갑주와 백은포를 입고 오른손에 장검을 들고 왼손에 몸기를 잡아 엄연히 대장기 아래 앉으니, 그 기에 황금 대자로 '대불란서국 대원수 여장군 약안'이라 새겼다.

원수가 비록 연약한 여자의 몸이나 무기와 융장(戎裝)37)을 단속(團束)38)하고 장단에 높이 오르니 그 위엄이 엄숙하고 풍채가 늠름하여 진실로 여장부의 품신이 있었다. 이날 제장수와 군사들을 불러 일제히 점검하고 무기를 조련하니 군사가 다 원수의 신통한 도략(韜略)39)을 복종하여 용맹이 백배나 떨치니 보는 사람마다 책책(嘖嘖)40) 칭찬을 아니하는 사람이 없었다.

정히 원융은 본시 나라를 평안히 할 뜻이 간절하고 제장은 깊이 나라를 사랑하는 맘이 가득하도다.

6

이 때 불란서국은 아직 중고 시대라 사람마다 천신을 숭상하고 종교에 깊이 빠지니 이는 미개한 시대에 예사로운 것이었다. 약안의 이

---

36) 원융(元戎)―큰 병거(兵車).
37) 융장(戎裝)―출진(出陣)의 몸차림. 무장(武裝).
38) 단속(團束)―잡도리를 단단히 함.
39) 도략(韜略)―병법(兵法).
40) 책책(嘖嘖)―크게 외치는 소리.

름이 세상에 진동하여 아동과 미천한 병사들도 모르는 사람이 없어 혹은 말하기를 천신이 세상에 내려와 불란서국을 구한다 했으며, 혹은 말하기를 요괴한 마귀가 사술로 사람을 유혹한다는 등 종종 의논이 사방에 분분하였다. 원수는 인심이 이러함을 알고 불가불의로 인심을 격발(激發)41)하고 분분한 논란을 바르게 하리라 하여 일장 격문을 지어 동구 대도에 게시하고 각 지방에 전파하니 그 격문은 이러하였다.

'슬프다, 불란서국이 불행하여 종사가 엎어지고 백성이 흩어지며 도성이 함몰하고 인군(人君)42)이 피난가시니 진실로 우리나라 백성이 와신상담(臥薪嘗膽)43)할 때이다. 이는 어려서 상제의 명을 받들고 충의의 마음을 품어 감히 의병을 모집하여 고국을 회복하고 강한 적국의 원수를 씻으며 동포의 환란을 구원코자 하노니 모든 우리 불란서국의 인민들은 다 애국하는 의무를 담당하고 마땅히 도적을 물리칠 정신을 떨쳐 소문을 듣고 흥기(興期)44)하며 격문(檄文)45)을 보고 소리를 응하여 미친 물결을 만류하고 거룩한 사업을 이룰지어다.

슬프다 우리 동포여.'

이 때 각처에서 인민 남녀들이 격문을 보고 애국의 사상을 분발하여 통곡하는 사람이 많아 한번 약안 원수를 보기를 천신같이 원하였

---

41) 격발(激發)—격동하여 일어남. 또, 격동하여 일으킴.
42) 인군(人君)—임금.
43) 와신상담(臥薪嘗膽)—옛날 중국에 월왕 구천(越王句踐)이 오왕 부차(吳王夫差)에게 나라를 빼앗기고 괴롭고 어려움을 참고 견디어 나라를 회복한 고사(故事)에서 나온 말로 섶에 누워 쓸개를 맛본다는 뜻으로, 원수를 갚으려고 괴롭고 어려움을 참고 견딤의 비유.
44) 흥기(興期)—세력 등이 흥하는 시기.
45) 격문(檄文)—특별한 경우에 군병을 모집하거나 또는 널리 일반에게 알려 부추기기 위한 글.

다. 약안 원수는 이 말을 듣고 심중에 기뻐하여 또 한 방책을 생각하되 오늘날 인심이 저렇듯이 분발하니 우리나라 회복할 기틀이 있을까 하나, 다만 세상 사람의 심장을 측량치 못하니 인심이 늘 이해 세력에 쏠려 나라의 욕될 줄 모르고 적국에 항복하여 버리는 자가 많으니, 내 마땅히 오늘 군사위엄이 떨치고 날랜 기운이 성할 시기를 타서 한바탕 연설로 인심도 고동하고 군사의 충의도 격발케 하며, 일변으로는 국민된 자로 하여금 염치를 알고 외인의 노예됨을 부끄러운 줄 알게 하며, 또한 적국으로 하여금 우리 불란서국도 인물이 있어 남의 개와 돼지처럼 보지 않게 하리라 하고, 즉시 군정관을 불러 각처에 방을 붙이게 하여 사방에 통지하되, 금년 오월 초경에 시룡촌 밖에 나아가 일장 연설회를 열 것이라 하였다. 이 군령이 내려지자 소문이 전파하여 각 도 각 군에서 남녀노소는 물론 성군결대하여 약안 원수의 연설을 듣고자 하였다.

이 때 영국에 항복한 불란서국 장관이며 각 지방 관찰사와 군수와 일반 관원들을 다 전과 같이 그대로 두고 한 사람도 바꾸지 않았기에 영국의 명령을 받아 정탐노릇 하였는데, 홀연 비상한 여장군이 나서 기묘한 일과 신통한 술법이 있다 하므로 모두 위원 하나씩을 비밀리에 파송하여 그 거동을 살폈다.

또 영국 군중에서도 벌써 약안 원수의 이같은 신기한 소문을 들었을 것이나 다만 아리안성이 굳게 지켜 속히 빼앗지 못하므로 각처에 있는 군사를 일제히 모아 아리안을 협력 공격하였다. 따라서 다른 곳에 신경을 쓸 겨를이 없었으며, 또한 약안 원수는 일개 유약한 여자라 조금도 유의치 아니하므로 약안 원수의 행동을 자유로 두어 방비하지 않은 까닭에 약원수는 그 기틀을 얻어 필경 대공을 이룰 수 있었으니 어찌 하늘이라 아니 하겠는가.

정히 이 창자에 가득한 더운 피가 눈물을 이루거늘 한 폭 산하를
차마 남에게 부치랴.

7

이 때 연설할 기한이 이르자 약원수가 군사를 불러 연설장에 나아
가 연설장을 정돈하니 그 연설장은 십분 광활하여 가히 수십만 명을
수용할 수 있었고, 또한 연설대는 그 중간에 있는데 자연으로 된 주그
마한 언덕으로, 그 언덕 위에는 나무 수풀이 있어 푸른 가지는 하늘을
덮었고, 무르녹은 그늘은 일광을 가리고 있어 사방에서 관망하기도
좋으며 또한 이때는 오월이라 정히 노는 사람에 합당하므로 방청하는
남녀노소가 원근을 불구하고 인산인해(人山人海)를 이루어 십 리 인근
에 사람의 성을 이루었다.

이 날 상오 열시에 이르러 약안 원수가 연설대에 오르니 남녀 인민
의 분잡함과 헌화하는 소리는 정히 번괄할 즈음에 홀연 방포(放砲)46)
일성(一聲)에 여러 귀를 깨어 장중이 정숙한데, 국기를 높이 달고 일
개 미인이 머리에 계화관(桂花官)47)을 쓰고 몸에 백금포를 입고 손에
몸기를 두르며 붉은 비단이 땅에 끌리고 비단 요대(腰帶)48)는 남풍(南
風)에 표불하니 완연히 보름달 빛과 구슬 광채같이 찬란하게 연설장
안으로 쏘여 오는 것 같았다. 온 장중의 수십만 사람의 두 눈빛을 모
두 모아서 한 사람의 몸뚱이 위에 물대듯하며 모두 말하기를,
  '저 여장군이 참 전일 소문과 같이 신기하고 이상한 여자로다. 평일

___

46) 방포(放砲)―군중(軍中)의 호령으로 총을 놓아 소리를 냄.
47) 계화관(桂花官)―계수나무 꽃으로 만든 관.
48) 요대(腰帶)―허리띠.

에 꽃다운 이름을 여러 번 익히 듣고 한 번 보기를 소원했더니 오늘에야 그 아름다운 용모를 보니 참 천상의 사람이구나. 어찌 저러한 사람이 또 있으리오. 우리가 자꾸 연하여 공경할 마음이 생기는도다' 하였다. 일제히 장중이 정숙하고 천상 귀를 기울여 연설 듣기를 재촉하였다. 이 때 약원수가 몸기를 두르며 한 점 앵두 같은 입술을 열고 세 치 연꽃 같은 혀를 흔들어 옥을 깨뜨리는 소리로 공중을 향하여 창자에 가득한 열심하는 피를 토하며 연설을 시작하였다.

"우리 불란서국의 동포 국민된 유지하신 제군들은 조금 생각하여 보시오. 우리나라가 어떻게 위태하고 쇠약한 지경이며 오늘날 무슨 토지가 있어 불란서국의 땅이라 하겠소. 북방 모든 고을은 이미 다 영국에게 빼앗긴 바 아니요. 남방에 있는 고을은 다만 한낱 아리안성을 의지하지 아니하였소. 이 한 성도 불구(不久)49)에 함몰될 지경에 이르렀으니 만일 이 성을 곧 잃으면 불란서국의 종사가 전부 멸망하는 날이 아니오.

다 알으시오. 대저 천하 만고에 가장 천하고 부끄럽고 욕되는 것은 남의 노예가 아니겠소. 국가가 한 번 망하면 인민이 다 노예가 될 것이요, 한 번 노예가 되면 일평생을 남에게 구박과 압제를 입어 영원히 하늘날을 볼 날이 없지 않소. 심지어 재물과 산업도 필경 남에게 빼앗긴 바가 될 것이요, 조상의 분묘도 남에게 파냄이 될 것이요, 나의 처자도 남에게 음욕(淫慾)을 당할 것이오.

애급 나라를 보았소. 옛날에 유태국 사람을 어떻게 참혹하게 대접하였소. 이것이 다 우리의 거울이 아니오. 저러한 사정이 다 유태국 사기에 자세히 있지 아니하오.

우리나라도 비록 이 지경이 되었으나 여러 동포가 동심 협력하여

---

49) 불구(不久)—앞으로 오래지 않아.

발분진기(發憤振起)50)하면 오히려 일맥 성기가 있겠거늘 만일 인민이 다 노예가 되고 토지를 빼앗길 때를 기다려 그제야 회복을 도모코자 하면 그때는 후회한들 할 수 없을게요. 그런고로 오늘날 내가 요긴한 문제 하나가 있어 여러분에게 질문코자 하오.

여러분들은 자유 인민이 되기를 원하오, 그렇지 않으면 천하고 염치없는 남의 노예가 되기를 원하오."

이 말에 이르러서는 온 장중이 모두 괴괴하면서51) 머리털이 하늘을 가르치고 눈빛이 횃불 같으며 다 소리를 질러 '결단코 아니 하겠소. 결단코 아니 하겠소. 우리들이 어찌 외인의 노예가 되리오. 차라리 함께 죽을지언정 노예는 아니 되겠소' 하는 소리가 만장일치로 떠들었다. 약원수는 인심이 저렇듯이 감동되어 모두 열성이 솟아남을 보고 연단을 크게 치며 소리를 질러 다시 연설을 계속하였다.

"동포 제군께서 이미 노예되는 것이 부끄러운 욕이 되는 줄 알았으니, 이렇듯 좋은 일이 없소. 그러나 다만 부끄러운 욕이 되는 줄로 알기만 하고 이를 떨칠 생각이 없으면 모르는 사람과 일반이 아니오. 대범 세계상에 어떤 나라 사람이든지 진실로 인민된 책임을 다하여야 당연한 의무가 아니오. 그러한 고로 나라의 원수와 부끄러움이 있으면 이는 곧 온 나라 백성의 원수요 부끄러움이 아니겠소. 또한 온 나라 사람이 함께 보복할 일이 아니오.

이러므로 유명한 정치가의 말이 모든 국민된 자는 사람 사람이 모두 군사될 의무가 있다 하니 그 말이 무슨 말이오. 사람이 생겨 국민이 되면 사람마다 주권에 복종하며 사람마다 군사가 되어 나라를 갚는 것이 당연한 일이 아니오. 이것은 자기의 몸과 힘으로 자기의 생명

---

50) 발분진기(發憤振起) — 분발(奮發)하여 떨쳐 일어남.
51) 괴괴하다 — 시끄러운 것이 없어지고 고요하다.

과 재산을 보호함과 일반이오. 그런고로 나라의 부끄러움과 욕을 씻는 것은 곧 자기의 일신의 부끄러움과 욕을 씻는 것과 일반이오. 이것은 우리 국민된 자가 사람 사람이 다 마땅히 알 도리가 아니겠소.

또한 오늘날 이러한 시국을 당하여 어떠한 영웅호걸에게 이러한 책임을 맡겨 두고 우리는 일신을 편히 있기만 생각하고 마음이 재가 되며 뜻이 식어 슬피 탄식만 하고 나라의 위태하고 망하는 것만 한탄한들 무엇에 유익하며 무슨 난을 구하겠소. 또한 그렇지 않고 보면 어떤 사람은 염치를 잃고 욕을 참으며 부끄러움을 무릅쓰고 적국에 항복하여 외인의 개와 돼지가 됨을 달게 여기니 이러한 통분할 일이 또 있소.

대저 나라의 흥망은 사세의 성패에 달리지 않고 다만 인민 기운의 강약에 달렸으니 청하건대 고금 역사의 기록한 사적을 보시오. 한번 멸망한 나라는 천백년을 지내도록 그 백성이 능히 다시 회복하고 일어나는 날이 있는가를. 이런 증거가 소연(昭然)[52]치 않소. 그런고로 오늘날 우리들이 동심동력(同心同力)하여 열심을 분발하면 어찌 부끄러움을 씻을 날이 없겠소. 나라 위엄을 떨치고 나라 원수를 갚는 것이 우리들의 열심에 달렸소.

제군들이여 이미 남의 아래에 굴복지 아니할 뜻이 있을진대 반드시 일을 하여 보아야 참 굴복지 않는 것이 아니오. 제군들은 생각하오. 우리나라가 이 지경이 되어 위태함이 조석(朝夕)에 있으니 만약 아리 안성을 한번 잃으면 우리나라는 결단코 보전치 못할 것이오. 그때가 되면 제군의 부모 처자가 반드시 남의 능욕을 당할 것이요, 제군의 재산 분묘(墳墓)가 반드시 남에게 탈취된 바가 될 것이니, 그때에 이르러서 남에게 우마(牛馬)와 노예가 아니되고자 하여도 할 수가 없을 것이오.

---

52) 소연(昭然)―밝고 뚜렷하다. 분명하다.

옛말에 이르기를 눈 없는 사람이 눈 없는 말을 타고 밤중에 깊은 못에 닿는다 하니 만일 한 번 실족하면 목숨이 간 곳 없을 것이오. 정히 오늘날 우리를 위하여 하는 말이 아니겠소. 만약 급속히 일심으로 자기의 생명을 놓고 적국과 항거치 않으면 이 수치를 어느 때에 씻으리오. 어서어서 천 사람이 일심하고 만 사람이 동성(同聲)하여 사람마다 죽을 뜻을 두어 가마를 깨치고 배를 잠궈서 한 번 분발하면 영국이 비록 하늘 같은 용략이 있다고 하더라도 우리나라가 어찌 적국에게 압복(壓服)53)할 바가 되리오.

제군들이여 만약 살기를 탐하고 죽기를 겁내어 나라 망할 때에 당도하면 남의 학대 자심하여 살기에 괴로움이 도리어 죽어 모르는 것만 못할 것이오. 나는 본래 궁항(窮巷)54) 벽촌의 일개 외롭고 약한 여자로서 재주와 학식은 없으나 다만 나라의 위태함을 통분히 여겨 국민된 한 분자의 의무를 다하고자 함이요, 차마 우리 국민이 남의 우마와 노예됨을 볼 수 없어 이같이 군중에 몸을 던졌나니 다행히 라비로 장군의 은덕으로 나의 고심혈성(苦心血誠)55)을 살피시고 나로 하여금 군사에 참여케 하시니, 오늘날 제군과 더불어 맹세하건대 몸으로 나라 일에 죽어 우리 국민을 보전코자 하오니, 제군들이여 이미 애국심이 있을진대 과연 어찌하면 좋겠는가. 기묘한 방책을 바라노라."

약원수가 연설을 마치지 못하여 두 눈에서 눈물이 비 오듯 흐르면서 일장 방성통곡(放聲痛哭)56)하자 여러 방청하던 사람들이 모두 감동하여 애통해 하며 더운 피가 등등하여 찬탄을 하면서 이렇게들 말하였다. '원수는 불과 일개 연약한 여자로서 저러한 애국열심이 있거늘

---

53) 압복(壓服)－힘으로 위압하여 복종시킴.
54) 궁항(窮巷)－외딴 촌구석.
55) 고심혈성(苦心血誠)－마음과 몸을 다하는 지극(至極)한 정성(精誠).
56) 방성통곡(放聲痛哭)－목을 놓아 몹시 섧게 욺.

우리들은 남자가 되어 대장부라 하면서 도리어 여자만 못하니 어찌 부끄럽지 않겠는가.' 스스로 꾸짖는 자와 한탄하는 자와 주먹을 쥐고 손바닥을 비비며 살지 않고자 하는 자들이 일제히 소리를 질렀다.

"우리들은 오늘 맹세코 나라와 한가지로 죽을 것이요, 만약 나라가 망하면 우리도 단정코 살지 못하리라."

일시에 여러 남녀가 흉흉(洶洶)하여57) 조수 밀듯 샘물 솟듯 애국열성이 사면에 일어나서 다 약원수 휘하의 군사가 되기를 자원하니 그 형세가 심히 광대하였다.

정히 이 일개 여자가 애국성을 고동하여 백만 무리가 적국(敵國) 물리칠 기운을 떨치도다.

8

이 때 연설장에서 여러 사람들이 일제히 약원수의 군사가 되기를 자원하는 자가 많았는데, 약안 원수가 이르기를 "그대들이 이제 군중에 들어와 나라를 위하여 전쟁에 나가고자 한다면 마땅히 죽기를 동맹(同盟)하고 일심병력(一心兵力)하여 적군과 싸울지니 오늘부터 대열을 갖추고 군령에 복종하고 규율을 문란케 하지 말라."고 다짐하고 이 날 행군을 하였다. 또한 원근 촌락에 있는 백성들이 양초와 기계 등속을 가지고 모두 원수의 군중에 바치는 자가 끊이지 않았다.

약원수가 아리안성의 십 리 밖에 이르러 진을 치고 적진을 살피니 산과 들에 들어선 것이 모두 영국 군사들로서, 기치창검(旗幟槍劍)58)

---

57) 흉흉(洶洶)하다—물결이 어지럽게 일어나서 세차다.
58) 기치창검(旗幟槍劍)—군중(軍中)에서 쓰던 기·창·칼 등의 총칭.

은 일광(日光)을 가리고 금고함성(金鼓喊聲)59)은 천지를 진동하는데, 일편 외로운 성에는 살기가 참담하였다. 원수는 제장수들을 불러 상의하되,

"이제 영국 군사들의 형세가 심히 굉장하며 낱낱이 날래고 싸움 잘하는 군사들일 뿐더러 병기도 다 정리하여 놓으니 형세로 하면 능히 이기지 못할 것이다. 우리는 다만 애국열혈로 빈 주먹만 쥐고 죽기를 무릅써 일제히 앞으로 나아갈 따름이니 비록 칼과 창이 수풀 같고 화살과 탄환이 비오듯 할지라도 한 걸음도 물러설 생각을 말고 다만 앞으로 나아가야 하오."

하고는 각각 군장을 단속하여 적진으로 달려드니 사람마다 애국하는 열혈이 분발하여 죽을 마음만 있고 살 생각은 없으므로 날랜 기운이 충천하여 하나가 백을 당할 듯하였다.

영국의 군사가 아무리 많고 날래다 하더라도 이렇게 죽기로 싸우는 사람을 어찌 당하겠는가. 원수의 들어오는 형세는 바다에 조수 밀리듯 하므로 영국 군사가 자연히 한편으로 헤어지며 분분히 흩어졌다.

이 때 아리안성이 포위를 당한 지 이미 일곱 달이라, 타처 군사들이 구원하지 않고 군량 지원도 끊겨 장졸들이 다 주리고 궁핍하여 형세는 심히 위태로워 장차 하루 아침에 함몰될 지경이었다. 비호로 공작은 근심을 이기지 못하여 홀로 성루에 올라 적진을 살폈는데, 홀연 어떤 장수가 금개은갑으로 백마에 높이 앉아 오른손으로 장검을 두르며 왼손으로 몸기를 잡고 군사를 몰아 비호같이 들어오는데, 영국 군사들이 분분히 추풍낙엽(秋風落葉)처럼 흩어지며 물결같이 헤어지고 있었다.

공작은 크게 놀라 "어떠한 장수가 저렇듯이 영웅인고, 혹 꿈인가"

---

59) 금고함성(金鼓喊聲) - 군중(軍中)에서 지휘 신호로 쓰던 징과 북이 울리는 소리.

하고는 눈을 씻고 자세히 살펴보니 일개 여장군이 분명하였다. 대단히 의심하던 차에 원수는 벌써 성문에 이르러 공작이 급히 문을 열고 원수를 맞아 전후사정을 낱낱이 들으니 모두 원수의 애국충의를 흠탄하여 말하기를 "원수는 천고 여자 중의 영웅이요 절세 호걸이라, 원수 곧 아니면 우리 아리안성 안의 사람들은 다 도마 위에 고기가 될 것이요, 불란서국이 다 멸망할 것을 하늘이 원수를 보내시어 우리 불란서국을 구제하심이오."
라 하였다.

곧이어 손을 잡고 술을 내어 군사들의 사기를 높이고자 하였으나, 원수가 이르기를,

"적군이 아직 성 밖에 있으니 내 마땅히 힘을 다하여 적병을 소탕하고 강토를 회복한 후에 국왕을 받들고 군신이 일체가 되어 쾌락하게 하겠소."
하고는 즉시 황금갑옷을 입고 백마에 올라 오른손에 칼을 잡고 왼손에 몸기를 들어 군사를 지휘하며 성문을 열고 내달아 좌충우돌(左衝右突)하니 영국 장군이 군사를 나누어 좌우 날개를 펴 맞아 싸우거늘, 원수가 기병을 몰아 그 가운데로 돌격하는데, 영국 장수가 다투어 원수를 사로잡고자 하여 사면으로 분주하게 몰려드니 원수는 몸이 나는 제비같이 동에 번쩍 서에 번쩍 칼빛이 번뜩하면 적병의 머리가 낙엽같이 떨어졌다.

영국 장졸들은 정신이 현란하여 진이 어지럽고 대열을 잃고 말았다. 원수가 그제야 기병을 돌려 좌우로 치고 또한 보병(步兵)을 불러 앞뒤로 공격하니 영국군이 대패하여 분분히 도망하였다. 원수가 그 군량과 무기를 모두 빼앗아 성 안에 들여오는데, 성 안에 있던 장졸들이 오랫동안 굶주리다가 무수한 양식을 보고, 또한 영국군의 패함을

보고 모두 만세를 부르는 소리가 우뢰같이 일어나며 용맹이 백배 더 하였다.

원수가 이튿날 또 영국군과 싸워 수십합에 영국군이 또 패하여 도망하자 원수는 장수들을 거느리고 뒤를 쫓아 공격하다가 별안간 복병(伏兵)이 일어나며 화살이 비오듯 하였지만 원수는 겁내지 않고 좌우로 음살하다가 홀연 화살이 날아와 왼팔을 맞히며 원수가 말에서 떨어졌다.

영국군 장수들이 원수가 가졌던 몸기를 빼앗아 도망하므로 원수는 홀연 몸을 솟구쳐 말 안장에 뛰어오르며 오른손으로 화살을 빼버리고 금포 자락을 찢어 팔을 싸고 나는 듯이 말을 달려 영국 장수를 베고 몸기를 도로 빼앗아 본진으로 돌아오니 양국 군사가 바라보다가 모두 이르기를, "원수는 귀신이요, 사람이 아니다" 하였다.

이 때 영국 새가로 장군이 불란서국에 여러 번 패하자 필경 이기지 못할 줄을 알고 남은 군사를 거두어 라이로강을 건너 도망하니 이 때는 일천사백이십구년 오월 팔일이었다. 이에 아리안 성의 포위는 풀리고 불란서국 사람들이 약원수의 공을 생각하여 약원수의 별호(別號)를 아리안이라고 부르고 큰 비를 세워 약원수의 공을 새겨 천추만세에 기념하며 손을 잡고 술을 빚어 삼 일을 크게 잔치를 벌이며 만세를 부르며 무한히 즐거워하니 이로부터는 원수의 명령을 복종하지 않는 사람이 없었다.

정히 일조에 능히 중흥할 업을 심으니 만세에 오래 불망(不忘)할 비를 세웠도다.

9

　아리안성에서는 약원수를 위하여 삼 일 동안 크게 잔치를 벌이고 쉬게 하였다. 이 때 약원수가 이르기를,

　"지금 우리 대왕이 아직 가면의례를 행하지 못하였으니 내 마땅히 강을 건너 영국군을 소탕하고 리목 성을 찾아 대왕의 즉위례를 행하리라."

하고는 즉시 군사 수만을 이끌고 라이로강을 건너 리목성을 향하니 이 때는 추(秋) 칠월 망간(望間)60)이었다.

　가을 바람은 삽삽(颯颯)하고61) 들꽃은 창창한데 한 곳에 당도하니 남녀노소 수천 명이 수풀 아래에 누워 호곡(號哭)62)하는 소리가 심히 슬펐다. 원수가 그 연고를 물으니 모두 통곡하며 말하였다.

　"우리는 다 아모 고을에 사는데 태수가 영국에 항복하며 영국 군대를 성 안에 들여 백성의 양식을 탈취하며 부녀를 겁간하여 부지할 길이 전혀 망연하옵기로 우리가 일제히 남부여대(男負女戴)63)하고 각자 도생(圖生)64)하여 장차 아리안성으로 향하였는데 중도에 기갈(飢渴)65)이 들어 이곳에 누웠습니다."

　원수가 이 말을 듣고 측은히 여겨 양식을 주어 기갈을 면케 하고

---

60) 망간(望間)－보름께.
61) 삽삽(颯颯)하다－바람 소리가 쌀쌀하다.
62) 호곡(號哭)－목놓아 슬피 욺.
63) 남부여대(男負女戴)－남자는 지고 여자는 이고 간다는 뜻으로 곧, 가난한 사람이 떠돌아다니면서 삶을 이르는 말.
64) 도생(圖生)－살기를 도모함.
65) 기갈(飢渴)－배가 고프고 목이 마름.

232 ■ 장지연

군사에게 명하여 아리안성까지 호송하게 한 후 그날 밤 삼경(三更)66)에 영국군의 진영으로 달려들어 음상하니 원수가 선봉이 되어 공격하자 영국 군사들이 대패하여 사방으로 흩어졌다. 원수가 뒤를 쫓아 크게 계속 공격하여 영국군 대장 대이박을 사로잡아 성에 들어가 인민을 위로하며 어루만지고 항복한 관원을 잡아 군문(軍門)67)에 효시(嚆矢)68)하였다.

익일(翌日)69)에 또 발행하여 리목성을 공격하고 영국 군사를 무수히 죽이니 군사들의 위엄이 크게 진동하였다. 가는 곳마다 대적할 적들이 없어 영국 군사를 몰아내니 사방에 돌아와 항복하는 자들이 분분하여 잃었던 성을 다시 찾고 항복하였던 고을을 도로 다 찾아 거의 강토를 회복하였다. 이에 원수는 불란서 국왕을 맞아 리목에 이르러 장차 가면의례를 행하니 날을 택하되 곧 동(同) 시월 팔일이었다.

원수가 각 도 각 성에 글을 내려 왕의 가면함을 반포하니, 이때 각 지방에 있는 관원이나 백성들이 다만 영국군만이 있는 줄로 알고 영국 군사들에게 복종하여 불란서 국왕이 있음을 모르다가 이제 공문이 전파되자 비로소 국왕이 있는 줄을 알고 또한 원수의 위엄을 두려워하여 다투어 조회(朝會)70)하니 이로부터 그 근처 각 성이 불란서국의 명령을 받들고 비로소 통하였다.

왕이 가면의례를 행하고 왕위에 올라 약안을 봉하여 공작을 삼아 상경의 위에 처하고 귀족이 참여하게 하자 약안은 군복을 입고 몸기를 잡고 엄연히 왕의 좌우에 모시니 불란서국 사람들이 보는 사람마

---

66) 삼경(三更)―한 밤을 다섯 등분한 셋째로 밤 11시부터 오전 1시까지의 사이.
67) 군문(軍門)―군영의 문. 군영의 경내.
68) 효시(嚆矢)―죄인의 목을 베어 높은 곳에 매달아, 경계하는 뜻으로 뭇사람에게 보임.
69) 익일(翌日)―다음날.
70) 조회(朝會)―모든 관리가 조현(朝見)에 모임.

다 눈물을 흘리며 서로 경사라고 일컬었다.

하루는 약안이 부모를 생각하고 돌아가고자 하여 왕에게 하직하여 말하였다.

"신이 본래 향곡(鄕曲)71)에 빈한(貧寒)한 일개 여자로 간절히 나라 원수를 갚고 여러 인민의 재앙을 구제코자 나왔사오나 늙은 부모는 다른 자녀가 없고 다만 소신 하나 여자뿐이온데, 봉양할 사람도 없고 또한 천한 자식을 생각하는 마음이 주야(晝夜)로 간절하온지라 어찌 사정이 절박하지 않겠습니까. 이제 천행(天幸)으로 하늘이 도우시고 폐하의 넓으신 복으로 아리안성을 구제하고 잃어버린 강토를 태반(殆半)72)이나 회복하고 영국의 장졸(將卒)73)을 무수히 구축(驅逐)74)하여 부끄러움을 조금은 씻었사오며 리목성을 찾아 폐하께서 즉위하시어 가면의례를 행하셨으니 신(神)의 지원(至願)75)을 조금은 이루었나이다.

오늘은 고향에 돌아가 부모를 섬기려 하오니 바라옵건대 폐하께서는 생각하옵소서."

약안의 눈물이 잠잠히 흘러 적삼을 적시었다. 이 말을 들은 불란서 국왕이 간절히 만류하며 말하였다.

"경이 아니면 짐이 어찌 오늘날 있으리오. 경의 은혜 하해와 같으나 다만 경 곧 없으면 적병이 또 들어와 분탕할 것이요, 지금까지 파리성도 회복하지 못하였으니 청컨대 경은 짐을 위하여 조금 더 머물러 파리성이나 회복하고 돌아가는 것이 짐의 간절한 바램이오."

이렇게 왕은 재삼 간청하였다. 약안은 본래 충의심장이기에 왕의

---

71) 향곡(鄕曲)—향(鄕)과 곡(曲). 곧, 시골 구석.
72) 태반(殆半)—거의 절반.
73) 장졸(將卒)—장수와 병졸.
74) 구축(驅逐)—몰아 쫓아냄.
75) 지원(至願)—지극히 바람. 또, 그 소원.

간청함을 듣고는 차마 떨치지 못하고 부득이 허락하고는 부모에게 글을 올려 사정을 고하였다.

　정히76) 비록 공명(功名)77)은 일세(一世)에 빛날지라도 충과 효 둘 다 전하기는 어렵도다.

10

　이 때는 일천사백삼십년이었다. 약안이 다시 원수가 되어 대군을 이끌고 파리성을 회복하고자 하여 북방으로 향하여 나아갈 때 영국이 다시 군사를 도발하여 불란서국을 평정코자 하였다. 약안이 적장과 싸워 여러 차례 영국군을 파하고 점점 파리성으로 가까이 나아갔는데, 마침 강변성의 수장이 사신을 보내어 구원을 청하였다.

　"지금 영국군 수만이 본성을 철통같이 포위하고 양식의 길을 끊으며 성 안에 있는 수십만 생명이 장차 물마른 못 가운데 고기와 같사오니 원수께서는 급히 구해주옵소서."

　원수가 군사를 몰아 강변성에 들어가 장졸을 위로하고 이튿날 싸우고자 하였는데, 이 때 영국군이 약원수가 강변성 안으로 들어가는 것을 보고 각 군사를 모아 더욱 엄중히 포위하고 구원하고자 하는 길을 끊었다.

　그 이튿날 원수가 날랜 군사 육백 명을 거느리고 성 밖으로 나아가 적군과 싸울 때, 원수의 수하 대군은 다 멀리 있고, 원수는 다만 육백 명을 거느리고 강변성에 들어왔다가, 다만 육백 명만으로 영국군의

---

76) 정히―바로 틀림 없이. 확실히.
77) 공명(功名)―공을 세워 이름이 널리 알려짐.

수만 군사를 대적하려 하였으니 어찌 적은 군사가 많은 군사를 당하겠는가. 싸우다가 필경 원수의 군사가 패하여 달아나므로 원수는 할 수 없이 몸기를 두르며 홀로 뒤에 서서 후진이 되어 오는 적병을 대적하니 영국 군사들이 감히 쫓지 못하고 오히려 스스로 물러갔다. 원수의 군사가 성문에 들어감을 보고 그제야 말을 달려 성문에 이르렀으나 성문은 닫혀 있었다. 원수가 크게 불러 문을 열라고 하여도 응하는 자가 없었다.

이 때 영국군이 여러 번 패하여 장졸들을 무수히 잃고는 분통한 한이 뼈에 사무쳐 약안을 구하여 죽이고자 하되 방책이 없었으나, 이에 비밀리 금백(金帛)78)을 많이 내어 강변성의 수장에게 뇌물을 주고는 그로 하여금 거짓 위급한 체하여 약안에게 구원을 청하였다가 문을 닫고 미리 힘센 군사로 하여금 성 밖에 매복하고 함정을 놓아 약안을 잡은 것이었다.

불이간당의 수장이 약안을 꾀어 영국군에게 중금을 받고 팔아먹은 것으로 기뻐하여 약안을 잡아다가 높은 망루(望樓)79)에 두고 장차 죄를 얽어 죽이고자 하였다. 약안이 틈을 보아 높은 집 위에서 떨어져 죽기로 작정하되 이내 죽지 못하고 도리어 발각당하여 로앙성의 토굴 안에 깊이 가두고 학대가 심하였으며 백방으로 죽일 계획을 생각하였으나 무슨 죄명을 얽을 수가 없어 다만 그 신술(神術)80)을 가탁(假託)81)하고 우둔한 백성을 선동(煽動)하였다 하니 이는 요망한 죄라고 하여 죽이려 하되 복종하지 않았다.

이에 법교 대심원으로 보내어 심판 처결하라 하니 법교원에서 여러

---

78) 금백(金帛)—황금과 비단.
79) 망루(望樓)—망대(望臺). 적의 동정을 망보는 높은 대.
80) 신술(神術)—신기한 술법. 불가사의한 재주.
81) 가탁(假託)—거짓 핑계.

차례 심사하되 약안이 오히려 응연(應然)히82) 굴하지 않고 호령하였다.

"나는 비록 여자이나 일단 애국열심으로 나라를 위하여 부끄러운 욕을 씻고 적군을 물리쳐 인민의 환란을 구할 목적으로 국민을 고동(鼓動)83)하여 충의를 격발(激發)케 하고 죽기를 무릅써 시선을 피하지 않고 전장에 종사함이 곧 국민의 책임이거늘 어찌 요술의 죄를 더하겠는가. 결단코 복종치 못하리라."

영국 사람이 그 불복함을 어찌할 수 없어 비밀히 꾀를 내어 약안을 정한 곳으로 옮겨 가두고 거짓 사나이 복장으로 약안의 평시와 같이 새옷을 꾸며 약안의 앞에 버려 놓으니 약안이 그 새 옷을 보고 왕사(枉死)84)를 추측하였다.

"나도 한때는 포다리고 장군과 불란서 국왕을 뵈올 때 저러한 의복을 입었더니 이제 옛날 풍의가 일분도 없도다."

이렇게 스스로 탄식할 때에 그 곁에 소환(小宦)85)하는 계집아이가 간절히 청하였다.

"낭자께서 저러한 의복을 입고 불란서 국왕을 뵈러 가실 때 그 풍채의 웅장하심을 세상이 다 흠탄(欽歎)86)하고 사람마다 한번 보기를 원한다 하오니 원컨대 낭자는 저 복장을 한번 입으시면 내 한번 낭자의 옛날 풍채를 보고자 하나이다."

재삼 간청하거늘 약안이 그것을 계교인 줄 알지 못하고 그 의복을 갖추어 입고 그림자를 돌아보며 스스로 어여삐 여겨 노래하고 춤추며

---

82) 응연(應然)히 - 당연히.
83) 고동(鼓動) - 민심을 격동시킴. 고무(鼓舞).
84) 왕사(枉死) - 억울한 죄로 죽음.
85) 소환(小宦) - 나이가 젊고 지위가 낮은 환관(宦官).
86) 흠탄(欽歎) - 아름다운 점을 탄상(歎賞)함.

신세를 슬퍼하였다.

영국 사람이 그 곁에서 엿보다가 이것으로 요술의 증거를 잡아 드디어 좌도(左道)87) 요망(妖妄)88)으로 사람을 혹하게 하고 법교를 패란(悖亂)89)케 한다는 법률에 처하여 로앙시에 보내어 화형에 처하니 곧 일천사백삼십일년 구월이었다. 그 후에 불란서 국왕이 약안의 죽음을 듣고 슬퍼함을 마지아니하여 그 가족을 불러 벼슬을 주어 귀족이 되게 하고 상금을 주시니 불란서국 사람이 또한 각각 재물을 내어 빛나고 굉장한 비(碑)를 그 죽던 땅에 세워 그 공적을 기념하고 불란서국 백성이 지금까지 약안을 높이고 사모함이 부모같이 여기고 있더라.

정히 가련하다. 장대한 영웅의 여자가 옥이 부러지고 구슬이 잠김은 국민을 위함이로다. 붉은 분총 중에 이같은 사업은 꽃다운 이름이 몇 분이나 전하는고.

대저 약안은 불란서국 농가의 여자라. 어려서부터 천성이 총민하므로 능히 애국의 충의를 알고 항상 스스로 분발 열심하여 나라 구함을 지원하나 그 때 불란서국 인심이 어리석고 비루(鄙陋)90)하여 풍속이 신교(新敎)를 숭상하고 미혹(迷惑)91)한 마음이 깊으므로 약안이 능히 이팔청춘의 여자로 국사를 담당코자 하되 인심을 수습하여 위엄을 세워 온 세상 사람을 격발시켜 국권을 회복코자 할 때에 불가불 신통한 신도에 가탁하여 황당한 말과 신기한 술법이 아니면 그 백성을 고동하지 못할 것인고로 상제(上帝)의 명령이라 천신(天神)의 분부라 청탁(請託)함이요, 실로 상제의 명령이 어찌 있으며 천신의 분부가 어찌

---

87) 좌도(左道)—옛날 유교(儒敎)의 종지(宗旨)에 어긋나는 모든 사교.
88) 요망(妖妄)—요사스럽고 망녕된.
89) 패란(悖亂)—모반(謀叛)을 일으킴.
90) 비루(鄙陋)—마음이 고상하지 못하고 더러움.
91) 미혹(迷惑)—마음이 흐려서 무엇에 홀림. 정신이 헷갈려서 갈팡질팡 헤맴.

있으리오.

그런즉 총명 영민함은 실로 천고에 드문 영웅이라. 당시에 불란서 국의 온 나라가 다 영국의 군병에게 압제당하는 바가 되어 도성을 빼 앗기고 임금이 도망하고 정부와 각 지방 관리들이 다 영국에 붙어 항복하고 복종하며, 인민들은 다 머리 숙이고 기운을 잃고 마음이 재가 되어 애국심(愛國心)이 무엇인지 충의(忠義)가 무엇인지 모르고 다만 구명도생(苟命徒生)92)으로 상책(上策)을 삼아 부끄러운 욕을 무릅쓰고 남의 노예와 소, 말이 되기를 감심(甘心)93)하여 나라가 점점 멸망하였 으니 다시 약이 없다하는 이 시절에 약안이 홀로 애국심을 분발하여 몸으로 희생을 삼고 나라 구할 책임을 스스로 담당하여 한 번 고동에 온 나라 상하가 일제히 불같이 일어나 백성의 기운을 다시 떨치고 다 망한 나라를 다시 회복하여 비록 자신의 몸은 적국에 잡힌 바가 되었 으나 이것으로 인해 인심이 일층이나 더욱 분발격동하여 마침내 강한 영국을 물리치고 나라를 중흥하여 민권을 크게 분발하고 지금 지구상 제일등에 가는 강국이 되었으니 그 공이 다 약안의 공이 아니겠는가.

오륙백 년을 전하면서 불란서국 사람들이 남녀없이 약안의 거룩한 공업을 기념하며 흠앙(欽仰)94)하는 것이 어찌 그렇지 아니하리오. 슬 프다. 우리나라도 약안 같은 영웅호걸(英雄豪傑)과 애국충의(愛國忠義) 의 여자가 혹 있는가.

---

92) 구명도생(苟命徒生)−구차스럽게 겨우 목숨만 보전함.
93) 감심(甘心)−괴로움·책망을 달게 여김. 또, 그 마음.
94) 흠앙(欽仰)−공경하여 우러러 사모함.

꿈하늘

작자 : 신채호(申采浩)

　　1880~1936. 한말·일제 강점기의 역사가·언론인·독립운동가. 본관은 고령(高靈). 호는 일편단생(一片丹生)·단생(丹生) 혹은 단재(丹齋). 충청남도 대덕군 산내에서 출생하였고, 충청북도 청원에서 성장하였다. 할아버지로부터 한학교육을 받았으며, 10여 세에 ≪통감≫과 ≪사서삼경≫을 읽고 시문에 뛰어나 신동이라 불렸다.

　　1905년경부터 「황성신문」, 「대한매일신보」의 논설위원과 주필이 되어 배일사상(排日思想)과 독립 정신을 고취하는 논문을 발표하였다. 1910년 중국으로 망명, 항일 독립 운동을 벌였고, 1923년 의열단(義烈團)의 요청으로 <조선혁명선언>을 작성하였는데, 여기서 그는 일제와의 어떠한 타협도 거부하고 민족의 자주적인 역량을 집중하여 독립을 쟁취하고 평등 사회를 건설할 것을 주장하였다.

　　그는 독립 운동의 일환으로 우리 나라 역사의 연구에도 몰두하였는데, 역사는 아(我)와 비아(非我)의 투쟁이라 하여 민족의 역사가 투쟁을 통해서 발전해 온 것으로 체계화하려 했다.

　　1928년 대한 무정부주의 비밀단 결사에 관련, 일본 경찰에 체포되어 10년형을 선고받고 여순(旅順) 형무소에 복역 중 57세를 일기로 옥사하였다.

서

　‘꿈하늘’이라는 이 글을 짓고 나니 꼭 독자에게 할 말씀이 세 가지가 있습니다. 첫째는 한놈은 원래 꿈 많은 놈이므로, 근일에는 더욱 꿈이 많아 긴 밤에 긴 잠이 들면 꿈도 그와 같이 깊어 잠과 꿈이 서로 뒤섞입니다. 또 그뿐 아니라 멀건 대낮에 앉아 누 눈을 멀뚱멀뚱히 뜨고도 꿈 같은 지경이 많아 넘나라에 들어가 단군께 절도 하고 번개로 칼을 삼아 평생 미워하는 놈의 목도 끊어 보고, 비행기도 아니 타고 몸이 훨훨 날아 만리 장천에 돌아다니며 노랑이, 거먹이, 흰동이, 붉은동이를 한 집에 모아놓고 노래도 하여 보니 한놈은 벌써부터 꿈나라의 백성이니, 독자 여러분이시여, 이 글을 꿈꾸고 지은 줄 아시지 말으시고 곧 꿈에 지은 글로 아시옵소서.

　둘째는 글을 짓는 사람들이 흔히 계획이 있어 먼저 머리는 어떻게 내리라, 가운데는 어떻게 버리리라, 꼬리는 어떻게 마무르리라는 대의를 잡은 뒤에 붓을 댄다지만 한놈의 이 글은 아무 계획이 없이 오직 붓끝 가는 대로 맡기어, 붓끝이 하늘로 올라가면 하늘로 따라 올라가고, 땅 속으로 들어가면 땅 속으로 따라 들어가고, 앉으면 따라 앉으며, 서면 따라 서서, 마디마디 나오는 대로 지은 글이니 독자 여러분이시여, 이 글을 볼 때 앞뒤가 맞지 않는다, 위 아래의 문체가 다르다, 그런 말은 말으소서.

　셋째는 자유 못하는 몸이니 붓이나 자유하자고 마음대로 놀아 이 글 속에서는 미인보다 향내 좋은 꽃과도 이야기하며, 평시에 사모하던 옛 성현과 영웅들도 만나 보며, 오른팔이 왼팔도 되어 보며, 한놈이 여덟놈도 되어, 너무 사실에 가깝지 않은 시적(詩的)이고 신화(神話)적인 이야기도 있지만, 그 가운데 들어 말한 역사상의 일은 낱낱이 ≪고기(古記)≫나, ≪삼국사기(三國史記)≫, ≪삼국유사(三國遺事)≫나 ≪고려사(高麗史)≫나 ≪광사(廣史)≫나 ≪역사(繹史)≫ 같은 속에서 참조하여 쓴 말이니 독자 여러분이시여, 섞지 말고 갈라 보소서.

독자에게 할 말씀은 끝났습니다만, 이제 저자 자신의 할 말이 두 가지가 있습니다. 첫째는 책 짓는 사람들이 모두 그 책을 많이 사 보면 하는 마음이 있지만 한놈은 이 마음이 없습니다. 다만 바라는 바 이 우리 안 어느 곳에든지 한놈같이 어리석어 두 팔로 태백산을 안으며, 한 입으로 동해물을 말리고, 기나긴 반만 년 시간 안의 높은 뫼, 낮은 골, 피는 꽃, 지는 잎을 세면서 넋 없이 앉아 눈물 흘리는 또 한놈이 있어 이 글을 보면 할 뿐입니다.

둘째는 책 짓는 사람들이 흔히 그 책으로 무슨 영향이 있으면 하지만, 한놈은 그러하지 않습니다. 다만 바라는 바 이 글을 보는 이가 우리나라도 미국 같아져라, 독일 같아져라 하는 생각이나 없으면 할 뿐입니다.

단군 4249년 3월 18일(1916년) 한놈 씀

꿈하늘

1

때는 단군 기원 4240년(서기 1907년) 몇 해 어느 달 어느 날이던가, 땅은 서울이던가 시골이던가 해외 어디던가 도무지 기억힐 수 없는데, 이 몸은 어디로부터 왔는지 듣지도 보지도 못하던 크나큰 무궁화 나무 몇만 길 되는 가지 위, 넓기가 큰 방만한 꽃송이에 앉았더라.

별안간 하늘 한복판이 딱 갈라지며 그 속에서 불그레한 광선이 뻗쳐 나오더니 하늘에 테를 지어 두르고 그 위에 뭉글뭉글한 고운 구름으로 갓을 쓰고 그 광선보다 더 고운 빛으로 두루마기를 지어입은 한 천관(天官)이 앉아 오른손으로 번개칼을 휘두르며 우레 같은 소리로 말하여 가로되,

"인간에게는 싸움뿐이니라. 싸움에 이기면 살고 지면 죽나니 신의 명령이 이러하다."

그 소리가 딱 그치자 광선도 천관도 다 간 곳이 없고 햇살이 탁 퍼지며 온 바닥이 번뜩하더니 이제는 사람의 소리가 시작된다.

동쪽으로 닷 동달이 갖춘 빛에 둥근 테를 두른 오원기(五員旗)가 뜨며 그 깃발 밑에 사람이 덮혀 오는데 머리에 쓴 것과 몸에 치장한 것이 모두 이상하나 말소리를 들으니 분명한 우리나라 사람이요, 다만 신체의 건장함과 위풍의 늠름함이 전에 보지 못한 이들이다.

또 서쪽으로 왼쪽에 용, 오른쪽에 봉을 그린 그 밑에 수백만 군사가

몰려 오는데 뿔 돋친 놈, 꼬리 돋친 놈, 목 없는 놈, 팔 없는 놈, 처음 보는 괴상한 물건들이 달려들고 그 뒤에는 찬바람이 탁탁 치더라.

이때에 한놈이 두려운 마음이 없지 않으나 뜨는 호기심이 버럭 나 곧 무궁화 가지 아래로 내려가 구경코자 했더니 꽃송이가 빙글빙글 웃으며,

"너는 여기 앉았거라. 이곳을 떠나면 천지가 캄캄하여 아무것도 안 보이리라."

하거늘 들던 궁둥이를 다시 붙이고 앉으니 난데없는 구름장이 어디서 떠들어와 햇빛을 가리우며 소나기가 놀란 듯 퍼부어 평지가 바다가 되었는데, 한편으로 우르르 꽝꽝 소리가 나며, 모질다는 글자만으로는 형용하기 어려운 큰 바람이 일어 나무를 치면 나무가 꺾어지고 돌을 치면 돌이 날고, 집이나 산이나 닥치는 대로 부수는 그 기세로 바다를 건드리니, 바람도 크지만 바다도 큰 물이라. 서로 지지 않으려고 바람이 물을 치면 물도 바람을 쳐 바람과 물이 공중에서 접전할 때 미리〔龍〕가 우는 듯, 고래가 뛰는 듯, 천병만마(天兵萬馬)가 달리는 듯, 바람이 클수록 물결이 높아 온 지구가 들먹들먹하더라.

"바람이 불거나 물결이 치거나 우리는 우리대로 싸워 보자."

하는 소리가 들리더니 아까 보던 동쪽의 오원기와 서쪽의 용봉기 밑에 모여 있는 장졸들이 눈들을 부릅뜨고 서로 죽이려 달려드니, 바다에는 바람과 물의 싸움이요, 물 위에는 두 편 장졸들의 싸움이더라.

그러나 이 싸움은 동양 역사나 서양 역사에서 보던 싸움이 아니니라. 싸우는 사람들이 손에는 아무 연장도 가지지 않고 오직 입을 딱딱 벌리면 목구멍에서 불도 나오며 물도 나오며 칼도 나오며 화살도 나와, 칼이 칼과 싸우며, 활이 활과 싸우며 불과 불이 서로 치다가 나중에는 사람을 맞히니, 그 맞은 사람은 목이 떨어지면 팔로 싸우며, 팔이 떨어지

면 또 다리로 싸우다가 끝끝내 살이 다 떨어지고 뼈가 하나도 없이 부서져야 그만두는 싸움이라. 몇 시 몇 분이 못 되어 주검이 천리나 덮히고 비린내로 땅에 코를 돌릴 수 없으며, 피를 하도 뿌려 하늘까지 빨갛게 물들었도다. 한놈이 이를 보고 우주가 이같이 참혹한 마당인가 하여 차마 보지 못해 눈을 감으니 꽃송이가 다시 빙글빙글 웃으며,

"한놈아 눈을 떠라! 네 이다지 약하냐? 이것이 우주의 본래 모습이니라. 네가 안 왔으면 하릴없지만 이미 온 바에는 싸움에 참가하여야 하나니, 그렇지 않으면 도리어 너의 책임만 방기(放棄)[1]하느니라. 한놈아 눈을 빨리 떠라."

하거늘 한놈이 하릴없이 두 손으로 눈물을 닦고 눈을 들어 살피니 그 사이에 벌써 싸움이 끝났는지 천지(天地)가 괴괴(怪怪)하며 비바람도 또한 멀리 간지라. 해는 발끈 들어 온 바닥이 따뜻한데 깊은 구름을 헤치고 신선의 풍류(風流)소리가 내려오니 이제부터 참혹한 소리는 물러가고 평화의 소리가 대신함인가 보더라. 이 소리 밑에 나오는 사람들은 곧 별사람들이 아니라 아까 오원기를 받들고 동쪽 편에 섰던 장졸들이니, 아마 서쪽 편을 깨쳐 수백만 적병을 씨없이 죽이고 승전고(勝戰鼓)를 울리며 돌아옴이라.

한 대장이 앞머리에서 인도하는데 금화절풍건(金花折風巾)을 쓰고 어깨엔 어린장(魚鱗章)이며 몸엔 조의(皁衣)를 입었더라. 그 얼굴이 맑은 듯 위엄있고 매운 듯 인자하여 얼른 보면 부처 같고 일변으로는 범 같아, 보기에 사랑스럽기도 하고 무섭기도 하더라.

그가 한놈이 앉은 무궁화 나무로 오더니 문득 꽃을 보고 눈물을 흘리며,

"허허 무궁화가 피었구나."

하더니 장렬한 음조로 노래를 한 곡 한다.

---

1) 방기(放棄)—아주 내버림.

이 꽃이 무슨 꽃이냐.

희어스름한 머리〔白頭山〕의 얼[2]이요

불그스름한 고운 아침〔朝鮮〕의 빛이로다.

이 꽃을 북돋우려면

비도 맞고 바람도 맞고 피 물만 뿌려 주면

그 꽃이 잘 자라리.

옛날 우리 전성할 때에

이 꽃을 구경하니 꽃송이 크기도 하더라.

한 잎은 황해 발해(渤海)를 건너 대륙을 덮고

또 한 잎은 만주를 지나 우수리[3]에 늘어졌더니

어이해 오늘날은

이 꽃이 이다지 야위었느냐

이 몸도 일찍 당시의 살수(薩水) 평양 모든 싸움에

팔뚝으로 빗장 삼고 가슴이 방패되어

꽃밭에 울타리 노릇해

서방(西方)의 더러운 물이

조선의 봄빛에 물들지 못하도록

젖먹은 힘까지 들였도다.

이 꽃이 어이해

오늘은 이 꼴이 되었느냐.

한 곡 노래를 다 마치지 못한 모양이나 목이 메어 더하지 못하고
눈물에 젖으니, 무궁화 송이도 그 노래에 무슨 느낌이 있었던지 같이

---

2) 얼—정신. 넋.
3) 우수리—우수리강 부근의 지역. 중국 송강성(松江省)과 소련의 연해주(沿海州)
　　지방과의 경계를 흐르는 강.

눈물을 흘리며 맑은 노래로 화답하는데,

봄비슴4)의 고운 치마 님이 내게 주시도다.
님의 은덕 갚으려 하여
내 얼굴을 쓰다듬고 비바람과 싸우면서
조선의 아름다움 쉬임 없이 자랑하려고
나도 이리 파리하다.
영웅의 시원한 눈물
열사의 매운 핏물
사발로 바가지로 동이로 가져오너라
내 너무 목마르다.

그 소리 더욱 아프고 저리어 완악(頑惡)5)한 돌이나 나무들도 모두
일어나 슬픔으로 서로 화답하는 듯하더라. 꽃송이 위에 앉았던 한놈
은 두 노래 끝에 크게 느끼어 땅에 엎드러져 울며 일어나지 못하니
꽃송이가 또 가만히,
　"한놈아"
부르며 꾸짖되,
　"울음을 썩 그쳐라. 세상 일은 슬퍼한다고 잊는 것이 아니니라."
하거늘 한놈이 고개를 들어 좌우를 살피니 아까 노래하던 대장이 곧
앞에 섰더라. 그 얼굴을 자세히 뜯어보니 마치 언제 뵈온 어른 같다.
한참 서슴다가6),
　"아 이제야 생각나는구나. 눈매듭과 이맛살과 채수염7)이며, 또 장

식한 것을 두루 본즉, 일찍 평안도 안주 남문밖 비석(碑石)에 새겨져 있는 조각상과 같으니, 내가 꿈에라도 한 번 보면 하던 을지문덕(乙支文德)이신저."

하고 곧 일어나 절하며 무슨 말을 물으려 하나 무엇이라고 호칭할는지 몰라 다시 서슴으니 이상하다. 을지문덕 그이는 단군 2000년경(서기 전 333년)의 어른이요, 한놈은 단군 4241년(서기 1908년)에 난 아기라. 그 어간8)이 이천 년이나 되는데 이천 년 전의 어른으로 이천 년 뒤의 아기를 만나 자애스런 품이 마치 친구나 집안 같다. 그이가 곧 한놈을 향하여 웃으시며,

"그대가 나의 호칭에 서슴느냐, 곧 선배라 부름이 가하니라. 대개 단군이 태백산에 내리어 삼신오제(三神五帝)9)를 위하여 삼경오부(三京五部)10)를 베풀고 이를 만세 자손으로 하여금 지키게 하려 하실 새, 삼부오계(三部五戒)11)로 윤리를 세우시며 삼랑오가(三郎五加)로 교육을 맡게 하시니 이것이 우리나라 종교적 무사혼(武士魂)이 발생한 처음이니라. 이 혼이 삼국 시대에 와서는 드디어 꽃 피듯, 불 붙는 듯하여 사람마다 무사를 높이어 절하고 서로 아름다운 이름을 지어 자랑할 새, 신라는 소년 무사를 사랑하여 '도령'이라 이름하니, ≪삼국사기≫

---

7) 채수염―숱은 많지 아니하나 퍽 긴 수염.
8) 어간―시간·공간의 사이.
9) 삼신오제(三神五帝)―우리나라의 땅을 마련했다는 세 신 즉, 환인(桓因)·환웅(桓雄)·환검(桓儉)과 고대 중국의 다섯 성군(星君), 소호(少昊)·전욱(顓頊)·제곡(帝嚳)·요(堯)·순(舜).
10) 삼경오부(三京五部)―지금의 서울인 남경(南京)을 두기 전의 삼경. 곧, 지금의 개성인 중경, 평양인 서경, 동경인 지금의 경주와 고구려 때 서울을 다섯 부(部)로 나눈 행정 구역.
11) 삼부오계(三部五戒)―밀교(密敎)에서의 세 부(部). 불부(佛部)·연화부(蓮花部)·금강부(金剛部)와 가정에 있는 신남(信男)·신녀(信女)들이 지킬 다섯 가지 금계(禁戒). 곧, 살생(殺生)·투도(偸盜)·사음(邪淫)·망어(妄語)·음주(飮酒).

에 적힌 '선랑(仙郞)'이 그 뜻 번역이요, 또 백제는 장년 무사를 사랑하여 '수두'라 이름하니 ≪삼국사기≫에 적힌 바 '소도(蘇塗)'가 그 음 번역이요, 고구려는 군자(君子)스러운 무사를 사랑하여 '선배'라 이름하니, ≪삼국사기≫에 적힌 바 '선인(先人)'이 그 음과 뜻을 아울러 한 번역이라. 이제 나는 고구려의 사람이니 그대가 나를 선배라 부르면 가하리라."

한놈이 이에 다시 고구려의 절로, 한 무릎은 세우고 한 무릎은 꿇어 공손히 절한 뒤에,

"선배님이시여, 아까 동쪽 서쪽에 갈라서서 싸우던 두 진(陣)이 다 어느 나라의 진입니까?"

물은데, 선배님이 대답하되,

"동쪽은 우리 고구려의 진이요, 서쪽은 수(隋)나라의 진이니라."

한놈이 놀라며 의심스러운 빛으로 앞에 나아가 가로되,

"한놈은 듣자오니 사람이 죽으면 착한 이의 넋은 천당으로 가며, 모진 이의 넋은 지옥으로 간다더니 이제 그 말이 다 거짓말입니까? 그러면 영계(靈界)12)도 육계(肉界)와 같아 항상 칼로 찌르며 총으로 쏘아 서로 죽이는 참상(慘狀)이 있습니까?"

선배님이 허허 탄식하며 하시는 말이,

"그러하니라, 영계는 육계의 그림자이니 육계에 싸움이 그치지 않는 날에는 영계의 싸움도 그치지 않느니라. 저 종교가의 시조인 석가나 예수가 천당이니 지옥이니 한 말은 별도로 뜻을 붙인 곳이 있거늘 어리석은 사람들이 그 말을 집어먹고 소화가 못되어 망국멸족(亡國滅族)의 모든 병을 앓는도다. 그대는 부디 내 말을 새겨 들을지어다. 소가 개를 낳지 못하고, 복숭아 나무에 오얏열매가 맺지 못하나니 육계

---

12) 영계(靈界)－영혼의 세계.

의 싸움이 어찌 영계의 평화를 낳으리오? 그러므로 육계의 아이는 영계에 가서도 아이요, 육계의 어른은 영계에 가서도 어른이요, 육계의 상전은 영계에 가서도 상전이요, 육계의 종은 영계에 가서도 종이니, 영계에서 높다, 낮다, 슬프다, 즐겁다 하는 도깨비들이 모두 육계에서 받은 꼴과 한 가지라. 나로 말하더라도 일찍 살수 싸움의 승리자되므로 오늘 영계에서도 항상 승리자의 자리를 차지하고, 저 수나라 왕 양광(揚廣)은 그때 패전자가 되었으므로 오늘도 이와 같이 패하여 군사를 이백만이나 죽이고 슬피 돌아감이어늘, 이제 망한 나라의 종자로서 혹 부처에게 빌며 상제께 기도하며 죽은 뒤에 천당을 구하려 하니 어찌 눈을 감고 해를 보려 함과 다르리오.”

을지 선배의 이 말이 그치자마자, 하늘에 붉은 구름이 일어나 스스로 글씨가 되어 씌었으되 ‘옳다 옳다 을지문덕의 말이 참 옳다. 육계나 영계나 모두 승리자의 판이니 천당이란 것은 오직 주먹 큰 자가 차지하는 집이요, 주먹이 약하면 지옥으로 쫓기어 가느니라’ 하였더라.

2

1. 왼 몸이 오른 몸과 싸우다.
2. 살수 싸움의 정형(情形)이 이러하다.
3. 을지문덕도 암살당(暗殺黨)을 조직하였더라.
4. 사법명(沙法名)이 구름을 타고 지나가다.

한놈이 일찍 내 나라 역사에 눈이 뜨자 을지문덕을 숭배하는 마음이 간절하나 그에 대한 전기를 짓고 싶은 마음이 바빠 미처 모든 글월을 참고하지 못하고 다만 ≪동사강목(東史綱目)≫에 적힌 바에 의거하여, 필경 전기도 아니요 논문도 아닌 ≪사천년 제일대 위인 을지문덕≫이라 한 조그마한 책자를 지어 세상에 발표한 일이 있었더라.

　한놈은 대개 처음 이 누리[13]에 내려올 때에 정과 한을 뭉텅이를 가지고 온 놈이라, 나면 갈 곳이 없으며, 들면 잘 곳이 없고, 울면 믿을 만한 이가 없으며, 굴면 사랑할 만한 이가 없어 한놈으로 와 한놈으로 가는 놈이라. 사람이 고되면 근본을 생각한다더니 한놈도 그러함인지 하도 의지할 곳이 없으며 생각나는 것은 조상의 일뿐이더라.

　동명성왕(東明聖王)의 귀가 얼마나 길던가, 진흥대왕의 눈이 얼마나 크던가, 낙화암에 떨어지던 미인이 몇이던가, 수나라 양제(煬帝)[14]를 쏘던 장사가 누구던가, 동명성왕의 임류각의 높이가 백 길이 못 되던가, 진평왕의 성제대(聖帝帶)[15]가 열 발이 더 되던가. 동모(東牟)[16]의 높은 산에 대조영이 내조한 자취를 조상하며, 웅진(熊津)[17]의 가는 물에 계백장군의 매움을 눈물하고, 소나무를 보면 솔거의 그림을 본 듯하며, 새소리를 들으면 옥보고(玉寶高)[18]의 노래를 듣는 듯하여 몇이 못되는 골이 기나긴 오천 년 시간 속으로 오락가락하여 꿈에라도 우리 조상의 큰 사람을 만나고자 그리던 마음으로 이제 크나큰 을지문덕을 만난 판이니 묻고 싶은 말이며 하고 싶은 말이 어찌 하나 둘뿐이리오마는, 이상하다. 그의 영계에 대한 이야기를 들으매 골이 펄떡

---

13) 누리—세상. 세대(世代).
14) 양제(煬帝)—중국 수(隋)나라의 제2대 황제. 대군(大軍)을 보내어 고구려에 침입하였다가 을지문덕(乙支文德)에게 대패한 후 제웅(除雄)의 봉기로 진중에서 살해됨.
15) 성제대(聖帝帶)—천사 옥대(玉帶).
16) 동모(東牟)—지금의 돈화(敦化) 동쪽.
17) 웅진(熊津)—공주(公州)의 구명. 곰나루.
18) 옥보고(玉寶高)—신라 경덕왕(景德王) 때의 악사.

펄떡하고 가슴이 어근버근하여 아무 말도 물을 경황이 없고, 의심과 무서움이 오월 하늘에 구름 모이듯 하더니 드디어 심신(心身)에 이상한 작용이 인다.

오른손이 저릿저릿하더니 차차 커져 어디까지 뻗쳤는지 그 끝을 볼 수 없고, 손가락 다섯이 모두 손 하나씩이 되어 길길이 길어지며, 그 손끝에 다시 손가락이 나며 그 손가락 끝에 다시 손이 되며, 아들이 손자를 낳고, 손자가 증손을 낳으니 한 손이 몇 만 손이 되고, 왼손도 여보란 듯이 오른손 대로 되어 또 몇 만 손이 되더니, 오른손에 달린 손들이 낱낱이 푸른 기를 들고 왼손에 딸린 손들은 낱낱이 검은 기를 들고 두 편을 갈라 싸움을 시작하는데, 푸른 기 밑에 모인 손들이 일제히 범이 되며 아가리를 딱딱 벌리며 달려드니, 검은 기 밑에 모인 손들은 노루가 되어 달아나더라. 달아나다가 큰 물이 앞에 꽉 막히어 하릴없는 지경이 되니 노루가 일제히 고기가 되어 물 속으로 들어간다. 범들이 뱀이 되어 쫓으니 고기들은 껄껄 푸드득 꿩이 되어 물 밖으로 향하여 날더라.

뱀들이 다시 매가 되어 쫓은즉, 꿩들이 넓은 들에 가 내려앉아 큰 매가 되니 뱀들이 아예 불덩이가 되어 매에 대고 탁 튀어, 매는 조각조각 부서지고 온 바닥이 불빛이더라.

부서진 매 조각이 하늘로 날아가며 구름이 되어 비를 퍽퍽 주니 불은 꺼지고 바람이 일어 구름을 헤치려고 천지를 뒤집는다. 이 싸움이 한놈의 손끝에서 난 싸움이지만 한놈의 손끝으로 말릴 도리는 아주 없다. 구경이나 하자고 눈을 비비더니 앉은 밑의 무궁화 송이가 혀를 차며 하는 말이,

"애닯다! 무슨 일이냐, 쇠가 쇠를 먹고 살이 살을 먹는단 말이냐?"

한놈이 그 말씀에 소름이 몸에 쫙 끼치며 입이 벙벙하니 앉았다가,

"무슨 말씀이십니까? 언제는 싸우라 하시더니 이제는 싸우지 말라 하십니까?"

하며 돌려 물으니, 꽃송이가 어여쁜 소리로 대답하되,

"싸우려거든 내가 남하고 싸워야 싸움이지, 내가 나하고 싸우면 이는 자살이요, 싸움이 아니니라."

한놈이 바싹 달려들어 묻되,

"내란 말은 무엇을 가리키는 말입니까? 눈을 크게 뜨면 우주가 모두 내 몸이요, 작게 뜨면 오른팔이 왼팔더러 남이라고 말하지 않습니까?"

꽃송이가 날카롭게 깨우쳐 가로되,

"내란 범위는 시대를 따라 줄고 느나니, 가족주의 시대에는 가족이 '내'요, 국가주의의 시대에는 국가가 '내'라. 만일 시대를 앞서 가다가는 발이 찢어지고 시대를 뒤져 오다가는 머리가 부러지나니, 네가 오늘 무슨 시대인지 아느냐? 그리스는 지방색으로 강국의 자격을 잃고, 인도는 부락사상(部落思想)으로 망국의 화를 얻으리라."

한놈이 이 말에 크게 느끼어 감사한 눈물을 뿌리고 인해 왼손으로 오른손을 만지니 다시 전날의 오른손이요, 오른손으로 왼손을 만지니 또한 전날의 왼손이더라. 곁에서 을지문덕이 햇빛을 안고 앉아서 신지비사(神誌秘詞)의,

우리나라는 저울과 같다.
부소(扶蘇) 서울은 저울 몸이요,
백아(百牙) 서울은 저울 머리요,
오덕(五德) 서울은 저울 추로다.
모든 대적을 하루에 깨쳐,
세 곳에 나누어 서울로 하니,

기울임 없이 나라 되리니,

셋에 하나도 잃지 말아라.

를 외우더니, 한놈을 돌아보며 가로되,

"그대가 이 글을 아는가?"

한놈이,

"정인지가 지은 ≪고려사≫[19] 속에서 보았나이다.

하니 을지문덕이 가로되,

"그러하니라. 옛적에 단군이 모든 적국을 깨치고 그 땅을 나누어 세 군데 서울을 세울 때, 첫 서울은 태백산 동남 조선 땅에 두니 이른 바 '부소(扶蘇)'요, 다음 서울은 태백산 서편 만주 땅에 두니 이른바 '백아강(百牙岡)'이요, 셋째 서울은 태백산 동북 만주 밑 연해주 땅에 두니 가로되 '오덕(五德)'이라. 이 세 서울 중에 하나라도 잃으면 후세 자손이 쇠약해지리라고 하사, 그 예언을 적어 <신지>에게 주신 바이어늘, 오늘에 그 서울들이 어디인 줄 아는 이가 없을 뿐더러 이 글까지 잊었도다. 정인지가 ≪고려사(高麗史)≫에 이를 쓰기는 하였으나, 술사(術士)[20]의 말로 돌렸으니 그 잘못함이 하나요, 고려의 ≪지리지(地理志)≫를 좇아 단군의 삼경(三京)도 모두 대동강 이내로 말하였으니 그 잘못함이 둘이라."

한놈이,

"이 세 서울을 잃은 원인은 어디에 있습니까?"

하고 물으니 을지문덕이 가로되,

---

19) 고려사─기전체(紀傳體)로 된 고려 왕조의 정사(正史). 조선 왕조 세종(世宗)의 명으로 정인지(鄭麟趾)·김종서(金宗瑞) 등이 지어, 문종(文宗) 원년(1451)에 완성하여 올림. 139권.
20) 술사(術士)─술책(術策)을 잘 꾸미는 사람.

"아까 권력이 천당으로 가는 사다리란 말을 잊지 않았느냐? 우리 조선 사람들은 이 뜻을 아는 이 적은고로, 중국 ≪이십일대사(二十一代史)≫ 가운데 대(代)마다 조선열전(朝鮮列傳)이 있으며, 이 '인후' 두 자가 우리를 쇠하게 한 원인이라. 동족에 대한 인후는 흥하는 원인도 되거니와, 적국에 대한 인후는 망하게 하는 원인이 될 뿐이니라……"

3

……(탈락) 한참 재미있게 을지문덕이 이야기하고 한놈은 듣는 판에 벌건 동쪽 하늘이 딱 갈라지며 그 곳에서 불칼, 불활, 불돌, 불총, 불대포, 불화로, 불솥, 불사자, 불개, 불고양이 떼들이 쏟아져 나오니, 을지문덕이 깜짝 놀라며,

"저것이 웬일이냐?"
하더니 무지개를 타고 재빨리 그 속으로 향하여 가더라.

4

가는 선배님을 붙들지도 못하며 내 몸으로 쫓아가려고 해도 쫓지 못하여 먹먹하게 앉은 한놈이,

"나는 어디로 가리오?"
하니 주인으로 있는 꽃송이가 고운 목소리로,

"네가 모르느냐? 님〔神〕과 도깨비〔魔〕의 싸움이 일어 을지 선배님이 가시는 길이다."

한놈이 깜짝 기뻐하며,

"나도 가게 하시옵소서."

하니 꽃송이가,

"암 그럼 가야지, 우리나라 사람이 다 가는 싸움이다."

한놈이,

"그대로 가면 어떻게 가리까?"

물으니 꽃송이가,

"날개를 주마."

하므로 한놈이 겨드랑이 밑을 만져보니 문득 날개 둘이 달렸더라. 꽃송이가 또,

"친구와 함께 가거라."

하거늘 울어도 홀로 울고, 웃어도 홀로 웃어 사십 평생에 친구 하나 없이 자라난 한놈이 이 말을 들으매 스스로 눈에 눈물이 핑 돈다.

"친구가 어디 있습니까?"

하니,

"네 하늘에 향하여 한놈을 부르라."

하거늘, 한놈이 힘을 다하여 머리를 들고 한놈을 부르니 하늘에서,

"간다."

대답하고, 한놈 같은 한놈이 내려오더라. 또,

"네가 땅에 향하여 한놈을 부르라."

하거늘 한놈이 또 힘을 다하여 머리를 숙이고 한놈을 부르니 땅속에서,

"간다."

대답하고 한놈 같은 한놈이 솟아나더라. 꽃송이가 시키는 대로 동편에 불러 한놈을 얻고, 서편에 불러 한놈을 얻고, 남편·북편에서도 다각기 한놈을 얻은지라. 세어본즉 원래 있던 한놈과 불려나온 여섯놈

이니 합이 일곱 한놈이더라.

낯도 같고 꼴도 같고 목적도 같지만, 이름이 같으면 서로 분간할 수 없을까 하여 차례로 이름을 지어 한놈, 둣놈, 셋놈, 넷놈, 닷째놈, 엿째놈, 잇놈이라 하였다.

"싸움터가 어디냐?"
외치니,
"이리 오너라."
하고 동편에서 소리가 나거늘,
"앞으로 갓!"
한마디에 그 곳으로 향하니 꽃송이가 '칼부름'이란 노래로 그들을 전송한다.

내가 나니 저도 나고
저가 나니 나의 대적(大敵)이다.
내가 살면 대적이 죽고,
대적이 살면 내가 죽나니
그러기에 내 올 때에 칼 들고 왔다.
대적아 대적아
네 칼이 세던가 내 칼이 센가 싸워를 보자.
앓다 죽은 넋은 땅 속으로 들어가고 싸우다 죽은 넋은 하늘로 올라간다.
하늘이 멀다 마라
이 길로 가면 한 뼘뿐이다.
하늘이 가깝다 마라
땅 길로 가면 만만 리가 된다.

아가 아가 한놈 둣놈 우리 아가
우리 대적이 저기 있다.
해 늦었다 눕지 말며
밤 늦었다 자지 말라.
이 칼이 성공하기 전에는
우리 너희 쉴 짬이 없다.

그 소리 비장강개(悲壯慷慨)[21]하여 울만도 하고, 뛸만도 하더라.

한놈은 일곱 사람의 대표로 '내 친구'란 노래로 대답하였는데, 윈머리는 다 잊어 이 책에 쓸 수 없고 오직 첫마디의

"내가 나자 칼이 나고, 칼이 나니 내 친구다."

라는 단 한 구절만 생각난다.

답가를 마치고 일곱 사람이 서로 손목을 잡고, 동편을 바라보고 가니, 날도 좋고, 곳곳에 꽃향기, 새소리로 우리를 위로하더라.

몇 걸음 못 나아가 하늘이 캄캄하고 찬비가 쏟아진다. 일곱 사람이 한결같이,

"찬비가 오거나 더운비가 오거나 우리는 간다."

하고 앞길만 찾더니 또 바람이 모질게 불어 흙과 모래가 섞이어 나니 눈을 뜰 수 없다.

"눈을 뜰 수 없어도 가자."

하고 자꾸 가니 몇 걸음 못 나가서 가시밭이 있거늘,

"오냐 가시밭길이라도 우리가 가면 길된다."

하고 눌러 걷더니 또 몇 걸음 못 나가서 땅에다 시퍼런 칼 같은 것을

---

21) 비장강개(悲壯慷慨) ─ 비참하면서도 장대하여 의롭지 못한 것을 보고 의기가 복받치어 원통해함.

모로 세워, 밟는 대로 발이 찢어져 피 발이 된다.

"피 발이 되어도 간다."

하고 서로 붙들고 가더니 무엇이 머리를 꽉 눌러 허리도 펼 수 없고 한발씩이나 되는 주둥이가 살을 꽉꽉 물어 떼어 아프고 가려워 견딜 수 없고, 머리털 타는 듯, 고추 타는 듯한 냄새가 나 코를 들 수 없고 앞뒤로 불덩이가 날아와 살이 모두 데이니, 일곱째 놈이 딱 자빠지며,

"애고, 나는 못 가겠다."

한놈과 다섯 친구들이 억지로 끌어 일으키나 아니 들으며,

"여기 누우니 아픈 데가 없다."

하거늘 한놈이,

"싸움에 가는 놈이 편함을 구하느냐?"

꾸짖고, 할 수 없이 일곱 친구에 하나를 버리니 여섯 사람뿐이라.

"우리는 적과의 싸움에서 못 견디지 말자."

하고 서로 격려하나, 길이 어둡고 몸이 저려 기다가, 걷다가, 구르다가, 뛰다가 온갖 짓을 다하며 나가는데 웬 할미가 앞에 지나가거늘, 일제히 소리를 쳐,

"할멈, 싸움터는 어디로 가오?"

하니 지팡이를 들어,

"이리 가라."

하고 가리키는데, 지팡이 끝에 환한 광선이 비치더라.

"이곳이 어디요?"

물으니,

"고됨 벌이라."

하더라.

광선을 따라 나아가니 눈 앞이 환하고 갈 길이 탁 트인다. 한편으로

는 반갑기도 하지만, 또 한편으로는 눈물이 주루루 쏟아진다.

"살거든 같이 살고 죽거든 같이 죽자고 옷고름 맺고 맹세하며, 같이 오던 일곱 사람에 잇놈 하나만 버리고 우리 여섯은 다 오는구나. 잇놈아, 네 조금만 견디었으면 우리 같이 이 구경을 할걸, 네 너무도 참지 못하여 우리는 오고 너는 갔구나. 그러므로 마지막 씨름에 잘하여야 한다는 말도 있고 최후 오분 종을 잘 지내란 말도 있는 것이다. 그러나 쓸데 있나, 이 뒤에 우리 여섯이나 조심하자."

하고 받고 차며 이야기하고 가더니 이곳이 어디기에 이다지 좋은가. 나무그늘 가득한 곳에 금잔디는 땅에 깔리고 꽃은 피어 뒤덮였는데, 새들은 제 세상인듯 짹짹이고 범이 오락가락하나 사람 보고 물지 않고, 온갖 풀이 모두 향내를 피우며 길은 옥으로 깔렸는데 얼른얼른하며, 그 속에 한놈의 무리 여섯이 비치어 있고, 금강산의 만물상같이 이름짓는 대로 보이는 것도 많으며, 평양 모란봉처럼 우뚝 솟아 그린듯한 빼어난 뫼며, 남한산의 꽃버들이며, 북한산의 단풍이며, 경주의 삼기팔괴(三奇八怪)며, 원산의 명사십리 해당화며, 호호탕탕 한강물에 뛰노는 잉어며, 천안 삼거리 늘어진 버들이며, 송도 박연에 구슬 뿜듯 헤치는 폭포며, 순창의 옷과 대발이며, 온갖 풍경이 갖추어 있어 한놈의 친구 여섯 사람으로 하여금 '아픔 벌'에서 받던 고통은 씻은 듯 간데 없다. 몸이 거뜬하고 시원함을 이기지 못하여 서로 돌아보며,

"이곳이 어디인가? 님의 나라인가? 님의 나라야 싸움터도 끝나지 않았는데 어느새 왔을 수 있나?"

하며 올 없이 가는 판이러니, 별안간 사람의 눈을 부시게 빛이 찬란한 산이 멀리 보이는데, 그 위에 붉은 글씨로 '황금산'이라고 새기었더라. 앞에 다다라 보니 순금으로 쌓은 몇 만 길 되는 산이요, 한 쌍의 옥동자가 그 산 이마에 앉아 노래를 한다.

잰 사람이 그 누구냐
내 이 산을 내어 주리라
이 산만 가지면
옷도 있고 밥도 있고
고대광실 높은 집에
한평생 잘 살리라
이 산만 가지면
맏아들은 황제 되고
둘째아들은 제후가 되고
셋째아들은 파초선 받고
넷째아들은 쌍가마 타고
네 앞에 절하리라.
이 산을 가지려거든
단군을 버리고 나를 할아비하며
진단(震檀)22)을 던지고 내 집에서 네 살림하여라.
이 산만 차지하면
금강석으로 네 갓하고
진주 구슬로 네 목도리하고
홍보석으로 네 옷 말아주마
잰 사람이 그 누구냐
너희들도 어리석다.
싸움에 다다르면 네 목은 칼 밥이요
네 눈은 활 과녁이요
네 몸은 탄알 밥이라

---

22) 진단(震檀)—우리나라의 이칭(異稱).

인생이 얼마라고 호강을 싫어하고
아픈 길로 드느냐?
어리석다 불쌍하다 너희들…….

노랫소리 맑고 고와 듣는 사람의 귀를 콕 찌르니, 엿째놈이 그 앞에
턱 엎드러지며,
"애고 나는 못 가겠소. 형들이나 가시오."
한놈의 친구가 또 하나 없어진다. 기가 막혀 꾀이고 꾸짖으며 때리
며 끌며 하나, 엿째놈이 그 산에 딱 들어붙어 일어나지 않더라.
하릴없이 한놈이 이제 네 친구만 데리고 가더니 큰 냇물이 앞에 나
서거늘, 한놈이 친구들을 돌아보며,
"이 내가 무슨 내인가?"
하며 그 이름을 몰라 갑갑한 말을 한즉, 냇물에서 무엇이 대답하되,
"내 이름은 새암이라."
"새암이란 무슨 말이냐?"
"새암이란 재주없는 놈이 재주있는 놈을 미워하며, 공없는 놈이 공
있는 놈을 싫어하여 죽이려 함이 새암이니라."
"그러면 네 이름이 새암이니 남의 집과 남의 나라도 많이 망쳤겠구나."
"암, 그럼. 단군 때에는 비록 마음이 있었으나 도덕(道德)의 아래라
감히 행세치 못하다가 부여의 말년부터 내 이름이 비로소 나타날 새,
금와왕의 아들들이 내 맛을 보고 동명왕을 죽이려 했고, 비류단 사람
이 내 맛을 보고 온조왕과 갈라지고, 수성왕(遂成王), 곧 차대왕(次大
王)이 내 맛을 보고는 국조(國祖)의 부자를 죽이며, 고구려 봉상왕(烽
上王)이 내 맛을 보고는 달가(達賈) 같은 공신을 베고, 백제의 신하인
백가(苩加)가 동성왕을 죽여서 패업을 꺾음도 나의 꾀임이며, 좌가려

(左可慮)가 고국천왕을 싫어하여 연나(椽那)와 함께 반란을 일으킴도 나의 홀림이라. 나의 물결이 가는 곳이면 반드시 환란을 내어, 삼국의 강성이 더 늘지 못함이 내 솜씨로 말미암음이라고도 할지나, 그러나 이때는 오히려 정도(正道)가 세고 내가 약하여 크게 횡행하지 못하더니, 세월이 흘러 삼국의 말엽이 되니, 내가 간 곳마다 성공하여, 백제에 들매 의자왕의 군신이 서로 새암하여 성충(成忠)이며, 흥수(興首)며, 계백 같은 어진 신하 용감한 장수를 멀리하여 망함에 이르렀으며, 고구려에 들매 남생(男生)23)의 형제가 서로 새암하여 평양이며, 국내성이며, 개모성 같은 큰 성을 적국에 바쳐 비운에 빠지고, 복신(福信)24)은 만고의 명장으로 풍왕(豊王)의 새암에 손바닥, 발바닥을 뚫리는 악형을 받아 중흥의 사업이 꿈결로 돌아가고, 검모잠(劍牟岑)25)은 세상을 덮을 매서운 장부인데 안승왕(安勝王)의 새암에 비참한 주검이 되어 다물(多勿)의 큰 뜻이 이슬같이 사라지고, 이 뒤부터는 더욱 내 판이라.

고려 왕씨조나, 조선 이씨조는 모두 내 손에 공기 노는 듯하여 군신이 의심하며, 상하가 미워하며, 문무가 싸우며, 사색당파가 서로 잡아먹으며, 이백만 홍건적을 쳐물린 정세운(鄭世雲)도 죽이며, 수십 년 해륙전에 드날리던 최영도 베며, 팔 년 왜란에 바다를 진정하여 해왕(海王)이란 이름을 가지던 이순신도 가두며, 일개 서생으로 왜장 가등청

---

23) 남생(男生)―고구려 말기의 재상. 연개소문(淵蓋蘇文)의 장남. 아버지를 이어 대막리지(大莫離支)가 되었으나, 어우 남건(男建)·남산(男産)에게 쫓겨나서 아들 헌성(獻誠)을 당(唐)나라에 보내어 당나라에 항복함.
24) 복신(福信)―백제 무왕(武王)의 조카. 백제가 망하자 도침(道琛)과 더불어 부흥을 꾀함.
25) 검모잠(劍牟岑)―고구려의 대형(大兄). 보장왕 27(668)년에 나라가 망하자 유민을 규합하여 당병(唐兵)을 물리치고 안승(安勝)을 만나 고구려 부흥을 꾀하였으나 안승에게 피살됨.

정을 부수고 함경도를 찾던 정문부(鄭文孚)도 죽이어 드디어 금수강산
(錦繡江山)이 비린내가 나도록 하였노라.”

　한놈이 그 말을 듣고는 몸에 소름이 끼쳐 친구를 돌아보며,

　“이 물이야 건널 수 있느냐?”

하나 넷놈 닷놈이 웃으면서,

　“그것이 무슨 말이오? 백이숙제가 탐천(貪泉) 물을 마시면 그 마음
이 흐릴까요.”

하더니 벗고 들어서거늘, 한놈, 둣놈, 셋놈 세 사람도 용기를 내어 뒤
에 따라서며, 도통사(都統使) 최영이 지은,

　까마귀 눈비 맞아 희난 듯 검노매라
　야광명월이 밤인들 어둘소냐
　임 향한 일편단심이 가실 줄이 있으랴

한 시조를 읊으며 건너니라.

　저편 언덕에 다다라서는 서로서로 냇물을 돌아보며,

　“요만 물에 어찌 장부의 마음을 변할소냐? 우리가 아무리 어리다
해도 혹 국사(國史)에 힘써 화랑의 교훈을 받은 이도 있으며, 혹 한학
에 소양이 있어 공자, 맹자의 도덕에 젖은 이도 있으며, 혹 불교를 연
구하여 석가의 도를 들은 이도 있으며, 혹 예배당에 출입하여 양부자
(洋夫子)의 신약(新約)도 공부한 이 있나니, 어찌 접시물에 빠져 형제
가 서로 새암하리오.”

하고 더욱 씩씩한 꼴을 보이며 길에 오르니라.

　싸움터가 가까워 온다. 님나라가 가까워 온다. 깃발이 보인다. 북소
리가 들린다. 어서 가자 재촉할 새, 가장 날래게 앞서 뛰는 놈은 셋놈

이러라. 넷놈이 따르려 하여도 따르지 못하여 허덕허덕하며 매우 좋지 못한 낯을 갖더니,

"저기 적진이 보인다."

하고 실탄 박은 총으로 쏜다는 것이 적진을 쏘지 않고 셋놈을 쏘았더라.

어화, 일곱 사람이 오던 길에 한 사람은 고통에 못 이기어 떨어지고, 또 한 사람은 황금에 마음이 바뀌어 떨어졌으나 오늘같이 서로 죽이기는 처음이구나! 새암의 화가 참말 독하다. 죽은 놈은 할 수 없거니와 죽인 놈도 그저 둘 수 없다 하여 곧 넷놈을 잡아 태워 죽이고, 한놈, 둣놈, 닷놈, 무릇 세 사람이 동행하니라. 인간에게 알기는 도깨비가 님에게 대하여 만나면 으레히 항복하고 싸우면 으레히 진다 하더니, 싸움터에 와 보니 이렇게 쉽게는 말할 수 없더라.

님의 키가 열 길이 되더니 도깨비의 키도 열 길이 되고, 님의 손이 다섯 발이 되더니 도깨비의 손도 다섯 발이 되고, 님의 눈에 번개가 치면 도깨비의 눈에도 번개가 치고, 님의 입에 우뢰가 울면 도깨비의 입에도 우뢰가 울며 님이 날면 도깨비도 날며, 님이 뛰면 도깨비도 뛰며 님의 군사가 구구는 팔십일만 명인데 도깨비의 군사도 꼭 그 수효이더라.

《고구려사(高句麗史)》에 보면 동천왕(東川王)이 위나라 장수 관구검을 처음에 이기고 웃어 가로되,

"이같이 썩은 대적을 치는데 어찌 큰 군사를 쓰리오."

하고 정병은 다 뒤에 앉아 있게 하고 다만 오천 명으로써 적의 수만 명과 결전하다가 도리어 큰 위험을 겪은 일이 있더니, 님나라에서도 이런 짓이 있도다. 싸움이 시작되자 님이 영을 내리시되,

"오늘은 전군이 다 나아갈 것이 없이 다만 구분의 일, 곧 구만 명만 나서며, 또 연장은 가지지 말고 맨손으로 싸워 도깨비의 무리가 우리

재주에 놀래어 다시 덤비지 못하게 하여라."
하니 좌우 사람들은 안 될 짓이라고 간하나 님이 안 들으신다.

진(陣)이 사괴매 님의 군사가 비록 날쌔나 어찌 연장 가진 군사와 겨루리오. 칼이며, 총이며, 불이며, 물이며 온갖 것을 다하여 님의 군사를 치는데, 슬프다. 님의 군사는 빈 주먹이 칼에 부서지고, 흰 가슴이 총에 꿰뚫리며, 뛰다가 불에 타며, 기다가 물에 빠져 살 길이 아득하다. 입으로는,

"우리는 정의의 아들이다. 악이 아무리 강한들 어찌 우리를 이기리오."
하고 부르짖으나 강한 힘 밑에서야 정의의 할아비인들 쓸데있느냐? 죽는 이 님의 군사요, 엎치는 이 님의 군사더라. 넓고 넓은 큰 벌판에 정의의 주검이 널리었으나 강적의 칼은 그치지 않는다. 한놈의 동행인 닷놈이 고개를 숙이고 탄식하되,

"이제는 님의 나라가 그만이로구나, 나는 어디로 가뇨?"
하더니, 청산 백운 간에 사슴의 친구나 찾아간다고 봇짐을 싸며, 셋놈은 왈칵 나서며,

"장부가 어찌 이렇게 적막히 살 수야 있나, 종살이라도 하며 세상에서 어정거림이 옳다."
하고 적진으로 향하니라.

이때 한놈은 어찌할까, 한놈은 한놈의 짐을 지고 왔으며, 너희들은 각기 너희들의 짐을 지고 왔나니 짐 벗어던지고 달아나는 너희들을 따라가는 한놈이 아니요, 가는 놈들은 가거라 나는 나대로 하리라 함이 정당한 일인 듯하나, 그러나 너는 내 손목을 잡고, 나는 네 손목을 잡아 죽으나 사나 같이 가자 하던 일곱 사람에, 단 셋이 남아 나밖에는 네 형이 없고 너밖에는 내 아우 없다 하던 너희들을 또 버리고, 나

홀로 돌아섬도 또한 한놈이 하니로다. 한놈이 이에 오도가도 못하고 길 곁에 주저앉아 홀로,

"세상이 원래 이런 세상인가? 한놈이 친구를 못 얻음인가? 말짱하게 맹세하고 오던 놈들이 고되다고 달아난 놈도 있고, 돈 있다고 달아난 놈도 있고, 할 수 없다고 달아난 놈도 있어 일곱 놈에 나 한놈만 남았구나."

탄식하니 해는 서산에 너울너울 넘어가 사람의 사정을 돌보지 않더라. 이러나 저러나 갈 판이라고 두 주먹을 부릅쥐고 달리더니 난데없는 구름이 모여들어 하늘이 캄캄하여지며 범과 이리와 사자와 온갖 짐승이 꽉 가로막아 뒤로 물러갈 길은 보이지만 앞으로 나아갈 길은 없더라. 할 수 없이 다시 오던 길을 찾아 뒤로 몇 걸음 물러서다가,

"뺀 칼을 다시 박으랴!"

소리를 지르고 앞을 헤치고 나아가니, 님의 형상은 보이지 않으나 님의 발소리가 귀에 들린다.

"네 오느냐? 너 홀로 오느냐?"

하시거늘 한놈이 고되고 외로워 어찌할 줄 모르던 차에 인자하신 말씀에 느낌을 받아 눈에 눈물이 핑 돌며 목이 탁 메어 겨우 대답하되,

"예, 홀로 옵니다."

"오냐, 슬퍼 마라, 옳은 사람은 매양 무척 고생을 받고서야 동무를 얻나니라."

하시더니 칼을 하나 던지시며,

"이 칼은 3925년(서기 1592년) 임진왜란 때 의병대장 정기룡(鄭起龍)이 쓰던 삼인검(三寅劍)이다. 네 이것을 가지고 적진을 쳐라!"

하시더라. 한놈이 칼을 받아들고 나서니 하늘이 개며 해도 다시 나와, 범과 사자들은 모두 달아나 앞길이 탁 트이더라. 몸에 님의 명령을 띠

고 손에 님이 주신 칼을 들었으니 무엇이 무서우리오. 적진이 여우고 개에 있다는 소문을 듣고 그리로 향하여 가는데 칼이 번쩍번쩍하더니 찬바람 치며 비린내가 코를 찌르거늘,

"에쿠, 적진이 당도하였구나."

하고 칼을 저으며 들어가니 수십만 적병이 물결 갈라지듯 하는지라. 그 사이를 뚫고 들어간즉, 어떤 얼굴 고약한 적장이 책상에 기대어 임진 전사(戰史)를 보는데 한놈의 손에 든 칼이 부르르 떨며 그 적장을 가리키며 소리치되,

"저놈이 곧 임진왜란 때에 조선을 더럽히려던 일본의 관백(關白) 풍신수길이라."

원수를 외나무 다리에서 만난 한놈이 어찌 용서가 있으리오. 두 눈에 쌍심지가 오르며 분기가 정수리를 쿡 찔러, 곧 한 칼에 이 놈을 고깃장을 만들리라 하여 힘껏 겨누어 치려 한즉, 풍신수길이 썩 쳐다보며 빙그레 웃더니 그 고약한 얼굴은 어디 가고, 아름다운 한 미인이 되어 앉았는데 꽃 본 나비인 듯, 물 찬 제비인 듯, 솟아오르는 반월인 듯……

한놈이 그것을 보고 팔이 찌르르해지며 차마 치지 못하고 칼이 땅에 덜렁 내려지거늘, 한놈이 칼을 집으려고 몸을 굽힌 새, 벌써 그 미인이 변하여 개가 되어 컹컹 짖으며 물려고 드나, 한놈이 칼을 잡지 못하여 맨손으로 어쩔 수 없어 삼십육계의 상책을 찾으려다가 발이 쭉 미끄러지며,

"아차."

한 마디에 어디로 떨어져 내려가는지 한참만에 평지를 얻은지라. 골이 깨어지지나 않았는가 하고 손으로 만져보니 깨어지지는 않았으나 무엇이 쇠뭉치로 뒤통수를 딱딱 때려 아파 견딜 수 없고, 또 쇠사슬이 어디서 오더니 두 손을 꽉 묶으며 온 몸을 굴신할 수 없게 얽어

매고, 불침, 불칼이 머리부터 시작하여 발끝까지 쑤시는도다. 한놈이
깜짝 놀래어,
　"아이고, 내가 지옥에 들어왔구나. 그러나 내가 무슨 죄로 여기를
왔나?"
하고 땅에 떨어진 날부터 오늘까지 아는 대로 무릇 삼십여 년 사이의
일을 세어보나 무슨 죄인지 모르겠더라. 좌우를 돌아보니 한놈과 같
이 형구(刑具)를 가지고 앉은 이가 몇몇 있거늘,
　"내가 무슨 죄로 왔느냐?"
물은즉 '잘 모른다' 하며
　"너희들은 무슨 죄로 왔는냐?"
하여도 '모른다' 하더라. 한놈이 소리를 지르며,
　"사람이 어찌 무슨 죄로 왔는지도 모르고 이 속에 갇혔으리오?"
하니 대답하되,
　"얼마 안 되어 순옥사자(巡獄使者)가 오신다니 그에게 물어보라."
하더라.

5

　아픔도 아픔이어니와 가장 갑갑한 것은 내가 무슨 죄로 이 속에 왔
는 지를 모름이라.
　"순옥사자(巡獄使者)가 오시면 안다하니 언제나 오나."
하며 빠지는 눈을 억지로 참고 며칠을 기다리더니 하루는 삼백예순다
섯 가지 풍류소리가 나며,
　"신임 순옥사자 고려 문하시랑 동문장사 강감찬(高麗 門下侍郎 同文

章事 妻邯贊)이 듭신다."

하더니 온 옥중이 괴괴한데, 한놈이 좌우의 낯을 살펴보니 어떤 사람은,

"나야 무슨 죄가 있나. 설마 순옥사자께서 곧 놓아 보내겠지."

하는 뜻이 있어 기꺼운 낯을 가지며, 어떤 사람은,

"내 죄는 이보다 더 참혹한 지옥에 갇힐 터인데, 순옥사자가 오시면 어찌하나."

하는 뜻이 있어 걱정스러운 듯한 낯을 가지며, 어떤 사람은,

"죄를 지면 지었지 지옥밖에 더 왔겠니."

하는 뜻이 있어 아무렇지도 않은 듯한 낯을 가지며, 어떤 사람은,

"아이고 이제는 큰일났구나. 내 죄야 있는지 없는지 모르겠다만 순옥사자가 아마 덮어놓고 죽이실걸."

하는 뜻이 있어 잿빛 같은 낯을 가지며, 지옥이 무엇인지 천당이 무엇인지 순옥사자가 가는지 오는지도 모르고 앉아 있는 사람도 있으며,

"오냐, 지옥에 가두어라. 가두면 늘 가두겠느냐, 나가는 날에는 또 도적질이나 하자."

하는 사람도 있으며,

"우리 어머니가 내 일을 알면 오죽 울겠느냐? 순옥사자시여! 제발 놓아 주옵소서."

하는 사람도 있으며,

"옥이고 깨묵이고 밥이나 좀 먹었으면."

하는 사람도 있으며,

"순옥사자가 오기만 오너라. 내 죽자 사자 해보겠다. 인간에게 하던 고생도 많은데 또……."

하는 사람도 있으며,

"내가 돈이 백만 냥이 있으니 순옥사자의 옆구리만 쿡 찌르면 되

지."
하는 사람도 있으며

"나는 계집인데 순옥사자가 밉지 않은 나야 설마 죽이겠나."
하는 사람도 있어 빛도 각각이요, 말도 각각이더라.

옥중에 서기(瑞氣)가 돌며 순옥사자 강감찬이 드시는데 키는 불과
오 척이요, 꼴도 매우 왜소하고 초라하지만 두 눈에는 정기가 어리고
머리 위에는 어사화(御賜花)가 펄펄 난다. 이때를 당하여 사방을 돌아
보니 억센 놈도 어디 가고, 다리 긴 놈도 어디 가고, 겁 많은 놈도 어
디 가고, 돈 많은 놈도 어디 가고, 얼굴 좋은 아가씨도 어디 가시고 온
옥중에 있는 사나이나 계집이나 모두, 오래 젖에 주린 아이가 어미 몸
을 보는 듯하여 콱 엎드러져 흑흑 느끼어 가며 운다.

강감찬이 보시더니 불쌍히 여기사 물으시되,

"왜 처음에 지옥이 무서운지 몰랐더냐? 죄를 왜 지었느냐?"
하니 옥중이 묵묵하여 아무 대답이 없거늘 한놈이 나서며 여짜오되,

"우리가 나가고 싶다는 말도 없었는데 님이 우리를 인간에 내시고,
우리가 오겠다고 원하지도 않았는데 님이 우리를 지옥에 넣으시니,
우리들이 님의 일이 답답하여 우나이다."

강감찬이 웃으시며,

"님이 너희들을 내셨다더냐? 또 지옥에 올 때도 님이 가라고 하시
더냐?"

"그러면 누가 내시고 누가 이리로 오게 하였습니까?"

강감찬이 크게 소리를 질러,

"네가 네 일을 모르고 누구에게 묻느냐?"
하고 꾸짖으니 온 옥중이 모두 한놈과 함께 황송하여 일제히 그 앞에
엎드리며,

"미련한 것들이 알지 못하오니 사자님은 크게 사랑하사 미혹(迷惑)[26]됨을 열어주소서."

강감찬이 지팡이를 거꾸로 받드시더니 모든 죄인에게 말씀하시되,

"너희들이 죄를 짓지 않으면 지옥이란 이름이 없으리니, 그러므로 지옥은 님이 지은 것이 아니라 곧 너희들이 지은 지옥이니라."

한놈이 일어서 아뢰되,

"우리가 지은 지옥이면 깨기도 우리 손으로 깰 수 있습니까?"

강감찬이 가라사대,

"적은 죄는 자기 손으로 깨고 나아갈지나, 큰 죄는 제 손은 그만두고 님이 깨어주려 하여도 깰 수 없나니, 천겁 만겁을 지옥에서 썩을 뿐이니라."

한놈이 묻되,

"어떤 죄가 큰 죄오니까?"

강감찬이 가라사대,

"처음에 단군이 오계(五戒)를 세우시니,

1. 나라에 충성하며

2. 집에서 효도하고 우애하며

3. 벗을 미덥게 사귀며

4. 싸움에서 뒷걸음질 말며

5. 생물을 죽임에 골라 죽임이라.

옛적에는 오계의 하나만 범하여도 큰 죄라 하여 지옥에 내리더니, 이제 와서는 나라일이 급하여 다른 죄를 이루 다 다스릴 수 없어 오직 나라에 대한 죄만 큰 죄라 하여 지옥에 내리느니라."

한놈이,

---

26) 미혹(迷惑)―마음이 어둡고 흐려서 무엇에 홀림.

"나라에 대한 큰 죄가 몇입니까?"
물은대 강감찬이,
"네가 앉아 들으라!"
하시더니 하나씩 세신다.

첫째는 나라의 적을 두는 지옥이 일곱이니,

① 국민의 부탁을 받아 임금이나 대신이 되어, 나라의 흥망을 어깨에 맨 사람으로 금전이나 사리사욕만 알다가 적국에 이용된 바가 되어 나라를 들어 남에게 내어주어, 조상의 역사를 더럽히고 동포의 생명을 끊나니, 백제의 임자(任子)며, 고구려의 남생(男生)이며, 발해의 마지막 임금인 인찬이며, 대한말(大韓)의 민영휘(閔泳徽), 이완용(李完用) 같은 무리가 이것이다. 이 무리들은 살릴 수 없고 죽이기도 아까우므로, 혀를 빼며 눈을 까고, 쇠비로 그 살을 썰어 뼈만 남거든 또 살리고 또 이렇게 죽이되, 하루 열두 번을 이대로 죽이고 열두 번을 이대로 살리어, 죽으면 살리고 살면 죽이나니, 이는 곧 매국 역적을 처치하는 '겹겹지옥'이니라.

② 백성의 피를 빨아 제 몸과 처자를 살찌우던 놈이니, 이 놈들은 독속에 넣고 빈대와 뱀 같은 벌레로 피를 빨게 하나니, 이는 '줄줄지옥'이니라.

③ 혓바닥이나 붓끝으로 적국의 정책을 노래하고 어리석은 백성을 몰아 그물 속에 들도록 한 연설쟁이나 신문기자들은 혀를 빼고 개의 혀를 주어 날마다 컹컹 짖게 하나니, 이는 '강아지지옥'이니라.

④ 목구멍이 포도청이라고 해먹을 것 없으니 정탐질이나 하리라 하여, 뜻있는 사람을 잡아 적국에게 주는 놈은 돗(돼지)껍질을 씌워 꿀꿀 소리가 나게 하나니, 이는 '돼지지옥'이니라.

⑤ 겉으로 지사인 체하고 속으로 적 심부름하던 놈은 그 소행이 더

욱 밉다. 이는 머리에 박쥐 감투를 씌우고 똥집을 빼어 소리개를 주나
니, 이는 '야릇지옥'이니라.

⑥ 딸깍딸깍 나막신을 끌고 걸음걸음 적국 놈의 본을 뜨며, 옷 입고
밥 먹는 것도 모두 닮으려 하며, 자식이 나거던 내 말을 버리고 적국
말을 가르치는 놈은 목을 잘라 불에 넣으며 다리를 끊어 물에 던지고
가운데 토막은 주물러 나나리를 만드나니, 이는 '나나리지옥'이니라.

⑦ 적국 놈에게 시집가는 년들이며, 적국 년에게 장가가는 놈들은
불칼로 그 몸을 절반으로 끊나니 이는 '반신지옥'이니라.

둘째는 망국노를 두는 지옥이니,

① 나라야 망하였건 말았건 예수나 잘 믿으면 천당에 간다 하며, 공
자의 글이나 잘 읽고 산림 속에서 독선기신(獨善其身)27)한다 하여 조
상의 역사가 결단남도 모르며, 부모나 처자는 모두 남의 종이 된 지는
생각지도 않고, 오직 선과 천당을 찾는 놈들은 똥물에 튀기어 쇠가죽
을 씌우나니 이는 '똥물지옥'이니라.

② 정견을 가진 당파는 있어야 하지만 오직 지방색으로 가르며, 종
교로 가르며, 개인적 감정으로 가르며, 한 나라를 열 쪽으로 내어 서
로 해외로 다니며 싸우고 이것을 일로 하는 놈들은 맷돌에 갈아 없애
야 새싹이 날지니 이는 '맷돌지옥'이니라.

③ 말도 남의 말만 알고 풍속도 남의 풍속만 좇고 종교나 학문이나
역사 같은 것도 남의 것을 제것으로 알아 러시아에 가면 러시아인이
되고, 미국에 가면 미국인이 되는 놈들은 밸을 빼어 게같이 만드나니
이는 '엉금지옥'이니라.

④ 동양의 아무 나라가 잘되어야 우리의 독립을 찾으리라 하며, 서
양의 아무 나라가 우리 일을 보아 주어야 무엇을 하여 볼 수 있다 하

---

27) 독선기신(獨善其身)—자기 한 몸만을 온전하게 잘 하여 감.

여, 외교에 의뢰하여 국민의 사상을 약하게 하는 놈들은 그 몸을 주물러 댕댕이를 만들어 큰 나무에 감아두나니, 이는 '댕댕이지옥'이니라.

⑤ 의병도 아니요, 암살도 아니요, 오직 할 일은 교육이나 실업 같은 것으로 차차 백성을 깨우치자 하여, 점점 더운 피를 차게 하고 산 넋을 죽게 하나니, 이 놈들의 갈 곳은 '어둥지옥'이니라.

⑥ 황금이나 여색 같은 데에 빠져 있던 뜻을 버리는 놈은 그 갈 곳이 '단지지옥'이니라.

⑦ 지식이 없어도 아는 체하고, 열성이 없어도 있는 체하며, 죽기는 싫으나 명예는 차지하려 하여 거짓말로 남 속이고 다니는 놈들은 불로 지져 뜨거움을 보이여야 하나니, 이는 '지짐지옥'이니라.

⑧ 머리 앓고 피 토하여 가며 나라 일을 연구하지 않고, 오직 남의 입내만 내어 마찌니의 <소년 이태리>를 본떠 회(會)의 규칙을 만들며, 손문의 ≪군정부 약법(約法)≫을 번역하여 자가의 주의로 삼아 특유한 국민성이 없이 인쇄된 책으로나 일을 하려는 놈들의 갈 지옥은 '잔나비지옥'이니라.

⑨ 잔꾀만 가득하여 일 없는 때는 칼등에서 춤이라도 출듯이 나서다가 일 있을 때는 싹 돌아서 누울 곳을 보는 놈은 그 기름을 빼어야 될지라. 고로 가마에 넣고 삶나니 이는 '가마지옥'이니라.

⑩ "아무래도 쓸데없다. 왼손으로 총을 막으며 빈 입으로 군함 깰까, 망한 판이니 망한 대로 놀자" 하는 놈은 무쇠 두멍28)을 씌워 다시 하늘을 못 보게 하나니 이는 '쇠솥지옥'이니라.

⑪ 돈 한 푼만 있는 학생이면 요릿집에 데리고 가며, 어수룩한 사람이면 영웅으로 치켜세워 저의 이용물을 만들고 이를 수단이라 하여 도덕없는 사회를 만드는 놈의 갈 곳은 '아귀지옥'이니라.

---

28) 두멍―물을 길어 붓고 쓰는 큰 가마나 큰 독.

⑫ 공자가 어떠하다 예수가 어떠하다, 나폴레옹이 어떠하다, 워싱턴이 어떠하다 하며, 내 나라의 성현 영웅을 하나도 모르는 놈은 글을 다시 배워야 하나니, 이 놈들의 갈 곳은 '종아리지옥'이니라.

이밖에도 지옥이 몇몇이 더 되나, 너희들이 알아 둘 지옥은 이만하여도 넉넉하니라."

온 죄수가 악머구리[29] 울 듯하며,

"사자님은 크게 어진 마음으로 죄를 용서하시고 이곳을 떠나게 하소서."

하고 부채로 썩 가리우니 모든 죄수가 어디 있는지 보지는 못하나 마음에 그 참형당할 일이 애달파 한놈이 강감찬의 앞에 썩 나아가, 매국적 같은 큰 죄는 할 수 없거니와 그 나머지는 다 놓아보낼 것을 청하니, 강감찬이 한놈의 등을 만지며,

"그대가 이런 마음으로 님나라에 갈 만하지만 다만 두 사랑이 있으므로 이곳까지 옴이로다."

하거늘, 한놈이 이제야 미인의 홀림으로 풍신수길을 놓치던 일을 생각하고 묻자와 가로되,

"나라 사랑하는 사람은 미인을 사랑하지 못하옵니까?"

강감찬이 땅 위에 놓인 칼을 가리키며,

"이 칼 놓은 자리에 다른 것도 또 놓을 수 있느냐?"

"안될 말입니다. 두 물건이 한 시에 한 자리를 차지할 수가 있습니까?"

강감찬이 이에 손을 치며,

"그러하니라, 두 물건이 한 시에 한 자리를 못 차지할지며, 두 사상이 한 시에 한 머리 속에 같이 있지 못하나니 이 줄로 미루어 보아라.

---

29) 악머구리—참개구리를 잘 운다고 일컫는 말. 여기서는 소란하게 떠듦.

한 사람이 한평생 두 사랑을 가지면 두 사랑이 하나도 이루기 어려운
고로, 이야기에도 있으되 '두 절개가 되지 말라'하니 그 부정(不精)함
을 나무람이라.”

　한놈이 또 묻되,

　“그 줄이 있습니까?”

　강감찬이 대답하되,

　“소경은 귀가 밝고 귀머거리는 눈이 밝다 함은 한 길로 가는 까닭
이라. 그러기에 석가여래가 아내와 아들을 다 버리고 보리수 밑에서
아홉 해를 지내심이니라.”

　“애국자의 일도 종교가와 같으오리까?”

　“하나는 출세자(出世者)의 일이요, 하나는 입세자(入世者)의 일이니,
일은 다르지만 종교가가 신앙 밖에 다른 사랑이 있으면 종교가가 아
니며, 애국자가 나라밖에 다른 사랑이 있어도 애국자가 아니다. 그러
므로 사람마다 몸을 안 아끼는 이 없지만 충신이 일에 당하면 열두번
죽어도 사양치 않으며, 누가 처자를 안 어여삐 하리오만 열사가 나라
를 위함에는 가족까지 희생하나니, 이와 같이 나라밖에는 딴 사랑이
없어야 애국이거늘, 이제 나라도 사랑하며 술도 사랑하면 술로 나라
잊을 적이 있을지며, 나라도 사랑하며 미인도 사랑하면 미인으로 나
라 잊을 때가 있을지니라.”

　한놈이 절하며 그 고마운 뜻을 올리고 그러나 지옥에서 나가게 하
여 달라 하니 강감찬이 가로되,

　“누가 못 나가게 하느냐?”

　“못 나가게 하는 사람은 없사오나 몸이 쇠사슬에 묶이어 나갈 수
없습니다.”

　강감찬이 웃으시며,

"누가 너를 묶더냐?"
하니 한놈이 이 말에 크게 깨닫게 되어,
  "본래 묶이지 않은 몸을 어디에 풀 것이 있으리오."
하고 몸을 떨치니 쇠사슬도 없고 옥도 없고 한놈의 한 몸만 우뚝하게
섰더라.

6

  님나라〔天國〕는 하늘 위에 있고 지옥은 땅 밑에 있어 그 거리가 천
리나 만리인 줄 알고 있는 것은 인간의 생각이라. 실제는 그렇지 않아
서 땅도 한 땅이요, 때도 한 때인데 제치면 님나라고 엎치면 지옥이
요, 세로 뛰면 님나라고 가로 뛰면 지옥이요, 날면 님나라며 기면 지
옥이요, 잡으면 님나라며 놓치면 지옥이니, 님나라와 지옥의 거리가
요것 뿐이더라.
  지옥이 이미 부서지매 한놈이 눈을 드니, 금으로 지은 집에 옥으로
쌓은 담이 어른어른하고 땅에 깔린 것은 모두 진주와 금강석이요, 맑
고 향내나는 공기가 코를 찔러 밥 안 먹고도 배부르며, 나무마다 꽃이
피어 봄빛을 자랑하며, 새는 앵무, 공작, 금계, 백학, 꾀꼬리같이 듣고
보기가 좋은 새들이며, 짐승은 사람을 물지 않는 빛깔 좋은 호랑이와
표범 같은 짐승들이요, 거리마다 신라의 만불산(萬佛山)을 벌여 놓고
집집마다 고구려의 짐승털 요를 깔았으며, 입은 것은 부여의 무늬 비
단과 진한의 합사로 짠 비단이며, 두른 것은 발해의 명주와 신라의 용
무늬 비단이며, 들리는 것은 변한의 가야금이며, 신라의 만만파(萬萬
波)쉬는 피리며, 백제의 공후도 있고 고려의 국악도 있더라. 한놈이

기쁨을 이기지 못하여,

"이제는 내가 님나라에 다다랐구나."

하고 기꺼워 나서니, 님나라의 모든 물건도 한놈을 보고 반기는 듯하더라. 님을 뵈려고 하나 하늘같이 높으시고 바다같이 넓으시고 해같이 밝으시고 달같이 둥그시고 봄같이 따뜻하고 가을같이 매우사 한놈의 좁은 눈으로는 볼 수가 없다. 그 좌우에 모셔 앉으신 이는

신앙에 굳으신 동명성제(東明聖帝). 명림답부(明臨答夫).

치제(治劑)에 밝으신 백제 초고대왕(肖古大王), 발해 선왕(宣王).

이상이 높으신 진흥대왕(眞興大王), 설워랑(薛原郎).

역사에 익으신 신지선인(神志先人), 이문진(李文眞), 고흥(高興), 정지상(鄭知常).

국문에 힘쓰신 세종대왕(世宗大王), 설총(薛聰), 주시경(周時經).

육군에 능하신 발해태조(渤海太祖), 연개소문(淵蓋蘇文), 을지문덕(乙支文德).

해군에 용하신 사법명(沙法名), 정지(鄭地), 이순신(李舜臣).

강토를 개척하신 광개토왕(廣開土王), 동성대제(東聖大帝), 윤관(尹瓘), 김종서(金宗瑞).

법전을 편찬한 을파소(乙巴素), 거칠부(居柒夫).

망국 말엽에 두 손으로 하늘을 받들던 백제의 부여 복신(福信), 고구려의 검모잠(劍牟岑).

나라가 어지러워 흔들리는 시대에 한칼로 외적을 물리치고 나라를 편히하던 고려의 최영(崔瑩), 강감찬(姜邯贊), 이조의 임경업(林慶業).

외지에 식민(殖民)한 서언왕(徐偃王), 엄국시조(奄國始祖), 고죽시조(孤竹始祖).

타국에 가서 왕이 된 고운(高雲), 이정기(李正己), 김준(金俊).

사후에 용이 되어 일본을 도륙하려던 신라 문무대왕(文武大王).

계림의 개가 되어도 일본의 신하는 아니 된다던 박제상(朴堤上).

홍건적 이백만을 토평하고 간계에 죽던 정세운(鄭世雲).

우리나라 여덟 성인을 제사 지내고 금(金)나라를 치려던 묘청(妙淸).

중국 홍수에 오행치수(五行治水)의 줄로 하우(夏禹)를 가르친 부루태자(夫婁太子).

한 척의 작은 배로 대해(大海)를 건너 섬나라 야만종을 개화시킨 혜자선사(惠慈禪師), 왕인박사(王仁博士).

안시성에서 당태종 이세민의 눈을 뺀 양만춘(楊萬春).

용인읍에서 살례탑(撒禮塔)의 가슴을 맞추던 김윤후(金允侯).

교육계의 종주가 되어 사해를 쓸리게 하던 영랑(永郎), 남랑(南郎).

국수(國粹)의 무너짐을 놀래어 화랑을 중흥하려던 이지백(李知白).

동족에 대한 의분으로 발해를 구원하려던 곽원(郭元), 왕가도(王可道).

왕실을 지키려 하여 피 흘리던 이색(李穡), 정몽주(鄭夢周), 두문동(杜門洞)의 칠십일현(七十一賢).

강자를 제재함에는 암살을 유일한 신성(神聖)으로 깨달은 밀우(密友), 유유(紐由), 황창(黃昌), 안중근(安重根).

넘어지는 큰 집을 붙들려고 의로운 깃발을 올린 이강년(李康年), 허위(許蔿), 전해산(全海山), 채응언(蔡應彦).

조촐한 우리나라의 여자몸으로 어찌 도적에게 더럽히리오 하던 낙화암의 비빈(妃嬪)들, 임진년의 논개(論介), 계월향(桂月香).

출가한 사람으로 나라 일이야 잊을소냐 하던 고구려의 칠불(七佛), 고구려의 현린선사(玄鱗禪師), 이조의 서산대사(西山大師), 사명당(四溟堂).

국학에는 비록 도움이 없지만 일방의 교문에 통달하여 조선의 빛을 보탠 불학의 원효(元曉), 의상(義湘), 유학의 회재(晦齋), 퇴계(退溪).

세상에 상관없는 물외한인(物外閑人)이지만 청풍고절(淸風苦節)의 한유한(韓惟翰), 이자현(李資玄), 연진수도(鍊眞修道)의 참시(㽞始), 정염(鄭磏).

건축으로 거룩한 임류각(臨流閣), 황룡사(皇龍寺) 등의 건축자.

미술로 신통한 만불산 홍구유(紅氍兪)의 제조자.

산술(算術)로 부도(夫道), 그림으로 솔거(率居), 음률로 우륵(于勒), 옥보고(玉寶高), 칼을 잘 만드는 가락국의 공장, 맹호를 맨손으로 때려잡는 발해의 장사, 성력(星曆)의 오윤부(伍允孚), 이술(異術)의 전우치(田禹治), 귀귀래래시(歸歸來來詩)로 물질불멸의 원리를 말한 화담(花潭) 서경덕(徐敬德), 폭군은 베어도 가하다 하여 '충신불사이군'의 노예설을 반대한 죽도(竹島) 정여립(鄭汝立), 철주자(鐵鑄字)를 발명한 바치, 비행기의 시조 정평구(鄭平九).

이 밖에도 눈 큰 이, 입 큰 이, 팔 긴 이, 몸 굵은 이, 어느 때 외국과 싸워 이긴 이, 어느 곳에서 백성에게 큰 공덕을 끼친 이, 철학에 밝은 이, 도덕에 높은 이, 물리에 사무친 이, 문학에 잘한 이, 한놈이 듣지도 보지도 못하던 선민들도 많으며 또 한놈이 그 자리에서 보고 이제 기억치도 못할 이도 많아 이 책에 올리지 못하거니와, 대개 이때 한놈의 마음은 님나라에 온 것이 기쁠 뿐만 아니라 여러 선왕(先王)·선성(先聖)·선민(先民)들을 뵈옴이 고맙더라.

님나라에는 이렇게 모여 무슨 일을 하시는가 하고 한놈이 눈을 들어본즉, 이상도 하고 기묘하기도 하다. 다른 것 하는 것은 아무것도 없고 오직 낱낱이 비를 만들더니 긴 막대기에 꿰어 드니 그 길이가 몇천 길, 몇만 길인지 모르리라. 그 비를 일제히 들더니 곧 하늘에 대고 썩썩 쓴다. 한놈이 놀라 일어나며,

"하늘을 왜 씁니까? 땅에는 먼지나 있다고 쓸지만 하늘이야 왜 씁니까?"

모두 대답하시되,

"하늘을 못 보느냐? 오늘 우리 하늘은 땅보다도 먼지가 더 묻었다." 하시거늘 한놈이 두루 하늘을 살펴보니 온 하늘에 먼지가 뽀얗게 덮이었더라. 몇천 몇만의 비들이 들이대고 부리나케 쓸지만 이리 쓸면 저쪽이 뽀얗게 되고 저리 쓸면 이쪽이 뽀얗게 되어 파란 하늘은 어디 갔는지 옛책에서도 옛이야기에서도 듣지도 못하던 하늘이 머리 위에 덮이었더라.

"하늘도 뽀얀 하늘이 있습니까?"

한놈이 소리를 질러 물으니 누구이신지 누런 옷 입고 붉은 띠 맨 어른이 대답하신다.

"나도 처음 보는 하늘이다. 님 나신 지 3500년경부터 하늘이 날마다 푸른 빛은 날아가고 뽀얀 빛이 시작하더니, 한 해 지나 두 해 지나 4240여 년 오늘에 와서는 푸른 빛은 거의 없어지고 소경 눈같이 뽀얗게 되었다. 그런즉, 대개 700년 동안에 난 변이요, 이 앞서는 이런 변이 없었나니라."
하더니 그만 목을 놓고 우는데 울음소리가 장단에 맞아 노래가 되더라.

하늘이 제 빛을 잃으니 그 나머지야 말할소냐
태백산이 높이가 줄어 석 자도 못 되고
압록강이 터를 떠나 오백 리나 이사갔고나
아가 아가 우리 아가
네 아무리 어려도 잠 좀 깨어라

무궁화 꽃 핀 가지에 찬 바람이 후려친다.

　그이가 노래를 마치더니,
　"한놈아"
하고 부르더니 서쪽을 가리키거늘, 한놈이 쳐다보니 해와 달이 같이 나란히 떠오르는데 테두리가 다 네모가 나고 빛은 다 새까맣거늘, 보는 한놈이 더욱 놀래어,
　"하늘이 뽀얗고 해와 달이 네모지며, 또 새까마니 이것이 님나라가 인간 세계와 다른 특색입니까?"
하는데, 그이가 깜짝 뛰며,
　"그게 무슨 말이냐? 하늘이 푸르고 해와 달이 둥글며 흼은 님나라나 인간이 다 한가지인데, 지금 이렇게 된 것은 큰 변이니라."
　한놈이,
　"님의 힘으로 이를 어찌하지 못합니까?"
　그이가 눈물을 흘리며 가라사대,
　"님나라에야 무슨 변이 나겠느냐? 때로는 모두 봄이요, 땅은 모두 금이요, 짐승도 사람같이 착하니 무슨 변이 나겠느냐? 다만 이천만 인간이 지은 얼(蘖)로 하늘을 더럽히고 해와 달도 빛이 없게 만들었나니, 아무리 힘인들 이를 어찌하리오."
　한놈이,
　"인간에서 얼만 안 지으면 해도 옛 해가 되고 달도 옛 달이 되고 하늘도 옛 하늘이 되겠습니까?"
　그이가 가라사대,
　"암 그 이를 말이냐? 대개 고려말부터 별별 하늘이 우리 진단(震檀)30)에 들어오는데 공자 석가는 더 말할 것 없고 심지어 보살의 하

늘이며, 제군(帝君)의 하늘이며, 관우(關羽)의 하늘이며 도사(道師)의 하늘까지 들어와 님의 하늘을 가리워 이천만 사람의 눈이 한쪽으로 뒤집혀서 보고 하는 일이 모두 딴전이 되어 국전(國典)과 국보(國寶)가 턱턱 무너지기 시작할 새, 역사의 제 일장에 우리 님 단군을 빼고……
부여를 제쳐놓고, 한 나라 반역자 위만으로 정통을 가지게 하며, 고구려의 혈통인 발해를 물리어 북맥(北貊)이라 하며, 백제의 용감함을 싫어하여 이를 도(道)가 없는 나라라고 하며, 우리의 윤리를 버리고 외국의 문교로 대신하며, 만일 국수(國粹)를 보존하려 하는 이 있으면 도리어 악형으로 죽을 새, 죽도 선생(竹島先生) 정여립(鄭汝立)이 구월산에 들어가 단군에게 제사 지내고 시대의 악착한 풍기를 고치려 하여 ‘충신불사이군(忠臣不事二君)’이 성인의 말이 아니라고 외쳤나니, 이는 사상계의 사자후이어늘 진안 죽도사(竹島寺)에서 무모한 칼에 육장(肉醬)이 되고 그나마 현상(賢相)이며 명장이며 위인이며 제자며 장수며 협객이 이 뿐얀 하늘 밑에서 몹쓸 죽음 한 이가 얼마인지 알 수 없나니, 이제라도 인간에게 지난 일의 잘못됨을 뉘우쳐 하고, 같이 비를 쓸어주면 이 하늘과 이 해와 달이 제대로 되기 어렵지 아니하리라.”
하며 눈물이 비 오듯 하거늘 한놈이 크게 느끼어 ‘그러면 한놈부터 내 책임을 다하리라’하고 곧 ‘비를 줍소서’하여 하늘에 대고 죽을 판 살판 쓸 새, 무릇 삼칠은 이십일일을 지나니, 손이 부풀어 이리저리 터지고, 팔이 아파 비를 들 수 없었고, 두 눈이 며칠 굶은 사람처럼 쑥 들어가 힘을 다시 더 쓸 수 없는데, 하늘을 쳐다본즉 여전히 뽀얗더라.
한놈이 이어,
　“내 힘은 더 쓸 수 없으나 또 내 뒤를 이어 이대로 힘쓰는 이 있으면 설마 하늘이 푸르러질 날이 있겠지.”

---

30) 진단(震檀)—우리나라를 예스럽게 이르는 말.

하고 이 뜻으로 가갸 풀이를 지었는데

가갸 거겨 가자가자, 하늘 쓸러 걸음 걸음 나아가자
고교 구규 고되기는 고되지만, 굳은 마음은 풀릴소냐
그기 가 그믐밤에 달이 나고, 기운 해 다시 뜨도록
나냐 너녀 나 죽거든 네가 하고, 너 죽거든 나 또 하여
노뇨 누뉴 놀지 않고, 하고 보면 누구라서 막을소냐
느니 나 늦은 길을 늦다 말고, 이 악물고 주먹 쥐자
다댜 더뎌 다 닳은들 칼 아니랴, 더 갈수록 매운 마음
도됴 두듀 도령님의 넋을 받아 두려운 놈 바이 없다.
드디 다 드릴 곳 있으리니 지경 따라 서고 지고
라랴 러려 나팔 불고, 북도 쳤다. 너나 말고 칼을 빼자.
로료 루류 로동하고, 싸움하여 수만 명에 첫째 되면
르리 라 르르릉 아라, 르릉 아리아 자기 아들같이
마먀 머며 마마님도 구경 가오. 먼동 곳에 봄이 왔소
모묘 무뮤 모든 사람, 모두 몰아 무쇠 팔뚝 내두르며
므미 마 먼 데든지 가깝든지, 밀어치며 나아갈 뿐
사샤 서서 사람마다 옳고 보면, 서슬 있어 푸르리라
소쇼 수슈 소름 끼치는 도깨비도 수컷에야 어이하리
스시 사 스승님의 뜻을 받아 세로 가로 뛰고 지고
아야 어여 아무런들, 내 아들이 어미 없이 컸다 마라
오요 우유 오죽이나 오랜 나라 우리 박달 우리 겨레
으이 아 응응 우는 아가라도, 이 정신은 차리리라.

막 자쟈 저져를 읽으려 하니, 뽀얀 하늘 한가운데서 새파란 하늘 한

쪽이 내다보며 그 속에서 소리가 난다.

"한놈아 네 아무리 성력(誠力)이 깊지만 한갖 성력으로는 공을 이루기 어려우리니 그리 말고 님이 설치한 '도령군'을 가서 구경하여라."

한놈이,

"도령군이 무엇입니까?" 물은대,

"아! '도령군'을 모르느냐? 역사를 본 사람으로……"

하거늘 한놈이 눈을 감고 앉아 역사를 생각하니,

'대개 도령은 신라의 화랑을 말함이라. ≪삼국사기(三國史記)≫ 악지(樂志)에 설원랑이 지었다는 도령(徒領) 노래가 곧 화랑의 노래니 도령은 음을 번역한 것이요, 화랑은 뜻을 번역한 것인데 화랑의 처음은 곧 신라 때에 된 것이 아니라, 곧 단군 시조가 태백산에 내려올 때 삼랑(三郎)과 삼천도(三千徒)를 거느림이 화랑의 비롯이요, 천왕랑(天王郎) 해모수(解慕漱)가 무리 수백 명을 거느리고, 웅심산(熊心山)에 모임도 또한 화랑의 놀음이요, 고구려 선인(先人)은 곧 화랑의 별명인데 동맹(東盟)은 선인의 천제(天祭)이며, 백제의 소도(蘇塗)31)는 화랑의 별명인데, 천군(天君)은 또 소도 제사의 신명(神名)이라. 이름은 시대를 따라 변하였으나 정신은 한가지로 전하여 모험이며, 상무(尚武)32)며, 가무(歌舞)며, 학식(學殖)이며, 애정(愛情)이며, 단결(斷結)이며, 열성(熱誠)이며, 용감으로 서로 인도하여 고대에 이로써 종교적(宗敎的) 상무정신(尚武精神)을 이루어, 지키면 이기고, 싸우면 물리쳐, 크게 나라의 영광을 발휘한 것이 다 신라의 진흥대왕이 더 큰 이상과 넓은 배포로 폐될 것을 없애고 미(美)와 굳셈을 더 보태어 화랑사의 신기원을 연 고로, 영랑(永郎), 남랑(南郎)의 교육이 사해에 퍼지고, 사다함(斯多

---

31) 소도(蘇塗)―삼한(三韓) 시대에, 천신(天神)을 제사 지내던 지역(地域)의 일컬음.
32) 상무(尚武)―무예(武藝)를 숭상함.

숨)33), 김흠춘(金欽春) 등 소년의 피 꽃이 역사에 빛내었나니, 비록 사대주의(事大主義)의 노예였던 김부식(金富軾)34)으로도 화랑 이백 명의 아름다운 이름과 아름다운 일을 찬탄함이라.

그 뒤에 문헌이 없어졌으므로 어떻게 쇠하고 어떻게 없어짐을 자세히 알 수 없으나, 《고려사》에 보매 현종 때 거란이 수십만 대병으로 우리에게 덤빌 때 이지백(李知白)이 생각하되 화랑은 막을 정신이 있으리라 하며, 예종이 조서로 남랑, 영랑 등 모든 화랑의 자취를 보존하라 하며, 의종도 팔관회에 화랑을 뽑아 고풍을 떨칠 뜻을 가졌었나니, 이때까지도 '도령군' 곧 화랑의 무리가 국중에 한자리 가졌던 일을 볼지나 이 뒤에 어떻게 되었느냐.

외우며 생각하고 생각하며 외우더니, 하늘이 다시 소리 하거늘,

"네가 역사 속에 있는 것을 어렵게 생각한다만 다만 한 가지 또 있다. 《고려사》 최영전에 최영이 명나라 태조인 주원장과 싸우려 할새, 고구려가 승군(僧軍) 삼만으로 당나라 병사 백만을 깨쳤으니 이제도 승군을 뽑으리라 하였는데, 그 이른바 고구려 승군은 곧 선인군(先人軍)이니 마치 신라의 화랑도 같은 것이라. 그 혼인을 멀리하고 가사를 돌보지 않음이 중과 같은 고로 고대에도 혹 그 이름을 승군이라고도 하며, 최영은 더욱 선인이나 화랑의 제도를 회복할 수 없어 중으로 대신하려 하여 참말로 불가의 중을 뽑음이나, 만일 최영이 죽지 않고 고려가 망하지 않았다면, 님이 세우신 화랑의 도(道)가 오백 년 전에 벌써 중흥하였으리라."

하시거늘 한놈이 고마운 마음을 이기지 못하여 땅에 엎드려 절하고,

---

33) 사다함(斯多含)-신라의 화랑. 진흥왕(振興王)이 가야국을 정벌할 때 십오륙 세의 화랑으로 출전하여 대승하였음.
34) 김부식(金富軾)-고려 인종(仁宗) 때의 학자·정치가. 인종의 명을 받아 1145년에 삼국사기(三國史記)를 엮음.

“한놈이 도령군 곧 화랑이 우리 역사의 뼈요, 나라의 꽃인 줄을 안 지 오래오며, 또 이를 발휘할 마음도 간절하오나, 다만 신지(神誌)의 비사(秘詞)나, 거칠부의 선사(仙史)나, 김대문의 화랑세기(花郞世紀) 같은 책이 없어지므로, 그 원류를 알 수 없어 짝 없는 유한을 삼았더니, 이제 님이 ‘도령군’을 구경하라 하시니, 마음에 감사함이 비할 곳 없사오니, 원컨대 바삐 길을 인도하사 평생에 보고 지고 하던 ‘도령군’을 보게 하옵소서.”

하며 어린아기 어미 찾듯 자꾸 님을 부르더니, 하늘에서 붉은 등 한 개가 내려오며, 앞을 인도하여 오색의 내를 지나 옥으로 된 뫼를 넘어 한곳에 다다르니, 돌문이 있는데, 금 글씨로 새겼으되, ‘도령군 놀음 곳’이라 하였더라.

문 앞에 한 장수가 서서 지키는데 한놈이,

“님나라 서울로부터 구경하러 왔으니, 들어가게 하여 주소서.”

한즉,

“네가 바칠 것이 있어야 들어가리라.”

하거늘,

“바칠 것이 무엇입니까? 돈입니까? 쌀입니까? 무슨 보배입니까?”

“그것이 무슨 말이냐? 돈이든지 쌀이든지 보배이든지 인간에게 귀한 것이요, 님나라에서는 천한 것이니라.”

“그러면 무엇을 바랍니까?”

“다른 것 아니라 대개 정이 많고 고통이 깊은 사람이라야 우리의 놀음을 보고 깨닫는 바 있으리니, 네가 인간 삼십여 년에 눈물을 몇 줄이나 흘렸느냐? 눈물 많은 이는 정과 고통이 많은 이며, 이 놀음에 참여하여 상등(上等) 손님이 될 것이요, 그 나머지는 중등 손님, 하등 손님이 될 것이요, 아주 적은 이는 들어가지 못하느니라.”

“어려서 젖 달라고 울던 눈물도 눈물입니까?”

“아니다, 그 눈물은 못 쓰나니라.”

“열하나 열둘 먹던 때에, 남과 싸우다가 분하여 운 눈물도 눈물입니까?”

“아니다. 그 눈물도 값 없나니라.”

“그러면 오직 나라 사랑이며, 동포 사랑이며, 큰 적에 대한 의분의 눈물만 듭니까?”

“그러니라, 그 눈물에도 참과 거짓을 고르느니라.”

이렇게 받고 차기로 말하다가 좌우를 돌아보니, 한놈의 보통 때 친구들노 어디로부터 왔는지 문 앞에 그득하더라. 이제 눈물의 정구가 되는데 한놈의 생각에는 내가 가장 끝이 되리로다, 나는 원래 무정하여 내가 인간에 대하여 뿌린 눈물을 몇 방울이나 셀 것인가?……(이하 탈락)

개화기 신소설, 역사·전기소설 바로 읽기

황정현(서울교대 교수·문학평론가)

1. 신소설과 역사·전기소설의 역사·사회적 배경

개항(1876년)에서 시작되는 개화기는 전통 질서의 극복이라는 긍정적 측면과 함께 서구 열강의 제국주의가 새로운 침략을 시작하는 부정적 측면을 동시에 내포하고 있는 모순의 역사적 시기이다. 이러한 긍정과 부정이라는 모순개념을 내포하고 있는 개화기의 문제는 변증법적 역사 발전의 과정에서 우리 민족이 떠맡아야 할 역사적 과제이기도 하였다.

그 역사적 과제는 외적으로는 자주 독립이며, 내적으로는 근대화 실현이었다. 그러나 이 두 가지 과제의 동시적 실현은 당시 역사·사회적 상황으로는 불가능하였다. 왜냐하면 근대화를 하기 위해서는 선진국의 기술을 받아들여야 하나 당시 선진국들은 제국주의로 무장하고 있었기 때문에 섣불리 개항을 하였다가 식민지로 전락할 우려가 있었으며 궁극적으로 자주 독립의 기반이 흔들리게 된다. 반대로 자주 독립을 지키기 위해 문호를 개방하지 않으면 서양의 새로운 기술을 받아들일 수 없어 근대화에 뒤처지게 되기 때문이다.

자주 독립과 근대화 문제 외에도 개화기는 봉건사회에서 근대사회에로의 이행기라는 측면에서 봉건 체제의 붕괴에 따른 민족 내부의 신분 계층적 갈등이 심화되던 시기였다.

개화기라는 특수한 역사적 상황을 배경으로 등장한 신소설이나 역사·전기소설은 이러한 시대적 환경을 그대로 반영하고 있다. 신소설의 주제가 봉건적 가치를 부정하고 근대적 가치를 옹호하며, 신분·계층간의 갈등과 외세에 대한 자강, 자주 독립으로 주류를 이루는 것도 이 때문이다. 여기서 다루는 신소설 <자유종>, <설중매>, <추월색>과 역사·전기소설 <애국부인전>, <꿈하늘> 역시 개화기의 특성을 잘 반영하고 있다.

신소설 <자유종>과 <설중매>는 근대화를 주제로 삼고 있으며, 역사·전기소설 <꿈하늘>과 <애국부인전>은 자주독립 의식을 다루며, 신소설 <추월색>은 근대화를 다루지만 통속적 성격으로 인해 많이 약화된 모습을 보인다.

2. <자유종>의 이해

<자유종>은 융희 4년 즉, 1910년 7월 30일 김상만서포(金相萬書鋪)에서 '토론 소설(討論小說)'이라는 명(銘)이 붙어 있는 신소설로 1910년 8월 29일 한일합방을 약 30일 앞두고 발행된 신소설이다. 이 작품의 작가인 이해조는 이인직과 더불어 대표적인 신소설 작가로 창작·번안·번역 소설 등 약 30여 편의 작품을 발표하였다.

그 중 <자유종>이 유일한 토론체 소설이다.

<자유종>의 창작 배경은 이해조가 기호흥학회(畿湖興學會)에 연재한 논설 <논리학(倫理學)>과의 관련성에서 찾을 수 있는데, 이러한 논설의 소설화가 <자유종>으로 정착되지 않았나 추정할 수 있다. 어쨌

든 <자유종>이 합방 한 달 전에 출간되었다는 사실은 작품의 내용과 많은 상관관계에 있다고 본다.

흔히 <자유종>은 양반 부인들이 우연히 모인 생일잔치 석상에서 벌어지는 화제를 중심으로 이루어진 토론이라는 점, 화자(話者)가 여성이란 점에서 그들이 펼치는 계몽 의식이 여성과 관련된 것으로 보기 쉬운데 그러나 그것은 어디까지나 하위 개념으로서의 문제지 상위 개념으로서의 계몽 의식은 모두 자주 독립의 문제와 연관된다.

"지금 시대가 어떠한 시대며 우리 민족은 어떠한 민족이요?" 라든가 "오늘 우리나라는 어떠한 비참 지경이요? 세월은 물같이 흘러가고 풍조는 날로 닥치는데 우리 비록 아홉 폭 치마는 둘렀으나……." 라는 신설헌의 발언을 유추해 보면 합방 직전의 시대적 상황에 대한 문제 의식을 지니고 그러한 문제 해결의 하나로 여성의 힘이 필요하다는 뜻을 비치고 있다. 따라서 <자유종>에 나오는 계몽 의식은 '자주 독립'이라는 상위 개념을 전제로 하여 그 구체적 실천 방안으로서 여성이 할 수 있는 역할을 제시하고 있는 것이다.

각 여성이 제시하는 계몽 의식을 요약하면 다음과 같다.

▶ 신설헌 : 여성 교육의 필요성과 자녀 양육.
▶ 강금운 : 자주 교육 방법론 제시 — 국어사용·국사·국토지리 등이 우선.
▶ 홍국란 : 한글 전용 반대와 사대부에 대한 비판.
▶ 이매경 : 반상, 지역 의식 타파.

신설헌과 강금운은 자주 독립을 위한 여성의 구체적 계몽 활동을 제시하고 홍국란과 이매경은 우리 민족에 대한 반성을 촉구하고 있다.

이러한 여성들의 토론이 끝난 후 각자 꿈 이야기를 하는데 신설헌은 자주 독립을, 이매경은 문명 개화를, 강금운은 대한 제국의 독립을, 홍국란은 대한 제국의 무궁한 발전을 꿈꾸었다. 강금운의 주장은 현실적인 전망은 막혀 있지만, 끊임없는 자주 독립 의지만이 전망을 획득할 수 있다는 점진적이고 온건한 개화 사상에 접맥되어 있다.

3. <추월색>의 이해

최찬식의 <추월색>은 1912년 3월 13일 안동서관(雁東書館)에서 초판이 나왔다. 초판은 모두 112면의 단행본으로 출간되었다. 이 책은 당시에는 남녀간의 연애를 소재로 하는 통속적이면서도 근대화를 지향하고 있는 까닭으로 상당히 인기가 있어 1921년까지 15판을 찍었고, 1935년에 박문서관에 의해 재판이 나왔다.

이 작품은 사랑하는 남녀가 헤어졌다가 우여곡절 끝에 다시 만나는 전형적인 남녀 이합(離合)의 구조를 가지고 있다. 그리고 일본 히비야 공원에서 이정임을 짝사랑하는 사람이 이정임을 피습하는 사건을 도입부에 넣어 독자들의 흥미를 끌고 있으며, 당시로는 사건의 전개가 보기 드문 인과관계의 추리 수법을 동원하여 통속적 재미를 더해 준 작품이다.

여 주인공인 이정임은 이시종의 무남독녀(無男獨女)로 죽마고우(竹馬故友)인 김승지의 아들 김영창과 어렸을 때 정혼한 사이였다. 그러나 김승지가 초산 군수로 부임하였다가 거기서 민란을 당해 행방불명이 된다. 그 후 이정임은 주변의 권고에도 불구하고 김영창에 대한 사랑은 변하지 않는다. 그런 가운데 15세 때 이시종의 회갑연을 맞아, 정임의 극력 반대에도 불구하고 외숙의 중매로 강제 약혼을 하게 된다. 이정임은 이를 피하여 일본으로 건너가 공부에만 몰두하여 일본

여자대학에 입학하여 해마다 최우등으로 진급하여 이름을 널리 알린다. 이정임은 공부를 마치면 여성교육에 힘쓰고자 하는 포부를 가지고 있다. 한편 김영창은 부모를 잃고 영국인 스미스의 도움을 받아 영국에서 공부를 하여 대학을 마치고 일본 영사로 부임하는 스미스를 따라 일본에 왔다가 우연히 히비야 공원에서 이정임이 피습 당하는 장면을 목격하고 그녀를 구출하여 재회하게 된다. 그러나 근대화라든가, 자주 독립이라는 신소설의 주제 의식은 약화된다.

김영창은 신학문을 공부한 사람이면서도 그의 개화사상은 신식 결혼을 찬양하거나 허례허식(虛禮虛飾)을 비판하는데 그치고 그 이상 구체적으로 개화 의지를 드러내지 않는다. 오히려 그는 제국주의를 찬양하는 친일적인 인물이다. 이러한 그의 친일성은 자주적인 그의 의식이라기보다는 외세 의존적인 사회적 분위기를 대변해 주는 것이다. 그는 신혼 여행길에 만주를 들렀을 때, 노일전쟁 중에 일본군들이 승리를 한 지점에서 "응, 그렇지마는 동양 행복의 기초는 이곳 승첩(勝捷)에 완전히 굳고 저렇게 철도를 부설하여 시가를 개척하여 점점 번화지가 되어가니, 이는 우리 황색 인종도 차차 진흥되는 조짐이지요" 이렇게 말한다.

이런 그의 말을 분석해 보면 ① 동양의 행복은 노일전쟁의 승리에서 비롯되었다는 점, ② 만주 철도의 개설로 시가지가 번창한다는 점, ③ 황색인종의 진흥은 일본에 의한다는 점 등이다.

이러한 그의 사상은 이미 한일 합방이 된 이후에 이 작품이 나왔다는 점과 관련하여 논의할 수 있을 것이다. 현실적으로 이미 식민지화된 상태에서 자주 독립이나 근대화의 문제를 거론하는 것은 무의미하다는 것을 인식한 작가의 의식일 수 있다. 그리고 이 시기의 신소설은 이미 통속화되어 가고 있음을 이 작품이 보여주고 있는 것이다.

4. <설중매>의 이해

<설중매>는 일본의 '말광철장(末廣鐵腸)'이 1886년에 쓴 <설중매(雪中梅)>와 제목이 같은 번안 소설이며 그 내용은 정치소설이다. <혈의 누>에 비해 <설중매>가 세련된 근대국가 의식을 표명하고 자주 독립 국가의 방법론이 구체적인 것은 그만큼 정치적으로 근대화된 일본의 의회정치를 모델로 한 '말광철장(末廣鐵腸)'의 <설중매(雪中梅)>를 구연학이 번안한 까닭이다.

<설중매>의 주인공인 이태순은 신분은 양반 계층에 속하며, 또한 정치가 지망생이기도 하다. 그는 13세 때 가출하여 일본으로 유학을 갔다 귀국하여 독립협회 회원이 되었다. 그는 번역을 하며 생계를 유지하면서 독립협회의 연사로 활동한다. 그러나 같은 독립협회 회원이면서 개혁 방법에는 차이를 보인다.

점진적이고 온건한 개혁론자는 주인공 이태순이고, 급진적이고 과격한 개혁론자는 전성조와 문전철이다.

이태순은 작중에서 '사회(社會) 형편(形便)은 행인(行人)의 거취(去就)와 같다'는 논제에서 사회의 개혁을 보행인의 걸어가는 여정에 비유하여 민족 단결을 우선시하고 난 뒤에야 정치의 개혁이 가능한데 민족적 역량의 집중을 위해서는 급진적이어서는 안 된다는 것이다.

그의 논조를 정리하면 우선 민족 역량의 집중과 인재 등용, 실력 양성이다. 그러나 여기에는 신분에 따른 이해가 상반된 봉건사회의 계급적 모순을 간과한 비현실적인 측면과 외세의 긴박한 침략 앞에서 실력 양성을 논한다는 것은 식민지적 모순을 인정하는 나약한 지식인의 모습을 드러내고 있음도 사실이다.

이에 비해 전성조는 여러 가지 격론 끝에 그러한 미온적인 방법으로는 사회를 개혁할 수 없으니 결사당(決死黨)을 조직하여 목적을 달성해야 한다고 주장한다. 온건주의자는 자기 목숨만 돌아보는 비겁한 자라고 비난하면서 목숨을 걸고라도 식민지 모순을 해결해야 한다는 것이다.

전성조는 당시의 봉건 지배층이 기득권을 포기하지 않을 것이라는 것과 또한 제국주의의 사회 진화론적 논리를 정확하게 인식하고 있다. 그것은 당시의 우리 민족의 내·외적 모순의 근간을 이루는 계급 모순과 식민지 모순의 핵심을 말하고 있는 것이다. 따라서 그러한 모순의 해결은 목숨을 걸고서라도 맞서 싸우는 수밖에 없다는 것이다.

이와 같이 같은 독립협회 회원이면서도 점진파와 급진파의 대립은 어떤 합일점을 찾지 못하고 있다. 이것은 이상과 현실의 갈등에서 인간이면 보편적으로 가질 수 있는 세계관의 차이일지도 모른다. 그리고 이러한 견해의 차이는 일제에 대한 현실 대응 방식으로 이태순은 안창호·오세창·윤치호·주시경과 같은 온건 개혁론자의 형상화라면, 전성조는 사회주의를 바탕으로 한 급진 개혁론자를 형상화하였다고 할 수 있을 것이다.

5. <애국부인전>의 이해

장지연의 <애국부인전>은 1907년 광학서포에서 발행한 역사·전기소설이다. 역사·전기소설은 기존의 역사적, 전기적 사실을 바탕으로 하는 영웅소설이다. 장지연이 순한글로 지은 이 작품은 영국과 대적하다 목숨을 잃은 프랑스의 한 여인의 일대기를 그리고 있다. 이와 같이 역사·전기소설의 영웅들은 나라가 풍전등화의 위기에 처했을 때, 자신의 목숨을 바쳐 나라를 구한 사람들의 이야기가 주를 이룬다. 이런 점에서 소설의 토대가 되는 기록이 외국의 것이건 우리나라의 것이건 그 차이는 문제가 되지 않는다. 비록 이 작품의 토대가 되는 사건이 외국의 어떤 역사물에 근거한 것일지라도 작가 장지연이 의도적 목적을 가지고 자신의 문장으로 자신의 견해를 섞어가며 지은 작품이라는 점에서 이 작품의 의의가 있다.

한일 합방을 3년 앞둔 시점에 이러한 작품을 발간하게 된 작가의 의도는 무엇인가? 그것은 외국의 경우와 비교하여 우리나라의 실정을 밝히고 그에 어떻게 대처해야 하느냐를 간접적으로 독자들에게 보여줌으로써 자주 독립의 사상을 고취하고자 한 것이다.

이 작품의 주인공인 프랑스의 애국부인 약안(잔다르크로 추정됨)은 프랑스의 아리안 성 지방의 한 농가에서 태어났다. 그녀는 나라가 위기를 당했을 때 여자의 몸으로 대원수가 되어 군사를 이끌고 무공을 세운다. 그러나 그녀는 영국군의 계략에 속아 잡히게 되고 결국 화형에 처하게 된다. 이러한 약안(잔다르크)의 이야기를 전하는 장지연의 숨은 의도는 이 작품의 곳곳에 드러난다.

㈎ 또한 오늘날 이러한 시국을 당하여 어떠한 영웅 호걸에게 이러한 책임을 맡겨 두고 우리는 일신을 편히 있기만 하고 마음이 재가 되며 뜻이 식어 슬피 탄식만 하고 나라의 위태하고 망하는 것만 한탄한들 무엇이 유익하며 무슨 난을 구하겠소. 또한 그렇지 않고 보면 어떤 사람은 염치를 잃고 욕을 참으며 부끄러움을 무릅쓰고 적국에 항복하여 외인의 개와 돼지가 됨을 달게 여기니 이런 통분할 일이 또 있소.

대저 나라의 흥망은 사세의 성패에 달리지 않고 다만 인민 기운의 강약에 달렸으니 청하건대 고금 역사의 기록한 사적을 보시오.

㈏ 애국심이 무엇인지 충의가 무엇인지 모르고 다만 구명도생(苟命徒生)으로 상책을 삼아 부끄러운 욕을 무릅쓰고 남의 노예와 소, 말이 되기를

감심(甘心)하여 나라가 멸망하였으니 다시 약이 없다는 이 시절에 약안이 홀로 애국심을 분발하여 몸으로 희생을 삼고 나라 구할 책임을 스스로 담당하여 한 번 고동에 온 나라 상하가 일제히 불같이 일어나 백성의 기운을 다시 떨치고 다 망한 나라를 다시 회복하여 비록 자신의 몸은 적국에 잡힌 바가 되었으나……

(개)는 비록 약안의 입을 빌려 하고 있는 말이지만 이 말은 우리 민족에게 하는 말이다. 한 나라의 독립은 일신의 편안함을 추구해서는 절대 이룰 수 없는 것이며, 민족의 의지에 달려 있음을 강조하고 있는 것이다.

(내)는 우리나라에도 약안과 같은 영웅 호걸과 애국 충의의 사람이 얼마나 있는가를 외치는 장지연의 직접화법은 우리도 프랑스와 같이 온 민족이 일어나 자주 독립을 성취하고자 하는 것을 주장하고 있는 것이다.

이와 같이 역사·전기소설은 당시 시대적 필연성에 의한 것이었다.

6. <꿈하늘>의 이해

<꿈하늘>은 신채호가 1916년에 창작한 것으로 추정되는 역사·전기소설로 신채호의 자주 독립에 대한 자신의 열망을 기록하고 있다.

이 작품이 꿈속에서 이루어지는 사건을 다루는 것은 현실에서는 자신의 소망이 실현될 수 없기 때문이다. 특히 신채호가 살았던 시기는 일제의 가혹한 탄압이 자행되던 때였다. 이 작품은 현실의 가혹함을 극복하고, 현실이 비록 그렇더라도 자주 독립에 대한 열망은 버릴 수 없었던 작가의 의지의 소산이다.

이 작품은 구성 방식이 자유롭다. 작가는 자유로운 형식을 빌려 붓 끝 가는 대로 자신의 독립 의지를 펼치고자 한 것이다. 그리고 비록 이 이야기가 꿈속에서 일어나는 사건을 그렸지만 풍부한 작가의 역사 지식을 통해 우리 민족의 자부심을 내보이고 있는 것도 작가의 어떤 의도를 포함하고 있다. 그러니까 이 작품이 아주 허무맹랑하게 꾸며낸 것이 아니라 역사적 진실을 바탕으로 현실의 소망을 담아낸 것이다.

<꿈하늘>은 모두 1에서 6까지의 단락으로 구성되어 있다. 이 가운데 단락 1의 요지는 싸움의 필요성을 역설하고 있다. 현실이 가혹할수록 그 현실을 극복하는 방법은 정공법으로 싸울 수밖에 없다는 것이다. 이러한 작가의 주장은 결국 당시 우리나라가 일제의 식민지가 되어 굴복할 것이 아니라 싸워서 자주 독립을 이루어야 함을 의미하고 있다.

단락 2에서는 진정한 싸움에 대한 정의를 하고 있다. 진정한 싸움이란 "싸우거든 내가 남하고 싸워야 싸움이지, 내가 나하고 싸우면 이는 자살이요 싸움이 아니니라" 라는 의미는 같은 민족끼리, 계층간, 지역간 싸움을 할 것이 아니라 한 민족으로서 단결하여 우리나라를 침략한 일본과의 싸움이 진정한 싸움임을 환기시키고 있다. 이것은 당시 민족 내의 갈등을 불식하고 우리 민족이 단결하여 일본의 침략을 물리치자는 것을 의미하고 있다.

단락 3에서는 구체적인 싸움터가 마련된다. 여기에서 우리 역사의 영웅인 을지문덕이 등장하여 수나라를 물리쳤던 우리 민족의 기백을 보이고 있다. 이것은 우리 민족이 역사적으로 외침을 당했을 때 어떻게 대응하였는가를 역사적 사실을 통해 보이고 그런 기백을 갖고 일제와 맞서 싸우기를 바라는 작가의 마음이 담겨 있다.

단락 4에서는 한놈이 싸움터를 지나 님의 나라로 가는 과정을 몇 단계로 그리고 있다. 여기서 한놈은 우리 민족을 상징하며 님의 나라는 우리 민족이 추구하는 이상향이다. 즉 우리 민족이 이상을 실현하려면 어떻게 행동해야 하는가를 이 장에서 보여주고 있는 것이다. 한놈이 6명의 친구와 함께 싸움터로 향하여 가다가 그 중 한 명은 편안함에 낙오되고, 다른 하나는 황금의 유혹에 빠지고, 그 중 둘은 서로 공을 다투다 시기하고 자기들끼리 싸우다 죽는다. 나머지 둘은 적병의 기운에 눌려 도망한다. 홀로 남은 한놈은 님의 소리를 듣고 그에게서 칼을 얻어 임진왜란 때의 왜장 풍신수길을 향해 돌진한다. 그러나 칼을 내리치는 순간 그만 미인으로 변한 풍신수길의 술수에 빠져 한놈은 칼을 치지 못하고 지옥으로 떨어진다. 이것은 작가가 의도적으로 당시 우리 민족의 지리멸렬한 모습들을 제시하여 "우리 민족이 어떻게 해야 일본의 식민지로부터 독립을 할 수 있는가?" 하는 물음에 답하도록 함으로써 반성적 사고를 촉구하고 있는 것이다.

단락 5에서는 나라의 위급함을 알리고 인간이 짓는 죄 가운데 가장 큰 죄는 바로 나라에 대한 죄임을 강조한다. 한놈은 지옥에서 강감찬 장군을 만나 그로부터 나라를 구하지 못한 죄가 얼마나 큰가를 질책받는다. 이것은 일제의 침략 앞에서 무력했던 우리 민족에 대한 역사적 경고이기도 하다.

단락 6에서는 나라가 어려움에 처했을 때 그 어려움을 극복하는 노력이 있어야 함을 주장하고 있다. 우여곡절 끝에 님의 나라에 도착한 한놈은 님의 나라 하늘이 흐려지고 먼지가 가득한 것을 발견한다. 그러나 님의 나라에 살고 있는 위인들은 모두 하나가 되어 비를 들고 그 먼지를 쓸고 있었다. 한놈도 그들과 함께 흐린 하늘을 쓸고 있다. 이것은 나라의 근심이 있을 때 선인들이 앞장서서 그 근심을 덜어주었다는 역사적 사실을 들어 온 민족이 함께 노력하지 않으면 나라의 근심을 덜 수 없음을 보여주고 있는 것이다.

<꿈하늘>은 역사적 사실을 바탕으로 한놈이라는 상징적 인물을

내세워 싸움터를 지나 님의 나라로 가는 과정을 그리고 있다. 이것은 꿈을 소재로 또 영웅을 내세워 이야기를 전개한다는 점에서 고전문학의 '몽자류' 소설과 '군담소설' 등과 맥을 같이 하고 있다.

7. 나가며

개화기는 우리나라가 일본에 의해 식민지화되어 가는 위기의 시대였다. 이 시기에 우리 민족은 하나로 뭉쳐 대응해야함에도 불구하고, 민족 내부의 계층간 갈등이나 그 밖의 내분으로 적전에서 분열을 보이는 어려운 상황이었다. 이러한 시대의 위기를 극복하고자 등장한 것이 신소설, 역사·전기 소설들이다. 그러나 신소설과 역사·전기 소설에 따라 그 내용에 있어 구분이 된다.

신소설에는 자주 독립이나 근대화를 주요 주제로 다루고 있지만, 식민지 이후 그 의식은 점차 약화되어 통속화되어 간다. 이에 비해 역사·전기 소설은 그 저자가 우리 역사에서 애국지사 층을 이루어 자주 독립에 대한 의지가 아주 강하게 나타난다.

<자유종>은 토론소설로서 여성들의 의식을 다룬 점이 특이하다. 이 작품에서는 자주 독립과 근대화와 관련된 주장들을 하고 있으나 자주독립 부분은 추상적인데 비해 근대화 부분은 구체적으로 드러나 있다. 이것은 여성들이 개화기에 구체적으로 수행할 수 있는 분야를 드러낸 것이라 할 수 있다.

<설중매>는 번안·정치소설로 근대국가의 체제에 관한 소설이다. 그러나 근대국가 체제와 일제에 대한 대응방식에 대해 독립협회 회원 간의 의견 차이를 보인다. 하나는 온건 개혁론자들이고, 다른 하나는 급진 개혁론자들이다. 온건 개혁이 현실을 감안하여 점진적으로 개혁해 나가는 것으로 안창호 등과 같은 민족주의자들의 주장을 대변한

것이라면 급진 개혁은 현실을 부정하고 제국주의와 맞서 싸워야 한다
는 사회주의자들의 주장을 대변하고 있다.

<추월색>은 남녀가 만나고 헤어지는 과정을 축으로 하여 전개되
며 그에 따른 통속성이 강하게 나타나는 작품이다. 따라서 신소설의
주제인 자주 독립이나 민족 주체의 근대화 역량이 많이 약화되어 나
타날 뿐만 아니라 오히려 일본의 제국주의 논리를 긍정하는 부정적인
면을 보인다. 이것은 이 작품이 생산된 시기가 이미 한일 합방 이후이
기 때문에 현실적으로 불가능한 주제를 포기하고 상업성에 물든 경향
을 보이고 있다.

<꿈하늘>은 현실적으로 닫혀 있는 자주 독립의 상황을 꿈속에서
나마 이루어 보려는 신채호의 열망을 담고 있는 작품이다. 이 작품은
우리나라의 역사적 사실을 바탕으로 새로운 국가 형성의 역량이 우리
민족에게 있음을 보여주고 있으며, 또한 과거의 잘못된 우리 민족의
과오를 반성하게 하고 민족 영웅들을 본받아 자주 독립을 이루자는
내용으로 구성되어 있다. 이미 식민지가 된 조국이지만 자주 독립의
꿈은 잃지 말자는 작자의 메시지가 강한 작품이다.

<애국부인전>은 프랑스의 약안(잔다르크로 추정할 수 있음)이라는
한 여성이 자신의 목숨을 바쳐 조국을 위해 싸우는 이야기이다. 외국
의 경우이지만 현실적으로 우리나라와 그 현상이 비슷하기 때문에 설
득력을 얻고 있다.

이 작품을 쓴 장지연의 의도는 무력하게 일본에게 나라를 빼앗긴
우리 민족에게 각성을 촉구함과 동시에 독립의 여부는 민족의 의지에
달려 있음을 강조하고 있다.

Hye Won World Best
Hye Won World Best